TOD IM STRANDHAUS

Petra Tessendorf stammt aus Wuppertal und hat dort viele Jahre als Journalistin für lokale Medien gearbeitet, bevor ihr erster Roman erschien. Die acht Jahre, die sie in Ostholstein lebte, schenkten ihr tiefe Einblicke in Land und Leute an der Küste, die sie in ihren Geschichten verarbeitet. Sie lebt mit ihrer Familie in Berlin, wo sie als Autorin, Lektorin und Dozentin für Kreatives Schreiben tätig ist.

PETRA TESSENDORF

TOD IM STRANDHAUS

Kriminalroman

emons:

Bibliografische Information der Deutschen Nationalbibliothek
Die Deutsche Nationalbibliothek verzeichnet diese Publikation
in der Deutschen Nationalbibliografie; detaillierte bibliografische
Daten sind im Internet über http://dnb.d-nb.de abrufbar.

© Emons Verlag GmbH
Alle Rechte vorbehalten
Umschlagmotiv: lookphotos/Fotohof Blomster,
shutterstock.com/kuzmaphoto, shutterstock.com/Elzloy
Umschlaggestaltung: Nina Schäfer, nach einem Konzept
von Leonardo Magrelli und Nina Schäfer
Umsetzung: Tobias Doetsch
Gestaltung Innenteil: DÜDE Satz und Grafik, Odenthal
Lektorat: Lothar Strüh
Druck und Bindung: CPI – Clausen & Bosse, Leck
Printed in Germany 2024
ISBN 978-3-7408-1904-0
Originalausgabe

Unser Newsletter informiert Sie
regelmäßig über Neues von emons:
Kostenlos bestellen unter
www.emons-verlag.de

Dieser Roman wurde vermittelt durch Schoneburg,
Literaturagentur Dr. Patrick Baumgärtel, Berlin.

*Ein Freund in der Not ist besser
als Meeresstille nach Sturm.*

Epiktet

Prolog

Die beiden Kinder saßen auf der Bank, ganz still. Sie waren noch so klein; Rosie hatte nachgelesen, dass das Mädchen fünf und der Junge gerade drei Jahre alt geworden war. Die Frau daneben war in ihr Strickzeug vertieft, etwas orange-braun Gestreiftes, ein Schal vermutlich. Auf den ersten Blick sahen die drei aus wie eine ganz normale Familie; eine Mutter mit ihren beiden Kindern, die darauf warteten, aufgerufen zu werden. Aber Rosie wusste, dass es natürlich nicht so war. Außerdem würden Kinder in diesem Alter nicht so lange still an einem Fleck sitzen. Das Mädchen schaute sich immer wieder in dem Raum um, ließ die Beinchen baumeln. Aufmerksam, als sähe sie so etwas zum ersten Mal, betrachtete sie die Bilder auf der lustigen Tapete. Tierkinder in Hosen und Kleidchen tobten miteinander, machten Purzelbäume, umarmten sich, warfen sich Bälle zu. Das Mädchen biss sich auf die Lippen.

Alles in diesem Zimmer sollte zum Spielen einladen. Tischchen mit Bauklötzen und Bilderbüchern darauf, sogar ein Parkhaus mit einem Aufzug, in dem man die Autos anhand einer Kurbel in die oberen Etagen manövrieren konnte. Zwei Teddys und zwei Puppen saßen auf einem kleinen Kindersofa so eng zusammen wie die Kinder. Die interessierten sich nicht für die Spielsachen. Das Warten schien ihre ganze Aufmerksamkeit einzunehmen. Die ruhelos umherwandernden Augen der beiden wirkten so, als sähen sie einem inneren Film zu, als malten sie sich aus, was als Nächstes passieren würde. Durch die geöffnete Scheibe vernahm Rosie nur das helle Klicken der Stricknadeln.

Der Junge sah ständig zur Tür. Er war unruhiger, und in seinen Augen lag der Anflug von Panik, die er seltsamerweise noch zurückhielt. Rosie fragte sich, wie viel Kraft ihn das kostete, und das in diesem Alter. Sie atmete einmal tief ein und widmete sich den Akten, die vor ihr auf dem Tisch lagen. Die Fotos legte sie beiseite, sie hatte sie oft genug angeschaut. Es waren welche dabei, die ihr immer wieder zusetzten: die Wohnung voller Müll, sodass der Fußboden nicht mehr zu sehen war, die beiden Kleinen auf einem fleckigen Sofa, überall hockten Katzen herum oder lagen; sofort hatte Rosie wieder den beißenden Geruch in der Nase.

Als sich Schatten hinter dem Glas der Tür regten und Stimmen laut wurden, drückte das Mädchen die Hand ihres kleinen Bruders noch fester und rückte näher an ihn heran. Der Junge zeigte keine Regung, er starrte nur auf die Tür. Herein kamen zwei Frauen, die die beiden fröhlich anlachten, worauf die Frau mit dem Strickzeug aufstand und ohne ein weiteres Wort den Raum verließ.

Das Mädchen sah sie ängstlich an, doch bevor es sich an den Bruder klammern konnte, beugte sich eine der Frauen zu ihr hinunter, flüsterte ihr etwas ins Ohr und griff nach ihrer Hand. Dann gingen sie Richtung Tür.

Die andere Frau hatte sich neben den Kleinen gesetzt, der seiner Schwester nachsah, die Augen ungläubig geweitet. Die Frau blieb einen Moment sitzen, gab ihm einen Kuss auf das Haar, strich ihm über die Wange.

Die anderen hatten bereits den Raum verlassen. Stumm blickte das Mädchen über die Schulter zurück zu ihrem kleinen Bruder, bevor sie von dem unbeleuchteten Flur verschluckt wurde.

Eine Weile saßen die anderen beiden noch auf der Bank, die Frau wiegte den Jungen in ihren Armen. Er hatte sich an sie gedrückt und starrte Rosie an, die still hinter dem Schiebefenster im Nebenraum saß. Das Leid der ganzen Welt in den runden Kinderaugen, die Rosie nie mehr vergessen sollte. Dieser Moment würde sein weiteres Leben bestimmen, dachte sie. Auch wenn er sich später vielleicht nicht mehr an jede Einzelheit erinnern konnte. Sie würde für ihn beten, jeden gottverdammten Tag.

EINS

Freitag, 7. Oktober

Die sechs Leute am Strand standen im Kreis und vollführten mit dem Oberkörper langsame Drehungen, wobei sie die Arme weit ausstreckten, als wollten sie einen riesigen Ball einfangen. Paul drückte den Stempel des Kaffeebereiters hinunter. Sein Blick löste sich von den Leuten am Strand und fuhr den fernen Horizont entlang, da, wo das Meer in den Himmel überging. Ein leichter Seegang zeichnete Schaumkronen in die blaue See. Alles war so friedlich und ruhig, doch die Wettervorhersagen waren weniger malerisch. Ein Sturmtief tanzte über dem Nordatlantik, von dem noch nicht genau gesagt werden konnte, wo es auf das Festland treffen würde. Sollte es sich weiter Richtung Schleswig-Holstein bewegen, dann wäre es in vier bis fünf Tagen hier. Also hatten sie noch Zeit, das Haus entsprechend zu sichern.

Paul goss sich den Kaffee ein, dabei ließ er langsam den Kopf kreisen, um die Verspannungen zu lösen, während die Leute draußen gerade das Bein anhoben und dann ausstreckten. Wie in Zeitlupe, dachte Paul, als bewegten sie sich nicht am Strand des Graswarders, sondern in der Schwerelosigkeit des Mondes. Während er einen Schluck trank, sah er der Gruppe weiter zu. Er fragte sich, was die drei Frauen und die drei Männer verband. Erst jetzt bemerkte Paul noch einen anderen Mann, der links weiter oberhalb des Strandes saß und den Leuten zusah, genau wie Paul von seinem Fenster aus. Er glaubte, den Mann zu kennen – war er nicht der Verwalter einer der benachbarten Strandvillen?

Eine der Frauen, eine feingliedrige, hochgewachsene Frau mit rotblonden Haaren, die zu einem Zopf zusammengebunden waren, leitete die Gruppe an. Jetzt gerade hielt sie inne und schien den anderen etwas zu erklären. Dabei führte sie eine Abfolge von Bewegungen vor, anmutig und elegant, dass allein das Zuschauen entspannend auf Paul wirkte.

Die anderen hörten aufmerksam zu, während sie sich lockerten und Arme und Beine ausschüttelten. Die Übungen schienen beendet zu sein, denn die Leute schlenderten nun am Strand entlang. Die Frau wandte sich noch einmal kurz um, bevor sie aus Pauls Sichtfeld verschwand. Auch der Mann, der in den Dünen gesessen hatte, erhob sich und ging in einigem Abstand hinter der Gruppe her.

Schattenboxen, dachte Paul. In seiner Straße in Hamburg gab es eine Schule dafür. Bisher hatte er sich allerdings nicht durchringen können. Diese Übungen waren ihm immer zu langsam vorgekommen, er selbst bevorzugte maximales Auspowern, beim Laufen oder auf dem Fahrrad. Und das würde er nachher machen, mit dem Rad den Küstenweg entlangfahren bis nach Havgart, um zu schauen, was Johann so trieb. Da fiel ihm ein, dass er gestern Abend sein Smartphone lautlos gestellt hatte, und ging in den Flur. Schon von Weitem sah er die Meldungen auf dem Display: sieben Nachrichten und fünfundzwanzig eingegangene Anrufe. Er öffnete die erste Nachricht:

Sofort melden, ein Unglück!

Die nächste war auch nicht besser:

Eine Katastrophe, alles ist aus ☹

Die restlichen Botschaften waren ähnlich apokalyptisch, »Tragödie«, »Schicksal«, aber was genau so tragisch und katastrophal war, ging daraus nicht hervor.

»Was ist jetzt schon wieder los?«, murmelte er, während er die Liste durchging. Nur eine Nachricht, die erste, stammte von Johann, die anderen waren von Ida und Olaf, ihren Kompagnons, mit denen sie den Hirschfänger betrieben. Irgendwas ist mit Johann passiert, schoss es Paul durch den Kopf, und er spürte, wie sich sein Magen zusammenzog. Er wählte Johanns

Nummer und ließ es eine Ewigkeit klingeln, ohne dass dieser sich meldete. Dann versuchte er es bei Ida, mit demselben Ergebnis. Olafs Handy war ganz ausgeschaltet.

»Verfluchte Scheiße!« Paul lief aus der Küche, schnappte sich im Vorbeilaufen Jacke und Autoschlüssel und verließ das Haus. Eigentlich hasste er es, wenn jemand zu schnell den schmalen Graswarderweg entlangfuhr, aber dieses Mal war es ihm egal. Während er links auf den Steinwarder abbog, gingen ihm all die Szenarien durch den Kopf, die ohnehin schon regelmäßig auftauchten, auch wenn er seinem quietschfidelen Vater gegenübersaß und der ihm zum Beispiel einen Vortrag darüber hielt, was man alles beachten musste, damit die Frikadellen beim Anbraten nicht auseinanderfielen. Dann fragte Paul sich, wie lange dieser gute Zustand wohl noch anhalten würde. Wie lange Johann noch allein in seinem kleinen roten Schwedenhäuschen in Havgart würde leben können. Jede Sekunde konnte etwas passieren, ein Schlaganfall, ein Herzinfarkt, ein Sturz, die angelassene Herdplatte, die zuerst die Dunstabzugshaube mitsamt dem Hängeschrank in der Küche ansengte und dann das ganze Haus in einem Flammenmeer zum Einsturz bringen könnte.

Oder aber, das war die andere Variante in Pauls Vorstellungswelt, der schleichende Verfall. Wie lange würde Johann noch seinen scharfen Verstand behalten? Von den Eltern einiger Bekannter wusste er, wie schnell eine Demenz sich fortentwickeln konnte, sodass die Betroffenen innerhalb kürzester Zeit sich nicht mehr selbst versorgen konnten.

Als er endlich die Autobahn erreicht hatte, drückte er das Gaspedal seines alten Porsches durch, währenddessen versuchte er immer wieder, Johann und Ida anzurufen. Bei Heimdahl brauchte er es gar nicht erst zu versuchen, der hätte sich längst gemeldet, wenn irgendetwas passiert wäre, das er mitbekommen hätte.

Paul wurde immer unruhiger, vermutlich waren sie alle in der Notaufnahme im Krankenhaus, um auf die Einschätzung der Ärzte zu warten. Kurz vor Oldenburg überlegte er, ob er direkt in die Klinik fahren oder zumindest dort anrufen sollte. Aber dann dachte er, dass dies Zeitverschwendung wäre. Es konnte ja auch gut sein, dass Johann die Treppe runtergefallen war und mit gebrochener Hüfte unten im Flur lag. Großer Gott, welch ein Leichtsinn, den alten Mann allein in diesem verwinkelten Haus mit der schmalen und steilen Treppe wohnen zu lassen.

Als Paul hinter der Strandstraße, die zum Weißenhäuser Strand führt, von der B 202 rechts nach Havgart abbog, wuchs die Nervosität noch mehr. Ihm kamen wieder die Schattenboxer in den Sinn, und er dachte sich, dass diese vielleicht auch in Stresssituationen gelassener reagieren würden, als er das gerade tat.

Als er am Hirschfänger vorbeifuhr, drosselte er kurz das Tempo, dann dachte er sich, dass er später immer noch hineinschauen konnte. Zuerst musste er wissen, was mit Johann war. Er sah sofort, dass Johanns hellgrüner Capri draußen stand, die Schuppentür stand offen. Paul legte eine Vollbremsung hin, sprang aus dem Wagen und lief in den Schuppen, doch von Johann keine Spur. Die Motorhaube des roten Mini stand offen, Werkzeug lag auf dem Boden und auf dem kleinen Montagewagen, den er auch schon einmal in der Küche als Servierwagen benutzte, wenn Gäste da waren.

Paul machte kehrt und lief in Richtung des Hauses. Mehrere Stufen auf einmal nehmend sprang er die Treppe zur vorderen Veranda hoch und war so in Gedanken, dass er die gedehnten Klänge eines alten Bluessongs, virtuos auf der Mundharmonika gespielt, gar nicht wahrnahm. Als er die Tür aufriss, blickte er auf einen Johann, der mitten in der Küche stand, die Mundharmonika an den Lippen, wobei er den Takt mit dem Fuß mitklopfte und seinen Sohn mit den Augen verfolgte, der erst ratlos vor ihm stand, dann langsam den Kopf schüttelte und sich auf die Ofenbank fallen ließ, neben Kater Baptiste, der nur einmal kurz aufsah, um sofort wieder einzudösen.

Johann hatte nun sein Lied beendet, die Mundharmonika in die Brusttasche seines blauen Arbeitsoveralls gesteckt und warf Paul einen neugierigen Blick zu. »Ist dir der Leibhaftige auf den Fersen? Oder das Finanzamt?«

»Mann, Mann, Mann …« Paul fischte das Smartphone aus

der Hosentasche und hielt es seinem Vater entgegen. »Fünfundzwanzig Anrufe und abstruse Hiobsnachrichten! Ich hab gedacht, du liegst halb tot im Krankenhaus oder sonst irgendeine Katastrophe ist eingetreten.«

»Ist es ja auch«, erwiderte Johann seelenruhig. »Wenn nicht unbedingt in gesundheitlicher, so doch in wirtschaftlicher Hinsicht.«

Paul seufzte. Er kannte die Marotte seines Vaters, brenzlige Situationen durch Geschwurbel dieser Art zu verwässern. »Also, was ist passiert?«, fragte er nun betont gelangweilt.

»Der Hirschfänger soll verkauft werden.«

Paul riss die Augen auf. »Was?«

»Der Hirschfänger soll verkauft werden«, wiederholte Johann in demselben Tonfall. »Ida Rossi fand heute Morgen ein Schriftstück im Briefkasten unserer Gaststätte, in dem der Anwalt der Besitzer ebendies verkündet.« Er seufzte einmal auf. »Du kennst Ida, und du kannst dir vorstellen, wie viele Anrufe bei *mir* eingegangen sind. In der kurzen Zeit, wo ich nur mal schnell einkaufen war, hat sie den Speicherplatz meines Handys vermutlich gänzlich aufgebraucht.«

Paul erhob sich von der Ofenbank und blieb stocksteif stehen. »Verkauft? An wen? Wie konkret ist denn das Ganze?«

»Nun ja, es ist, wie es ist, der Eigentümer hat jemanden gefunden, der eine Summe zahlt, die das irdische Maß außer Kraft setzen soll, oder so ähnlich. So hat Ida es formuliert.«

Paul starrte seinen Vater immer noch an.

»Und selbst wenn du drei Porsche mit dem ›H‹ im Kennzeichen hättest, es würde noch nicht einmal für die Tresenplatte reichen«, setzte Johann das düstere Szenario fort.

Die Übernahme des Hirschfängers, dessen Vorbesitzer die alteingesessene Gaststätte aufgrund einer Familientragödie Anfang letzten Jahres aufgegeben hatten, die feierliche Neueröffnung, all das war im Grunde viel zu glatt gelaufen. »Das sind in der Tat beschissene Nachrichten«, sagte Paul, ließ sich wieder auf die Bank sinken und begann, Baptiste zu kraulen, der sich beinahe auf das Doppelte seiner Körpergröße streckte.

»Und für dich um ein Vielfaches beschissener als für mich.«
Paul verzog das Gesicht. »Danke für die Aufmunterung.«

»Stimmt aber. Ich habe immerhin meine – wenn auch sehr bescheidene – Altersversorgung, ich braue mein Bierchen selbst, für mein tägliches Teewurstbrot ist auch gesorgt. Aber was stellen wir jetzt mit dir an?«

»Mach dir um mich keine Sorgen.« Paul schaute auf die Uhr. »Lass uns erst mal rübergehen, Lagebesprechung. Wer weiß, vielleicht haben Ida und Olaf das Ganze auch fehlinterpretiert.«

»Was gibt es bei einer Kündigung fehlzuinterpretieren? Die Botschaft ist eindeutig«, sagte Johann und griff nach seiner Jacke, die am Haken neben der Tür hing.

Als Paul und Johann am Hirschfänger ankamen, stand Fokke vor der Tür und drehte sich gerade mit verdutztem Gesicht um. Der Landarbeiter von Bauer Hinrich, dessen Hof an Johanns Haus grenzte, hatte sein Fahrrad dabei, und Paul dachte, dass er ohne seinen Monstertrecker, mit dem er immer durchs Dorf bretterte, klein und schmächtig wirkte.

»Das soll einer verstehen.« Fokke kratzte sich an der Stirn. »Da hat man mal frei, und dann das. Am helllichten Tag zu!« Er deutete auf den Zettel, der an der Tür hing:

»Wegen Betriebsversammlung geschlossen!«

Johann klopfte Fokke auf die Schulter. »Ein zahlender Gast vor verschlossener Tür ist wahrlich ein Unding. Dafür hast du was gut, Junge, kriegst beim nächsten Mal einen ausgegeben.«

»Was ist denn los? Ist das wegen dieses ominösen Briefes?« Fokke lachte laut auf und hob mahnend den Zeigefinger. »Habt ihr die Miete nicht bezahlt?«

»Ich sag's dir, wenn wir mehr wissen«, sagte Johann und ging an Fokke vorbei Richtung Hof, da die Eingangstür offensichtlich verschlossen war.

»Von mir kriegst du auch noch einen spendiert«, sagte Paul, der seinem Vater folgte. »Und zwar, wenn sich das alles hier als Hirngespinst herausstellt.«

»Hä?« Fokke sah den beiden nach und ging kopfschüttelnd zu seinem Fahrrad, das an der Hauswand lehnte.

Paul und Johann betraten die Gaststätte durch den Hintereingang am Hof und gingen den dunklen Flur entlang, den Paul längst schon hatte freundlicher gestalten wollen. Bisher war er noch nicht dazu gekommen, und er dachte in diesem Moment, dass es vielleicht auch gar nicht mehr nötig sein würde.

Ida und Olaf saßen an einem Tisch, eine Flasche Aquavit und zwei Gläser darauf. Der ominöse Brief lag zwischen ihnen wie ein Fremdkörper, mit dem man nicht umzugehen wusste. Als Ida die beiden erblickte, nickte sie nur müde, es schien, als sei all ihre Energie verbraucht.

Olaf hob die Hand. »Salut, die Herren. Schön, dass ihr auch mal vorbeischaut.«

Johann ging hinter den Tresen, um zwei Gläser zu holen, während Paul sich zu den beiden setzte und das Papier aufnahm. Es war ein förmliches und schnörkelloses Schreiben, verfasst von einem Rechtsanwalt namens Harald Gutmuth, der die Vorbesitzerin Henny Liebe vertrat, die aufgrund fortgeschrittener Verwirrtheit im Altersheim lebte. Allerdings hatte sie auch immer mal wieder klare Momente, und in einem solchen musste sie sich mit Gutmuth in Verbindung gesetzt und ihm das Vorhaben mitgeteilt haben.

»Sehr geehrte Damen und Herren, hiermit möchte ich Sie über folgende Sachverhalte in Kenntnis setzen …« Paul las leise murmelnd weiter, während Ida und Olaf ihn nicht aus den Augen ließen.

Johann hatte sich mittlerweile gesetzt und die beiden Gläser mit dem gelben Aquavit gefüllt.

Paul beendete den Brief, griff mechanisch nach dem Glas und trank es in einem Zug aus. »Sieht so aus, als gäbe es einen Interessenten, der den Hirschfänger kaufen will. Aber amtlich ist das wohl noch nicht.«

»Sind Sie da ganz sicher?« Ida siezte Paul nach wie vor, obwohl er ihr mehrmals das Du angeboten hatte. Doch Ida bestand auf dem »Sie«, zumindest solange sie in einem geschäftlichen Verhältnis zueinander standen. Dasselbe galt auch für Olaf und Johann.

Paul zuckte mit den Schultern. »Es gibt einen Investor, der sich für die Gaststätte mitsamt der dahinterliegenden Wohnung interessiert. Und auch für das Nachbarhaus von Dr. Stoevesand, das seit ein paar Monaten leer steht.«

»Vergiss Stoevesands Anwesen nicht. Der will doch auch verkaufen. Das Grundstück ist fast so groß wie ein Fußballfeld«, warf Olaf ein. »Wer weiß, was der Käufer damit vorhat? Nicht dass die uns noch einen Hotelkomplex vor die Nase setzen.«

»Da haben wir's nun!«, rief Ida aufgebracht. »Was will der Stoevesand auch in Döhnsdorf? Wir müssen jetzt weiter zu unserem Hausarzt fahren, und ein Immobilienhai fällt über unser Dorf her.«

»Wo ist unser Mietvertrag?«, wollte Paul wissen. »Habt ihr den hier?«

»Drüben, ich hole ihn.« Olaf stand auf und schlurfte Richtung Tresen.

»Da habe ich schon reingeguckt«, sagte Ida, »drei Monate Frist haben wir.« Sie schnaubte. »Warum haben wir hier nicht aufgepasst? Wir hätten uns besser absichern sollen und –«

»Was nützt es, ob wir nach drei oder nach sechs Monaten rausfliegen?«, unterbrach Olaf sie, als er mit dem Schriftstück wieder zurückkam und es Paul reichte.

Der überflog den Mietvertrag kurz, fand aber nichts, das sie gegen das Vorgehen der Vermieterseite schützen konnte. »In dem Brief steht, dass der genaue Zeitpunkt des Verkaufs noch nicht feststeht. Dann haben wir immer noch drei Monate, um uns etwas einfallen zu lassen.«

Paul schob den Vertrag in die Mitte des Tisches zurück und goss sich Aquavit nach.

»Aber was sollte uns einfallen?«, sagte Ida. »Wir sind alle ganz normale Leute ohne viel Kapital. Wir haben gegen diese Mafiosi keine Chance.«

»Es gibt immer eine Lösung.« Welche das sein sollte, wusste Paul allerdings noch nicht. Er schien auch nicht überzeugend geklungen zu haben, denn Ida und Olaf starrten weiter ins Leere.

Nur Johann war aufgestanden und machte sich in der Küche zu schaffen.

Es war das Dreiergespann Johann Lupin, Ida Rossi und der ehemalige Kellner Olaf Sorgenicht gewesen, das den Hirschfänger nach einer längeren Pause hatte in neuem Glanz erstrahlen lassen. Die drei hatten es nicht eingesehen, dass die Gaststätte, die seit ihrer Eröffnung 1963 zu einer Institution geworden war, für immer verloren sein sollte. Aber erst als Paul dann, nach langem Zögern und mit Zweifeln und Ängsten durchwachten Nächten, beschlossen hatte, mit in das Vorhaben einzusteigen, hatte das Projekt »Hirschfänger 2.0« Gestalt angenommen.

Und so war das Wirtshaus nach gründlicher Renovierung wiederauferstanden. Und das sogar viel schöner, als die vier es sich hatten träumen lassen. Die dunkle Holzvertäfelung hatten sie rausgerissen, die Wände wurden einfach weiß gekälkt, Olaf und Johann hatten die Platte des Tresens abgeschliffen, kurz, der altdeutsche Gasthausmief war einer hellen und luftigen Atmosphäre gewichen.

Um zu verhindern, dass es in dem Raum zu kalt und hellhörig wurde, wenn viel Betrieb war, hatten sie helle Vorhänge an der Fensterfront angebracht und die Wände mit großen, stoffbespannten Rahmen verkleidet, auf die ein mit Olaf befreundeter Maler Tiere der Umgebung gemalt hatte. Denn diese waren, allerdings in ausgestopfter Variante, das Markenzeichen des ursprünglichen Hirschfängers gewesen. Nur die Dachsfamilie über der Eingangstür hatten sie nach dem Anstreichen wieder an ihren Platz zurückgestellt.

Und jetzt sollte einfach so Schluss sein?

Johann kam zurück, einen großen Teller mit belegten Broten und eingelegten Gürkchen darauf, den er auf den Tisch stellte. »Ihr müsst was essen, Kinder.« Er nahm sich ein Käsebrot und biss hinein. »Mit Schnaps auf leeren Magen ist nicht gut Pläne schmieden«, nuschelte er mit vollem Mund.

»Mir ist der Appetit vergangen«, sagte Ida. »Wie können Sie jetzt nur ans Essen denken, Johann?«

»Ich denke immer ans Essen. Es hilft, sich zu beruhigen und die Birne zu sortieren.«

Jetzt griffen auch Paul und Olaf zu, dann saßen sie schweigend und kauend da, jeder in seinen Gedanken versunken.

»Wir versuchen, diesen Investor umzustimmen«, sagte Johann, nachdem er das zweite Brot gegessen hatte. »Vielleicht hat er ein Einsehen, wenn wir ihm ein paar Argumente vortragen.«

»Und was sollen das für Argumente sein?«, fragte Ida mit bissigem Unterton.

»Zerstören einer über lange Zeit gewachsenen Dorfstruktur, Traditionen, Gemeinschaft.«

»Pff«, machte Ida.

»Das ist nett gemeint, Johann, aber vollkommen sinnlos«, entgegnete Olaf, der nun aufstand. »Ich fahre jetzt erst mal nach Hause, in Ruhe nachdenken.«

Alle erhoben sich, und Paul zog sein Smartphone aus der Tasche und fotografierte den Brief des Anwalts.

Als sie draußen vor dem Hirschfänger standen, sahen sie sich das alte Gebäude an, als wären sie selbst Interessenten, die es kaufen wollten. Ein pittoreskes Backsteinhaus, das teilweise mit Efeu bewachsen war. Im Sommer von Stockrosen eingerahmt, die weiße Bank vor der Tür. Im Hof standen ein paar Tische und Stühle.

»Wir müssen als Erstes herausfinden, welche Summe dieser Investor angeboten hat«, sagte Paul dann. »Weiß jemand von euch, wer das überhaupt ist?«

Alle schüttelten den Kopf.

»Okay, das müsste rauszukriegen sein.«

»Und dann?«, hakte Ida skeptisch nach.

Paul drehte sich um und ließ seinen Blick über die Fassade der Gaststätte wandern. »Wir wissen ja nicht, was genau mit der Immobilie passieren soll. Vielleicht will er ja nur sein Geld anlegen und nichts an der Nutzung als Gaststätte ändern.«

»Und dann die Miete verdoppeln«, rief Ida und verschränkte die Arme vor der Brust.

»Vermutlich.« Paul seufzte und nickte resigniert. »Trotzdem, wir müssen erst einmal herausfinden, woran wir sind. Was soll mit dem Haus passieren? Um welche Summen geht es hier überhaupt?«

Olaf und Ida lachten gleichzeitig hell auf. »Und du willst dann mitbieten?«, fragte Olaf belustigt.

Paul hob die Schultern, er wusste, dass dieser Vorschlag sie auch nicht retten würde, er hatte nur irgendetwas sagen wollen. »Wo sollen wir denn das ganze Geld hernehmen, ohne die Bank in Oldenburg zu überfallen?«, seufzte Ida. »Das kann doch alles nicht wahr sein.« Sie starrte einen Moment ins Leere, dann richtete sie sich auf. »Das lassen wir uns einfach nicht gefallen!«, stieß sie nun hervor. »Zur Not bringe ich ihn einfach um!«

»Signora Rossi!« Johann warf ihr einen mahnenden Blick zu. »Ruinieren Sie sich nicht wegen eines minderwertigen Schnösels Ihr restliches Leben.«

Paul betrachtete sie skeptisch. Wenn das jemandem zuzutrauen wäre, dann ihr, dachte er.

»Hab ich ja auch nur so dahergesagt«, beschwichtigte Ida, »aber ich bin so aufgebracht! Eines ist klar, meine Herren, wir werden uns wehren. Und wenn ich das ganze Dorf oder den Landkreis um Geld anpumpen muss!«

Paul grinste. Ja, so kannte er Ida Rossi, die kleine, runde Person mit den dunklen Augen, die das Temperament ihres sizilianischen Vaters und die Sturheit ihrer norddeutschen Mutter in einer einzigartigen Kombination verkörperte. Von Johann wusste er, dass sie eine begeisterte Anhängerin des Wrestlings war und in Jugendzeiten Meisterschaften im Fechten und Ringen gewonnen hatte. Dass sie auf die siebzig zuging, war ihr nicht anzusehen. Das kurze dunkle Haar war nur von wenigen grauen Strähnen durchzogen, und sie bewegte ihren kleinen, füllligen Körper so agil, dass ihr zuzutrauen war, diesen Investor (bestimmt ein geschniegelter Wichtigtuer in schickem Jackett, dezent löchriger Jeans und italienischen Schühchen) mit ein paar gezielten Griffen aus dem Hirschfänger zu befördern.

Er grinste Ida an. »Frau Rossi, uns wird schon was einfallen.«

Alle vier schauten nun auf die Dorfstraße, an deren Rand

Pauls Wagen geparkt war. Ein Porsche 911 S 2.4 Targa, Baujahr 1972, vipergrün, den er vor Jahren von der Witwe eines Entführungsopfers auf nicht ganz koschere Weise übernommen hatte.

Alle schwiegen, dann wanderten die Blicke von Ida, Olaf und Johann, als wären sie ferngesteuert, zu Paul hinüber, der immer noch grinste, bis es langsam erstarb.

»Oh nein!« Er lachte kurz auf. »Das ist nicht euer Ernst!«

»Ich hab den für zweihunderttausend im Internet gefunden«, sagte Olaf ganz leise.

Paul fuhr herum. »Ihr habt schon nach Preisen geguckt?«

»Nur so, ich meine, der ist doch super gepflegt, Johann hält den doch gut in Schuss, und wenn du –«

»Vergiss es! Der Wagen steht nicht zur Diskussion!« Paul wandte sich seinem Vater zu. »Johann, du hast da mitgemacht?«

Der hob nur die Schultern. »Och, mich hat eigentlich nur interessiert, was der so wert ist. Aber verkaufen ... Nein, ich denke, das solltest du nicht tun, Junge. Ich weiß doch, wie viel er dir bedeutet.«

Paul war kein Autonarr, aber an diesem Wagen hing er tatsächlich. Er hatte ihn in der hintersten Ecke der Garage eines wohlhabenden Kaffeehändlerehepaares entdeckt, nachdem der Mann entführt und ermordet worden war. Nach der Aufklärung des Falles hatte ihm die Witwe den Porsche schenken wollen. Zunächst hatte er abgelehnt, aber sich dann doch überreden lassen. Den Kollegen, außer Martin Heimdahl, hatte er erzählt, es sei ein Unfallwagen gewesen und er habe einen Kredit aufgenommen.

Und er wusste natürlich, wie viel echte Autonarren dafür bezahlen würden. Der Wagen war topgepflegt. Johann steckte jede freie Minute hinein und nahm ihn regelmäßig in Augenschein.

»Warum denke ich trotzdem, du würdest nicht Nein sagen?«, sagte Paul, während er seine Autoschlüssel aus der Hosentasche zog.

»Das ist reine Einbildung, mein Sohn. Die neue Lage vernebelt unsere Wahrnehmung. Wir sollten einen klaren Kopf behalten.«

»Da sagen Sie was, Johann«, entgegnete Ida, »wir machen weiter!« Sie wandte sich an Olaf, der resigniert dastand, die Hände in den Hosentaschen, und sie fragend ansah. »Kommen Sie, Olaf, nicht einschlafen, wir haben viel zu tun.«

In dem Moment kam Fokke auf dem Fahrrad wieder zurück, dieses Mal in Begleitung von Finn, seinem Freund, der auf dem Gut Havgart bei Felix von Thomsen arbeitete und der ebenfalls mit dem Rad unterwegs war.

»Habt ihr jetzt auf?«, rief Finn. »Und stimmt das? Der Hirschfänger soll verkauft werden?«

»Wer sagt das?«, stieß Ida aus.

Finn deutete auf Fokke. »Na, er hier. Und der hat's von Stoevesand.«

Das macht viel zu schnell die Runde, dachte Paul. Er seufzte auf, während er zu seinem Wagen ging. Aber so war es halt auf dem Dorf. Daran hatte er sich immer noch nicht gewöhnt.

***

Siri Lundell öffnete die Terrassentür und ließ die frische Meeresbrise hereinströmen. Noch mit beiden Händen an den Türflügeln, atmete sie tief durch und schaute auf die See. Einige Strandspaziergänger waren unterwegs, sie hatten Hunde dabei, die am Wasser entlangflitzten. Es war ein schöner Tag, und sie hoffte, dass das Sturmtief, von dem sie gerade in den Nachrichten gehört hatte, einen Bogen um Heiligenhafen machen würde.

Sie hatte sich einen Pullover übergezogen und ging die Stufen zum Strand hinunter, um ein wenig an der Wasserkante entlangzulaufen. Ab und zu schaute sie sich um und hielt Ausschau nach Oliver. Er war kurz aufgetaucht, als sie mit den anderen die morgendlichen Tai-Chi-Übungen absolviert hatte. »Ich bin doch neugierig, mit wem du die nächsten Tage zusammenwohnen wirst«, hatte er gesagt und sich ein Stück weiter oben am Strand in den Sand gesetzt, bevor er wieder gefahren war.

Als sie wieder zum Haus zurückging, sah sie Léonie und Dominic Hunziker von ihrer Joggingrunde zurückkommen, die sie jeden Morgen an das Tai-Chi-Training anhängten. Dass sie nachmittags eine Wanderung entlang der Küste unternehmen wollten, hielt die beiden nicht von ihrem Lauftraining ab.

»Wir duschen schnell, dann kommen wir zu euch«, rief Léonie ihr zu, während sie mit federnden Schritten die schräge Steinmole vor dem Haus hinter ihrem Mann herlief und im Haus verschwand.

Mathias und Yolanda hatten sich mit einer Tasse Tee an den langen Tisch gesetzt. Hoss stand noch am Küchentresen und goss sich von dem Fastentee ein.

Die Küche lag im offenen Wohn- und Essbereich des Hauses, wobei dieser wohl eher »Trinkbereich« heißen sollte. Dies hatte Hoss, der eigentlich Horst Wedekind hieß, gesagt, als er gemeinsam mit den anderen zum ersten Mal die Strandvilla am Graswarder mit Rollkoffern betreten hatte. Sie gehörten zu einer Gruppe von Leuten, die eine Fastenwanderkur in der Strandvilla namens Haus der Stille gebucht hatten.

Zwölf Tage Fasten und Bewegung, um danach als neuer Mensch in ein neues Leben entlassen zu werden. Dies versprachen Homepage und Prospekte, und die Angebote erfreuten sich großer Beliebtheit. Kaum hatte Siri die Termine bekannt gegeben, waren sie auch schon ausgebucht.

Für Hoss und Yolanda war es die erste Fastenkur überhaupt, während das Ehepaar Hunziker mittlerweile zu den Stammkurgästen zählte.

»Ich hatte ganz schön Muskelkater nach unserem Tai-Chi-Training gestern.« Hoss lachte. »Dabei habe ich mich doch kaum bewegt.«

»Das täuscht. Gerade durch die Langsamkeit und die immer wiederkehrenden Haltungen beanspruchst du Muskeln, die sich bei dir noch nicht vorgestellt haben«, sagte Siri. »Du warst bestimmt auch ganz schön müde danach, oder?«

»Und wie, ich habe geschlafen wie ein Stein. Und vermutlich geschnarcht wie ein Walross.«

»Mach dir darüber keine Gedanken, du sollst dich hier wohlfühlen.«

Hoss zeigte auf seinen fülligen Bauch. »Und ein paar Kilos loswerden.«

»Du wirst es schaffen, Hoss, ganz sicher.«

Siri dachte an das Informationsgespräch, das sie mit allen geführt hatte. Da hatte sich gezeigt, dass Hoss zu den Zweiflern gehörte. Für viele Menschen war es schlicht unvorstellbar, eine Weile nichts zu essen und trotzdem weiterzuleben. Dies löste bei einigen Angst aus, und er war einer von ihnen.

»Bei den Flüssigkeitsmengen werde ich wohl die meiste Zeit auf dem Klosett verbringen«, bemerkte Hoss missmutig. Während die anderen die Sache eher ruhig angingen, wirkte Hoss nervös. Als warte er regelrecht darauf, dass sich quälender Hunger einstellte, dem er erliegen könnte, oder sein Kreislauf zusammenbrechen würde. So hatte er es Siri beschrieben, bevor sie heute Morgen für die Tai-Chi-Übungen an den Strand gegangen waren.

Hoss setzte sich zu den anderen an den Tisch. »Zum Wohl!«, sagte er und hob die Teetasse an.

»Wenn man weiß, dass dies ab morgen die Hauptnahrungsquelle sein wird, bekommt so ein profaner Tee eine ganz neue Bedeutung.« Yolanda trank einen Schluck.

»Nicht nur der Tee, hoffe ich«, sagte Hoss, »ich will mein Verhältnis zum Essen und Trinken komplett neu überdenken.« Er verzog das Gesicht, warf einen kurzen Blick nach oben, wo sich gerade Dominic und Léonie Hunziker befanden, und fuhr mit gedämpftem Ton fort: »Aber nicht so wie diese beiden.«

Siri lächelte. Am ersten Tag hier in der Strandvilla hatten abends alle zusammengesessen und etwas über sich und ihre Essgewohnheiten erzählt. Und so auch erfahren, dass die Hunzikers schon lange ihr ganzes Leben auf gesunde Ernährung und körperliche Fitness ausrichteten. Die anderen hatten nicht schlecht gestaunt, dass die beiden, die sie auf Ende vierzig geschätzt hatten, bereits Anfang sechzig waren. Sie waren hochgewachsen und drahtig, braun gebrannt und hatten eine relativ glatte Haut. Sie hätten auch Geschwister sein können.

Natürlich hatte dies das Interesse der anderen geweckt. Es

stellte sich dann heraus, dass die beiden nach der Theorie der russischen Ärztin Galina Schatalova lebten und nicht mehr als fünfhundert Kilokalorien pro Tag zu sich nahmen. Dass sie Veganer waren, kein Auto besaßen, sondern alles zu Fuß oder mit dem Fahrrad erledigten, verwunderte dann niemanden mehr.

»Eine Handvoll Körner und Beeren aus dem Wald«, sagte Mathias, »spart auf jeden Fall viel Geld.«

»Aber was soll das für ein Leben sein?« Hoss betrachtete nachdenklich seine Tasse. »Essen ist doch Lebensfreude, Sinnlichkeit. Schon allein das Kochen zusammen mit lieben Menschen, für Freunde, die Familie. Ein gutes Glas Wein dazu.« Er seufzte auf. »Ich hab's mir selber eingebrockt, also muss ich die Fastensuppe jetzt auch auslöffeln.«

»Denkt immer daran, dass ihr nach dem Fasten ganz automatisch eine andere Einstellung zum Essen haben werdet«, sagte Siri. »Erinnert euch, was ich über die Gewohnheiten erzählt habe. Die haben sich nicht nur im Essen selbst manifestiert, sondern auch in der Einstellung dazu. Und vor allem, *wie* ihr esst, nicht nur, *was*. All das werdet ihr in der kommenden Woche verstehen. Versucht bis dahin, an etwas anderes zu denken, lebt für den Moment, genießt den Strand, das Meer, und vertraut eurem Körper. Der wird schnell merken, dass er endlich Ruhe vor euch hat, und kann sich jetzt ganz neu aufstellen.«

Das Ehepaar Hunziker hatte geduscht und kam die Treppe herunter. Beide trugen eng anliegende Funktionsshirts und passende Trainingshosen im Partnerlook, die sich nur farblich unterschieden. Gut gelaunt gingen sie in die Küche und bedienten sich an den Getränken, die Siri auf der Anrichte bereitgestellt hatte. Mehrere Flaschen stilles Wasser verschiedenster Sorten, Fruchtsäfte und eine große Auswahl an Tees.

»Wusstet ihr eigentlich, dass während des Fastens größere Umstellungen und Veränderungen in eurem Stoffwechsel stattfinden als in einer Schwangerschaft?«, sagte Siri.

»Ich werde daran denken, wenn ich die nächste Schwangerschaft plane«, lachte Hoss und klopfte auf seinen Bauch. Dann wandte er sich Mathias zu. »Und du bist dir sicher, dass du den

Aufenthalt hier überlebst? Du hast doch kein Gramm zu viel auf den Rippen.«

Mathias lachte.»Ich hoffe es doch. Aber ich brauche, ähnlich wie du, eine Grundreinigung.« Er tippte sich an die Stirn.»Aber eher hier oben.«

Yolanda lächelte Mathias an.»Du willst dein Leben neu aufstellen? Dann hast du dasselbe Ziel wie ich.«

»Neu aufstellen«, erwiderte Mathias,»so könnte man es nennen. Ich habe eine spannende Mission vor, von der ich nicht weiß, wie sie ausgehen wird.«

»Beruflich?«, fragte Yolanda.

»Schwer zu sagen. Ich bin selbstständig. Und ich bin so mit meiner Arbeit verwachsen, dass eine Abgrenzung zum Privatleben eigentlich gar nicht möglich ist.« Mathias dachte nach. »Ich muss gewisse Dinge regeln.« Er hob entschuldigend die Hände.»Sorry, dass ich so schwammig bleibe, aber ich bin mir über einiges selbst noch nicht im Klaren und muss erst noch ein paar ›Recherchen‹ anstellen.« Er unterstrich das Wort mit einer Gänsefüßchengeste.»Und ich hoffe, dass mir das Fasten hilft, ein paar Dinge klarer zu sehen. Ich habe das vor vielen Jahren einmal ausprobiert, als ich in eine schwere Schaffenskrise geraten war. Und durch das Fasten konnte ich alle Zweifel abbauen, die Arbeit lief wieder, ich war so produktiv wie nie zuvor.«

»Du sprichst von dem Fasten-High«, sagte Hoss,»ich habe darüber gelesen und freue mich schon darauf.« Er rieb sich lachend die Hände.

»Auf jeden Fall wird die Serotoninproduktion angeregt, das sind die Glückshormone«, ergänzte Siri.»Und je länger man fastet, desto länger bleibt es im Blut, und wir fühlen uns einfach gut.«

»Ich fühle mich schon jetzt gut.« Mathias leerte seine Tasse und erhob sich.»Um zwei treffen wir uns dann zum Essen?«

»Genau«, sagte Siri,»und dann erzähle ich euch, wie wir morgen ins Fasten starten. Wie ihr den Leberwickel anfertigt, und so weiter.« Sie schaute einen nach dem anderen an.»Habt ihr noch Fragen zu irgendetwas?«

Alle schüttelten den Kopf.

»Was werdet ihr bis mittags unternehmen?«

Léonie stand auf, stellte sich hinter ihren Mann und legte die Hände auf seine Schultern. »Wir machen eine Radtour nach Hohwacht, das ist zu schaffen bis mittags.«

»Dann müsst ihr aber ordentlich in die Pedale treten«, sagte Hoss. »Ich mache lieber einen ausgedehnten Strandspaziergang. Bewegung soll ja den Hunger verscheuchen.«

»Hast du denn gerade Appetit?« Yolanda sah ihn lächelnd an.

»Eigentlich nicht. Aber er könnte ja noch kommen, und wenn ich laufe, dann kriege ich das vielleicht nicht mit.«

Siri lachte. »Tu das, Hoss, ich denke, das ist die beste Ablenkung.«

Sie wandte sich Yolanda zu. »Und was hast du vor?«

»Ich nehme auch das Rad, ich lasse mich überraschen, wo ich lande.« Sie deutete auf das Buch, das auf dem Tisch lag. »Ansonsten habe ich mir Lesestoff mitgebracht.«

Hoss tippte mit dem Finger darauf. »Selbstschutz durch Deeskalation‹. Ich hoffe, das liest du nicht wegen uns.«

»Ich glaube, ich war selten in so einer friedlichen und fürsorglichen Gruppe wie hier mit euch. Ich habe mich sogar ohne Dienstwaffe hierhergetraut.«

Lachend erhoben sie sich vom Tisch.

»Und Mathias, hast du dir auch etwas vorgenommen?«, sagte Siri.

»Ich mache es wie Yolanda, mit dem Rad die Küste runter.«

»Weißt du schon, wohin?«

»Havgart, ein kleines Dorf in der Hohwachter Bucht. Dort gibt es einen Landgasthof, den wollte ich mir mal anschauen.«

Siri lachte. »Du willst es aber wissen, oder? Lass dich nicht zu einem üppigen Mittagessen verführen.«

»Keine Sorge, ich interessiere mich mehr für die Immobilie als für das Essen.«

ZWEI

Samstag, 8. Oktober

Die Stimmen waren auch noch zu hören, als Paul die Augen aufschlug. Er war noch nicht ganz eingeschlafen, konnte also nicht geträumt haben. Jetzt lachte jemand. Angestrengt sah er zum Fenster, das gekippt war. Er schloss wieder die Augen und lauschte der Brandung, dem gemächlichen und leichten Rauschen der Wellen. Wieder Stimmen, es klang aber nicht fröhlich, sondern ... irgendwie drohend. Oder verängstigt. In seinem Kopf drehte sich alles. Da sie erst kurz vor Morgengrauen ins Bett gegangen waren, nachdem sie Martin Heimdahls wie immer vorzüglich zubereiteten Dorsch mit mehreren Flaschen Wein genossen hatten, war er schlicht noch betrunken. Sie hatten sich in stundenlangen Diskussionen über den Sinn des Lebens im Allgemeinen und ihre Zukunft im Besonderen unterhalten und festgestellt, dass Heimdahl weitermachen würde wie bisher, obwohl er keine Ahnung hatte, wie er das bis zu seiner Pensionierung durchhalten könnte. Und dass Paul sich endlich für einen der vorgegebenen Wege entscheiden sollte: wieder in den Polizeidienst einsteigen oder als Gastronom arbeiten. Und als der Wein ausgetrunken war, hatte Heimdahl noch den guten Hebridean Single Malt geholt, den seine Mutter Bente von einer Reise auf die schottischen Hebriden mitgebracht hatte. Und der hatte Paul den Rest gegeben. Jedenfalls wusste er gerade nicht mehr, wie er bis hier oben in sein Bett gekommen war.

Unten am Strand war es jetzt ruhig, aber der letzte Ruf, der ließ ihm keine Ruhe. Irgendwas stimmte da nicht. Er stand auf und ging zum Fenster, dabei stieß er mit dem Kopf an die Dachschräge, obwohl er die eigentlich kennen sollte, nach den Jahren, in denen er in Heimdahls Gästezimmer geschlafen hatte. Es herrschte nur mäßiger Seegang, verschwommen sah er das blasse Weiß der Wellen an den Strand gleiten. Er öffnete das

Fenster und musste sich ein Auge zuhalten, um besser sehen zu können. Jemand stand unten am Wasser und beugte sich über etwas Längliches, Dunkles. »Hey!« Paul lehnte sich aus dem Fenster. »Alles in Ordnung?«

Die Gestalt stand immer noch leicht gebückt da und drehte nun den Kopf in seine Richtung. Mechanisch, wie ein Roboter. Das Gesicht war weiß, wie eine venezianische Phantommaske. Paul stöhnte laut auf. »Verflucht!«

Er ging ein paar Schritte Richtung Tür, merkte aber, dass ihm kalt war, da er nur ein T-Shirt trug. Also zog er die klamme Jeans über, die neben der Tür auf dem Boden lag. Sand rieselte heraus, als er hineinschlüpfte. Dann verließ er das Zimmer und ging die steile Treppe hinunter, ganz langsam, Stufe für Stufe, beide Hände fest am Handlauf.

Er öffnete die Tür des Hinterausgangs. Es war mittlerweile so hell, dass er den Strand überblicken konnte. Er schaute in alle Richtungen, konnte aber niemanden sehen, also ging er weiter bis zum Wasser. Dabei machte er einen Schlenker nach links, fing sich aber wieder. Er steuerte auf das zu, was an der Wasserkante lag. Es sah aus wie ein großer langer Haufen Algen und Seegras. Wieder hielt er sich ein Auge zu. Eine Robbe? Aber das, was da lag, bewegte sich nicht. Er schüttelte sich, fluchte leise und ging weiter.

Der dunkle Haufen war natürlich keine Robbe, auch kein Seegras. Vor ihm lag jemand, halb im Wasser, halb im Sand. Tang lag über dem Gesicht, und als Paul ihn entfernt hatte, sah er das Antlitz eines Mannes, der ihn anstarrte.

»Komm schon!« Er tätschelte die kalten Wangen, überprüfte die Vitalfunktionen, konnte jedoch keine Lebenszeichen feststellen. Leichte Wellen schwappten über den Mann, und Paul packte ihn unter den Armen, um ihn aus dem Wasser zu ziehen. Noch einmal versuchte er, den Puls zu tasten, und da er wieder nichts fühlen konnte, begann er mit der Herzdruckmassage, dreißigmal, zweimal beatmen, Massagen, immer und immer wieder. Erst als Paul schon deutlich länger als üblich versucht hatte, den Mann ins Leben zurückzuholen, gab er auf. Er sank in den Sand und sah in das Gesicht. Die leblosen Augen bestätigten ihm, dass alle Mühe vergebens war.

Wenn ich doch nur schneller gewesen wäre, dachte Paul, während er mühsam wieder aufstand. Er schaute noch einmal in alle Richtungen. Wohin war der andere verschwunden? Niemand sonst war am Strand. Er musste zurück und Martin wecken, was ihm jetzt schon leidtat. Der hatte in den letzten Wochen beinahe jeden Tag Überstunden geschoben, auch an einigen Wochenenden war er im Einsatz gewesen. Und jetzt nötigte ihn der angekündigte Sturm auch noch, Vorkehrungen an seinem Haus zu treffen. Die einzige echte Erholungspause war das gestrige gemeinsame Abendessen gewesen. Lange hatten sie nicht mehr so entspannt beisammengesessen.

Heimdahl lag immer noch im Wohnzimmer auf dem Sofa, wo Paul ihm noch die Wolldecke übergelegt hatte, bevor er die Treppe zum Gästezimmer hochgewankt war, teilweise auf allen vieren.

»Martin, du musst aufstehen!«

Es dauerte eine Weile, bis Heimdahl endlich ein Lebenszeichen von sich gab. »Spinnst du?«, murmelte er. »Es ist doch noch nicht mal hell.« Schlaftrunken richtete er sich auf und sah sich um. »Oh … Hab ich so lange geschlafen?« Er fuhr sich durch die Haare und sah Paul mit wirrem Blick an. »So ein Mist, ich wollte doch was am Haus –«

»Komm, los, es ist was passiert!« Paul war schon wieder Richtung Tür gegangen.

»Mit dem Haus?« Martin Heimdahl blickte erschrocken drein, immerhin war er jetzt wach.

»Nein, nicht mit dem Haus. Aber draußen liegt einer und …« Paul hielt kurz inne, so unwahrscheinlich kam ihm das jetzt selbst vor. »Da liegt ein Toter draußen.«

Heimdahl fuhr mit dem Kopf herum. »Was?«

»Da draußen liegt ein toter Mann am Strand, steh jetzt endlich auf!«

Heimdahl lachte hell. »Du hast schon wieder geträumt und bist geschlafwandelt.«

Paul selbst hatte sich auf dem Weg zum Wasser gefragt, ob er das jetzt gerade wirklich tat. Denn es war tatsächlich vorgekommen, dass er im Haus umhergewandelt und in der Küche wieder wach geworden war. Aber jetzt war er sich ganz sicher, dass dies keiner seiner Alpträume war. Das hier war echt und deshalb viel schlimmer.

Er riss die Arme hoch und heulte einmal auf. »Verflucht, nein, da liegt einer!« Er wandte sich ab. »Ich geh wieder raus, mach doch, was du willst.«

Paul merkte jetzt erst, wie sehr er in seinem T-Shirt zitterte. Außerdem wurde ihm schlecht, er hatte das Gefühl, dass diese fatale Mischung aus Wein und Whisky sich gerade den Weg nach oben bahnen wollte. Auch das noch, dachte er und versuchte, das saure Gefühl in der Speiseröhre zu ignorieren, doch er spürte, dass es dafür zu spät war. Er schaffte es gerade noch auf die Toilette und übergab sich. Bei jedem Würgen spürte er den schmerzenden Druck in seinem Kopf, und er hatte das Gefühl, dass der Schädel gleich auseinanderfliegen würde. Als er fertig war, ging es ihm schon besser, allerdings fror er so stark, dass seine Zähne klapperten. Das lag auch an den nassen Hosenbeinen; er musste sich irgendwas Warmes anziehen. Nachdem er den Mund ausgespült und sich kaltes Wasser ins Gesicht geklatscht hatte, lief er zurück ins Wohnzimmer, wo noch sein Hoodie liegen musste.

Heimdahl war aufs Sofa zurückgefallen und wieder eingeschlafen.

»Martin!«, rief Paul, während er versuchte, den Hoodie richtig herum, also mit der Kapuze nach hinten, über den Kopf zu ziehen. Dann dachte er: Wozu sich noch groß beeilen? Dem Mann war ohnehin nicht mehr zu helfen. Allerdings machte ihm diese andere Person Sorgen, die verschwunden war.

Heimdahl stand nun tatsächlich auf und bewegte sich wackelig vorwärts, die hellen Haare in alle Richtungen abstehend. Dabei nuschelte er vor sich hin.

Als Paul wieder den Strand hinunterging, huschte ein Déjà-vu vorbei, das wie ein zweiter Paul ebenfalls am Strand entlanglief und dabei fluchte und schimpfte. Er hatte das starke Gefühl, dass er dies alles zum wiederholten Mal tat. Und dieses Gefühl war schon da gewesen, bevor er den Toten gefunden hatte. Er war sich fast sicher, dass er vorher schon am Strand gewesen war.

Als Paul an der Wasserkante angekommen war, lag da aber kein toter Mann mehr. Verblüfft sah er sich um, begann dann, hin und her zu laufen. »Das gibts doch nicht!«

Heimdahl kam langsam näher, drehte sich einmal im Kreis und sah Paul fragend und sauer zugleich an.

Paul zeigte auf die Stelle, an der der Mann eben noch gelegen hatte. »Hier hab ich ihn liegen lassen, genau hier!«

Er erinnerte sich, dass er ihn so weit an Land gezogen hatte, dass man die Schleifspuren noch sehen müsste, und tatsächlich fand er sie.

»Hier! Martin, komm her.« Er deutete auf die Stelle. »Siehst du das? Hier hat er gelegen.«

»Aber da liegt jetzt niemand mehr.«

Paul stand da und hielt die Hände an den Kopf, als wollte er verhindern, dass dieser herunterfiel. »Das kann einfach nicht sein.« Er sah zu den Strandvillen hinüber. »Der war gar nicht tot, Martin. Der ist aufgestanden und weggegangen.« Er lachte irre auf, dann lief er los und ließ Heimdahl mit offenem Mund dastehen.

Schwer atmend rannte Paul hinauf zum Weg vor den Häusern, lief ein Stück in beide Richtungen. Als er wieder am Strand angekommen war, stand Heimdahl immer noch an derselben Stelle.

»Was hast du überhaupt hier draußen gemacht? Konntest du nicht schlafen? Wegen dieser Kündigung?« Heimdahl fuhr sich mit beiden Händen übers Gesicht. »Oder hast du wirklich geschlafwandelt und ihn aus Versehen umgebracht?«

Paul wusste, dass es besser war, gar nicht darauf einzugehen. Egal, was er antwortete, alles würde Heimdahl zu weiteren blöden Bemerkungen veranlassen.

Heimdahl ging auf ihn zu. »Also, noch mal ganz langsam. Was ist passiert?«

Paul ließ sich in den Sand fallen und stützte die Ellenbogen auf die angezogenen Knie. »Ich habe Rufe gehört, das Fenster war offen.«

»Was für Rufe?«

»Streit ... Da haben sich Leute angeschrien.« Er dachte einen Augenblick nach. »Aber auch gelacht ... Und jemand hat sich über den Toten gebeugt.«

»Echt?«

»Ganz sicher. Ich habe noch gerufen, ob alles okay sei.« Paul versuchte, sich den anderen ins Gedächtnis zurückzuholen. Obwohl er das Gesicht nicht hatte erkennen können, sah er es mittlerweile wie eine starre weiße Maske vor sich. Anonymous leibhaftig, als wäre er dem Internet entstiegen. »Er starrte mich nur an. Glaube ich, es war ja noch nicht mal ganz hell.«

»Und dann?« Trotz seines Zustands war Heimdahl hellhörig geworden.

»Dann bin ich runter und hab ihn da vorne liegen sehen. Und der andere war nicht mehr da.«

Heimdahl sah sich um, er schien vollkommen ratlos zu sein. Paul seufzte einmal tief auf. »Was machen wir denn jetzt?«

»Ja nix. Was sollen wir deiner Meinung nach machen? Oder siehst du hier irgendwelche Hinweise auf ein Verbrechen?« Heimdahl kratzte sich am Hinterkopf. »Wie sah der Mann denn aus? Also, der Tote. Bist du ganz sicher, dass er nicht mehr lebte?«

Paul hatte das Gefühl, dass sich das Gesicht des Mannes schon wieder verflüchtigen wollte. Genauso wie die Gestalt des anderen.

»Paul?« Heimdahl beugte sich zu ihm hinunter, dabei schwankte er einmal zur Seite, fand aber das Gleichgewicht wieder.

Paul legte die Hände vor sein Gesicht. Ja, ja, ja, sagte er sich, der Mann war da, und er lebte nicht mehr. Das Gesicht ... das Gesicht ... Wie hatte er ausgesehen? Er musste sich erinnern, es laut aussprechen. »Blonde Haare, kurz ... blaue Sweatjacke ... Jogginghose ... kein Bart.« Paul stand auf. »Und der war tot!« Er packte Heimdahl am Ärmel seines Pullis. »Komm, wir müssen die Gegend absuchen, irgendwo muss er doch sein.«

Paul sah, wie sehr Heimdahl sich bemühte, der ganzen Sache zu folgen.

»Der andere hat ihn mitgenommen«, sagte Heimdahl dann, »ist doch klar. Entweder war der Tote doch nicht tot und konnte laufen, oder der andere hat ihn weggeschleppt.«

Paul sah sich um. Von hier aus war es nicht weit bis zum Weg oben. Und wenn er so darüber nachdachte, wie lange sie gebraucht hatten, bis sie wieder am Strand waren ...»Das heißt, dieser Unbekannte muss den anderen umgebracht haben. Warum sonst sollte er die Leiche verschwinden lassen?«

Heimdahl holte tief Luft. »Vielleicht, vielleicht auch nicht. Der Mann kann auch ohnmächtig geworden sein, und der andere wollte ihn so schnell wie möglich wegbringen.«

»Aber da wäre es doch einfacher gewesen, mich um Hilfe zu bitten, ich habe doch gerufen.«

»Die Typen können alles Mögliche gemacht haben, zum Beispiel –« Ein lauter Schluckauf unterbrach Heimdahls Rede. Er schüttelte resigniert den Kopf. »Ich bin so betrunken ... Großer Gott.«

»Geh eine Runde schwimmen«, sagte Paul, »danach bist du nüchtern, und wir überlegen, was wir tun können.«

»Spinnst du? Ich geh doch nicht in aller Herrgottsfrühe da rein, mir ist auch so schon arschkalt.«

»Ach, komm, das haben wir doch schon öfter gemacht. Du musst jetzt was unternehmen!«

Paul hatte mit einer weiteren Bemerkung gerechnet, doch Heimdahl sah ihn nur kurz an, dann stemmte er beide Fäuste in die Hüften. »Hätte ich damals nur auf Mama gehört und Clausens Fischbrötchenbude am Hafen übernommen. Ich wäre jetzt reich und könnte mich ganz in Ruhe besaufen, ohne schlechtes Gewissen.«

»Ich hab dir das schon tausendmal gesagt, du hättest es keine zwei Wochen ausgehalten. Spätestens ab da hättest du deine Kunden angeblökt, weil sie dir aufn Sack gegangen wären, und hättest dann doch die Polizeilaufbahn eingeschlagen.« Paul war kalt, er verschränkte die Arme vor dem Körper.« Jetzt mach schon, spring da rein. Ich hole schnell mein Handy und fotografiere diese Schleifspur.«

»Ich hasse es! Oh, wie ich das alles hasse!« Heimdahl rieb sich die Hände, zog sich in Windeseile aus und rannte los. Mit einem lang gezogenen »Scheiiißeeee!« verschwand er per Kopfsprung in der nächsten Welle.

***

Nach seinem Ausnüchterungsbad in der Ostsee war Heimdahl halbwegs ansprechbar gewesen. Paul hatte ein Handtuch für seinen Freund geholt, dann war er den Strand entlanggelaufen, bis zum Beobachtungsturm und dann den Graswarderweg wieder zurück. Später waren sie beide noch einmal in die andere Richtung gegangen. Aber die Suche blieb erfolglos. Von dem blonden Mann in der blauen Jacke fehlte jede Spur. Genauso wie von der anderen Person.

Nach einem Kaffee beschlossen sie, die benachbarten Häuser abzuklappern, trotz der frühen Uhrzeit. Heimdahl zweifelte mittlerweile nicht mehr an, dass sein Freund tatsächlich einen toten Mann gesehen hatte. Er wusste zwar von Pauls zeitweisen Phasen des Somnambulismus, doch Pauls Aussagen waren so überzeugend gewesen, dass er eingesehen hatte, dass sie handeln mussten.

»Dir ist schon klar, dass du vor ein paar Wochen unten in der Küche zugange warst und dir im Schlaf ein Spiegelei gebraten hast?« Heimdahl ging neben Paul, beide hatten Kaffee in Thermobechern dabei, die sie sonst immer zum Angeln mitnahmen, wenn sie mit dem Boot in den Fehmarnsund hinausfuhren.

»Wenn du das sagst«, erwiderte Paul knapp, dem dieser Vorfall unangenehm war.

»Ich habe dich dabei beobachtet, weil ich mal gehört habe, man soll Traumwandler nicht wecken.«

»Jaja.«

»Du hast sogar die Herdplatte wieder ausgeschaltet und das Ei auf einen Teller gelegt, eine Scheibe Brot dazu.« Paul sah zum Naturschutzgebiet hinüber, hörte aber an Heimdahls Tonfall, dass er grinste.

»Aber du hast es nicht gegessen, sondern bist wieder ins Bett gegangen.«

»Ich bin ein netter Schlafwandler und habe es nur für dich gemacht. Da kannst du mal sehen, selbst im Traum habe ich dich lieb.« Paul blieb stehen. »Ja, verdammt! Ich hab noch ganz andere Sachen gebracht, das weißt du doch.«

»War da nicht mal was mit dem Auto?« Heimdahl lachte. »Erzähl noch mal, ich weiß es nicht mehr genau.«

Paul stöhnte und ging weiter. »Das war in Hamburg. Ich bin um drei Uhr morgens an die Elbe rausgefahren, habe ordentlich geparkt und bin auf den Deich geklettert. Ich glaube, ich habe das Wasser gesucht und wollte schwimmen gehen. Gott sei Dank ist ein betrunkener Typ unten langgegangen, der von einer Party kam. Der hat mich geweckt, und ich bin wieder nach Hause gefahren.« Jetzt musste auch Paul lachen. »Stell dir das mal vor. Ein Mondsüchtiger und ein Besoffener treffen sich nachts am Deich. Das ist so absurd, so was kann man gar nicht erfinden.«

Paul wandte sich Martin Heimdahl zu. »Aber dieses Mal war ich wach, glaub mir, ich habe mich selbst geohrfeigt, um zu prüfen, ob ich nicht doch träume.«

»Ist ja gut, ich glaube dir doch.«

Sie gingen schweigend nebeneinanderher, und Paul dachte, dass dieser morgendliche Spaziergang mit heißem Kaffee eigentlich ganz schön hätte sein können. Die Vögel im Naturschutzgebiet veranstalteten ein munteres Getöse, das jedes Mal beruhigend auf Paul wirkte. Es vermittelte ihm das Gefühl von Geborgenheit, Zufriedenheit, wie eine Demonstration, dass hier draußen die Welt noch in Ordnung war. Doch das Gegenteil war der Fall, alles fühlte sich schief und falsch an. Genauso schief wie der Beobachtungsturm.

Paul wurde das Gefühl nicht los, er hätte irgendetwas angestellt, etwas Schlimmes, das er gut verdrängt hatte. Nur das schlechte Gewissen hatte seinen kleinen Anker geworfen, aber was am anderen Ende der Leine hing, die im trüben Wasser der Ahnungen verschwand, das konnte er nicht finden. Plötzlich huschte ein Erinnerungsfetzen durch seinen Kopf, und Paul konnte ihn packen. Hatte er den blonden Mann in der blauen Jacke nicht vorher schon mal gesehen? Nicht sogar mit ihm gesprochen? Denn auf einmal hatte der Mann eine Stimme. Und die Augen waren nicht blass und starr, sondern voller Leben und hatten Paul angeschaut.

»Martin …« Paul zögerte, er kam sich schon wieder ziemlich blöd vor. »War ich zwischendurch draußen? Oder wir beide? Also, bevor ich hoch in mein Zimmer gegangen bin?«

»Ja klar, wir waren am Strand. Ich weiß auch nicht mehr alles, aber wir haben gewettet, wer am weitesten ins Wasser pinkeln kann. Und du bist ein paarmal nach hinten weggekippt wie ein voller Reissack.«

»Hör auf, will ich gar nicht hören.« Langsam gingen sie weiter. »Kann man so einen Filmriss haben, dass man Dinge tut, an die man sich dann nicht mehr erinnert?«

Heimdahl zuckte mit den Schultern. »Klar. Bei den Mengen, die wir intus hatten oder immer noch haben.«

»Und was habe ich dann gemacht?«

»Keine Ahnung. Ich weiß nur noch, dass du mich geweckt hast.«

In Pauls Kopf ging jetzt alles durcheinander. Sie waren also am Strand gewesen. Er musste sich sammeln, sich konzentrieren, er musste den Alkohol aus seinen Adern kriegen. »Scheiß Sauferei, das muss aufhören«, sagte er, als sie an der benachbarten Strandvilla angekommen waren. »Weißt du, welche überhaupt bewohnt sind?«

Heimdahl deutete auf die Villa vor ihnen. »Die hier zum Beispiel. Hier sind vor Kurzem ein paar Leute eingezogen, die eine Fastenkur machen.«

Paul dachte an die Gruppe, die er am Strand beobachtet hatte. »Ich glaube, die habe ich gestern gesehen, beim Tai-Chi.«

»Genau, das sind sie. Siri Lundell, eine Ärztin, organisiert seit ein paar Jahren diese Fastenkuren. Sie hat der Villa auch den Namen gegeben, Haus der Stille, weil man sich dort erholen und zur Ruhe kommen soll.«

»Echt?« Paul betrachtete seinen Freund verwundert. »Davon hast du noch nie erzählt.«

»Vergessen. Ich bin doch sowieso nie hier. Und wenn, dann arbeite ich an meinem Haus.«

»Ich wusste gar nicht, dass man Arzt sein muss, um eine Fastengruppe anzuleiten.«

»Muss man auch nicht. Aber Siris Gäste haben meist eine Vorerkrankung, so hat sie mir das mal erklärt. Und die kann sie dann im Auge behalten.«

Sie gingen auf das Haus zu. »Ist noch verdammt früh«, sagte Paul, »die werden sich bedanken.«

»Egal.« Heimdahl drückte auf die Klingel, und erstaunlicherweise wurde sogleich die Tür geöffnet.

Es war Siri Lundell, die in Jogginghose, Sweatshirt und in dicken Wollsocken vor ihnen stand, eine Tasse in der Hand. Sie sah die beiden fragend an. »Martin, so früh auf den Beinen? Ist etwas passiert?«

Heimdahl entschuldigte sich für die Störung, stellte Paul kurz vor, dann kam er gleich zur Sache. »Wir würden gerne wissen, ob hier jemand vermisst wird.«

»Vermisst?« Siri Lundell runzelte die Stirn und trat zur Seite. »Kommt doch erst einmal rein.«

Die beiden Männer folgten der Frau in einen Wohnraum mit offener Küche, ähnlich wie bei Martin Heimdahl auch, nur geräumiger.

»Setzt euch. Wollt ihr einen Tee? Oder einen Kaffee?«

Beide verneinten, und Heimdahl hob seinen Becher an. »Ist noch was drin, danke.«

»Wieso sollte ich jemanden vermissen?«, wollte Siri Lundell nun wissen.

Heimdahl berichtete kurz von dem nächtlichen Vorfall, erwähnte dabei natürlich nicht, dass sowohl er selbst als auch sein

Freund Paul aufgrund übermäßigen Alkoholkonsums nicht ganz auf dem Posten waren.

Siri Lundell hörte gebannt zu. Paul beobachtete sie, und ihm fiel auf, wie überaus hübsch sie war. Er dachte wieder daran, wie leicht und grazil sie sich gestern beim Tai-Chi am Strand bewegt hatte. Die blonden Haare, die einen entzückenden Rotstich hatten, trug sie heute offen, und er sah, dass sie im Gesicht, am Dekolleté und an den Armen Sommersprossen hatte. Er fragte sich, wie alt sie wohl sein mochte. Mitte, Ende dreißig?

Heimdahl hatte die Schilderung des Vorfalls beendet. Die zweite Person hatte er nicht erwähnt.

»Das gibt's doch nicht«, sagte Siri leise und sah dann Paul an. »Das tut mir so leid für dich.«

Sie duzte ihn, und das gefiel Paul ebenso wie alles andere an ihr. Er zuckte nur mit den Schultern. »Nicht so schlimm, ich bin so was gewohnt.«

»Bist du Mediziner?«, wollte sie wissen.

»Nein, ich bin ein Kollege.« Paul deutete auf Martin Heimdahl.

»Ein Polizist, verstehe«, sagte Siri, »trotzdem ist so ein Vorfall belastend. Vor allem, wenn der Mann nicht mehr auffindbar ist.«

»Ich vermute mal, du hast die anderen heute früh noch nicht gesprochen.«

Sie schüttelte den Kopf. »Nein, sie schlafen noch.«

»Wie viele sind in der Fastengruppe?«

»Es sind fünf Leute, wie immer.« Dann wandte sie sich an Paul. »Wie sah der Mann denn aus?«

»Er war groß, blond, hatte eine knallblaue Jacke an, so eine für Sport. Ich schätze ihn auf so Ende vierzig.«

Siri wurde blass, dann warf sie ihm einen erschrockenen Blick zu. »Das hört sich nach Mathias an.«

»Einer der Gäste hier?«, fragte Heimdahl.

Siri Lundell nickte. »Mathias Lieven, ja, die Beschreibung passt. Und gestern trug er die blaue Jacke.« Sie stand auf. »Sein Zimmer ist oben, ich gehe nachschauen. Schlimmstenfalls wecken wir ihn auf.«

Paul und Heimdahl erhoben sich ebenfalls und folgten Siri die Treppe hinauf. In der ersten Etage lagen mehrere Zimmer, und Siri klopfte leise an die Tür mit der Nummer zwei. Sie warteten einen Moment, dann klopfte sie erneut. »Mathias? Ich bin's, Siri, es tut mir leid, dich zu wecken.« Als es still blieb, drückte Siri vorsichtig die Türklinke herunter und schaute ins Zimmer. Mit erschrockenem Gesichtsausdruck wandte sie sich wieder Martin Heimdahl zu. »Er ist weg.«

***

Das Zimmer Nummer zwei lag zur Seeseite hinaus. Der weiß gestrichene Holzdielenboden, die weiß gekälkten Wände und die puristische, aber stilvolle Einrichtung vermittelten Frische und Bescheidenheit zugleich, und Paul konnte sich gut vorstellen, hier eine Weile auszuspannen und zur Ruhe zu kommen. Der Raum hatte etwas von einer Mönchszelle, und das war bestimmt so gewollt, dachte er. Außer einem Bild an der Wand gab es keinerlei Deko oder irgendeinen maritimen Krimskrams, wie man ihn sonst in Ferienunterkünften fand. Einfachheit und die Weite der Landschaft würden schon dafür sorgen, neue Energien in Geist und Körper fließen zu lassen.

Er dachte daran, dass sein Zimmer, das er zeitweise bei Heimdahl bewohnte, wenn er im Hirschfänger arbeitete, ziemlich zugemüllt war. Ungewaschene Klamotten lagen auf den Stühlen herum, Bücher und Zeitungen hatte er auf der Kommode oder einfach auf dem Fußboden abgelegt. Außerdem hing ein alter Ölschinken an der Wand, den Paul ganz furchtbar fand. Die Frau darauf blickte den Betrachter so missmutig an, als wäre sie es leid, so lange stillzuhalten, bis der Künstler, der sie porträtierte, sie endlich wieder entließ. Paul würde das Bild gleich abnehmen und in den Schrank stellen. Und dann aufräumen. So ein luftiges Ambiente würde er mit ein paar Handgriffen ebenfalls hinbekommen.

Dieses Zimmer jedenfalls wirkte so, als warte es auf einen

neuen Gast. Das Bett war gemacht, nicht ein persönlicher Gegenstand befand sich hier.

Heimdahl bat Siri, draußen zu warten. »Entschuldige, aber die Sache scheint doch ernst zu sein.«

Siri nickte und blieb im Flur stehen.

Er fischte nach dem Ärmel des Pullovers unter der Jacke und zog ihn über die rechte Hand. Dann öffnete er den Kleiderschrank, der leer war. Die Tür zum Bad war angelehnt, sodass er sie mit dem Fuß öffnen konnte. Paul sah ebenfalls kurz hinein, auch hier war nichts, keine Zahnbürste, Seife oder sonst irgendetwas, das Mathias Lieven gehört haben könnte. Die Handtücher hingen an den Haken, das Bodentuch hing ordentlich zusammengefaltet über der Duschkabine.

»Das verstehe ich nicht«, sagte Siri leise, als die beiden wieder aus dem Zimmer kamen.

»Wir müssen mit den anderen Gästen sprechen«, sagte Heimdahl und deutete auf die Zimmertüren, »kannst du sie bitte wecken? Wir warten dann unten.«

Wieder unten angekommen, sahen sie sich um.

»Es ist lange her, dass ich hier drin gewesen bin«, sagte Heimdahl, »hat sich ganz schön verändert.«

Hinter einer kleinen Diele öffnete sich ein großzügiger Raum. Der lange Esstisch darin sah aus, als wäre die Tischplatte aus Treibholzbohlen zusammengesetzt worden. Paul dachte an das Essen gestern Abend, als sie gemeinsam den Fisch zubereitet hatten, dann ging ihm der Gedanke durch den Kopf, dass an diesem Tisch in den nächsten Tagen keine üppigen Speisen serviert werden würden. Eine doppelte Verandatür und zwei Fenster zu jeder Seite öffneten das Haus hin an den Strand und zur Ostsee.

»Es ist phantastisch«, sagte Paul, »genauso wie dein Haus auch.«

»Phantastisch ja, wenn du Zeit und Mittel hast, es vor der See in Schutz zu nehmen.«

Paul strich mit dem Finger über eine antike Kommode, die neben der Verandatür stand und teuer aussah. »Wem gehört das Haus hier eigentlich?«

»Oliver Hendricks«, sagte Heimdahl, »oder seinem Vater, weiß gar nicht so genau. Zumindest verwaltet Oliver es zusammen mit seiner Frau. Ihnen gehören auch die Ferienwohnungen draußen in Johannistal. Ach so, und der Campingplatz«, er zeigte mit dem Finger Richtung Osten, »dahinten, in Ortmühle.«

»Ah, den kenne ich. Freunde von mir haben da mal Urlaub gemacht, soll ganz nett da sein.«

Heimdahl lachte. »Laut Oliver ist es der beste überhaupt, ihn als ›ganz nett‹ zu bezeichnen, würde er als Beleidigung ansehen, wie ich ihn kenne.«

Von oben kamen Stimmen, und kurz darauf betraten eine Frau und ein Mann den Raum. Sie sahen verschlafen und besorgt zugleich aus und blieben am Tisch stehen.

»Guten Morgen, ich bin Martin Heimdahl, von der hiesigen Polizei.« Er deutete kurz auf Paul. »Und das ist mein Kollege Paul Lupin. Setzen Sie sich bitte.«

Kollege, dachte Paul, wie sich das anhört. Aber er wusste auch, dass Martin Heimdahl keine Lust auf lange Erklärungen hatte und deshalb diese Kurzvariante vorzog.

Siri kam die Treppen herunter. »Die anderen beiden sind vermutlich gerade joggen. Sie sind Frühaufsteher und beginnen den Tag mit Sport.« Ihr Gesicht wurde ernst. »So wie Mathias auch, er war die letzten Tage schon bei Morgengrauen am Strand, um zu laufen.«

»Okay, danke.« Heimdahl nickte ihr kurz zu und setzte sich zu den anderen an den Tisch.

Der Mann fand zuerst Worte. »Siri hat uns schon erzählt, was passiert ist, und das kann ich einfach nicht glauben.«

»Können Sie mir bitte Ihre Namen sagen?« Heimdahl blickte sich um, wandte sich dann an Siri. »Ich habe nichts zu schreiben dabei, kannst du mir mit Stift und Papier aushelfen?«

»Natürlich.« Siri ging an die Kommode, holte etwas zu schreiben heraus und reichte es Heimdahl.

»Ich heiße Horst Wedekind.« Der Mann sah abwechselnd zu Heimdahl und Paul. »Brauchen Sie auch Adresse, Alter und so weiter?«

»Ja, bitte«, sagte Heimdahl.

Paul betrachtete die beiden. Die Frau hatte bisher geschwiegen, aber in ihrem Gesichtsausdruck las er echte Bestürzung. Sie hatte die Stirn zusammengezogen und sah traurig aus. Wedekind nannte Heimdahl seine Daten, er wohnte in Hamburg-Othmarschen.

Heimdahl wandte sich der Frau zu. »Und Sie sind?«

»Yolanda Zubek, Yolanda mit Ypsilon, bitte.«

Im Gegensatz zu Wedekind, der groß und recht füllig war, wirkte Yolanda durchtrainiert und drahtig. Die blonden Haare hatte sie oben auf dem Kopf zusammengebunden, und schon als sie die Treppe heruntergekommen war, hatte Paul ihren Gang bemerkt. Zielstrebig und kraftstrotzend. Durch ihre Leggins, die sie trug, zeichneten sich wohldefinierte Waden und Oberschenkel ab, wie sie nur durch regelmäßiges Training erzielt werden konnten.

Heimdahl krakelte etwas auf den Block, dann nahm er ihn auf, vermutlich, damit die anderen nicht sahen, was er sich notierte. Aber Paul saß neben ihm und schielte hinüber; Heimdahl hatte mehrere Anläufe gebraucht, um ein Ypsilon zustande zu bringen. Jetzt tat er Paul leid, denn er musste noch genauso angetrunken sein wie Paul selbst. Doch Heimdahl riss sich zusammen, was ihn bestimmt viel Kraft kostete.

»Zubek, Zubek …«, murmelte Heimdahl, während er den Namen notierte. Dann sah er auf und lächelte entschuldigend. »Sorry, ich bin etwas müde, war eine kurze Nacht. Ihre Anschrift hätte ich gerne noch.«

Die Frau gab Heimdahl die Adresse, sie wohnte in Hamburg-Altona.

Paul spürte, dass er sich überhaupt nicht auf das Gespräch konzentrieren konnte. In seinem Kopf hatte sich eine Benommenheit festgesetzt, die alles um ihn herum dämpfte, als hätte er einen zu engen Motorradhelm mit heruntergeklapptem Visier auf. Mehrmals trafen sich seine Blicke mit denen Siris, und er fühlte sich ertappt. Beim dritten Mal lächelte er sie einfach an, und sie lächelte zurück.

Immerhin bekam er mit, dass Yolanda Chefin einer Sicherheitsfirma war, zu der auch eine Kampfsportschule gehörte, in der sie sowohl ihre Mitarbeiter schulte, an der aber auch externe Kundschaft trainierte.

»Frau Zubek, wann haben Sie Mathias Lieven zum letzten Mal gesehen?«

Die drei tauschten kurze Blicke. »Gestern Abend«, sagte Siri schließlich. »Wir haben hier zusammengesessen und uns unterhalten. Mathias war dann der Erste, der in sein Zimmer gegangen ist. Das war so gegen halb zehn.«

Heimdahl betrachtete die anderen beiden.

Horst Wedekind nickte bestätigend. »Das kommt hin, ich bin dann kurz darauf auch schlafen gegangen.«

»Ich war noch am Strand«, sagte Yolanda Zubek, »wollte noch einmal kurz Luft schnappen und bin dann gegen zehn hoch in mein Zimmer gegangen. Gesehen habe ich Mathias nicht mehr.«

»Es war vereinbart, dass wir uns um neun zum Frühstück hier unten treffen«, fuhr Siri fort. Sie machte ein nachdenkliches Gesicht. »Und ihr habt ihn gefunden? Am Strand?«

Heimdahl deutete auf Paul. »Nicht ich, er war das.«

»Und dann ist er verschwunden?«, fragte Siri.

Heimdahl verzog das Gesicht, und Paul sah ihm an, dass er mit dieser Tatsache nach wie vor haderte.

Im Raum herrschte Schweigen, nur der Wind pfiff leise an den Fenstern. Paul fröstelte bei diesem Geräusch, das Kälte und Ungemütlichkeit suggerierte. Überhaupt spürte er die Müdigkeit, die sich in seinem ganzen Körper ausbreitete und ihn zu Boden zog. Er spähte zu den Sofas hinüber, die zu beiden Seiten des offenen Kamins standen, und dachte, wie schön es wäre, sich jetzt einfach dort hinzulegen, die warme Wolldecke über den Ohren, und wegzudämmern. Dann könnte er auch die Geräusche genießen, die der Wind in seinem Einfallsreichtum erzeugte.

Die Verandatür wurde geöffnet, und Paul sah hinüber. Ein Mann und eine Frau kamen herein und brachten einen Schwall frische Luft mit.

»Guete Morge mitenand«, sagten beide fast einstimmig und sahen fragend in die Runde.

Siri deutete zu ihnen hinüber. »Das sind die anderen beiden Kurgäste, Dominic und Léonie Hunziker. Sie kommen jedes Jahr aus Zürich zum Fasten her.«

Siri stellte Heimdahl und Paul kurz vor und erzählte dann, was passiert war. Die Frau legte die Hand vor den Mund und schaute ihren Mann mit großen Augen an. Der wirkte gefasster und sah die anderen skeptisch an. »Was ist das denn für eine Sache?« In seinem Schweizer Dialekt hörte es sich fast so an, als würde er die Anwesenden am Tisch nicht ernst nehmen. »So etwas ist doch gar nicht möglich.« Kopfschüttelnd ging er in die Küchenecke und kam mit einer Flasche Wasser und zwei Gläsern wieder zurück.

»Dürfen wir schnell duschen?«, fragte Léonie Hunziker.

»Machen Sie das bitte nachher, wenn wir hier fertig sind«, sagte Heimdahl in bestimmendem Ton, und Paul spürte sofort, dass sein Freund die beiden nicht leiden konnte. Die Bemerkung dieses Dominic war der Grund gewesen, da war Paul sich sicher, auch ihm selbst war der leicht herablassende Tonfall des Mannes übel aufgestoßen.

»Setzen Sie sich bitte«, sagte Heimdahl und musterte die beiden. Dann notierte er deren Namen und Anschrift.

Paul nutzte die Gelegenheit, um die Hunzikers unauffällig zu betrachten. Sie waren schlank und drahtig, gleichzeitig wirkten sie ausgemergelt, hatten etwas eingefallene Gesichter, und er fragte sich, an welchen Vorerkrankungen sie litten. Und ob das Fasten überhaupt das Richtige für sie war. Am Ende der Kur würde dann noch weniger an den Rippen sein als bereits jetzt.

»Ist Ihnen in der letzten Nacht etwas aufgefallen?«

Heimdahls Frage riss Paul aus seinen Gedanken. Er merkte, dass er etwas nach vorn gesackt war, und richtete sich wieder auf.

Die beiden sahen sich kurz an. »Also mir nicht«, sagte Dominic Hunziker, »ich habe fest geschlafen.«

»Ich ebenfalls«, sagte seine Frau, »tut mir leid.«

»Wann ist Herr Lieven hier angekommen?« Heimdahl sah jetzt Siri an.

»Wir sind alle vor drei Tagen angereist«, sagte sie. »Hoss, also Herr Wedekind, und Frau Zubek waren mittags da, Mathias kam am späten Nachmittag an. Das Ehepaar Hunziker traf als Letztes ein.«

Paul bemerkte erst jetzt die Eheringe. Breite goldene Ringe, die edel aussahen. Auch alles andere an ihnen, einschließlich der Bogner-Outdoorjacken, wirkte teuer und zurechtgemacht. Die Haare dieses Dominic waren akkurat geschnitten, er war glatt rasiert. Die Frau hatte ebenfalls kurze Haare, die trotz des Joggens ordentlich am Kopf lagen. Das waren zwei, die auf sich achteten, dachte Paul und seufzte aus Versehen so laut auf, dass Heimdahl für einen Moment abgelenkt war und ihn ansah. Sofort setzte Paul sich gerade hin und umfasste seinen Thermobecher, da er sonst nichts mit seinen Händen anzufangen wusste.

»Und wie lange wollte er bleiben?«

»Wir sind zwölf Tage hier.«

Heimdahl sah sie erstaunt an. »So lange wollt ihr nichts essen?«

Siri lächelte. »Wir haben drei Entlastungstage, fünf Fastentage und drei Aufbautage. Zählen wir den Anreisetag mit, dann sind es zwölf Tage.«

»Ach so«, sagte Heimdahl. »Dann wäre heute also der erste Fastentag, richtig?«

»Genau.«

»Kanntest du diesen Mathias schon vorher, Siri?«

Sie nickte. »Wir hatten früher einmal geschäftlich mit ihm zu tun, das ist aber schon ein paar Jahre her.«

Horst Wedekind und Yolanda Zubek sahen sich kurz an. »Wir sind Mathias hier zum ersten Mal begegnet«, sagte Yolanda.

Auch das Ehepaar Hunziker verneinte die Frage.

Heimdahl lehnte sich zurück. »Wo kann sein Gepäck geblieben sein?«

»Keine Ahnung. Er muss es irgendwann in der Nacht geholt haben.« Siri dachte einen Moment nach. »Aber warum? So wie ich Mathias in den paar Tagen kennengelernt habe, hätte er eine Nachricht hinterlassen.«

»Auf jeden Fall«, pflichtete Wedekind ihr bei.

»Kannst du das Gepäck beschreiben?«

»Er hatte einen silbernen Rollkoffer dabei, einen Samsonite. Ich weiß das, weil ich den gleichen habe.«

»Welche Kleidung trug er, als er angereist ist?«

Siri schloss kurz die Augen. »Er trug einen halblangen, eng geschnittenen Wollmantel, dunkelgrau …« Siri hielt inne. »Moment«, sie stand auf und ging in den Flur zurück, »vielleicht ist der Mantel ja noch hier.«

Heimdahl erhob sich und ging ebenfalls an die Garderobe. Er schob die Jacken der anderen beiseite und fand den Mantel ganz unten auf einem Kleiderbügel hängen.

»Lasst bitte alles so, wir kümmern uns darum.«

Sie gingen wieder an den Tisch zurück.

»Hat er Familie? Kinder?«

»Er ist verheiratet«, sagte Siri. »Er meinte, dass seine Frau ihn nach der Kur hier abholen wollte. Und er hat drei Kinder, das hat er kurz erwähnt.«

»Wir brauchen seine Adresse«, sagte Heimdahl. »Die hast du doch mit der Anmeldung gespeichert, nehme ich an?«

»Ja, sicher.« Siri stand auf und ging in den Flur, von dem aus rechts ihr Zimmer lag.

Kurz darauf kam sie mit einem Notebook wieder zurück. Recht schnell hatte sie die Anschrift gefunden. Mathias Lieven wohnte in Lübeck.

»Sie bleiben doch hier, oder?« Heimdahl richtete die Frage an alle.

Die Anwesenden tauschten kurze Blicke, dann sahen sie Siri an.

»Wir machen doch weiter, oder etwa nicht?« Horst Wedekind wirkte etwas erschrocken.

»Ist es besser, die Kur abzubrechen, Martin?«, fragte Siri.

»Nein, wieso?« Er lächelte alle der Reihe nach an. »Sie können ruhig weiter … fasten.«

Paul war sich sicher, dass Heimdahl »hungern« sagen wollte, sich aber im letzten Moment für den korrekteren Ausdruck entschieden hatte.

Der erhob sich. »Wir reden später noch weiter. Ach so, gibt es zufällig ein Foto von Mathias Lieven?«

»Ja, ich habe gestern einige gemacht, ein Gruppenbild und dann noch einmal von jedem alleine«, sagte Siri. »Das machen wir immer. Eines vor der Kur, eines danach. Es ist sehr schön zu sehen, wie die Gesichter sich verändern.«

»Tun sie das denn?« Heimdahl sah sie neugierig an.

»Oh ja, allerdings. Soll ich es dir schicken?«

»Bitte, das wäre gut.« Er gab ihr seine Nummer, dann gingen sie Richtung Tür. Er blieb aber noch einmal stehen. »Aus welchem Grund wollte Mathias Lieven überhaupt fasten?«

»Ich glaube, er brauchte Abstand und Ruhe. Er wollte einen klaren Kopf bekommen. Er sprach davon, dass er etwas …«, sie überlegte eine Weile, »er wollte etwas regeln und, ja, er müsste was recherchieren, hat er gesagt.«

»Für seinen Job?«

Siri wiegte den Kopf. »Das kam nicht so klar raus, aber ich glaube, es war etwas Privates. Etwas, das für ihn sehr wichtig war.«

»Du meintest vorhin, ihr hattet geschäftlichen Kontakt. Um welche Geschäfte ging es?«

»Er hat uns, also meinem Mann und mir, ein Haus besorgt und das dann umgebaut. Mathias ist Architekt.«

»In Lübeck?«

»Ja. Aber Mathias hat überall zu tun. Er hat ein gutes Gespür für außergewöhnliche Objekte. Er sieht sofort das Potenzial der Gebäude, auch wenn sie für uns nichts als Bruchbuden sind.« Sie lächelte und hielt kurz inne. »Und ja, jetzt fällt es mir wieder ein. Gestern sagte er noch, dass er nach Havgart will, sich dort ein Haus ansehen.«

Paul, der bereits die Tür geöffnet hatte, wandte sich noch einmal um. »Ach ja? Welches denn?«

»Einen Landgasthof. Und soweit ich weiß, gibt es dort nur einen, den Hirschfänger.«

***

»Verdammt, ich hatte ein paar Aussetzer während des Gespräches, hoffentlich ist das nicht aufgefallen.« Heimdahl ließ die Haustür ins Schloss fallen und zog die Jacke aus.

»Du hast das Ypsilon dann doch hinbekommen«, grinste Paul, und Heimdahl verzog das Gesicht.

»Sag mal, was wollte dieser Lieven im Hirschfänger?«

»Das weiß ich nicht.« Paul hatte natürlich sofort an dieses ominöse Schreiben des Anwalts gedacht; er erzählte Martin davon.

»Könnte es sein, dass Lieven derjenige ist, der Gaststätte und Wohnung kaufen wollte?« Heimdahl sah ihn forschend an.

Paul hob die Schultern. »Martin, ich weiß so viel wie du. Aber klar, das ist gut möglich.«

Heimdahls Smartphone gab ein Piepsen von sich, sofort zog er es aus der Hosentasche. Siri Lundell hatte ihm mehrere Fotos geschickt. Er hielt das Telefon so, dass Paul die Bilder auch sehen konnte. Auf dem ersten war Mathias Lieven allein, ein freundlicher und gut aussehender Mann lachte in die Kamera. Der Anblick der blauen Augen versetzte Paul einen Stich in den Magen.

Heimdahl sah Paul an, und der nickte. »Das ist er, kein Zweifel.«

Das nächste Bild zeigte die Fastenden am Strand, alle schauten lachend in die Kamera.

»Was meinst du? Könnte jemand aus der Gruppe bei dem Toten gewesen sein?«

Paul schüttelte den Kopf. »Keine Chance, Martin, ich habe nicht genug sehen können.«

Heimdahl tippte auf dem Smartphone herum, dann steckte er es in die Hosentasche zurück. »Ich habe dir die Bilder weitergeschickt.« Er seufzte einmal auf. »Paule, ich weiß, wie müde du bist, mir geht's auch nicht besser. Aber bitte versuch noch einmal, dich an die Nacht zu erinnern.«

Paul sah einem Katamaran nach, der weiter draußen auf einer Kufe dahinraste und sich gerade wieder fing. Dann schloss er kurz die Augen. »Da waren Rufe, mehrere hintereinander. Davon bin ich aufgewacht. Und Lachen, dieses Lachen war, hm, es war seltsam. Es war nicht lustig, es war hämisch, schadenfroh … drohend.«

»Mann oder Frau?«

Der Katamaran war aufs Meer abgebogen, und Paul verfolgte ihn weiter. Der Himmel über ihnen war kräftig blau, nur am Horizont lag ein Streifen weißer Wolken, wie mit einem Lineal gezogen, als würden sie auf ein Signal warten, das ihnen erlaubte, sich endlich Richtung Küste zu bewegen.

»Keine Ahnung … Eher Mann, aber ich bin nicht sicher.« Paul kniff die Augen zusammen und sah wieder auf den Strand hinab. »Der war bestimmt noch in der Nähe, als ich Idiot den Strand runtergetorkelt bin. Er wird mich beobachtet haben.«

»Das heißt aber auch, dass er jetzt ein Auge auf uns haben wird.«

»Um rauszukriegen, wie viel wir gesehen oder gehört haben, meinst du?«

Heimdahl nickte. »Und dass wir nicht ganz auf dem Posten waren, war auch nicht zu übersehen.«

Paul seufzte. »Wir wissen nichts. Nicht, woran Lieven gestorben ist. Nicht, warum der andere die Leiche weggeschafft hat.« Er richtete seinen Blick auf Heimdahl. »Das kann doch nur heißen, dass er ihn getötet hat. Der Streit vorher, der ist aus dem Ruder gelaufen.«

»Vermutlich hast du recht.« Heimdahl warf einen Blick auf seine Armbanduhr. »Ich fürchte, ich muss die Lübecker Kollegen einschalten.«

»Ohne Leiche?«

»Zumindest die Spurensicherung sollte kommen.« Heimdahl dachte einen Moment nach. »Das mit der zweiten Person sollten wir noch nicht verbreiten. Bei den Befragungen konzentrieren wir uns erst mal nur auf den Toten. Und mit deinen Leuten vom Hirschfänger müssen wir reden. Ob Mathias Lieven dagewesen ist.«

Paul nickte. Natürlich mussten sie das, und diese Verbindung gefiel ihm überhaupt nicht. »Ich fahre gleich raus und klär das ab.«

»Super, das hilft mir schon mal weiter.«

Paul schloss kurz die Augen und fuhr sich durch die Haare, dann zog er sein T-Shirt aus. »Verdammt noch mal, ich werde auf jeden Fall ein Alkoholfasten einlegen, das geht so nicht weiter.«

Heimdahl betrachtete ihn, dann beugte er sich leicht nach vorn, um Pauls Bauch in Augenschein zu nehmen. »Sehe ich da den ersten Ansatz eines Wohlstandsbäuchleins?« Er grinste.

Paul blickte an sich herab. »Wo? Du spinnst.« Er atmete ein und wieder aus. »Das kommt von der Luft im Bauch. Ich bin Läufer und Bauchatmer. Siehst du? Nur Luft, kein Fett.«

»Wenn du das sagst.« Heimdahl streckte sich und gähnte laut, dann wandte er sich ab. Kurz darauf hörte Paul die Haustür zufallen.

Nach einer ausgiebigen Dusche warf er einen Blick in den Kühlschrank und beschloss, ein paar Lebensmittel für sie beide einzukaufen. Dann fiel ihm ein, dass Lilli kommen wollte. Da er in der letzten Zeit nicht so oft in Hamburg war, waren ihre Treffen seltener geworden, was Paul sehr bedauerte. Andererseits dachte er, dass seine fünfzehnjährige Tochter genügend andere Termine hatte und ihren Vater vermutlich nicht so sehr vermisste wie der sie.

Bevor er das Haus verließ, schaute er noch einmal in den Spiegel, der im Flur hing. Er stellte sich seitlich davor und betrachtete sich. Die mittelblonden Haare waren gewachsen und durch die feuchte Seeluft welliger geworden, sie waren beinahe kinnlang. Dann sah er auf seinen Bauch. Quatsch, dachte er, da wölbt sich doch nichts.

***

Es ging auf Mittag zu, und der Campingplatz war recht belebt. Viele der Dauercamper waren schon etwas früher eingetroffen, um das schöne Wetter vor dem angesagten Sturm noch auszunutzen und dabei den Wohnwagen wetterfest zu machen. Außerdem bestand noch die Hoffnung, dass das Tief abdrehen würde. Oliver Hendricks ging über den Platz und grüßte die Gäste.

Neben den Dauercampern waren ein paar Saisongäste gekommen, von denen einige dabei waren, ihre Wohnwagen aufzustellen und sie an die Strom- und Wasserversorgung anzuschließen. Oliver hatte die neue Hundedusche inspiziert, die gerade fertiggestellt worden war, und ein paar Details mit den Monteuren besprochen, die nachgebessert werden mussten.

Rechts von der Rezeption lagen der Mini-Markt mit Café sowie das Restaurant »Möwe«. Vor dem Restaurant saßen ein paar junge Urlauber, tranken Kaffee und rauchten. Durch die großen Fenster sah er, dass eine fünfköpfige Familie an einem der Tische saß und gerade die Speisekarte studierte.

Lächelnd nickte er den Neuankömmlingen zu und ging hinter den Tresen, wo sein Büro lag. Er wollte nach der Post sehen und anschließend kurz zu Hause vorbeischauen. Soweit er es in Erinnerung hatte, sollten heute Vormittag neue Gäste anreisen, und er wusste nicht, ob sich seine Frau um die Ferienwohnungen gekümmert hatte, die neben ihrem Haus lagen. Sie hatte an den letzten Tagen über Kopfschmerzen geklagt und sich nicht gut gefühlt.

Er schloss die Tür hinter sich, pfefferte den Schlüssel auf den Tisch, legte das Smartphone daneben und ging im Stehen den Stapel Post durch. Es war nichts dabei, was sein Interesse weckte, also ließ er die Briefe ungeöffnet und verstaute sie in einer großen Versandtasche. Er schaute auf seine Uhr, dann verließ er das Büro wieder und wollte gerade gehen, als eine der Angestellten auf ihn zukam.

»Ich habe gerade dieses Einschreiben angenommen, es scheint wichtig zu sein.« Mit besorgtem Blick reichte sie ihm einen Umschlag.

Ohne einen Blick darauf zu werfen, nahm er ihn entgegen

und bedankte sich. Er wusste, von wem der Brief kam, unnötig, ihn zu öffnen. Gestern war schon so einer gekommen.

Als er in Johannistal eintraf und den Motor abstellte, summte das Smartphone, das er auf den Beifahrersitz gelegt hatte. Er schaute auf die Nummer, und sofort breitete sich ein Lächeln auf seinem Gesicht aus.

»Siri, was kann ich für dich tun? Ich hoffe, es ist alles in Ordnung?« Er öffnete die Tür und stieg aus. Dabei ließ er seinen Blick über das Haupthaus wandern, um zu schauen, ob er irgendwo Vanessa entdecken konnte.

»Oliver, hallo, nein, das kann man nicht sagen«, hörte er ihre angenehme Stimme, »es hat einen Vorfall gegeben, einen schrecklichen.«

»Mit dem Haus?«

»Nicht mit dem Haus, sondern mit einem der Kurgäste. Er ist ertrunken.«

»Was sagst du da?« Oliver blieb stehen. »Wann ist das passiert?«

»Heute, in aller Frühe. Die Polizei war hier und hat sich im Haus umgeschaut. Ich wollte nur, dass du das weißt, wir haben es ja schließlich von dir gemietet.«

»Ja … also … Siri, gut, dass du Bescheid gesagt hast. Welcher von den Männern war es denn?«

Oliver hatte sie alle gestern gesehen, am Strand. Er war im Haus gewesen, weil er den Stand des Stromzählers notieren musste, und da hatte er kurz Pause gemacht und der Gruppe beim Schattenboxen zugeschaut.

»Er heißt Mathias Lieven, es war der große Schlanke mit den blonden Haaren.«

»Warum war überhaupt die Polizei da, wenn es ein Unfall war?«

»Das ist noch nicht raus, Oliver. Sie ziehen auch ein Verbrechen in Betracht.«

»Du meinst, er wurde umgebracht?« Er sprach so laut, dass die Frau, die gerade mit Eimer und Schrubber aus einer der Ferienwohnungen kam, sich nach ihm umdrehte. Er nickte ihr zu und winkte freundlich. »Wo hat man ihn denn gefunden?«

»Am Strand vom Graswarder, direkt vor der Villa dieses Kommissars.«

»Martin Heimdahl? Das gibt es doch nicht.« Oliver sah jetzt Vanessa, die am Küchenfenster stand.

»Das ist aber noch nicht alles.«

Er horchte auf. »Was denn noch?«

»Die Leiche ist kurz darauf verschwunden.«

»Wie bitte?« Oliver lachte kurz, wurde dann gleich wieder ernst. »Hat Heimdahl das erzählt?«

»Ja. Es ist eine total merkwürdige Sache, und uns allen ist nicht wohl dabei.«

»Das kann ich verstehen, das muss für euch schrecklich sein, Siri. Was macht ihr denn nun? Wollt ihr abreisen?«

»Nein, wir haben beschlossen zu bleiben, keine Sorge, Oliver.«

»Das freut mich zu hören. Dann … also danke für deinen Anruf.« Er überlegte, was er noch Nettes sagen könnte, aber ihm fiel nichts ein. Stattdessen sagte er: »Wenn irgendetwas ist, also mit dem Haus, meine ich, dann melde dich.«

»Ja klar. Dann mach's gut.«

Oliver steckte das Telefon in die Tasche. Langsam ging er weiter und schloss die Haustür auf. Dann fiel ihm ein, dass einer der Kurgäste in der Strandvilla – er erinnerte sich nicht an den Namen – in Aussicht gestellt hatte, nach dem Ende der Kur weitere zwei Wochen zu buchen, die er dann schlanker und fitter mit seiner Familie dort verbringen wollte. Immerhin.

Er legte den Schlüssel in die Schale auf der Kommode, warf den Umschlag mit der Post daneben und ging weiter Richtung Küche. Vanessa stand noch am Fenster und schaute hinaus.

»Wer war denn am Telefon?« Sie drehte sich zu ihm um, zog die offene Strickjacke vor der Brust zusammen und verschränkte die Arme, als würde sie frieren.

»Es waren die Leute aus dem Haus der Stille.« Oliver versuchte, so schwammig wie möglich zu sein, damit er Siri nicht erwähnen musste. Auf diesen Namen reagierte Vanessa meist mit bissigen Kommentaren. Und wenn er dann sofort die Nachricht nachschob, würde sie bestimmt nicht mehr fragen, wer von denen denn angerufen habe. »Es hat einen Vorfall gegeben, mit einem der Kurgäste. Er ist ertrunken, seine Leiche wurde am Graswarderstrand gefunden.«

Vanessa sah ihn mit gerunzelter Stirn an. »Machst du Witze?«

»Wenn du so was als Witz bezeichnest, Vanessa. Aber es kommt noch besser, denn die Leiche ist kurz nach ihrem Auftauchen wieder verschwunden.«

Sie schaute ihn mit ungläubiger Miene an. »Bist du betrunken?«

Oliver wandte sich ab.

»Wo am Strand ist das denn passiert?«, rief Vanessa ihm nach, woraufhin er stehen blieb und sich zu ihr drehte.

»Vor dem Haus der Heimdahls. Da hat man ihn zumindest gefunden. Ob er auch da ums Leben kam, weiß ich natürlich nicht.«

»Hat Siri Lundell angerufen? Bist du deshalb nicht reingekommen?«

»Ich bin nicht reingekommen, weil ich in Ruhe zu Ende telefonieren wollte, sonst nichts.« Oliver atmete hörbar aus. »Und? Was hast du Schönes heute Morgen gemacht? Wieso bist du überhaupt schon wach?«

Sie betrachtete ihren Mann skeptisch. »Seit wann interessiert es dich, wann ich aufstehe? Oder was ich mache?«

Oliver hob die Schultern und entschied sich, nicht weiter zu fragen. Er wusste, dass diese Unterhaltung zu nichts führen würde. Nur dazu, dass sie wortlos in entgegengesetzte Richtungen auseinandergingen. Also nahm er eine kleine Tasse aus dem Regal über dem Kaffeevollautomaten und drückte auf die Espressotaste. Er spürte Vanessas Blick in seinem Rücken und merkte, dass er unruhig wurde. Konnte sie ihn nicht einfach in Ruhe lassen? Endlich hatte die Maschine ihre Arbeit getan. Er kippte das starke Gebräu hinunter und stellte die Tasse in die Spüle.

»Hast du dir für heute wenigstens etwas vorgenommen?«, versuchte er ein letztes Mal, ein Gespräch mit seiner Frau zu führen. »Ich habe die Post aus dem Büro mitgebracht. Es wäre schön, wenn du sie durchgehen würdest.«

»Später vielleicht, ich habe Kopfschmerzen und lege mich noch einmal hin.« Auf ihrem Gesicht zeichnete sich ein spöttisches Grinsen ab. »Aber Siri hat bestimmt Zeit für dich. Außer zu hungern hat sie ja nicht viel zu tun.« Ohne eine Antwort abzuwarten, ging sie an Oliver vorbei und verschwand Richtung Treppe.

»Hast du meinen Vater gesehen?«, rief er ihr nach.

»Nein, sein Wagen ist auch nicht da«, kam Vanessas Stimme von oben herunter. »Vermutlich trinkt er sich wieder einen, und ich muss mich wie immer um alles kümmern.«

Bevor Oliver noch etwas erwidern konnte, hörte er die Tür zu ihrem Zimmer zuknallen. Mit einem Seufzer ging er durch den Flur ins Wohnzimmer und sah durch eines der drei bodentiefen Fenster hinüber zu der Einliegerwohnung. Sie lag hinter dem Haus, dort, wo früher der Pferdestall gewesen war. Sein Vater hatte sie nach dessen Rückkehr aus den USA bezogen. Vorher hatte sie als Ferienwohnung gedient. Sie hatten sie zu der Zeit gebaut, als Oliver Vanessa kennengelernt hatte, die kurz darauf bei ihm eingezogen war.

Vanessa, damals eine Liebe auf den ersten Blick. Dass beide einen Ehepartner verloren hatten, hatte sie noch mehr zusammengeschweißt. Vanessas Mann war bei einer Weihnachtsfeier seiner Firma tot umgefallen, als er eine Rede für die Belegschaft gehalten hatte. Grund war ein Aneurysma gewesen, das den Mann bei den Worten »Auf gute Umsätze und ein langes Leben« in den Tod gerissen hatte. Zurückgeblieben war eine hoch verschuldete Spedition, gegen die wegen Insolvenzverschleppung ermittelt wurde. Vanessa hatte vor dem Nichts gestanden. Ihr Mann hatte ihr Wohlstand und eine blühende Zukunft vorgegaukelt.

Olivers Frau war bei einem Verkehrsunfall in Spanien ums Leben gekommen, das war viele Jahre her. Und so war Vanessa in sein Leben getreten. Die schöne Frau mit der ausgeprägten Weiblichkeit, die Oliver beinahe in den Wahnsinn getrieben hatte, so sehr hatte er sie und ihre Rundungen begehrt. Oliver schloss für einen Moment die Augen und drückte die Nasenwurzel mit Daumen und Zeigefinger, um sich zu sammeln. Dann wandte er sich vom Fenster ab, ging zur Anrichte und goss sich einen Cognac ein. Er brauchte das Brennen in der Kehle, um sich seiner zu vergewissern. Er kippte den ersten Schluck runter und kniff erneut die Augen zusammen. Die Flüssigkeit brannte sich bis tief in sein Innerstes und tat ungeheuer gut. Dann ging er wieder ans Fenster und betrachtete die Wohnung seines Vaters.

Er nahm noch einen Schluck Cognac, und während er ihn langsam die Kehle runterlaufen ließ, fragte er sich, ob es nicht doch ein Riesenfehler gewesen war. Hätte er besser auf Vanessa hören sollen? Lag es wirklich an der Nähe zu seinem Vater, oder war es Vanessa, die ihm das Leben schwermachte? Warum eigentlich? Dass er gerne auch mal mit anderen Frauen flirtete, na und? Diese Freiheit nahm er sich, das hieß doch nicht, dass er gleich Ehebruch beging. Aber Vanessa sah dies anders. Bei ihrer extremen Eifersucht war Olivers Lust am Flirten wie Öl aufs Feuer.

Aber das war es nicht allein. Vanessa hatte erst kürzlich gesagt, dass es dieser Hof sei, der sie krank mache. Oliver sah sie wieder vor sich stehen, sah, wie sich ihr Mund dabei verzerrt hatte. Wie eine klaffende Wunde, mit einer Stimme, die nicht Vanessas gewesen war. Oliver bemerkte das blasse Spiegelbild seines Gesichtes in der Scheibe, und er erschrak, dass er selbst das Wort »krank« hervorgepresst hatte und das Gesicht dabei ähnlich verzog wie Vanessa.

Er stellte das Glas ab. Dann öffnete er die Tür, trat hinaus in den Garten und ging bis zur Grundstücksgrenze, die ihr Anwesen mit einer wilden Hecke, Birken, Pappeln und einigen Kiefern einfasste. Dahinter lag das ehemalige Land des Hofes Hendricks. Sein Vater Joachim hatte als Letzter der Familie den Hof bewirtschaftet. Er war damals erst Ende fünfzig gewesen, aber die Arbeit hatte ihn ausgelaugt. Das frühe Aufstehen, die Tiere, die umliegenden Felder, auf denen er täglich arbeitete, obwohl es eine Handvoll Landarbeiter gegeben hatte. Aber die

Erträge waren weniger geworden, die steigenden Kosten hatten alles aufgefressen, und es war der Tag gekommen, als Oliver ihn mit seinem Taschenrechner am Küchentisch vorgefunden hatte.

»Was machst du da?«, hatte Oliver ihn gefragt.

»Ich werde die Felder verkaufen und rechne gerade aus, wie viel ich wohl dafür kriegen werde. Dass du den Hof nicht weiterführen willst, das habe ich jetzt einfach mal vorausgesetzt.«

Sein Vater hatte nicht von seiner Zahlenkolonne aufgeschaut.

»Hast du denn einen Käufer?«

»Und ob ich einen Käufer habe.« Joachim hatte eine letzte Zahl geschrieben, diese doppelt unterstrichen und schwungvoll einen Punkt dahinter gesetzt. Dann hatte er seinen Sohn angeschaut und gegrinst. »Und ob!«

Die Summe war abenteuerlich gewesen, und Oliver hatte in der Folgezeit wieder einmal erkannt, dass sein Vater ein überaus guter Stratege war. Er hatte das Feld in Parzellen unterteilt und eine nach der anderen erschließen lassen, sodass sich nicht lange danach eine Neubausiedlung hinter ihrem Hof ausgebreitet hatte, die beinahe bis zum Alten Postweg reichte.

Aus den Garagen für die Landmaschinen und den Stallungen waren dann die Ferienwohnungen geworden, die Oliver verwaltete. Und Joachim konnte endlich seinen Lebenstraum verwirklichen und in die USA gehen.

Vor einem Jahr war er wiedergekommen, gealtert, aber so voller Lebenskraft, dass Oliver gestaunt hatte. Und da hatte Joachim die Idee gehabt, in die Wohnung hinter dem Haupthaus einzuziehen.

Vanessa hatte sich dagegen gesträubt. »Familie unter einem Dach geht nie gut«, war ihr Argument gewesen. »Und dein Vater geht schon mal gar nicht.«

Es waren erste Kontakte zu den Leuten entstanden, die sich opulente Eigenheime auf dem ehemaligen Grund der Hendricks gebaut hatten. Man traf sich auf Gartenpartys, zu Geburtstagsfeiern. Plötzlich waren sie umgeben von Menschen, die genau beobachteten, was im Hause Hendricks vor sich ging. Viele von ihnen hatten gute Jobs oder hatten geerbt. Oliver und Vanessa waren die Generation in der Warteschleife. Ein Campingplatz-besitzer und seine Frau.

»Warum arbeitest du nicht wieder in deinem Beruf?«, hatte Oliver sie wiederholt gefragt. »Wir könnten das Geld gut gebrauchen. Und so schlecht hast du im Büro des Baumarktes nicht verdient.«

»Ich habe doch jetzt den alten Griesgram im Haus«, hatte Vanessa erwidert, »der macht genug Arbeit.«

»Es ist immer noch *sein* Haus.«

»Das lässt er uns auch jede Sekunde spüren.«

Vanessa war dann wieder in ihren Beruf eingestiegen, denn sie hatte sich vorgenommen, mit den anderen mitzuhalten. Und das gelang ihr tatsächlich ganz gut. Grillpartys am Gartenteich mit den engsten Nachbarn. Der BBQ-Gasgrill musste doch eingeweiht werden, die Eröffnung des Schwimmteiches, den anzulegen Vanessa ihn überredet hatte. Und die Leute sahen, dass die beiden den Laden im Griff hatten. Der Campingplatzbesitzer und die Baumarktangestellte.

Wieder zurück, goss er sich einen Cognac nach und schwenkte ihn im Glas, während er noch einmal zu der Wohnung seines Vaters hinübersah. Er fragte sich, wo sich Joachim ständig herumtrieb. Gut möglich, dass der wieder in dem Wohnwagen hauste, den er auf dem Campingplatz in Ortmühle abgestellt hatte. »Ein kleines bisschen Freiheit musst du mir doch lassen«, hatte er neulich zu ihm gesagt.

Soll mir recht sein, dachte Oliver und trank das Glas in einem Zug leer.

✳✳✳

»Ich habe doch glatt vergessen, wie ich damals die Wupper aus meinem Haus geschaufelt habe.« Johann schaltete das Küchenradio aus und schnitt dem Sprecher das Wort ab, der gerade von einem verheerenden Starkregen mit Hochwasser in den Philippinen berichtete. Dann beugte er sich nach vorn und hielt die ausgestreckte Hand einen halben Meter über den Küchenfußboden. Dabei sah er Lilli an. »So hoch stand das Wasser im Wohnzimmer.«

»Opa? Du hast dich doch gerade wieder an das Hochwasser erinnert. Also hast du das gar nicht vergessen.«

»Welches Hochwasser?«

Lilli schaute genervt an die Decke und seufzte. Mit derlei Kommentaren schaffte Johann es immer wieder, sie zu ärgern. Ihr Großvater liebte seine Spielchen. Und wenn jemand darauf ansprang, umso besser.

»Du hast dir mit dieser Aussage in einem einzigen Satz selbst widersprochen, Opa.«

»Das ganze Leben ist voller Widersprüche. Und genau das ist der Grund, warum sich die Erdkugel weiterdreht.«

»Und du liebst Statements.«

»Wat is dat denn?« Johann streifte sich den neuen Seemannspullover über den Kopf, legte den Kragen ordentlich zurecht und zog ein paarmal den Reißverschluss hoch und runter. »Hab ich in Heiligenhafen gekauft, in einem Geschäft für echte Seeleute.« Er holte seinen Kamm aus der Hosentasche und kämmte sich die halblangen Haare zurück, fuhr bedächtig durch sein Kinnbärtchen. Dann setzte er die neue Schiebermütze auf, die Paul ihm geschenkt hatte, weil er sie im Zweierpack gekauft hatte, und sah Lilli an. »Bereit zum Entern!«

»Du siehst wirklich aus wie ein Seemann.«

»Das will ich auch hoffen«, erwiderte Johann, und gemeinsam verließen sie das Haus.

Morgens hatte er seine Enkelin am Bahnhof in Lübeck abgeholt, da die Herbstferien in Hamburg losgingen und Lilli bei ihm bleiben sollte, da ihre Mutter Anna zu deren Eltern gefahren war, weil die umzogen.

»Wirst du heute eigentlich nicht im Hirschfänger gebraucht, Opa? Oder hast du das auch mal kurz vergessen, um dich dann nachher wieder daran zu erinnern?«

»Dein Vater hat mir versprochen, für ein paar Stunden meine Schicht zu übernehmen.«

Die Kündigung verschwieg Johann erst einmal, er hatte keine

Lust, seine Enkelin damit zu behelligen. Ihnen würde schon etwas einfallen. Mit diesem optimistischen Motto waren sie gestern Abend auseinandergegangen. Obwohl ihm klar war, dass sich diese unschöne Neuigkeit bereits in Havgart verbreitet hatte wie ein Flächenbrand. Denn wenn Finn und Fokke Bescheid wussten, hatte es spätestens am nächsten Tag, also heute, alle Ortschaften im Landkreis Ostholstein erreicht. Oder zumindest ein paar davon.

»Hoffentlich hat Papa das nicht vergessen, er wollte doch bei Heimdahl übernachten«, sagte Lilli, »kochen und Weinprobe oder so was.«

»Er wird schon da sein, er hat ja sonst nicht viel zu tun«, erwiderte Johann, während er den Capri wendete und auf die Dorfstraße einbog. Heute Morgen hatte er den Innenraum aufgeräumt, weil er wusste, dass seine Enkelin in dieser Beziehung äußerst penibel war. Also hatte er einen großen Müllsack geholt und sein Angelequipment, Werkzeug, einen Stapel Altpapier und ein paar leere Bierdosen hineingepackt und in den Schuppen geworfen.

Johann fuhr langsam die Dorfstraße hinunter, und als ihm Fokke von Hinrichs Hof auf dem Fahrrad entgegenkam, gab er ein paarmal Zwischengas. Dabei richtete er sich auf, obwohl er ohnehin schon immer aufrecht und nah am Steuer saß. Er war stolz und glücklich zugleich, dass er seinen alten hellgrünen Capri noch einmal über den TÜV bekommen hatte. Da er nicht vorhatte, den Führerschein vor seinem Neunzigsten, also vor dem 4. Januar 2026, abzugeben, musste ihm dieses Kunststück mindestens noch einmal gelingen. Deshalb unterzog er ihn regelmäßiger laufender Kontrollen.

Fokke war stehen geblieben und hatte ihm mit dem erhobenen Daumen Zustimmung signalisiert. Und Johann hatte nicht vor anzuhalten, denn er befürchtete, dass Fokke sofort von der Kündigung plappern würde. Zumindest diesen Ausflug mit Lilli nach Heiligenhafen wollte er ohne dieses Thema genießen.

Es war Johanns Idee gewesen, nach Heiligenhafen zu fahren. Er mochte das Städtchen gerne, war aber nur da, wenn er

Paul oder Martin Heimdahl am Graswarder besuchte, und das war eher selten. Im Wagrien-Kurier hatte er gelesen, dass es am Hafen ein Fest geben sollte. Das Motto wusste er nicht mehr. »Fisch mit Musik«? »Musikalische Fische«? Ein paar Musiker, eine Band, und da Johann selbst Musik machte, mal mehr und mal weniger, wollte er sich ein wenig inspirieren lassen. Außerdem hatte er die Idee, im Hirschfänger Livemusik zu organisieren, und Paul, Ida und Olaf waren nicht abgeneigt. Johann hatte vorgeschlagen, dass er auch selbst einmal spielen könnte, sein Akkordeon war irgendwo auf dem Dachboden, und die Mundharmonika war nach langem Suchen in einer seiner Kramschubladen wiederaufgetaucht.

Allerdings könnte das unselige Schreiben die ganzen Pläne zunichtemachen. Er seufzte, als ihm die Nachricht mit der Kündigung wieder einfiel. Dann richtete er sich auf. Ich lasse mir doch von diesen nutzlosen Zeitgenossen nicht die Laune vermiesen, sagte er sich. Aber vielleicht hat Ida den ja längst umgebracht. Oder Paul, der wirkte ja doch sehr besorgt. Dann wären sie alle Probleme los, und bei diesem Gedanken musste er grinsen.

»Opa, warum grinst du?« Lilli warf ihm einen kritischen Seitenblick zu.

»Ach nix, mir ist nur ein Witz eingefallen.«

»Kann ich auch darüber lachen?«

»Ich fürchte, das ist nicht deine Art von Humor.«

Die beiden schlenderten am Hafen entlang. Johann kaufte zwei Backfischbrötchen, nicht ohne sich bei dem säuerlich dreinblickenden Smutje über den Preis zu beschweren. Worauf dieser entgegnete, dass er den Fisch gerne selbst fangen, ausnehmen, sich eine Verkaufsbude anmieten und frittieren könne. Dann setzten sie sich an einen Tisch, der gerade frei wurde.

»Ist ganz schön was los hier«, sagte Johann kauend und sah zu einem Musiker hinüber, der sich auf seinen Auftritt vorbereitete und die akustische Gitarre stimmte. Den Halter für die Mundharmonika hatte er um den Hals hängen.

»Ah, wir sitzen genau richtig«, sagte Johann, »gleich bekommen wir musikalische Begleitung zum Essen.«

Lilli seufzte. »Ich weiß nicht, ob ich das wirklich gerade brauche.«

»Man kann seinen Horizont ruhig ein wenig erweitern, indem man auch einmal etwas anderes hört.« Johann steckte sich den letzten Rest des Brötchens in den Mund und wischte die Finger an der zerfledderten Serviette ab. »Soweit ich weiß, tritt hier später ein Shanty-Chor auf.« Er sah seine Enkelin prüfend an. »Shanty, sagt dir das was?«

»Nö, hört sich aber auch nicht interessant an.« Lilli zeigte auf den Musiker, der zu spielen begonnen hatte und bereits von einer kleinen Zuhörerschar umringt war.

»Das klingt so ähnlich wie die Musik, die du manchmal hörst«, bemerkte Lilli.

Johann hob das Kinn und lauschte. »Hm, nicht schlecht, kommt mir tatsächlich bekannt vor, geht so ein bisschen in Richtung Cajun.«

»Was ist Cajun?«

Johann richtete sich auf und freute sich, dass seine Enkelin ausnahmsweise nicht mit einem Augenrollen auf Johanns Vorlieben reagierte.

»Cajun«, er atmete einmal tief ein und wieder aus, »Cajun ist quasi die Musik unserer Vorfahren, also der Franzosen. Du weißt von deinem Ur-Ur-Ur-Ur-Ur-Opa, der –«

»– sich von Napoleons Truppen abgesetzt hat und in Beyenburg untergetaucht ist, wo du dann irgendwann geboren wurdest«, ergänzte Lilli. »Davon hast du oft genug erzählt.«

»Ganz richtig. Und dann sind ein paar Franzosen ausgewandert, nach Louisiana, da haben sie ihre Musik einfach mitgenommen. Heute heißt er Louisiana-Cajun.«

Er sah zu dem Musiker hinüber. Seltsam, dachte er, oft hört man das ja nicht, vor allem nicht hier an der Küste.

Der Musiker war in Fahrt gekommen, und Johann wurde neugierig. Er stand auf und ging den Klängen entgegen, Lilli folgte ihm. Je näher sie kamen, desto deutlicher wurde, dass der Gesang von einem nicht mehr jungen Musiker stammte.

Wo kommt der denn her?, dachte Johann. Als die beiden sich

einen Weg durch die Umstehenden gebahnt hatten, sahen sie einen Mann, der eine ähnliche Flatcap wie Johann tief über die Augen gezogen hatte, aus der lange weiße, gewellte Haare hervorlugten. Johann konnte nur den weißen Schnauzbart erkennen. Der Musiker saß auf einem Hocker, die Mundharmonika vor dem Mund, auf der er gerade spielte. Er trug abgelatschte Cowboystiefel und Jeans, und er langte kräftig in die Saiten seiner Gitarre, was eher solide und ehrlich als filigran klang, wobei sein rechter Fuß mit dem Takt wippte. Das Mundharmonika-Solo war so virtuos, dass Johann die Spucke wegblieb.

»Verdammt noch eins«, murmelte er, während sein Fuß wie von selbst mitwippte, »der ist aber gut.«

Lilli betrachtete ihren Großvater neugierig und grinste.

»Gefällt dir so was?«, fragte Johann seine Enkelin, ohne den Musiker aus den Augen zu lassen.

»Ist jetzt nicht so ganz meine Richtung, aber es gibt viel, viel Schlimmeres«, nuschelte sie, während sie sich einen Kaugummi zwischen die Zähne schob.

Inzwischen hatten sich immer mehr Leute versammelt, um dem Musiker zuzuhören. Zwei füllige Frauen mittleren Alters klatschten mit, was andere dazu bewog, es ihnen gleichzutun.

Als das Lied beendet war, erklangen Zugabe-Rufe, und der Mann nickte höflich, rief: »Danke, ihr seid großartig!«, und setzte erneut an. Johann streifte eine Erinnerung, die er nicht packen konnte. Verflixte Tüte, woher kenne ich den nur?

»Na, was haltet ihr von ein paar Evergreens?« Der Alte lachte. »Ihr wisst schon, was ich meine.« Er begann zu spielen. »*Hey Joe, where you goin' with that gun in your hand?*«

Wieder tauchte wie aus ferner Zeit ein verschwommenes Bild in Johanns Kopf auf, etwas klarer dieses Mal. Er sah sich selbst als Zuschauer, aber da stand er vor einer viel größeren Bühne. Es waren auch nicht nur ein Dutzend Leute da, sondern Tausende. Und oben stand der Gott der Gitarre, Jimi Hendrix, in rosa Samthose, und spielte dieses Lied.

Johann wurde schwindelig und packte nach Lillis Schulter. Die sah ihn erschrocken an. »Opa? Alles in Ordnung?«

Er blinzelte zu dem Sänger mit der markanten Stimme hinüber. Diese hatte sich im Laufe der Jahre verändert, war heiserer und älter geworden. Das Gesicht des Musikers konnte Johann unter dem Schirm der Cap noch immer nicht erkennen, aber das war auch gar nicht mehr nötig. Diese Stimme, die Haare, der Bart, die Stiefel, dieser Song, all das war einmal fester Bestandteil in Johanns Leben gewesen. Damals, vor über fünfzig Jahren.

»Da brat mir einer 'nen Storch!« Er drehte sich um und wankte zurück an den Tisch, an dem sie gesessen hatten.

Lilli hatte mit besorgtem Gesicht seinen Arm genommen und führte ihn zu dem Plastikstuhl. Dann setzte sie sich ihm gegenüber und zog ihr Smartphone aus der Tasche.

Als Johann das Telefon sah, verfinsterte sich sein Blick. »Mir geht es gut! Du willst doch nicht etwa deinen Vater anrufen?«

Lilli biss sich auf die Lippen. »Ich wollte ihm nur ein paar Fotos schicken, damit er weiß, wo wir sind.«

Johann achtete nicht mehr auf Lilli, sondern lehnte sich zurück und lauschte mit geschlossenen Augen dem nächsten Song.

Lilli hatte ihn die ganze Zeit beobachtet und erhob sich schließlich. »Ich hol uns mal was zu trinken. Was willst du haben?«

Johann sah durch sie hindurch.

»Ooopa, hallo?« Sie beugte sich zu ihm hinunter und suchte den Blickkontakt.

»Was?«

»Ob du was trinken willst.«

»Ein Bierchen würde mir jetzt tatsächlich guttun. Fisch schwimmt ja gerne, besonders in Bier.«

Lilli hielt ihm die offene Hand hin.

Johann fischte sein Portemonnaie aus der Jackentasche und reichte es ihr.

Der Musiker spielte noch zwei Songs, dann kündigte er eine Pause an. Das Publikum belohnte ihn mit langem Applaus, bevor die Leute in verschiedene Richtungen davongingen. Johann stand auf, atmete einmal tief ein, als wolle er sich Mut machen, und ging auf den Mann zu.

»Wie wär's mal mit John Lee Hookers ›Don't You Remember Me?‹? Hast du das noch drauf, alter Schurke?«

Der Musiker hatte sich gebückt, um einen zweiten Gitarrenkoffer zu öffnen, und hielt in der Bewegung inne. Dann richtete er sich auf und drehte sich um. Einen langen Moment starrte er Johann an, bis sich seine Gesichtszüge erhellten und er ungläubig den Kopf schüttelte. »Johnny?«

»Hast ja ganz schön lange gebraucht.« Johann tippte auf seine Stirn. »Hab schon Angst gekriegt, dass da oben bis auf ein paar alte Liedchen nicht mehr viel los ist.«

Einen Moment standen sich die Männer gegenüber, dann gingen sie aufeinander zu und umarmten sich. Als sie sich wieder voneinander lösten, wischten sie sich beide eine Träne von der Wange.

»Was machst du hier?« Johann hatte immer noch die Hände auf den Armen seines alten Freundes liegen. »Ich dachte, du wärst in Chicago, Memphis oder sonst wo. Aber in Heiligenhafen?«

»Zum Teufel, ich wohne hier!«

»Ich auch!«, rief Johann und lachte herzlich. »Das darf doch nicht wahr sein.«

»Opa?«

Lilli war wieder aufgetaucht, mit zwei Pappbechern Cola. Einen davon reichte sie ihm. »Die Schlange war drei Kilometer lang, und Bier haben die mir nicht gegeben.«

»Egal!« Johann nahm den Becher entgegen und legte den Arm um seinen Freund. »Lilli? Darf ich dir Jim vorstellen? Meinen alten Freund. Wir sind früher als ›Jim & Johnny‹ aufgetreten.«

»Echt?« Lilli sah die beiden erstaunt an.

»Jim, das ist meine Enkelin Lilli.«

Jim reichte ihr charmant lächelnd die Hand. »Ich freue mich sehr, die Bekanntschaft einer so hübschen jungen Dame zu machen.«

Lilli begrüßte Jim, dann setzte sie sich mit ihrer Cola auf den Rand der kleinen Bühne und zog Smartphone und die AirPods aus der Tasche. Mit A$AP's »Sundress« in den Ohren beobachtete sie die beiden alten Männer. Die wanderten, wieder die Arme umeinandergelegt, zwischen den Buden und Ständen umher und waren längst, so nahm Lilli an, in die Zeit abgetaucht, als sie noch jung gewesen waren.

✳✳✳

Als Paul den Wagen vor Johanns Schuppen abstellte, sah er, dass der Capri nicht da war. Paul hievte den Einkauf aus dem Kofferraum. Er hatte ein paar Sachen für Johann und Lilli mitbesorgt, da er wusste, dass sein Vater meist keine Lust zum Einkaufen hatte. Und sich dann auch noch auf Lilli einzustellen, die zwar keine strenge Veganerin mehr war, aber immer noch nichts aß, was einmal Augen gehabt hatte, war ihm schlicht zu viel.

Gerade als er die Tür zur Küche aufgeschlossen hatte, bog der Capri von der Dorfstraße ab und fuhr die Einfahrt hoch. Kaum war der Motor abgestellt, flog auch schon die Tür auf, und Johann sprang heraus, die Schiebermütze tief über die Augen gezogen. Normalerweise brauchte der Fünfundachtzigjährige eine Weile, bis er sich aus dem niedrigen Wagen herausgearbeitet hatte.

»Ist was passiert?«, rief Paul seinem Vater zu.

»Muss denn immer gleich was passiert sein, wenn man es mal eilig hat?« Johann ließ die Tür des Capris offen und ging schnellen Schrittes über den Rasen, die Treppe hinauf und verschwand ohne eine weitere Erklärung im Haus.

Paul wandte sich mit fragendem Blick Lilli zu, die erst ihre und dann die Fahrertür zuschlug und kaugummikauend den Rasen Richtung Haus entlangschlenderte.

»Hallo, Papa.« Sie ging auf Paul zu und gab ihm einen Kuss auf die Wange.

»Hallo, mein Schatz.« Paul deutete auf das Haus. »Was ist los? Hat er irgendwas angestellt? Ist was mit dem Wagen?«

Lilli ging an ihm vorbei in die Küche. »Nee, nix Schlimmes.«

Paul stellte den Karton auf der Anrichte ab, und seine Tochter sichtete den Inhalt.

Von Johann keine Spur, Paul hörte nur ein Rumpeln, das vom Dachboden zu kommen schien.

»Jetzt erzähl endlich, was los ist.«

»Ich sag doch, es ist nichts passiert. Opa hat nur einen alten Freund von früher wiedergetroffen.«

Paul sah sie neugierig an. »Ach, wer ist es denn? So viele sind ja nicht mehr übrig.«

»Der aber schon, die haben Musik zusammen gemacht, früher.«

Paul versuchte, sich an die Freunde seines Vaters zu erinnern. Aber dadurch, dass er kurz nach dem Abitur nach Hamburg gezogen war, hatte er bis vor wenigen Jahren, als Johann beschlossen hatte, von Beyenburg, dem östlichsten Stadtteil Wuppertals, an die Ostsee zu ziehen, nicht viel Kontakt zu seinem Vater gehabt.

Er wandte sich wieder seiner Tochter zu. »Wie war es denn in Heiligenhafen?«

»So lala, wie es eben ist bei diesen Veranstaltungen. Überteuertes Essen, langweilige Musik, zu viele Leute.«

Draußen im Flur vernahmen sie wieder ein Poltern, dazu ein anderes Geräusch, das sich wie ein schweres Atmen anhörte, aber mit seltsamer Musik unterlegt war. In diesem Moment flog die Tür auf, und Johann kam herein, ein verstaubtes Akkordeon in den Händen. Er strahlte bis über beide Ohren.

Paul und Lilli sahen ihn amüsiert an.

»Sag ich doch, Papa, er hat seinen Musikfreund wiedergetroffen.«

»In der Tat, und jetzt wird auch gleich das umgesetzt, was wir vorhin besprochen haben.«

Paul setzte sich auf die Ofenbank neben Kater Baptiste und schüttelte den Kopf. Hier hatte er wieder den Johann Lupin vor sich, wie er nun einmal war. Immer mit irgendetwas beschäftigt, ganz im Hier und Jetzt.

Johann hatte das Akkordeon auf der Spüle abgestellt und

wischte mit dem angefeuchteten Tuch das Instrument ab. Dabei gab es gequälte Geräusche von sich wie ein Lebewesen, dem es nicht gefällt, mit einem müffelnden Spüllappen behandelt zu werden.

»Und was habt ihr besprochen?«, hakte Paul nach.

»Sie wollen zusammen Musik machen«, antwortete Lilli an Johanns Stelle, während sie die Lebensmittel in den Schränken verstaute.

»So ist es.« Johann pfefferte den Lappen in die Spüle und begutachtete sein Akkordeon. »So, meine alte Freundin, jetzt bist du wieder schön.«

»Das hast du lange nicht mehr benutzt«, sagte Paul.

»Macht nix. Muss nur ein bisschen üben, dann verstehen wir uns wieder. So ganz verlernen tut man so etwas nie.« Er hängte sich das Akkordeon um und begann, ihm einige Töne zu entlocken.

Lilli hatte sich mit einem Joghurtbecher an die andere Seite des Katers gesetzt und schaute ihrem Opa zu.

Johann schloss die Augen und schlug mit dem Fuß ein paar Takte an, dann begann er zu spielen. Es war ein Countrysong, den Paul nicht kannte. Und Johann war verdammt noch mal nicht schlecht.

Als er geendet hatte, applaudierten Paul und Lilli ihm, und Johann stellte das Akkordeon feierlich auf dem Küchentresen ab.

»Wisst ihr, wo wir das zum Besten gegeben haben?« Ohne auf eine Antwort zu warten, fuhr er fort. »Das könnt ihr auch gar nicht wissen, denn ihr beide wart da noch im großen Froschteich! Ihr habt die beste Zeit, also was die Musik angeht, gar nicht mitbekommen. Und deshalb tut ihr mir sehr leid.«

»Und was war die beste Zeit, deiner Meinung nach?«, wollte Paul wissen. »Ich denke, jede Zeit hatte gute Musik.«

»Ja, schon, aber damals war es …« Er brach ab und suchte nach Worten. »Es war so … Also gerade in den späten Sechzigern, Anfang der Siebziger, da waren wir –«

»Bekifft«, warf Paul ein, und Lilli lachte los.

»Kann ja sein, aber das meine ich nicht. Wir haben die Musik gelebt, sie war das Einzige, was zählte.«

»Und wo habt ihr das Stück nun gespielt?«

»Auf Fehmarn. Auf dem Love and Peace Festival, September '70. Allerdings auf der Gitarre und nicht auf dem Akkordeon.«

Pauls Augen wurden groß. »Da habt ihr gespielt?«

»Jawoll. Wir wurden von Alexis Korner höchstpersönlich auf die Bühne geholt. Als Überbrückung sozusagen, weil so viele Bands wegen des schlechten Wetters abgesagt hatten. Und wir haben noch mehr Auftritte gehabt, in Lübeck, Hamburg, sogar in Wuppertal. Da ist Jim extra hingekommen. Auch weil er unbedingt mal mit der Schwebebahn fahren wollte.« Johann bekam einen sentimentalen Gesichtsausdruck. »Wir sind viel herumgekommen, der Jim und ich.«

»Und diesen Jim hast du vorhin wiedergetroffen.«

»Jimmy Hendricks, jawoll, der«, sagte Johann.

Paul sah auf. »Du willst mich veräppeln.«

Johann sah ihn erstaunt an. »Nichts liegt mir ferner, Junge.«

»Jimi Hendrix, klar.«

»Papa, er hat es mir vorhin im Auto erklärt«, sagte Lilli. »Ich kannte diesen Jimi Hendrix nicht, also den echten, aber der muss wohl berühmt gewesen sein. Und sein Freund heißt wirklich so, wird nur anders geschrieben.«

»Na ja, eigentlich heißt er Joachim Hendricks, und da passt Jim doch wie Arsch auf Eimer.«

»Ach ja …« Paul erinnerte sich wieder. »War dieser Jim nicht Bauer?«

»War er. Er hatte einen Hof, drüben in Johannistal. Hat damals alles verkauft, sich gesundsaniert, sozusagen, und ist auf in die Staaten.« Johann grinste. »Und jetzt isser wieder da.«

»Und ihr wollt also zusammen Musik machen?«

Johann nickte eifrig. »Ich dachte, wir treten im Hirschfänger auf.«

»Warum nicht, die Idee ist super, Johann. Wenn du dir das zutraust.«

Johann richtete sich auf. »Natürlich!« Er deutete auf das Akkordeon. »Ich muss nur üben.«

In Pauls Hosentasche machte es »Kuckuck«, eine Nachricht war eingegangen. Er zog das Smartphone heraus und sah, dass Martin Heimdahl ihm geschrieben hatte.

Bin in 30 Min im Hirschfänger. Hast du was rausgefunden?

Paul seufzte. Er hatte Johann und Lilli immer noch nichts erzählt. Die beiden, vor allem Johann, waren in so ausgelassener Stimmung, die wollte er ihnen nicht mit Geschichten von Tod und unerklärlichen Geschehnissen am Wasser vermiesen.

»Ich habe gesehen, du hast eingekauft.« Johann hatte das Akkordeon in die Ecke gestellt und machte sich in der Küche zu schaffen. »Ich habe Hunger bis unter die Arme. Das Fischbrötchen ist schon wieder weggeschwommen.« Er öffnete den Brotkasten, nahm das frische Graubrot heraus und schnitt ein paar Scheiben ab.

»Ich gehe gleich in den Hirschfänger«, sagte Paul und stand auf. »Weißt du, ob sich irgendetwas Neues ergeben hat, Johann?«

»Meinst du die Kündigung?« Johann strich Butter auf die Brote.

»Was für eine Kündigung?«, wollte Lilli wissen.

Paul seufzte und strich sich die Haare zurück. Jetzt musste es wohl raus. »Da ist jemand, der eventuell den Hirschfänger kaufen will.«

»Was?« Lilli fuhr herum und sah die beiden erschrocken an. »Und das sagt ihr erst jetzt?« Sie richtete ihren Blick auf Johann, der seelenruhig eine Scheibe Mortadella aufs Brot legte und hineinbiss.

»Ich wollte nicht daran denken, basta«, entgegnete er mit vollem Mund.

Lilli wandte sich Paul zu. »Papa!«

Der hob resigniert die Schultern. »Lilli, wir –«

»Müssen wir jetzt wieder da ausziehen? Und die ganze Arbeit?«, unterbrach sie ihn.

Paul sah, dass sich Tränen in ihren Augen sammelten, vor Enttäuschung, aber auch vor Wut.

»Wir haben doch gerade erst alles neu gemacht!«

Paul bereute es bereits, dass er das Thema zur Sprache gebracht hatte. Er hätte es ihr sanfter beibringen müssen. »Noch ist nichts entschieden, Lilli. Uns wird schon irgendwas einfallen.«

»Und was sagen die anderen dazu?« Lilli funkelte die beiden sauer an, dann winkte sie ab. »Ihr sagt mir ja sowieso wieder nichts. Ich geh rüber.« Sie griff nach ihrer Jacke und lief aus dem Haus.

»Das hast du ja prima hingekriegt.« Johann schüttelte den Kopf und wollte ebenfalls gehen.

»Warte mal.« Jetzt ist der richtige Zeitpunkt, dachte Paul. Er musste mit seinem Vater über den Toten am Graswarder sprechen. Und zwar, bevor Heimdahl ihn und die anderen damit konfrontierte. »War gestern zufällig jemand im Hirschfänger, der sich für das Haus interessiert hat? So gegen Mittag?«

»Nicht dass ich wüsste.« Johann aß den letzten Bissen Brot, dann hielt er inne und sah Paul an. »Also wenn du so fragst, doch, da war einer, so ein Angeber mit teurem Edelfahrrad.«

»Und? Hat er irgendwas gesagt?«

Johann warf Paul einen prüfenden Blick zu. »Meinst du, das war vielleicht dieser ominöse Käufer? Das haben wir uns nämlich auch schon gefragt.«

»Möglich. Hat er denn irgendwas in dieser Richtung bemerkt?«

»Eben nicht. Ida hat mit ihm geredet, und wir waren heilfroh, dass sie den nicht angeblafft hat.« Johann beobachtete seinen Sohn noch aufmerksamer. »Du weißt doch irgendwas, Junge?«

Paul kratzte sich am Nacken. »Kann man so sagen.« Er berichtete Johann von dem Vorfall am Morgen. Und davon, dass der Tote mit ziemlicher Sicherheit genau der Mann war, der sich gestern im Hirschfänger umgesehen hatte.

In Johanns Augen hatte es aufgeblitzt. Das hatte Paul neben Bestürzung und Verwunderung im Gesicht seines Vaters bemerkt. Er sah ihn finster an. »Du freust dich doch nicht etwa, Johann?«

»Den Tod eines Menschen würde ich niemals mit Freude aufnehmen, Junge. Dass aber möglicherweise Bewegung in die Sache kommt, das ist durchaus zu begrüßen.«

Er nahm die Jacke vom Haken und wollte schon aus dem Haus stürmen, doch Paul hielt ihn zurück. »Martin kommt gleich, er wird Einzelheiten wissen wollen.«

»Kann er, kann er. Wir haben nichts zu verbergen.«

Paul zog sich ebenfalls die Jacke über, dann verließen sie das Haus. Es war später Nachmittag, ein diffuses Herbstlicht tauchte die Dorfstraße in grauen Dunst. Die Häuser wirkten verlassen und finster, nirgendwo brannte Licht, als seien alle Bewohner verschwunden. Paul ging der Gedanke durch den Kopf, wie trostlos es hier wäre, würde der Hirschfänger schließen. Als würde man dem Dorf das Herz herausreißen, die Seele nehmen. Es würde einem Todesstoß gleichkommen.

»Olaf hat übrigens diesen Anwalt angerufen, um rauszukriegen, wer der mögliche Käufer ist«, unterbrach Johann Pauls Gedanken.

Der blieb stehen. »Und das sagst du jetzt erst!«

»Weil es da nix zu sagen gibt. Der Käufer hat um Anonymität gebeten.«

Das wird sich ändern, wenn sich die Kriminalpolizei einschaltet, dachte Paul. Als sie vor der Gaststätte standen, wandte er sich noch einmal an seinen Vater. »Was die Sache von heute Morgen angeht, du hältst dich bitte erst einmal zurück. Überlasse mir es, mit den anderen zu reden.«

Johann zuckte nur die Schultern und öffnete die Tür.

※

Der Hirschfänger war voll. Viele Dorfbewohner waren gekommen, um sich zu vergewissern, ob die Gaststätte tatsächlich verkauft werden sollte. Am Tresen hatten sich Finn und Fokke eingefunden, sie saßen auf Barhockern nebeneinander und hatten jeder ein Bier vor sich stehen. Selbst Bauer Hinrich war gekommen und hatte sich mit seinen wuchtigen eins neunzig neben den beiden Landarbeitern aufgebaut.

Er hatte bereits mehrere Biere intus, und Olaf stellte ihm das nächste auf den Tresen, während sich Hinrich mit Dr. Stoevesand stritt, der neben ihm stand und eine ebenso imposante Erscheinung war wie Hinrich. Von hinten waren sie kaum zu unterscheiden. Beide hatten weiße Haare bis über die Ohren, waren gleich gebaut und verhielten sich auch gleich, waren aufbrausend, mürrisch und wortkarg. Und darüber machten die Dorfbewohner gerne ihre Witzchen. »Wenn der Doc mal zum Patienten muss und keine Lust hat, würde es keiner merken, wenn Hinrich mit weißem Kittel anrückt. Der ist genauso grobmotorisch, und in den Schlund leuchten kann der genauso gut.«

Und da der Doktor einen kleinen Nebenerwerbshof bewirtschaftete, funktionierte der Witz auch andersherum.

Als Paul den Laden betrat und auf den Tresen zuging, hörte er Stoevesand noch sagen, er habe ja wohl nicht riechen können, dass der Käufer seines Hauses auch noch das restliche Dorf kaufen wolle.

»Aber du hättest dich mal über den informieren sollen«, entgegnete Hinrich, dessen Kopf genauso rot war wie der von Stoevesand. »Der ist dafür bekannt, dass er eine Nase wie ein Spürhund hat und die besten Geschäfte wittert, lange bevor die anderen was merken.«

»Aber was regst du dich auf?«, rief Fokke seinem Chef zu. »Warte doch erst mal ab, vielleicht hat er ja auch Pläne, die unserem Dorf guttun, wer weiß? Das verlassene Kaff hier könnte eine Verjüngungskur gut gebrauchen.«

»Das glaubst du doch wohl selbst nicht. So einer ist nur am Profit interessiert, das Dorf ist dem herzlich egal.« Hinrich machte eine wegwerfende Handbewegung und wandte sich wieder dem Tresen zu. »Ich such mir jetzt einen Arzt in Oldenburg, da gibt es genug *gute* Ärzte.« Er zog das Wort extra in die Länge, bevor er einen kräftigen Schluck von seinem Bier trank.

Johann hatte sich hinter den Tresen begeben, um Olaf beim Ausschank zu helfen. Paul ging weiter in die Küche, in der Ida und Frau Marten, eine Nachbarin von Ida, die ab und zu aushalf, zugange waren. Lilli saß am Tisch in der Ecke der Küche und war in ihr Smartphone vertieft.

Als Ida ihn erblickte, stemmte sie die Hände in die Hüften. »Lässt sich der Herr also auch einmal blicken, welche Ehre.«

An dieser Reaktion sah Paul, dass Johann tatsächlich bisher den Mund gehalten und noch nichts von dem Toten erzählt hatte.

Ida wandte sich wieder dem Herd zu und rührte in Pfannen und Töpfen. Auf drei bereitstehenden Tellern verteilte sie nun das fertige Essen: Hirschgulasch mit Rösti, Omelette mit Steinpilzen und Scholle nach Finkenwerder Art. Passgenau kam Lilli und brachte die kunstvoll zurechtgemachten Teller hinaus. Ihren Vater hatte sie gekonnt ignoriert.

»Die Nachricht, dass es den Hirschfänger vielleicht bald nicht mehr gibt, hat sich ja schnell verbreitet«, sagte Paul.

»Oh ja, und hat uns einen guten Umsatz beschert, wie Sie sehen.« Sie stieß eine Gabel in eine der Röstis und reichte sie Paul. »Neues Rezept, probieren Sie.«

Paul biss ein Stück von dem heißen Bratling ab und schloss die Augen. »Hmm, köstlich.« Er aß ihn auf und legte die Gabel beiseite, als es klopfte und Martin Heimdahls heller verwuselter Schopf in der Türöffnung erschien.

»Hast du mal einen Moment?«, fragte er.

Paul deutete auf die Hintertür.

Im Hof standen Tische und Stühle, die bisher bei schönem Wetter von ein paar Gästen genutzt wurden. In der nächsten Saison hatten sie den Hof zu einem Biergarten ausbauen wollen. Das wird dann wohl nichts mehr werden, ging es Paul durch den Kopf.

»Hast du eigentlich heute schon was gegessen?«, fragte er seinen Freund, als sie sich setzten. Er kannte ihn mittlerweile so lange, dass er sehen konnte, wenn Heimdahl etwas brauchte. Und der sah ziemlich geschafft aus.

»Nein, und wenn ich das hier rieche, kriege ich noch mehr Hunger, als ich ohnehin schon die ganze Zeit habe. Das habe ich immer nach zu viel Alkohol.«

Paul stand auf und ging zurück in die Küche. »Ida, hätten Sie eine Kleinigkeit für Martin übrig? Vielleicht ein paar von diesen gottverflucht leckeren Rösti?«

»Aber ja, einen Moment«, rief Ida ihm zu, die, ein Geschirrtuch über der Schulter, dampfende Brühe aus einem kleinen Topf in einen viel größeren goss.

Heimdahl saß müde am Tisch, den Kopf auf beide Fäuste gestützt, und schaute Paul nachdenklich an, als der sich wieder gesetzt hatte. »Und? War Mathias Lieven hier?«

»Gut möglich. Johann hat von einem Mann mit teurem Fahrrad erzählt, das könnte er tatsächlich gewesen sein.«

Heimdahl nickte und streckte die Beine von sich, dann gähnte er.

Paul dachte an das Gespräch, das sie gestern hier geführt hatten, er, Johann, Ida und Olaf. Die Bemerkungen über Pauls Porsche. Und Ida, die verkündet hatte, dass sie diesen Kerl am liebsten umbringen würde. Ihm wurde mulmig.

In diesem Moment ging die Tür auf, und Lilli kam mit zwei Tellern heraus, auf denen diese wunderbaren Rösti lagen, neben kleinen panierten Schnitzeln und frischem Salat.

»Lilli!« Martin Heimdahl richtete sich auf. »Selten habe ich mich so gefreut, dich zu sehen.« Dabei schaute er auf die Teller, nicht auf Lilli.

»Ich hab dich auch lieb, Martin.« Lilli reichte ihnen Besteck. »Braucht ihr ein paar Decken?«

Beide Männer schüttelten den Kopf.

»Wie geht ihr jetzt weiter vor?«, fragte Paul, als Lilli wieder gegangen war. »Hast du mit den Lübecker Kollegen gesprochen?«

»Sie haben sich am Strand und im Haus der Stille umgeguckt.« Heimdahl aß weiter, dann hielt er die Gabel hoch. »Ich muss mit deinem Vater reden und mit Ida und dem Kellner. Vielleicht haben die ja mit Lieven gesprochen.« Er rollte die Augen. »Also diese Reibekuchen sind köstlich. Meinst du, Ida rückt mit dem Rezept raus?«

Paul hörte gar nicht zu, er überlegte stattdessen, wie er reagieren sollte. Wenn er Heimdahl erzählte, wie wütend sie gestern alle gewesen waren, könnte er das in den falschen Hals kriegen. Andererseits konnte Heimdahl sich auch so denken, dass eine Kündigung der Räume für die vier schlecht sein würde. Gelinde ausgedrückt.

»Paul?«

»Ja ... was?«

»Ob Ida das Rezept hierfür rausrücken würde.« Heimdahl hielt ihm die Gabel mit einer Rösti vor die Nase.

»Kann ich mir nicht vorstellen, so wie ich die kenne.«

»Schade.«

»Ich könnte höchstens Lilli oder Johann fragen, dass sie mal ein Auge darauf haben, wenn Ida sie zubereitet. Küchenspionage sozusagen.« Paul war fertig und schob den Teller zur Seite. »Und jetzt, willst du mit Ida und den anderen reden?«

»Ja, will ich.«

Paul stand auf. »Ich hole sie, obwohl das nicht ohne Protest ablaufen wird.« Er stellte die Teller übereinander und sammelte das Besteck ein. Dann ging er in die Küche, stellte das Geschirr ab und nickte Frau Marten zu. Schnellen Schrittes ging er weiter in den Gastraum. Ida, Olaf und Johann waren gerade hinterm Tresen zugange, während Lilli einen Tisch abräumte.

»Hört mal zu.« Schuldbewusst warf er einen Blick zur Küchentür – er hatte das unschöne Gefühl, Martin Heimdahl zu hintergehen. Dann winkte er die drei etwas vom Tresen weg, um ungestört mit ihnen reden zu können.

»Rückst du jetzt endlich damit raus?« Johann steckte sich den Bleistift hinters Ohr, mit dem er gerade einen neuen Strich auf Stoevesands Bierdeckel gemacht hatte.

»Ich habe heute Morgen einen Toten am Strand vor Heimdahls Villa gefunden.«

»Was?«, riefen Ida und Olaf gleichzeitig und sahen sich erschrocken an.

»Wer ... wer ist es denn?«, fragte Ida.

Paul sah ihr direkt in die Augen. »Ida, gestern war ein Mann mit einem Fahrrad hier, der sich für den Hirschfänger interessiert hat.«

Paul konnte beinahe sehen, wie es in ihrem Gehirn arbeitete.

»Ist er etwa der ...« Ida fing sich wieder, fuhr sich mit der rechten Hand über die Haare und blinzelte kurz.

Olaf gab einen leisen Pfiff ab.

»Martin Heimdahl wird euch gleich befragen.« Paul atmete aus und schloss kurz die Augen. »Ich kann nur hoffen, ihr redet keinen Unsinn. Denn wir vier sind es, die einen Vorteil davon haben, dass der jetzt nicht mehr –«

»Was wollen Sie damit sagen?« Idas Augen funkelten ihn böse an.

»Dass wir uns vielleicht wegen der Kündigung keine Sorgen mehr machen müssen, Frau Rossi. Wollten Sie nicht gestern erst den Mann umbringen?«

Ida stemmte die Arme in die Hüften und rang nach Luft. »Also wirklich, jetzt schlägt's dreizehn! Das habe ich doch nur so dahergesagt.«

»Junge, das geht zu weit«, verteidigte Johann sie. »Wir alle haben über diesen ... diesen hinterhältigen Bast–«

»Johann!« Ida schlug ein Kreuzzeichen.

»Nun, wir alle haben über den *Investor* geschimpft«, korrigierte Johann sich, »das streiten wir ja nicht ab.«

»Und nun ist er tot, und die Polizei fragt sich natürlich, ob wir was damit zu tun haben.« Paul, der mit dem Rücken zur Küchentür stand, bemerkte, dass sich die Blicke der drei auf etwas hinter ihm richteten.

Es war Martin Heimdahl, der in der Küchentür stand. »Störe ich?«

***

Heimdahl hatte die Gruppe in die Küche gebeten und versprochen, dass es nicht lange dauern würde, er wolle nur ein paar

Fragen stellen. Olaf hatte noch schnell ein paar Biere gezapft und war dann nachgekommen.

»Frau Rossi«, sagte Heimdahl ruhig, »so schwer kann es doch nicht sein, sich zu erinnern, ob gestern ein Mann hier war, der sich den Laden anschauen wollte, oder?«

»Also wenn ich jetzt so überlege, da war doch tatsächlich einer.« Ida tippte sich an die Stirn. »Jetzt fällt es mir glatt wieder ein.«

Paul lehnte mit verschränkten Armen am Kühlschrank und schaute seufzend an die Decke.

»Wir hatten ja gerade das Schild mit der Betriebsversammlung abgenommen, da kam er auch schon, hatte sein Rad auf dem Hof abgestellt«, sagte Olaf. »Kam dann rein und hat ein Wasser ohne Kohlensäure bestellt. Und mit dem Glas in der Hand ging er dann umher, schaute sich alles an, ging raus in den Hof, guckte da auch noch und kam wieder rein.«

»Hat er irgendetwas gesagt?«, wollte Heimdahl wissen.

»Er sagte: ›Schön haben Sie es hier‹«, erwiderte Ida. »Dieser … dieser Pharisäer …« Erschrocken hielt sie inne und bekreuzigte sich erneut. »Aber das ist doch zynisch wie nur was!« Sie sah Heimdahl und Paul abwechselnd an. »Betont auch noch extra, wie schön wir alles hier gemacht haben, und weiß gleichzeitig, dass vielleicht alles für die Katz war.«

»Was haben Sie denn geantwortet, Frau Rossi?«

»›Ja, danke‹, habe ich gesagt, ›freut mich, dass es Ihnen gefällt‹. Ich hatte ja keine Ahnung, dass er derjenige war, der uns das alles hier wegnehmen will.«

»Das wissen wir ja noch gar nicht. Und weiter?«

»Er hat gesagt, dass er zahlen wolle«, sagte Olaf. »Dann hat er ein paar Fotos von außen gemacht und ist wieder gefahren.«

»Er hat also nichts davon gesagt, dass er sich für das Haus interessiert oder etwas in der Art?«

Johann, Ida und Olaf tauschten schnelle Blicke, dann sagten sie einstimmig: »Nein.«

Paul wurde das Gefühl nicht los, dass sie mit irgendetwas hinterm Berg hielten.

»Wann genau war er hier?«, fragte Heimdahl weiter.

»Vormittags.« Olaf sah Paul an. »Da warst du gerade weg.«

»Hm.« Martin Heimdahl stand eine Weile da, in seiner typischen Haltung. Breitbeinig, mit verschränkten Armen und biss sich auf die Unterlippe. Er wandte sich an Johann. »Und du bist sicher, dass sonst nichts weiter war? Keine Fragen zum Haus, zur Wohnung?«

»Ich war in der Küche und habe an den Rösti getüftelt, ich war nur einmal kurz im Gastraum und habe gesehen, dass so ein Typ Fotos macht. Ich dachte, die wären so eine Art Andenken, an den Urlaub hier.«

Heimdahls Gesicht hellte sich auf. »Die Rösti sind von dir? Die sind der absolute Hammer!«

Johann richtete sich auf. »Hab auch lange dran rumprobiert. Ich dachte, irgendetwas muss es geben, was alles andere überstrahlt. Also etwas, worüber die Leute reden.« Er überlegte, als suchte er nach dem passenden Ausdruck. »Ein Alleinstellungsmerkmal! Und das sind, neben Signora Rossis Fischgerichten, diese Rösti, die eigentlich Pillekuchen heißen, weil sie aus meiner alten Heimat kommen.«

»Würdest du das Rezept rausrücken?«

»Das kommt drauf an.«

»Worauf?«

»Das wird sich zeigen.«

Heimdahl verzog das Gesicht und sah dabei Paul an.

Der hob unschuldig die Schultern, löste sich vom Kühlschrank und ging hin und her. »Und was, wenn dieser Lieven den Laden hier gar nicht kaufen wollte? In dem Schreiben wird nur erwähnt, dass es einen Interessenten gibt. Vielleicht war er das ja gar nicht?«

»Und weshalb hat er die Fotos gemacht?«, fragte Ida. »Doch bestimmt nicht, weil das hier alles so toll ist.«

»Keine Ahnung, das müssen wir halt herausfinden.« Paul deutete mit dem Finger zur Küchentür. »Auch, ob er derjenige war, der Stoevesands Haus kaufen wollte.

»Ich guck, ob er noch da ist«, sagte Olaf, »ich muss sowieso wieder an die Arbeit.« Er sah Heimdahl an. »Brauchst du mich noch?«

»Nein, nein, geh nur. Ich habe euch lange genug aufgehalten. Aber ich bitte euch, sagt Bescheid, wenn euch noch irgendwas einfällt. Ich bin auf eure Hilfe angewiesen.«

Johann nickte. »Natürlich, Junge, kannst auf uns zählen.«

Paul und Heimdahl gingen in den Gastraum zurück, der sich etwas geleert hatte.

Lilli stand mit Olaf hinterm Tresen, an dem immer noch Finn und Fokke saßen.

»Was sind denn das für Räubergeschichten?«, sagte Fokke, während er das Gummi an seinem Pferdeschwanz hochschob. »Ihr habt einen Toten gefunden? Am Strand? Und der ist dann wieder weg?« Er sah beide stirnrunzelnd an. »Habt ihr irgendwas genommen?«

»Papa?« Lilli sah ihn mit entsetzter Miene an. »Stimmt das?«

»Ja, leider. Ich habe ihn gefunden.« Paul merkte, dass er immer bemüht war, alle schlechten Nachrichten oder schlimme Ereignisse von seiner Tochter fernzuhalten. Und einmal mehr wurde ihm bewusst, dass es ein mühsames und sinnloses Unterfangen war.

»Auch davon hast du mir nichts erzählt«, empörte Lilli sich, »genauso wie von dieser Kündigung, das ist total mies. Traust du mir nicht zu, dass ich damit umgehen kann?«

Paul seufzte einmal auf. »Aber nein, es ist nur …« Er winkte ab. »Es tut mir leid.« Er wandte sich den beiden Landarbeitern zu. »Sagt mal, wisst ihr, wer Stoevesands Haus kaufen will? Habt ihr einen Namen?«

»Nee«, erwiderte Fokke, »aber Hinrich weiß das, weil die auch mit ihm geredet haben, wegen der Felder, die wollten ihm die abkaufen.«

»Das gibt's doch nicht«, rief Olaf empört aus. »Ich hoffe, dein Boss hat die zum Teufel gejagt.«

»Und ob.« Fokke grinste verschlagen. »Obwohl die Summe, die sie ihm geboten haben, nicht zu verachten war. Aber nee, nichts zu machen, Hinrich hat das schon allein aus Trotz abgelehnt.« Er zog sein Smartphone aus der Tasche.»Soll ich den Chef fragen, wie der Interessent hieß?«

»Das wäre hilfreich«, sagte Heimdahl und sah dabei auf die Uhr, dann zu Paul.»Was machst du jetzt?«

Der zuckte mit den Schultern.»Weiß nicht, bin irgendwie aus dem Konzept geraten. Ich bleibe noch bei Lilli und Johann und komme dann später zu dir, denke ich.«

Paul stand da, an den Tresen gelehnt, und ließ seinen Blick durch den Raum wandern. Wehmut überkam ihn, als er die großformatigen Bilder ansah mit den Tieren darauf. Sollte das alles für die Katz gewesen sein? Er lauschte der Musik, die Lilli etwas lauter gestellt hatte: *Why do all good things come to an end ...* Nein, dachte er und straffte die Schultern, während er den Fuchs auf dem Gemälde ansah, der in vollem Sprint auf den Betrachter zulief, sein Ziel fest im Auge. Hier geht nichts zu Ende, niemals!

Fokke hatte das Telefonat schon beendet und schob das Smartphone in die Tasche zurück.»Also, der Käufer, oder besser gesagt: derjenige, der das vielleicht kaufen will, heißt Tsung Dong oder so ähnlich.«

»Okay, danke.« Heimdahl klopfte zweimal auf den Tresen. »Ich melde mich, wenn ich noch Fragen habe.«

»Bis später.« Paul wandte sich ab und öffnete die Tür zur Küche.»Braucht ihr Hilfe?«, rief er Ida und Johann zu.

»Ist viel los draußen?«, wollte Ida wissen.

Paul schüttelte den Kopf.»Es hat sich gelichtet, und es sind auch alle versorgt.« Er sah seinen Vater an.»Wir gehen dann mal.«

***

Die Dämmerung war fortgeschritten, als Paul und Lilli langsam die Dorfstraße entlangschlenderten. Der Tag war schön gewesen, aber im letzten Licht konnte Paul sehen, dass Schleierwolken aufgezogen waren, die den Himmel zusätzlich verdunkelten. Diese Wolken hatten ein auffälliges Muster, wie eine gleichmäßige Schraffur, und Paul dachte, dass sie menschengemacht aussahen, total unnatürlich. Er blieb stehen und spähte Richtung Meer, das man von der Dorfstraße an einigen erhöhten Stellen erkennen konnte. Dort warteten dunkle Wolken auf ihren Einzug, aber noch waren sie in weiter Ferne. Lilli war bisher schweigend neben ihm hergegangen. »Das mit dem Toten am Strand ... Wohin kann er nur verschwunden sein, Papa?« Sie hatte ebenfalls in Richtung Meer geschaut, jetzt wandte sie sich ihrem Vater zu. »Und warum hast ausgerechnet *du* den armen Mann gefunden? Das ist unheimlich.«

Paul hatte die Hände in die Taschen seiner Jacke gesteckt, weil ihm kalt war. Es schien, als hätten diese seltsamen Schleierwolken die angenehme Wärme des Tages aufgesogen. Er legte einen Arm auf Lillis Schulter. »Es tut mir leid, dass ich dich außen vor gelassen habe«, sagte er nach einer ganzen Weile. »Ich glaube, ich will das selbst nicht so richtig wahrhaben. Ich habe nicht die geringste Lust auf ... wie soll ich sagen, auf alles, was den normalen Tagesablauf stört. Ich will eigentlich nur meine Ruhe haben, nachdenken –«

»Über was?«, unterbrach Lilli ihn.

»Ob ich wieder in den Polizeidienst zurückgehen soll, zum Beispiel.«

Lilli blieb stehen. »Echt? Ich dachte, du hättest dich bereits entschieden.«

»Letzte Woche hat mein Chef mich angerufen. Wir haben lange telefoniert, und er hat mir gesagt, dass er mich gerne zurückhätte. Und ich weiß nicht, ob ich das wirklich will.«

»Okay, klar. Ich stelle mir so eine Entscheidung total schwierig vor. Hast du mal mit Mama darüber gesprochen?«

»Nein, noch nicht. Aber was soll sie mir sagen? Sie hat ihr eigenes Leben, das weißt du doch.«

»Ja, schon, aber sie interessiert sich auch für deins. Sie fragt oft nach dir. Ich glaube sogar, sie macht sich manchmal Sorgen um dich.«

»Das braucht sie wirklich nicht, ich komme schon klar.«

Der Wind hatte zugenommen. Lilli raffte die langen braunen

Haare zusammen und zog die Kapuze ihrer Jacke über. »Aber ich mache mir auch Sorgen«, sagte sie zögerlich.

Paul sah sie lächelnd an. »Ach, Lilli, das ist vollkommen unnötig.«

»Aber wenn der Hirschfänger jetzt wirklich verkauft wird – was machst du dann? Opa kommt schon klar. Und Ida arbeitet ja immer noch bei Felix von Thomsen im Gutshaus, für die ist es vielleicht auch nicht so schlimm. Und Olaf hat zu mir gesagt, er könnte jederzeit woanders was finden. Aber du? Was machst du dann?« Lilli zog die Augenbrauen zusammen. »Vielleicht kannst du dein Buch fertig schreiben. Kriegt man viel Geld dafür?«

Paul lachte. »Nein, ich denke nicht. Zumindest ist das nicht die Regel. Gerade, wenn man noch völlig unbekannt ist, so wie ich, dann ist es schwer, gleich auf Anhieb Geld damit zu verdienen.«

»Aber ein Krimi von einem echten Kommissar, das finden die Leute doch bestimmt interessant.«

»Kann sein, aber ich kann mich darauf nicht verlassen. Außerdem wäre ich nicht der einzige schreibende Kommissar. Ich muss einfach nachdenken, ob ich nicht doch wieder in den Job zurückkehre.«

»Aber dann ist die Stimmung wieder mies, dann bist du genervt und fluchst rum und so weiter.«

Paul runzelte die Stirn. »War ich wirklich so schlimm?«

»Oh ja, frag nur Mama. Habt ihr euch nicht sogar deswegen getrennt? Ich kann mich nur erinnern, dass Mama irgendwann die Nase voll davon hatte, dass ihr euch nie gesehen habt. Immer hast du Termine abgesagt, Geburtstage, andere wichtige Feste. Auch an Weihnachten musstest du arbeiten. Und dann bist du müde und frustriert nach Hause gekommen, und der Streit ging schon wieder los.«

Sie waren mittlerweile an Johanns Haus angekommen und gingen den Weg hinauf. Ein paar Regentropfen fielen aus den Wolken, die sich innerhalb kurzer Zeit verdichtet hatten.

»Aber das ist doch alles vorbei«, sagte Paul und stieg die Treppe hinauf. »Mama ist ausgezogen, sie hat einen Freund, und sie ist glücklich und –«

»– und du bist allein und unglücklich. Das finde ich nicht gut, Papa.«

Sie ging in die Küche und ließ sich auf die Ofenbank fallen, auf der immer noch Kater Baptiste lag, in genau derselben Stellung. Lilli hatte es sich zur Angewohnheit gemacht, ihn kurz zu streicheln und dabei zu schauen, ob er noch lebte. Seit ihr Kaninchen Flavio im Schlaf gestorben war, kontrollierte sie regelmäßig, ob der alte Kater nicht genauso sanft entschlafen war.

»Und? Lebt er noch?«, fragte Paul, schloss die Tür und schaltete das Licht ein. Dann ging er an die Spüle, nahm den Wasserkocher und füllte ihn. »Möchtest du einen Tee?«

»Ja.« Lilli blinzelte. »Die Lampe ist so grell, Kerzen sind doch viel gemütlicher.« Sie stand auf, zündete die Kerzen an, die auf der Anrichte standen, und machte das Licht aus. Dann ging sie zurück zu Baptiste, der mittlerweile auf dem Rücken lag, und kraulte seinen Bauch. »Wieso hast *du* eigentlich den Toten gefunden? Das ist so schrecklich.«

»Ich habe jemanden rufen gehört, und da bin ich aufgestanden, um zu gucken, was los ist.«

»Aber nachts? Und dann ist er auf einmal nicht mehr da. Das ist ja noch gruseliger.«

»Ja, es ist schon verrückt.«

»Dann war er vielleicht doch nicht tot. Eigentlich wäre das doch dann gut, oder?«

»Klar, auf jeden Fall. Aber es würde auch viele Fragen aufwerfen. Zum Beispiel, was er so frühmorgens da draußen zu suchen hatte, wo er doch gemütlich in seinem Zimmer hätte liegen können. Oder wie er ins Wasser geraten ist.«

»War er alt?«

»Älter als ich, so um die fünfzig. Aber klar, immer noch viel zu jung.«

»Musst du oft daran denken? Also ich wäre total fertig, ich glaube, ich könnte an nichts anderes mehr denken.«

»Ja, geht mir auch so. Obwohl ich schon so viele Tote gesehen habe. Von denen so manche auf viel schrecklichere Art ums Leben gekommen sind.«

»Warum hast du dir eigentlich ausgerechnet diesen Beruf ausgesucht, Papa?«

»Das habe ich mich auch immer wieder gefragt. Ich glaube, ich wollte ein bisschen Licht ins Dunkel bringen. Helfen.« Er holte Luft. »Aber ich habe es nicht geschafft. In diesem Beruf wirst du erst gebraucht, wenn schon alles passiert ist. Du kommst immer zu spät.«

»Wärst du dann öfter in deiner Wohnung in Hamburg, wenn du wieder arbeitest?«

»Natürlich. Dann wäre alles so wie früher.«

»Dann könnte ich dich wieder öfter sehen, das wäre nicht schlecht.«

Paul dachte darüber nach. Er war im Glauben gewesen, dass Lilli genug mit der Schule und ihren Freunden zu tun hatte und ihn nicht sonderlich vermissen würde. »Würdest du das denn wollen?«

Lilli nickte. »Eigentlich schon, ich könnte dann ja auch wieder bei dir schlafen, das wäre schon toll.«

»Aber bei Mama fühlst du dich doch wohl.« Er schaute sie fragend an. »Oder habt ihr Probleme?«

»Nein, gar nicht. Aber ich bin eben auch gerne bei dir.« Sie zupfte an Baptistes Ohren, worauf der sich schüttelte, sie finster ansah und aufstand.

»Nur sehen würdest du mich nicht unbedingt. Du erinnerst dich, dass ich oft erst spät kam und früh wieder wegmusste.«

»Stimmt auch wieder. Andererseits wäre es schade, wenn das alles den Bach runterginge, also der Hirschfänger und so.« Sie legte sich auf die Bank und zog die Beine an, während Baptiste mit erhobenem Schwanz und laut schnurrend neben ihr hin und her ging und nach einem neuen Plätzchen suchte, wo Lilli ihn weiterkraulen sollte. »Ganz schön doof alles. Warum muss sich immer alles ändern?«

Der Wasserkocher hatte sich ausgeschaltet, und Paul goss das Wasser in eine Kanne. Dann ging er zur Ofenbank und setzte sich ans andere Ende. »Stell dir mal vor, du müsstest ewig in dieselbe Klasse gehen, jedes Jahr aufs Neue. Auch wenn deine

Klassenkameraden alle nett wären, das würdest du nicht wollen, oder?«

Lilli rollte die Augen. »Natürlich nicht. Du weißt schon, was ich meine. Ich wollte sagen, dass die guten Sachen ruhig mal ein bisschen länger erhalten bleiben könnten. Der Hirschfänger zum Beispiel. Oder Opa, wie er jetzt ist.« Sie seufzte. »*Flames to dust, lovers to friends – Why do all good things come to an end*«, sang sie leise.

»Hey, das kenne ich, das lief vorhin im Hirschfänger«, sagte Paul.

»Das ist von Nelly Furtado.«

»Ich weiß schon, was du meinst. Nur bei Johann … Na ja, sagen wir, im Großen und Ganzen kann er so bleiben. Nur mit dem Einkaufen könnte er sich mehr Mühe geben, es ist nur Pfefferminztee da, und –«

»– den kannst du nicht leiden, weil er dich immer an Krankenhaus erinnert«, ergänzte Lilli den Satz.

»Stimmt genau.« Paul stand wieder auf. »Hast du eigentlich was gegessen?«

»Ida hat mir so viel gegeben, ich bin total satt.«

Paul reichte ihr den Tee. »Hier, wärm dich auf.«

»Danke, Papa, du bist der Beste.« Lilli richtete sich auf und nahm die Tasse entgegen.

»Ich weiß.« Er lächelte seine Tochter an, dann schaute er, was es sonst noch zu trinken gab. Alkohol war tabu. Er goss sich ein Glas Apfelsaft ein und trank, dabei schaute er aus dem Fenster. Ein letzter Rest blaugraues Tageslicht lag vor der Nacht, die sich bald über das Dorf legen würde. Die blaue Stunde, er liebte diesen Moment, diesen Übergang, der nur kurz währte und etwas zum Abschluss brachte. Und gleichzeitig etwas Neues einläutete, von dem sie noch nicht wussten, was das sein würde. *Why do all good things come to an end?* Was würde nach dem Hirschfänger kommen, sollten sie den Kampf wirklich verlieren?

In diesem Moment sah er jemanden draußen stehen. Unten an der Dorfstraße, vor Johanns Grundstück. Paul zog die Brauen zusammen und versuchte zu erkennen, wer es war. Die Gestalt stand groß und schmal in der Dämmerung und schien über dem Boden zu schweben. Eine ganze Weile schaute Paul hinaus und wartete darauf, dass sich dieser Jemand bewegte, entweder weiterging oder auf das Haus zugehen würde, aber nichts passierte. Die Gestalt hing da wie ein Schatten. Die Dämmerung verwischte die Farben, und sofort dachte Paul an die Person am Graswarder, die sich über Mathias Lieven gebeugt hatte, wie ein steinerner Totenengel sich über das Grab auf einem Friedhof beugt. Oder jemand aus der Hölle. Ein Schauer fuhr ihm über den Rücken.

»Papa?« Lilli stand auf und kam zum Fenster. »Ist was da draußen?«

»Ich weiß nicht genau.« Paul beugte sich nach vorn und legte die Hand über die Augen, um die Spiegelung der Scheibe auszublenden, doch es blieb eine große Gestalt, die sich nicht bewegte. »Mach die Kerzen aus, schnell.«

Lilli blies die Lichter aus. Der Schatten war immer noch da. Paul wandte sich vom Fenster ab und ging zur Tür.

Lilli folgte ihm, doch Paul hielt sie zurück. »Bleib bitte hier, vermutlich ist es einer der Nachbarn.« Er dachte, dass dies extrem unwahrscheinlich war, aber er wollte Lilli nicht noch mehr beunruhigen.

Als er die Tür öffnete und auf die Veranda hinaustrat, war die Gestalt verschwunden. Paul sprang die Treppe hinunter und lief den Weg durch den Garten bis zur Dorfstraße. Die einzige Laterne, die hier stand, ging in diesem Moment an, und er sah sich um. Nichts, da war niemand. Er lief hinüber zu Hinrichs Hof, dort war alles ruhig. Er ging wieder zurück in die andere Richtung, die Dorfstraße lag friedlich da, kein Mensch war zu sehen.

DREI

Sonntag, 9. Oktober

Paul hatte nur wenig Schlaf gefunden. Zum einen hatte das Getöse von Wind, Regen und See ihn wachgehalten, aber auch der gestrige Tag ging ihm nicht aus dem Kopf. Von dem verstörenden Fund im Morgengrauen abgesehen, musste er ständig an diese Gestalt vor Johanns Fenster denken. Mittlerweile war er sich nicht mehr sicher, ob da wirklich jemand gestanden hatte.

Er und Lilli hatten UNO gespielt, bis sein Vater aus dem Hirschfänger zurückgekommen war. Johann hatte sich überreden lassen, ein paar Runden weiterzuspielen, danach war Paul gefahren. Vorher hatte er Johann von dem stillen Beobachter erzählt und ihn gebeten, die Haustür zu verriegeln. Er wusste, dass Johann die Tür nie abschloss, da er der Meinung war, hier in Havgart wohnten nur ehrliche Leute. Und wenn er die Tür abschließen würde, dann würde dies das Geborgenheitsgefühl vernichten, das er hier in seinem Dorf langsam spürte.

»So ein Mist.«

Paul, der in der Küche stand und auf den Toaster starrte, der seine Ladung längst ausgeworfen hatte, sah auf. »Was denn?« Er nahm die Scheiben heraus und steckte zwei weitere hinein.

»Der Wind«, sagte Heimdahl und wandte sich vom Fenster ab, aus dem er die ganze Zeit mit finsterer Miene gestarrt hatte.

Im selben Moment bimmelte die Eieruhr, und Paul zog den Topf vom Herd.

»Ich muss nachher noch mal aufs Dach, an einer der Gauben klappert was. Ich muss das reparieren, bevor der Sturm kommt.« Heimdahl trank von seinem Kaffee.

Paul brachte die Eier zum Tisch, dann stellte er sich wieder an den Toaster und zuckte zusammen, als die Scheiben endlich herausschossen. Er packte sie mit spitzen Fingern, legte sie auf einen Teller und setzte sich an den Tisch. »Das können wir zusammen machen.« Er nahm das Ei und säbelte ihm mit einem gezielten Schlag das obere Drittel ab. »Wie geht ihr jetzt vor? Mit Mathias Lieven, meine ich.«

»Die Lübecker melden sich nachher, mal sehen, ob sie irgendwas herausgefunden haben.« Heimdahl sah missmutig drein. »Aber ehrlich gesagt glaube ich nicht daran. Ich habe nachgeschaut und nichts über den Mann gefunden, ein völlig unbeschriebenes Blatt.«

»Was ist eigentlich mit seinem Wagen?«

»Er steht hinten am Steinwarder auf dem Parkplatz.«

»Und seine Frau? Habt ihr die erreicht?«

»Klar, sie war völlig fertig.« Heimdahl seufzte. »Du weißt ja, wie sehr ich es hasse, Angehörigen schlechte Nachrichten zu überbringen. Das setzt mir jedes Mal zu, auch nach so vielen Jahren. Sie wollte übrigens vorbeikommen, hat sie gesagt.«

»Wann?«

»Heute, soweit ich weiß.«

Sie aßen eine Weile schweigend, während Paul über die Nachbarvilla nachdachte, die »Haus der Stille« hieß und über die er so gut wie nichts wusste. Und dadurch, dass sie nicht dauerhaft bewohnt war, sondern lediglich als Ferienhaus diente, konnte Paul nicht sagen, wer von den Leuten, die dort ein und aus gingen, Gäste waren oder die Besitzer selbst.

»Kennst du diesen Oliver eigentlich gut?«, fragte er.

»Klar, wir sind zusammen aufgewachsen.« Heimdahl deutete mit dem Finger zum Strand. »Das war unser Spielplatz. Wir kennen hier jede Villa. Aber ich hatte immer ein bisschen Schiss vor dem.«

Paul lachte. »Du? Das kann ich kaum glauben.«

Heimdahl sah gedankenverloren nach draußen, als suchte er nach Kindheitserinnerungen. »Oliver war unglaublich stark. Der hatte damals schon so viele Muskeln, dass er viel älter wirkte als wir anderen.« Er deutete lächelnd auf seinen Oberarm. »Ich war ein dünnes Hemdchen, Oliver konnte mich mit einem Schlag umhauen.« Er hob die Schultern an. »Das waren die Maßstäbe, die wir als Kinder gesetzt haben, das kennst du doch bestimmt auch noch. Wer körperlich stark war und sich nichts sagen ließ, war der Boss. Und Oliver war Oberboss, daran gab es nichts zu rütteln.«

Paul erinnerte sich an die wenigen Male, an denen er Oliver Hendricks gesehen hatte. »Er ist immer noch eine imposante Erscheinung, sieht nach regelmäßigem Training aus.«

»Bestimmt, das war immer seine Sache. Körperlich fit sein, um das Böse in der Welt zu besiegen. Das hat er zumindest damals immer gesagt.« Heimdahls Gesicht hellte sich auf. »Jetzt fällt mir auch ein, dass er eigentlich immer zur Polizei wollte. Keine Ahnung, warum er das dann doch nicht gemacht hat.«

»Hat er Familie?«

»Ja, Vanessa, ich kenne sie aber nicht so gut. Sie war schon einmal verheiratet gewesen, das hat Bente mal erzählt. Ich muss meine Mutter noch mal danach fragen.« Heimdahl goss sich neuen Kaffee ein.

Paul kaute auf dem Toast herum und fragte sich, warum er dieses nach nichts schmeckende Pappzeug gekauft hatte. Aus Gewohnheit vermutlich, dachte er. Genauso wie vieles andere auch. Autofahren, den Kühlschrank offen stehen lassen, essen, was einem nicht guttut.

Auf einmal huschte das Gesicht von Siri Lundell durch seinen Kopf. Er stellte sich vor, wie sie mit den anderen am Tisch saß, Tee trank, ihnen von den gesundheitlichen Vorteilen des Fastens erzählte und sich dabei die rötlichen Haare hinters Ohr strich. Sie hatte eine warme Stimme, die eine tiefe innere Ruhe ausstrahlte. Sie klang ähnlich wie die Stimme seiner Frau Anna, stellte er fest.

Meine Frau, dachte er, ich sage immer noch »meine Frau«, wenn ich zum Beispiel mit anderen über sie rede. Ihm würde nie in den Sinn kommen, »meine Ex-Frau« zu sagen. Jemanden als Ex zu bezeichnen, empfand er als kalt und lieblos. Tipp-Ex, Ex-und-hopp, vorbei und vergessen, als wäre Anna ein Gegenstand gewesen, den er nicht mehr gebrauchen konnte und deshalb weggeworfen hatte. Nie würde er Anna und die Zeit mit ihr so herabwürdigen. Sie waren immer noch verheiratet. Sowohl er als auch Anna hatten noch nie ein Wort darüber verloren, sich scheiden zu lassen.

Paul trank einen Schluck Kaffee. Er musste in Ruhe mit Anna darüber reden. Die hatte ja mittlerweile einen Freund, und es war ausgeschlossen, dass sie, Anna und Paul, irgendwann wieder einmal zusammenleben würden. Auch wenn Lilli sich das so sehr wünschte.

Aber diese Siri ... »Woher kennst du Siri Lundell eigentlich? Nur von diesen Fastengruppen?«, fragte er Heimdahl, der wieder mit sorgenvoller Miene auf das Meer starrte, wie er vermutlich früher die Lehrerin angeschaut hatte, wenn sie Klassenarbeiten zurückgab.

Der nickte. »Ich glaube, vor drei Jahren war sie das erste Mal hier, mit diesen Hungerleidern.«

»Und was macht sie sonst? Hat sie eine Praxis?«

Heimdahl dachte einen Moment lang nach. »Sie hat mal etwas von einer Praxis in Lübeck erwähnt, aber Genaues weiß ich nicht. Und dann macht sie eben diese Fastenkuren. Heilfasten, ich hab das auch mal gemacht, vor vielen Jahren, war gut.«

»Hör auf, ich weiß noch genau, wie du gejammert hast. Du warst unausstehlich in dieser Zeit. Und dann hast du was beim Fastenbrechen falsch gemacht und alles wieder ausgekotzt.«

Heimdahl verzog das Gesicht. »Du behältst immer nur das Negative im Gedächtnis. Schlimm waren nur die ersten drei Tage, danach ging es mir so gut wie nie zuvor. Am zehnten Fastentag habe ich beim Joggen meine persönliche Bestzeit erreicht. Ich hätte einen Marathon laufen können.« Er trank den Kaffee aus und lehnte sich im Stuhl zurück. »Aber mal im Ernst, du hast doch davon geredet, eine Alkoholpause einzulegen. Wie wäre es, wenn du das mit einer Esspause verbindest? Und ganz nebenbei kannst du dich ein bisschen umhören. Fastenrecherche sozusagen.«

Paul hielt im Kauen inne und starrte sein Gegenüber an.

»Na was? Geh rüber, meld dich dort an.« Heimdahl grinste. »Und Siri Lundell ist ganz nett, oder?«

Paul schob den Teller von sich. »Geld dafür ausgeben, dass ich nichts zu essen kriege? Kommt nicht in Frage.«

✳✳✳

Johann bemerkte Baptiste erst, als er auf dem Parkplatz des Campingplatzes in Ortmühle angekommen war.

»Ach Gott, ach Gott, alter Junge, was machst du denn hier?« Der Kater lag auf der Rückbank des Capris, halb eingerollt in eine karierte Decke, und putzte eine Vorderpfote.

»Ich muss mir doch mal angewöhnen, die Wagentür zu schließen«, murmelte Johann und stieg aus, drehte sich aber noch einmal um. »Ich bin nicht lange weg.« Er hob mahnend den Zeigefinger. »Und wehe, du pinkelst mir auf den Sitz, dann gibt's Ärger, hörst du?«

Baptiste hielt kurz mit dem Putzen inne, warf Johann einen gleichgültigen Blick zu und nahm sich die andere Pfote vor.

Johann ging am Empfang vorbei und bog gleich den ersten Weg rechts ab, genauso, wie Jim es beschrieben hatte. Die Wohnwagen und Wohnmobile standen ordentlich aufgereiht zu beiden Seiten des Weges, hin und wieder war auch ein leerer Platz zu sehen. Am letzten Wagen blieb er stehen, dies musste er sein.

Voller Erwartung klopfte Johann an die Tür, dann machte er einen Schritt zurück. Die Tür öffnete sich langsam, und die weiße Mähne seines Freundes Jim tauchte in der Türöffnung auf.

»Was soll das hier?« Johann deutete auf den Wohnwagen. »Du willst mir doch nicht erzählen, dass du in dieser Karre haust?«

»Früher hätte dir das gefallen. Bist du auf deine alten Tage doch noch zum Spießer mutiert?« Jim trat lachend zur Seite. »Komm rein, du alter Mann.«

Das Innere des Wohnwagens war geräumiger, als vom äußeren Schein zu erwarten, dennoch stieß sich Johann erst einmal den Kopf an einem der Schränke über der Spüle.

»Ich hab's ja begriffen, spar dir deine Demonstration.« Jim grinste und hob eine Flasche Single Malt an. »Einen kleinen Begrüßungstrunk?« Er deutete mit der Hand auf die Sitzecke am Ende des Wagens.

Johann setzte sich auf die Bank, die den Tisch umlief, und schob seine langen Beine unter die Tischplatte. »Alleine komme ich hier allerdings nicht mehr raus.« Er nahm das Glas mit dem goldenen Inhalt entgegen und schnupperte daran. »Dieser Gewohnheit bist du also treu geblieben.«

»Nicht nur der.« Jim setzte sich ihm gegenüber und hielt Johann das Glas hin. »Auf Love and Peace and Blues!«

Die beiden kippten den Inhalt herunter und knallten zeitgleich die Gläser auf den Tisch. Der Wind ruckelte am Wohnwagen und sorgte für ein schnelles Wechselspiel von Sonne und Schatten.

»Willst du dem Sturm davonfahren?«, fragte Johann.

Jim öffnete erneut die Flasche und hielt sie Johann fragend hin. Der legte die Hand über sein Glas. »Ohne meinen Führerschein kann ich mir gleich selbst einen Termin für die Einäscherung besorgen.«

Jim schenkte sich nach und schwenkte den Inhalt hin und her. »Ich brauche eine Auszeit, so könnte man es nennen.«

»Eine Auszeit von was?«

»Hast du eine Schwiegertochter?« Jim musterte Johann fragend.

»In gewisser Weise ja. Aber ich bin mir da gerade nicht so sicher, wo oder wie ich sie einordnen soll. Paul und Anna haben sich getrennt, sind aber noch verheiratet.«

»Und? Kommt ihr miteinander klar?«

»Sie ist zu gebrauchen, ja. Ein bisschen vorlaut vielleicht, aber aus der kannst du zwei machen. Und sie sieht verdammt gut aus.«

Jim gab ein unbestimmtes Brummen von sich. »Also was das angeht, gut aussehen tut Vanessa auch. Teufel noch mal, die ist ein Hingucker.« Er machte eine wegwerfende Handbewegung. »Aber damit hat es sich dann auch. Wenn ich noch weiter in dieser verfluchten seniorengerechten Einliegerwohnung geblieben wäre, hätte mich entweder der Schlag getroffen, weil mein Puls vor lauter Ärger gar nicht mehr runtergegangen wäre, oder ich wäre längst in der Nervenheilanstalt.«

»Aber was hat sie denn nur angestellt?«

Jims Gesicht verfinsterte sich, dann beugte er sich langsam über den Tisch, als wolle er Johann ein Geheimnis verraten. »Ich sage dir, was mich stört. Die will mit den Großen kacken. Und so was geht mir auf den Wecker!« Er lehnte sich wieder zurück und verschränkte die Arme vor der Brust. »Hat sich mit den Jungspießern aus der Siedlung angefreundet, die auf meinem alten Acker gebaut wurde. Hast du die Häuser mal gesehen?«

Johann überlegte kurz. »Nicht dass ich wüsste. Ich kenne Johannistal nur vom Durchfahren.«

»Ein Schlösschen neben dem anderen. Jeder muss den Nächsten übertrumpfen. Säulen am Eingang als ›Portal‹. Marmorböden, Pools und drei Karren vor der Tür, dass man denkt, da wohnen nur Förster, wozu brauchen die sonst alle Allradantrieb?« Er schüttelte den Kopf. »Hätte ich das gewusst … Ach, was soll's. Schluss mit dem Gejammer.«

»Und deine Schwiegertochter will das jetzt auch alles haben?« Johann sah ihn mitleidig an.

»Sie will zur Crème de la Crème von Heiligenhafen gehören.«

»Und dein Sohn? Was sagt der dazu?«

Jim verdrehte die Augen »Der verhätschelt sein Püppchen und kennt ihren nächsten Wunsch schon, bevor sie auch nur ihr Schmollmündchen aufgemacht hat, brrr …« Er schüttelte sich, dann schlug er mit der flachen Hand auf die Tischplatte. »Ist das etwa dein Problem? Nein! Und meins auch nicht mehr. Vergiss überkandidelte Ehefrauen und liebeskranke Söhne!« Er beugte sich nach vorn und legte seine Hände auf die von Johann. »Ich habe meinen alten Johnny wieder, und deshalb können mir alle Vanessas der Welt den Buckel runterrutschen!«

Johann umfasste Jims Hände und hielt sie fest. »Nie hätte ich gedacht, dass ich dich noch einmal lebend antreffe, du altes Wrack«, sagte er.

Jim betrachtete seinen Freund lächelnd, und eine Weile saßen die beiden alten Männer am Tisch des klapprigen Wohnwagens, um den der Ostseewind heulte.

»Dass deine Annemarie so früh von uns gegangen ist, Johnny, das bricht mir das Herz«, sagte Jim.

Johann sah, dass er feuchte Augen hatte, und ihm ging es nicht anders. Er drückte fest Jims Hände, dann lehnte er sich wieder zurück. »Ja, meine Annie. Aus der konnte man auch zwei machen. Hätte ich das mal getan.« Johann holte tief Luft. »Achtunddreißig Jahre ist es nun schon her, und es vergeht nicht ein einziger Tag, an dem ich nicht mindestens einmal an sie denke.«

»Du sagst, sie war krank?«

»Sie hatte einen Tumor im Kopf, ein Riesending. Die Ärzte haben gar nicht erst versucht, sie zu retten, es war alles viel zu spät.«

»Und du hast nie daran gedacht, noch einmal neu zu starten?«

Johann runzelte die Stirn. »Du meinst, mit einer Frau?« Er sagte dies, als hörte er heute zum ersten Mal, dass so etwas tatsächlich möglich war.

»Ja, was denn sonst?«, rief Jim lachend. »Es sei denn, du willst auf deine alten Tage noch mal was Neues ausprobieren.«

»Gott behüte. Nichts von allem.« Johann dachte einen Moment nach, dann tippte er sich mit dem Finger an den Kopf. »Hier drin, weißt du? Hier war nur Platz für sie. Nie wieder bin ich einer Frau begegnet, die auch nur annähernd an sie heranreichen konnte. Ich hätte sie ständig mit Annemarie verglichen, und das kann ich doch keiner Frau zumuten. Und wer würde sich schon mit so einem klapprigen Gestell wie mir abgeben wollen?«

Johann dachte an das, was Jim über Vanessa gesagt hatte, und ihn schauderte bei dem Gedanken, sich seinen Tag von so einer Nulpe vermiesen zu lassen. Der Wohnwagen bekam plötzlich für ihn eine neue Bedeutung.

»Meine Nelly ist auch schon so lange tot. Aber ich weiß nicht, ob wir überhaupt zusammengeblieben wären. So gut haben wir

uns eigentlich nicht verstanden. Und die Staaten hat sie auch gehasst. Ich glaube nicht, dass sie mit mir gekommen wäre.«
»Warum bist du überhaupt zurückgekommen?«
»Das frage ich mich jetzt auch.« Jim hob die Schultern. »Ich glaube, mir fehlte die Heimaterde ... mein Sohn vielleicht auch.« Er stieß resigniert die Luft aus und nippte an seinem Whisky. »Ich weiß es tatsächlich nicht mehr.«
Johann betrachtete seinen Freund. Wie er da saß, eingeklemmt hinter dem Tisch, wie eingeklemmt im Leben, dachte er. Jim, der kräftige Kerl mit den langen Haaren und dem Oberlippenbart. Der die Musik liebte, der den Blues lebte. Und der in diesem Wohnwagen hier saß wie ein Fremdkörper. Schon die ganze Zeit über war Johann aufgefallen, dass Jim etwas zu bedrücken schien. Es lag bestimmt nicht an dieser Vanessa. Niemals würde Jim sich von so einer die Laune vermiesen lassen, dazu war er viel zu selbstbewusst. Da war noch was anderes im Busch, und Johann hätte zu gerne gewusst, was.
»Aber sonst geht's dir gut, ja?«
Jim warf Johann einen belustigten Blick zu. »Ich komm schon klar.«
»Und du hast wirklich Luther Allison getroffen?«, wollte Johann wissen. »Verdammt noch eins, du verarschst mich auch nicht?« Er hatte noch gut in Erinnerung, dass sein Freund ein Meister im Erfinden von Geschichten war. Sie erzählen konnte, ohne mit der Wimper zu zucken, während Johann sich abwenden musste, um nicht loszulachen.
»Nein, mein Junge, das ist die Wahrheit, nichts als die Wahrheit. Ich habe so viele gute Leute getroffen. In Clarksdale, Memphis, Nashville ... Ach, ich fang erst gar nicht an, davon zu erzählen, dann höre ich nicht mehr auf.«
Jim hielt inne und streckte den Zeigefinger aus. »Ach so, bevor ich's vergesse ...« Er hob seinen Hintern an, fischte etwas aus der Gesäßtasche seiner Jeans und legte es in die Mitte des Tisches. »Ist für dich, ich hab dir einen Abzug gemacht.«
Johann nahm das Foto und betrachtete es. »Fehmarn ... das Festival ...«, sagte er leise und lächelte. Es war eine Schwarz-

Weiß-Aufnahme und zeigte vier Personen. Jim, er selbst mit Annemarie und eine andere junge Frau mit hellen Haaren. Ihm wurde warm ums Herz, als er in Annies fröhliche Augen sah. Seine Frau stand schräg hinter ihm, einen Arm um seine Schulter gelegt, während sie Johann mit den Fingern der anderen Hand Hasenohren machte. Johann hörte wieder ihr Lachen, strich mit dem Finger über Annies Gesicht, dann wischte er sich über die Augen.

»Da fängt so ein alter Molch wie ich auch noch an zu heulen«, sagte er dann und legte das Foto wieder auf den Tisch. Er tippte auf das Mädchen neben Jim. »Wer ist das?«

»Das ist Kristin. Erinnerst du dich nicht mehr?«

Johann dachte eine Weile nach. »Ach herrje, über fünfzig Jahre liegen hinter uns.« Plötzlich hellte sich sein Gesicht auf. »Aber ja, Kristin, deine ... deine ... hihi.«

»Genau, wir haben ein paar schöne Stündchen in meinem Zelt verbracht.« Jim grinste. »Mann, das war vielleicht ein Feger. Aber süß war sie, sehr süß.«

»Stimmt.« Johann betrachtete das Bild. Auch sie hatte einen Arm um Jims Schulter gelegt, und mit dem anderen Arm hielt sie Jim am Bauch umschlungen. Eine intime Geste, dachte Johann. »Sie hatte eine tiefe Stimme, jetzt erinnere ich mich wieder. Und sie konnte frech werden.«

Jim lachte. »Oh ja, sie war selbstbewusst.«

»Was ist aus ihr geworden?«

»Das weiß der Teufel.« Jim wandte sich nach rechts und griff nach der E-Gitarre, die neben dem Schrank in der Ecke stand. Er grinste Johann an und begann zu spielen.

»Well, it's been a long time, baby
Honey, since you were loving me
I said it's been a long time, baby
Honey, since you were loving me
I been alone ever since now, baby
Since the day you set me free ...«

Johann klopfte den Rhythmus auf der Tischplatte mit und sah seinen alten Freund Jim vor sich, genau so, wie er ihn in Erinnerung behalten hatte. Die langen weißen Haare und der Bart wurden dunkler, die Stimme kräftiger und das Lachen ausgelassen und schelmischer. Noch ein Blick auf das Foto. Er hatte die Stimmen wieder im Ohr. Jims Fluchen, Annies Lachen.

Es hatte zu regnen begonnen, der Wind fegte um den Wohnwagen und zog Johann mit sich, wehte ihn über fünfzig Jahre in die Vergangenheit zurück.

VIER

Fehmarn, Freitag, 4. September 1970

Die steife Brise blies ihm den Regen ins Gesicht und wehte die Kapuze vom Kopf. Mindestens zehnmal hatte er sie wieder hochgezogen, jetzt ließ er es bleiben. Der Wind kam meist von vorn, doch manchmal wechselte er kurz die Richtung und blies ihm die langen Haare ins Gesicht. Die Gitarre schräg über dem Rücken hängend, den Schlafsack und das Zelt unterm Arm, ging er nach vorn gebeugt weiter, Annemarie im Schlepptau.

Vor ihnen stapfte Jim in seiner Wildlederjacke mit den langen Fransen an den Ärmeln den schlammigen, von Tausenden Füßen zertrampelten und mit Pfützen übersäten Weg neben einem endlos scheinenden Acker entlang. So hatte sich Johann immer einen Pilgerweg vorgestellt, auf dem die Menschen sich tapfer den widrigsten Bedingungen entgegenstellten und das Ziel und die Mission niemals aus den Augen verloren. Der restliche Weg konnte nicht mehr so schlimm sein, als dass sie jetzt, quasi auf der Zielgeraden, aufgeben würden.

Ihre Pilgerreise hatte in Petersdorf begonnen, wo sie Jims Bulli geparkt hatten. Viele der Anwohner hatten vor ihren Haustüren gestanden und den jungen Leuten zugesehen, die, einer Invasion gleich, durch die Straßen zogen. Dann waren sie losgegangen, querfeldein, bis sie zu diesem Feldweg gelangt waren. Über eine Stunde waren sie schon gelaufen, Wind und Regen trotzend.

Jim blieb stehen und drehte sich um. »Scheiße, ich hab den Tabak im Bus liegen lassen.«

»Ey, weitergehen, Opa«, rief ein Junge, der direkt hinter Annie ging und versuchte, an ihnen vorbeizukommen, ohne in der riesigen Pfütze zu versinken, die sich in den Furchen rechts und links des Weges gebildet hatte.

»Dürfen so Köttel wie du eigentlich ohne Mami hier sein?«,

rief Johann dem Jungen nach, der mit einem Satz an den Rand des Weges gesprungen war, ihm jetzt den Mittelfinger zeigte und weiterlief.

»Ich hab noch ein Päckchen dabei, das wird schon reichen«, sagte Johann zu Jim. Dann suchte er in der Jackentasche nach einem Gummi, band sich die Haare zurück, nahm Annies Hand, und gemeinsam gingen sie weiter, diesmal vor Jim.

Dass die jungen Leute Johann mit seinen vierunddreißig Jahren als Opa bezeichneten, war ihm egal, denn tatsächlich waren die meisten, die sich den Weg zum Festivalgelände bahnten, fünfzehn oder mehr Jahre jünger. Halbwüchsige mit Pickeln und fettigen Haaren in Jeans und Parka, mit Schlafsäcken und zusammengerollten Zelten unterm Arm.

Jim war mit seinen achtundzwanzig zwar jünger als Johann, aber durch seine langen gewellten Haare und den Schnäuzer, mit dem er genauso aussah wie sein großes Idol David Crosby, konnte man ihm das Alter überhaupt nicht ansehen. Die ganze Zeit über hatten die beiden gehofft, dass Crosby, Stills and Nash nach Fehmarn kommen würden, doch die Gerüchte hatten sich leider nicht bestätigt.

Sie stapften weiter, eingereiht in eine endlos scheinende Schlange von Fans, die sich voller Erwartung auf den Weg zum Love and Peace Festival machten. Nach einer Weile stockte der Tross wieder, die Leute standen jetzt auf beiden Seiten des Weges. Einige liefen auf den völlig durchweichten Acker, um zu schauen, warum es nicht weiterging. Es hatte aufgehört zu regnen, aber der Wind scheuchte dunkle Wolken über sie hinweg. Die hingen so tief, als trieben sie nur knapp über ihren Köpfen daher. Rufe erklangen von weiter vorn, Schreie, niemand wusste, was da los war.

Dann ging es langsam weiter, und irgendwann konnte Johann sehen, was da vorn vor sich ging. Ein paar Rocker in Lederkutten hatten sich zu beiden Seiten des Weges aufgebaut und kontrollierten die Festivalbesucher.

»Das kann ja heiter werden«, raunte Jim.

»Du hältst aber die Klappe«, rief Johann seinem Freund zu,

denn er wusste, dass dieser sich leicht provozieren ließ und er darüber hinaus auch keinen Respekt hatte. Vor nichts und niemandem. Und ganz bestimmt nicht vor diesen Bubis, die sich hier aufspielten und nur in der Gruppe stark waren.

Schon von Weitem sah Johann, dass zwei dieser Typen besonders aggressiv waren, denn sie schubsten und traten nach einigen der Besucher, die sich nicht ihren Anweisungen fügen wollten.

»Wenn die hier als Ordner engagiert sind, dann Prost Mahlzeit«, sagte Johann und zog seine Frau näher an sich heran. »Du bleibst schön bei mir.« Er nahm das Haargummi aus seinem Zopf, raffte damit Annies Haare zusammen und legte ihr die Kapuze des Mantels über den Kopf. »So können diese Idioten nicht sehen, wie schön du bist. Blöd, dass wir den Vollbart nicht mitgenommen haben, den ich mir Karneval angeklebt hab.«

Annie lachte. »Ich weiß mir schon zu helfen, Johann.«

Johann seufzte einmal tief auf und sah sie an. Im Mai vor zehn Jahren hatten sie geheiratet, und das hatte er seither nicht einen einzigen Tag bereut. Sie war groß, sehr schlank, und mit ihren langen blonden Haaren und dem Pony, der bis knapp über die Augen reichte, konnte er sich niemals an ihr sattsehen.

Mit der rechten Hand strich Johann über ihre Wange und küsste sie dann auf den Mund. Eine schöne Frau zu haben hatte aber unweigerlich Nachteile, denn er musste die Blicke oder teils schamlosen Annäherungsversuche anderer Männer aushalten oder auch schon mal abwehren. Und das war für den hoch aufgeschossenen, schlanken Johann, der nicht mit einem machohaften Muskelpaket gesegnet war, nicht immer einfach. Er nahm Annies Hand und sah Jim an, der sich ihnen gerade zugewandt hatte.

In diesem Moment war er froh, seinen Freund dabeizuhaben.

Denn Jim war, körperlich gesehen, genau das Gegenteil von Johann. Er war nicht ganz so groß, aber seine gesamte Haltung strotzte vor Kraft. Leicht o-beinig stand Jim da, fest am Boden verankert, wie ein Betonklotz, der sich nicht von der Stelle rührte, sosehr man auch an ihm rüttelte.

»Nicht kuscheln, weiter geht's«, sagte Jim und marschierte los. »Wollen doch mal sehen, ob die Schnullies da vorne was zu meckern haben.«

»Hast du den Whisky gut versteckt?«, rief Johann ihm nach. Jim hob den Daumen, ohne sich umzudrehen.

Die Ordner trugen alle Kutten mit dem Emblem der »Bloody Devils«, und zwei von ihnen kamen jetzt auf Jim zu. Johann betete im Stillen, dass sich sein Freund ruhig verhalten würde. Er sah nämlich, dass es ausgerechnet die beiden waren, die sich reizbar und aggressiv gezeigt hatten. Und es waren auch keine Schnullies, wie Jim sie gerade noch genannt hatte. Sie standen Jim körperlich in nichts nach.

Schon tastete der eine Jim ab wie ein Cop im amerikanischen Actionfilm. Johann hielt die Luft an, als er Jims »Hey, hey, hey, mach mal halblang« vernahm.

Der eine verpasste Jim daraufhin einen Hieb in die Magengegend, schubste ihn dann ein Stück von sich weg und hielt plötzlich eine schwere Kette in der Rechten, die er vor Jim kreisen ließ. Zu Johanns Erleichterung ging Jim ein paar Schritte zurück und nicht, wie befürchtet, auf den Rocker los.

Der wandte sich nun Johann und Annie zu. »Ei, ei, wen haben wir denn hier?«, sagte der Typ mit der Kette und fuhr Annie mit der Außenseite des Zeigefingers über die Wange, während der andere Johann absuchte. Johann ließ den Typ bei Annie nicht aus den Augen. Ihm fiel auf, dass ihm ein Schneidezahn fehlte, was ihn noch belämmerter aussehen ließ und sicher das Resultat einer Schlägerei war.

Annie schlug die Hand des Rockers weg und sah ihm ohne Angst in die Augen. Der grinste und verpasste ihr den Einlassstempel auf die Stirn und noch weitere auf den Ärmel ihrer Jacke. Johann war mittlerweile fertig und zog Annie einfach mit sich. Der Typ beachtete sie nicht weiter, und Johann atmete erleichtert auf.

»Diese Arschlöcher«, raunte Jim, »zu gern würde ich denen nachher die Luft aus ihren Scheißkarren lassen.« Er bückte sich, zog das Klappmesser aus dem Stiefel, fuchtelte damit vor Johanns Nase herum und ließ es in die Jackentasche gleiten. Aus dem anderen Stiefel förderte er die Whiskyflasche zutage, öffnete sie und trank einen kräftigen Schluck, bevor er sie an Johann und Annie weiterreichte.

Sie standen nun am Rande eines großen Platzes, auf dem sich so viele Leute eingefunden hatten, dass es unmöglich war, ihre Zahl noch zu überblicken. Tausende standen hier oder liefen herum, es hatte wieder zu regnen begonnen, das Feld war aufgeweicht und schlammig. Die Bühne lag in weiter Ferne.

»Auf ins Getümmel«, rief Jim und lief los. »Lasst uns versuchen, möglichst weit nach vorn zu kommen.«

»Warte!« Annie lief hinter ihm her und nahm Jims Hand. »Sonst verlieren wir uns noch.« Sie drehte sich zu Johann um und reichte ihm ebenfalls die Hand.

So liefen die drei lachend und immer wieder Leuten ausweichend los, um sich einen guten Platz für ihre Zelte zu suchen. In ein paar Stunden sollte das Spektakel losgehen.

FÜNF

Montag, 10. Oktober

Morgens Kräutertee oder ungesüßtes Zitronenwasser. Vormittags Wasser, mittags Gemüsebrühe, nachmittags Tee, abends Säfte, mit Wasser verdünnt.

Paul überflog die Liste, und in seinem Magen begann es zu rumoren. Kräutertee, dachte er, kein Kaffee. Das war schon mal das erste Hindernis. Die andere Sache war die Darmreinigung. Er musste sofort an die Darmspiegelung denken, zu der er sich vor einigen Jahren von Anna hatte überreden lassen, nachdem ein Freund von ihnen an Darmkrebs gestorben war. Schon am Vortag hatte er dieses Teufelszeug trinken müssen, dem zu allem Überfluss ein Mangoaroma beigefügt worden war, sodass er heute noch einen Würgereiz bekam, wenn er eine Mangofrucht auch nur erblickte.

In diesem Merkblatt wurde Glaubersalz oder der Einlauf vorgeschlagen, woraufhin er beschloss, diese Information wie eine unliebsame Mail als ungelesen in den Papierkorb zu verschieben. Ein paar Tage nichts zu essen, das ging in Ordnung. Aber das, was noch in ihm war, würde irgendwann auf natürliche Weise den Weg nach draußen finden.

»Wenn ich ein paar dieser Ratschläge ignorieren darf, würde ich es wirklich einmal mit dem Fasten versuchen«, waren Pauls Worte gewesen, nachdem Siri ihm bei einer Tasse Tee im Haus der Stille das Merkblatt gegeben hatte.

Dass er sich durchgerungen hatte, sich in Siris Gruppe anzumelden, war auf Martin Heimdahls Überredungskünste zurückzuführen. »Tu es für dich und deine Gesundheit«, war dessen Appell gewesen. »Und tu es für mich, um Licht in diesen Fall zu bringen. Ich habe keine Zeit, ich muss mein Haus wetterfest machen.«

Heimdahl hatte recht. Irgendetwas war lose auf dem Dach.

Und wie es aussah, hatte das Tief sich doch gegen einen Umweg entschieden, denn es bewegte sich geradewegs auf Ostholstein zu.

Paul dachte an das üppige Frühstück, das er und Heimdahl sich gestern zubereitet hatten. Wenn er gewusst hätte, dass er sich kurz darauf zu einer Fastenkur anmelden würde, hätte er darauf verzichtet. Prompt bekam er Hunger, den er mit einem Schluck Tee zu verscheuchen versuchte. Er trank langsam, ließ die Flüssigkeit eine Weile in seinem Mund, kaute sie förmlich, bevor er sie runterschluckte. Genau so, wie Siri es empfohlen hatte.

Der Tag hatte windig begonnen, und es sah nicht so aus, als würde es noch einmal besser werden. Hoss und Yolanda waren unterwegs, sie wollten am Strand entlangwandern. Paul saß mit Siri am Tisch, und sie hatte ihn in die Praxis des Fastens eingewiesen. Dass ihm die Entlastungstage fehlten, erschwerte den Einstieg vielleicht ein wenig, aber Paul hatte versichert, dass dies kein Problem sein würde. Wenn er sich zu etwas entschlossen hatte, dann würde er dabeibleiben.

Paul hatte Siri per Kurzversion über seine momentane Lage informiert. Dass er immer noch vom Dienst freigestellt war, dass er bei Martin Heimdahl im Haus nebenan wohnte, wenn er in Havgart im Hirschfänger arbeitete oder bei seinem Vater war. Und auch, dass er momentan mit dem Gedanken spielte, wieder in seine alte Abteilung zurückzukehren, da sein alter Chef nicht, wie geplant, gegangen war und ihn sogar mehrere Male angerufen und gebeten hatte, seinen Entschluss zu überdenken.

»Martin hat mir von dieser Klarheit berichtet, die er durch das Fasten bekommen hat«, sagte er zu Siri, »und so eine Klarheit kann ich jetzt gut gebrauchen.« Er nippte an seinem Tee.

Siri nickte langsam, als dächte sie über etwas nach. »Genau das hat Mathias auch gesagt. Er bräuchte Klarheit bei dem, was er vorhatte.«

»Aber um was es dabei ging, hat er nicht gesagt?«

»Nein. Er hat sich sogar dafür entschuldigt, dass er nur so wenig von sich preisgibt«, sagte Siri.

»Hat seine Frau sich bei euch gemeldet?«

»Ja, sie hat angerufen und gesagt, dass sie kommen will.« Siri sah bedrückt aus. »Wie schrecklich muss das für sie sein, diese Ungewissheit.« Dann sah sie Paul in die Augen. »Martin hat dich das bestimmt auch schon gefragt, aber bist du sicher, dass Mathias tot war?«

Paul erwiderte den Blick und schwieg eine Weile. Wieder sah er diese Augen vor sich, während er den schlaffen Körper in den Armen gehalten hatte. In diesen Augen war kein Leben mehr gewesen. Sollte dieser Mann plötzlich wieder vor ihm stehen, dann würde er endgültig an seinem Verstand zweifeln. »Er war tot, Siri, daran besteht kein Zweifel.«

Schweigend sah sie ihn an.

»Jemand hat ihn weggeschafft, als ich ins Haus gelaufen bin, um Martin zu wecken. So und nicht anders muss es gewesen sein.«

»Aber wer sollte so etwas tun? Und warum?«

Paul hob die Schultern. »Wie gesagt, das finden wir nur heraus, wenn wir wissen, was er hier wollte. Außer zu fasten, natürlich.«

»Er hat sich für diese Gaststätte in Havgart interessiert, das ist das Einzige, was er erzählt hat.«

Paul nickte. »Ich weiß, aber deswegen hat ihn bestimmt niemand umgebracht.« Er bemerkte das Unbehagen, das diese Feststellung in ihm auslöste, und fuhr sich mit beiden Händen durch die Haare. Um Gottes willen, dachte er, wie kann ich so etwas denken? Andererseits wurde er den Gedanken einfach nicht los, dass Johann, Ida und Olaf ihm etwas verschwiegen. Seit dem Gespräch mit Heimdahl im Hirschfänger grübelte er darüber nach. Warum musste sich alles immer als so kompliziert erweisen? Er schloss kurz die Augen, und als er sie wieder öffnete, sah er, dass Siri ihn genau beobachtet hatte.

»Du machst dir Sorgen wegen irgendetwas.« Sie neigte den Kopf zur Seite, was sie besonders betörend aussehen ließ.

Verblüfft registrierte er den inneren Aufruhr. Seit er nicht mehr mit Anna zusammen war, hatte er keine Frau derart anziehend gefunden.

Paul verscheuchte die Gedanken und versuchte ein Lächeln. »Ich habe so viel im Kopf und …« Er holte tief Luft. »Aber ja, es stimmt, ich mache mir tatsächlich Sorgen.« In kurzen Sätzen erzählte er von den unklaren Verhältnissen in Bezug auf den Hirschfänger. Und dass seine drei Mitstreiter, von denen einer sein Vater war, sich seltsam verhielten.

Siri hatte ruhig zugehört, hin und wieder genickt, ihn dabei aufmerksam betrachtet. Paul hatte sie immer nur kurz angesehen, den Blick dann sofort abgewandt und im Raum herumgeschaut oder auf seine Finger gestarrt, die aus Verlegenheit die Maserung der Tischplatte entlangfuhren.

Gerade als Siri etwas erwidern wollte, wurden Stimmen im Flur laut. Hoss und Yolanda kamen zurück. Paul hätte sie am liebsten sofort wieder weggeschickt, so sehr hatte er das Beisammensein mit Siri genossen. Er ließ die Hände auf die Tischplatte fallen.

»Jetzt bist du halbwegs informiert«, sagte er und trank den Tee aus, der mittlerweile kalt geworden war.

Dann bemerkte Paul noch eine weitere Stimme, und er sah, dass eine Frau den Flur betreten hatte. Das musste Mathias Lievens Frau sein, dachte er und stand auf. Auch Siri erhob sich, und beide gingen auf sie zu.

»Frau Lieven«, sagte Hoss, »wir haben uns bereits bekannt gemacht.« Dann deutete er auf Paul und Siri. »Paul Lupin von der Polizei und Siri Lundell, die Fastenleiterin.«

»Swenja Lieven.«

Sie schüttelten einander die Hände. »Legen Sie den Mantel ab, Frau Lieven, und kommen Sie herein.«

Swenja Lieven war eine elegante Frau in den Vierzigern, wie Paul schätzte. Er dachte an das Foto von Mathias Lieven, das Heimdahl ihm geschickt hatte, und für einen Moment sah er das Ehepaar Lieven vor sich stehen und dachte, dass die beiden perfekt zusammenpassten.

»Brauchen Sie mich noch?«, fragte Hoss an Paul gewandt.

Der verneinte, woraufhin Hoss das Zimmer Richtung Treppe verließ.

»Ich würde gerne bleiben«, sagte Yolanda, »ist das in Ordnung?«

»Natürlich«, erwiderte Paul.

»Ich mache uns einen Tee«, sagte Siri, nachdem alle Platz genommen hatten.

Swenja Lieven nickte, und Paul bemerkte ihre leicht geschwollenen Augen, als hätte sie vor Kurzem geweint. Er wandte sich ihr zu. »Sie haben mit der Polizei gesprochen?«

»In Lübeck, ja. Und dann habe ich hier noch mit Herrn Heimdahl gesprochen.« Swenja Lieven sah Paul an. »Und Sie waren es, der meinen Mann gefunden hat?«

Paul nickte. »Das ist richtig. Aber ich konnte leider nichts mehr für ihn tun.« Er rückte sich auf dem Stuhl zurecht und sah wieder Swenja Lieven an.

Siri kam an den Tisch zurück und stellte eine Kanne Tee und Tassen ab.

»Frau Lieven«, fuhr Paul fort, »würden Sie mir auch noch einmal erzählen, was Sie Herrn Heimdahl erzählt haben? Zum Beispiel, warum Ihr Mann diese Kur hier machen wollte?«

»Er brauchte eine Auszeit, hat er zu mir gesagt. Er hat sehr viel gearbeitet in den letzten Jahren, so wie ich auch. Ich weiß gar nicht mehr genau, wann wir das letzte Mal Urlaub gemacht haben.«

»Was machen Sie beruflich?«

»Ich bin Architektin, genau wie Mathias.«

»Haben Sie an denselben Projekten gearbeitet?«

Swenja Lieven schüttelte den Kopf. »Nein, ich entwerfe Einfamilienhäuser, unter anderem. Mathias war in letzter Zeit eher als Investor unterwegs.«

Paul dachte, dass sie auf das unliebsame Thema des Verkaufs des Hirschfängers zusteuerten, also warum nicht gleich danach fragen? »Wissen Sie etwas über die Projekte hier in der Nähe? In Havgart zum Beispiel?«

»Den Hirschfänger meinen Sie?«

Paul nickte. »Zum Beispiel, ja.«

»Der hatte es ihm besonders angetan. Mathias hatte immer schon eine Schwäche für diese muffigen, in die Jahre gekommenen Landgasthäuser. Er hat schon mehrere gekauft und modernisiert, sie praktisch zu neuem Leben erweckt.«

Paul richtete sich auf. Er fühlte sich berufen, den Hirschfänger zu verteidigen. Und er war verärgert, dass sich der Ruf als altbackenes Rentnerlokal immer noch hielt. »Der Hirschfänger ist nach gründlicher Überholung neu eröffnet worden, Frau Lieven. Nichts von dem alten Mief ist erhalten geblieben.«

»Ach? Aber trotzdem, aus irgendeinem Grund hat er sich dafür interessiert. Und ich glaube, da war noch jemand, hier aus der Gegend, der sich daran beteiligen wollte.«

Paul wurde hellhörig. »Wissen Sie, wer das war?«

Sie dachte nach. »Kann sein, dass er Namen genannt hat, aber ich weiß es nicht mehr. Mathias hat nur Andeutungen gemacht. Und das ist seltsam, denn wir haben uns immer über unsere Arbeit ausgetauscht. Mathias war …« Swenja Lieven hob die Schultern, und plötzlich schimmerte eine gewisse Zerbrechlichkeit durch. »Ich weiß nicht, er war anders als sonst, das ist mir ein paar Tage vor seiner Abreise aufgefallen. Irgendetwas hat ihn beschäftigt, aber es hatte nichts mit der Arbeit zu tun.« Sie sah wieder Paul an. »Da bin ich mir ganz sicher.«

Paul dachte darüber nach. Was hatte Mathias Lieven hier gewollt? Warum das Fasten und warum das Interesse am Hirschfänger? Ob das etwas mit den ehemaligen Betreibern zu tun hatte? Aber Hauke Liebe war längst tot, und Henny lebte in einem Heim für Demenzkranke. Vertreten wurden sie von dem Anwalt, der das Kündigungsschreiben verfasst hatte. Gab es eine Verbindung zu den alten Liebes?

»Kannte Ihr Mann die Besitzer des Hirschfängers?«, fragte Paul.

»Die Besitzer? Das weiß ich nicht, wem gehört der Laden denn?«

»Einer Henny Liebe, ihr Mann hieß Hauke Liebe, aber der ist im Februar letzten Jahres gestorben.«

Sie dachte einen Moment nach. »Nein, die Namen sagen mir nichts. Aber soweit ich weiß, hat er mit einem Anwalt zu tun gehabt und nicht mit den Besitzern selbst.«

»Hieß der Anwalt Gutmuth?«

Swenja Lieven dachte nach. »Kann sein ... Ich glaube, den Namen hat Mathias ein paarmal erwähnt.«

Paul nickte langsam. Dann haben wir wenigstens in diesem Punkt Klarheit, dachte er. Er hatte Heimdahl das Foto des Schreibens von diesem Gutmuth geschickt, wusste jedoch nicht, ob der schon die Zeit gefunden hatte, den Anwalt zu kontaktieren. Aber es gab keinen Zweifel mehr: Mathias Lieven wollte den Hirschfänger kaufen. Und jetzt war er tot und verschwunden. »War ihr Mann erfolgreich?«, fragte er unvermittelt. »Entschuldigen Sie die direkte Frage, aber wenn wir die Situation richtig einschätzen wollen, wäre es interessant zu wissen, wie seine Geschäfte liefen.«

»Er war äußerst erfolgreich, so viel kann ich Ihnen sagen.« Von Zerbrechlichkeit war bei der Frau nun nichts mehr zu spüren. Aufrecht saß sie da, und Paul bemerkte eine Härte um ihren Mund. »Sie wollen bestimmt auch wissen, ob er Feinde hatte. Herr Heimdahl hat auch danach gefragt.«

»Und?«, griff Paul die Bemerkung auf.

»Neider hatte er bestimmt. Es gab Kollegen, die verärgert waren, wenn Mathias ihnen ein Objekt vor der Nase weggeschnappt hatte. Er verfügt über ein weltweites Netzwerk, das er sich im Laufe der Jahre aufgebaut und von dem er profitiert hat. Deshalb kann er auch kurzfristig, quasi aus dem Stand, große Summen aufbringen. Aber Feinde?« Sie hob die Schultern.

Weltweites Netzwerk, dachte Paul. Und dann interessiert ihn der olle Hirschfänger? Das verstehe ich nicht. Laut sagte er: »Bei Geld hören Freundschaft oder Partnerschaft schnell auf.«

Swenja Lieven nickte. »Das stimmt wohl.« Dann wandte sie sich an Yolanda, die bisher schweigend am Tisch gesessen, aber aufmerksam zugehört hatte. An ihrem Gesichtsausdruck konnte Paul ablesen, dass sie sehr mit Mathias Lievens Frau mitfühlte. »Hat er Ihnen denn nichts erzählt?« Swenjas Blick ging zwischen Yolanda und Siri hin und her.

Beide richteten sich auf.

»Nein, leider«, sagte Yolanda dann. »Wir haben uns natürlich unterhalten, über die Kur, unsere Ess- und Lebensgewohnheiten und so weiter.« Sie hielt einen Moment inne. »Er wollte ›ein paar Recherchen anstellen‹, so hat er es ausgedrückt. Und dafür bräuchte er einen klaren Kopf. Deshalb ist er aufs Fasten gekommen.«

Swenja Lieven hatte stirnrunzelnd zugehört, schwieg aber. Von oben ertönte das Klappen einer Tür, kurz darauf kam Hoss die Treppe herunter.

»Entschuldigung, aber ich musste mich kurz frisch machen.« Er ging in die Küche, holte sich eine Tasse und setzte sich an den Tisch.

»Hat Mathias Ihnen etwas erzählt?«, fragte Paul. »Warum er fasten wollte oder warum er sich für den Hirschfänger in Havgart interessiert hat?«

»Ich glaube, er wollte etwas Grundlegendes in seinem Leben ändern«, sagte Hoss.

Swenja Lieven hob den Blick und sah Hoss fragend an.

»Er hat das nicht so gesagt wie ich gerade, aber ich hatte den Eindruck, er meinte es so.« Hoss hielt die Tasse in beiden Händen, als wollte er sich wärmen, sein Gesicht verriet, dass er versuchte zu deuten, was Mathias gesagt hatte. »Er wirkte wie jemand auf dem Sprung.«

»Was meinen Sie damit«, fragte Swenja Lieven.

Hoss richtete den Blick auf sie. »Kann ich schwer sagen, aber das war mein Eindruck.«

Yolanda nickte. »Wollten Sie vielleicht umziehen?«

Eine Unsicherheit legte sich auf das Gesicht der Frau, die bis eben noch recht selbstbewusst gewirkt hatte. »Nein, im Gegenteil. Mathias war so gut im Geschäft wie nie.«

»Menschen teilen sich auch mit, indem sie etwas nicht sagen«, sagte Yolanda. »Und Mathias hatte definitiv vor, etwas Neues zu beginnen. Diesen Eindruck hatte auch ich, und damit meinte er nicht nur seine Essgewohnheiten.«

Eine Weile herrschte Schweigen, und Paul dachte, dass sie erst einmal nicht weiterkommen würden.

»Haben Sie Kinder, Frau Lieven?«, wollte Paul noch wissen, bevor er die Befragung beendete.

»Ja, drei. Die beiden Älteren sind schon aus dem Haus, die Jüngste ist sechzehn und wohnt noch bei uns.«

»Und die Eltern von Ihrem Mann, was ist mit denen?«

»Seine Mutter lebt noch. Sie wohnt in einem Seniorenheim hier in der Nähe. Sie ist schon etwas verwirrt.«

»Haben Ihr Mann oder Sie Kontakt zu ihr?«

»Oh ja, Mathias liebt sie sehr, wir sind auch regelmäßig da.«

»Wie heißt das Heim?«

»Es ist das Friedland, in Großenbrode. Es liegt am Kurpark, in der Nähe des Südstrands.«

Paul nickte, er kannte das Haus. Es war aufgrund enormer Asbestbelastung in die Schlagzeilen geraten und dann saniert worden.

»Was haben Sie jetzt vor?«, fragte Paul. »Bleiben Sie in Heiligenhafen?«

Sie nickte. »Zumindest ein oder zwei Nächte. Ich schaue jetzt nach einem Zimmer.«

Aus Swenja Lievens Handtasche, die sie auf dem Boden abgestellt hatte, ertönte ein »Ping«. Sie bückte sich, zog ihr Smartphone heraus und erstarrte beim Blick auf das Display. »Das ist Mathias«, sagte sie, und Paul sah, dass sie blass wurde. Sie öffnete die Nachricht und las vor: »Sorry für die Sorgen, die ich dir bereite, aber es geht nicht anders. Sobald ich mehr weiß, melde ich mich wieder, M.‹« Sie blickte auf, Tränen stiegen ihr in die Augen.

Paul griff sofort nach dem Smartphone und las die Nachricht ebenfalls. »Haben Sie Herrn Heimdahl die Handynummer Ihres Mannes gegeben?«

Swenja Lieven nickte. »Ja, er hat sie aufgeschrieben.«

Paul stand auf, fischte nach seinem eigenen Smartphone und rief Heimdahl an. Während der Ruf sich aufbaute, öffnete er die Terrassentür und ging nach draußen. »Martin, gerade ist eine WhatsApp von Mathias Lieven bei seiner Frau eingegangen. Könnt ihr versuchen, den Standort rauszufinden? Sie sagt, ihr habt die Nummer.«

»Ja, haben wir. Was hat er geschrieben?«

»Dass sie sich keine Sorgen machen soll, er würde sich wieder melden.«

»Ich bin unterwegs, ich sag den Kollegen Bescheid, die kümmern sich drum.« Paul hörte, dass Heimdahl aufgelegt hatte, um keine Zeit zu verlieren. Er ging wieder rein und schloss die Tür.

»Die Kollegen versuchen, das Telefon zu orten.«

Swenja Lieven sah auf, sie wischte sich Tränen von der Wange.

»Das passt alles überhaupt nicht zu Mathias.«

»Sie sollten antworten, um zu sehen, was passiert.« Paul legte ihr Smartphone auf den Tisch zurück und setzte sich. »Fragen Sie ihn, wo er steckt und warum er abgereist ist.«

Sie tippte die Nachricht ein und versendete sie.

Dann saßen sie da und warteten. Und tatsächlich kam auch gleich die Antwort.

Bald, Liebes, bald ☺

»Klingt das nach Ihrem Mann?«

»Ja, manchmal hat er ›Liebes‹ zu mir gesagt.«

»Hat er Sie auch in Nachrichten so genannt?«

Sie zuckte mit den Schultern. »Kann sein.« Dann scrollte sie durch die Nachrichten, bis sie eine fand, die sie Paul zeigte.

Tut mir leid, Liebes, schaffe es nicht zum Essen, bis später ☺

Paul sah, dass neue Tränen die Wangen herabliefen. Er sah zu Siri und nickte ihr unmerklich zu, dann stand er auf und ging wieder auf die Terrasse. In diesem Moment sah er, dass ein Anruf von Heimdahl einging.

»Das Smartphone von Mathias Lieven ist in Heiligenhafen, Parkplatz Steinwarder.«

»Da ist doch sein Wagen geparkt.«

»Ja. Tenning und Blume sind gleich da, um zu gucken, ob Lieven dort ist oder wer sich da Verdächtiges rumtreibt.«

»Lieven bestimmt nicht«, sagte Paul.

»Ist seine Frau noch bei euch?«

»Ja, Siri kümmert sich gerade um sie. Sie ist total fertig.«

»Konntest du mit ihr reden? Ist ihr noch irgendwas eingefallen?«

»Nein, nichts, was uns vielleicht weiterbringt.« Paul hörte Stimmen, und Heimdahl klang plötzlich gehetzt. »Ich habe gerade auf eBay noch ein paar Sandsäcke gefunden, in Lübeck. Du erinnerst dich vielleicht, dass irgendwelche Arschlöcher alle meine Säcke kurz vor dem letzten Hochwasser geklaut haben? Aber die Kollegen sind weiter an der Ortung, falls das Smartphone noch eingeschaltet ist. Ich melde mich.«

Paul beendete das Gespräch und blickte ins Haus. Hoss und Yolanda waren nicht mehr da. Siri saß neben Swenja, sie hatte den Arm um ihre Schulter gelegt und redete beruhigend auf sie ein. Gott sei Dank, dachte er. Siri war genau die Richtige. Sie würde der armen Frau Trost und Hilfe sein. *Viel besser, als ich das kann. Ich bin nur der Überbringer der schlechten Nachricht, nämlich, dass Mathias Lieven mit Sicherheit tot ist. Und dass er definitiv keine WhatsApp mehr schreiben kann.*

***

Paul lag auf dem Bett in Zimmer Nummer zwei und starrte an die Decke. Genau so hatte Mathias Lieven hier gelegen, dachte er. Hatte an dieselbe Decke gestarrt und sich vermutlich ähnliche Gedanken gemacht wie er gerade. Keine feste Nahrung mehr, kein Kauen, nur Trinken. Er schloss die Augen. *Auf was lasse ich mich eigentlich da ein? Was, wenn mein Körper anders reagiert, als Siri Lundell es beschrieben hat? Was, wenn mein Kreislauf versagt, ich ohnmächtig werde oder das Herz einfach stehen bleibt?*

Er erinnerte sich wieder an Siris Worte: »Der Körper gibt beim Fasten nur das ab, was er nicht braucht und was ihn belastet. Du brauchst also keine Angst zu haben, dass wichtige Organe leiden könnten. Im Gegenteil. Dein Körper findet jetzt Zeit, aufzuräumen und sich auf sich selbst zu besinnen.«

Körper aufräumen ... Zimmer aufräumen. Er musste wirklich einmal das Zimmer bei Heimdahl ausmisten. Dann würde es ihm auch seelisch besser gehen. Hing das nicht alles zusammen? *Mein Körper und ich. Ich muss mich auch auf mich selbst besinnen.* Obwohl er sich immer noch in seinem verlängerten Sabbatical befand, war er im Grunde noch nicht dazu gekommen. Wo waren die ganzen Monate geblieben, die er zwischen seiner Hamburger Wohnung und dem Zimmer in der Strandvilla am Graswarder gependelt war?

Paul schloss die Augen. Siris Gesicht tauchte auf, wie sie ihn angelächelt hatte, als er ihr gesagt hatte, dass er sich ihrer Gruppe anschließen wolle. Es lag an ihm – wenn er den Einstieg ins Fasten schaffte, würde er sie jeden Tag sehen. Dieser Gedanke machte ihm Mut. Aber auch, dass die anderen ihm das Du angeboten und ihn somit in ihren Kreis aufgenommen hatten.

Paul hatte überlegt, zwischendurch in den Hirschfänger zu fahren, um dort zu arbeiten. Aber diese Möglichkeit hatte er sofort wieder verworfen, aus Sorge, er könnte schwach werden und etwas essen. Also hatte er Frau Marten angerufen und sie gefragt, ob sie ihn für ein paar Tage vertreten könne. Sie hatte zugesagt.

Er dachte wieder an Mathias Lieven und stellte sich vor, wie er hier auf dem Bett gelegen und nachgedacht hatte. Über etwas, das weitreichende Folgen haben würde. Aber der Kauf einer alten Landkneipe allein konnte einem Profi wie Lieven nicht so zugesetzt haben, dass er sich von allem zurückzog, um über sein Leben nachzudenken. Da war was anderes, das er losgetreten hatte. Und das musste Paul herausfinden. Aber im Moment machte ihm das Loch in seinem Magen zu schaffen. Er richtete sich auf. Wie konnte man durch Hungern einen klaren Kopf bekommen, wenn man ständig an ein Käsebrot denken musste?

Paul traf Martin Heimdahl am Strand vor dessen Villa. Er hatte die ausziehbare Leiter aufgestellt und war dabei, die Fenster im ersten Stock zu inspizieren. Paul war einmal dabei gewesen, als das Hochwasser bis ans Haus herangekommen und die Gischt bis an die oberen Fenster gespritzt war. Er erinnerte sich, dass er sich gefühlt hatte wie in einem Meerwasseraquarium, während die Wellen gegen das Küchenfenster geklatscht waren. »Und? Wie sieht es aus?«, rief er Heimdahl zu.

»Verheerend.«

»Echt? Kann ich irgendwas tun?«

»Aufräumen vielleicht?«

Paul seufzte auf, als ihm klar wurde, dass Heimdahl gerade in das Fenster des Gästezimmers schaute, das er so zugemüllt hatte. »Das wollte ich gerade machen«, rief er nach oben.

»Die Fenster sind noch gut.« Heimdahl stieg die Leiter wieder herunter.

Paul erinnerte sich, dass sie erst im letzten Herbst die Fenster im Erdgeschoss gestrichen hatten. Und auch die seezugewandte Seite des Hauses hatte einen neuen Anstrich bekommen. Aber Wind und Wetter, vor allem die salzhaltige feuchte Luft, setzten den Strandvillen zu, sodass sie regelmäßig prüfen mussten, ob ein neuer Anstrich fällig war.

»Hast du noch Sandsäcke ergattert?«, fragte Paul, als Heimdahl wieder unten stand.

»In Lübeck gab's noch welche, hab Glück gehabt.« Er schaute an der Fassade hoch. »Die Holzluken oben an deinem Fenster sind nicht richtig fest, daher das Klappern.«

Paul sah ebenfalls hoch. »Okay, ich kümmere mich drum.«

Heimdahl ging weiter, fuhr mit dem Fuß über den Sand und zog ein paar Strandrosen heraus. Paul lehnte sich an die Hauswand und spähte zum Haus der Stille hinüber. Dort sah er Oliver Hendricks vor dem Haus stehen und die Fassade inspizieren.

Paul ließ den Blick an der Wasserkante entlangwandern, und plötzlich sah er wieder diese unscharfen Bilder, aber dieses Mal wie ein Traum oder wie ein Beobachter. Er sah, wie ein betrunkener Mann in Jeans und T-Shirt ein lebloses Bündel aus dem Wasser fischte. Er sah zu, unbeteiligt, stand an der Wasserkante und bemerkte, wie der Saum seiner Jeans von den seichten Wellen erfasst wurde, die gemächlich angeschlichen kamen und sich langsam wieder zurückzogen. Im Traum sah er dann an sich herunter, die nackten Füße auf den Algen. Und dann kam eine Erinnerung wieder, die er nicht geträumt hatte, aber an die er ständig denken musste: Warum war der Saum seiner Jeans *vor* der Bergung des Toten nass und sandig gewesen? Heimdahl hatte gesagt, dass sie vorher am Strand allerhand Unfug angestellt hatten. Aber warum glaubte er selbst noch immer, dass er mit diesem Lieven geredet hatte?

Paul wandte sich ab, lief die schräge Steinmole hinunter und betrachtete das Haus. Das letzte Hochwasser hatte dem Strand arg zugesetzt, aber die Buhnen vor den Villen hatten einen Teil des Sandes gehalten. Er tat es Heimdahl nach und zog ein paar Strandrosen aus dem Sand. Immer wieder wurden sie von Touristen angesprochen, warum sie diese schönen Pflanzen entfernten, denn für die gehörten sie zum typischen Bild eines Ostseestrandes. Und sowohl er als auch die anderen Villenbewohner erklärten dann geduldig, dass sie stattdessen Strandhafer pflanzten, weil dieser tiefer wurzelte und somit den Dünen mehr Schutz bot.

Paul war in seine Arbeit vertieft, als Heimdahl sich ihm näherte. »Laut Vorhersage nähert sich das Tief von Nordwest, schöne Scheiße.«

»Okay, dann an die Arbeit«, sagte Paul, »ich schaue mir die Luken oben an.«

Heimdahl betrachtete ihn, dann grinste er. »Machst du das jetzt wirklich, das Fasten? Hat sie dich rumgekriegt?«

»*Du* hast mich rumgekriegt. ›Tu es für mich. Bring Licht in den Fall. Ich flehe dich an!‹ Schon vergessen?« Paul winkte ab. »Spaß beiseite. Nach dieser Nacht war mir klar, dass es so nicht weitergehen kann. Wir haben maßlos übertrieben, und so etwas darf einfach nicht passieren, verdammt. Ich hatte den totalen Filmriss, so was kann böse enden.«

Heimdahl nickte. »Jaja, du hast ja recht. Ich rechne dir das auch hoch an.«

»Ich tu es für uns beide. Ich muss versuchen, die Ereignisse dieser Nacht auf die Reihe zu kriegen. Und ich muss endlich wissen, was ich überhaupt will. Vielleicht schaffe ich es, wieder klarzusehen.«

Heimdahl klopfte Paul auf die Schulter, dann rieb er sich die Hände. »Ich mache das mit den Luken, nachher fällst du mir aufgrund von Kreislaufschwäche noch vom Dach.«

Beide sahen nun zum Haus der Stille hinüber, wo Oliver Hendricks und ein anderer Mann große Platten an der Hauswand abstellten. Gerade reichte Oliver dem Mann etwas, der dann um die Hausecke verschwand. Oliver sah zu ihnen herüber und machte sich auf den Weg zu ihnen.

»Hey«, rief Heimdahl ihm zu. »Sind die Platten für die Türen?«

Oliver winkte ihnen zu. »Hallo, ja, zweimal ist mir jetzt das Wohnzimmer vollgelaufen, wie du vielleicht weißt.«

Heimdahl nickte. »Klar weiß ich das noch. War ein totales Chaos.«

»Ich muss nur noch die Schienen rechts und links der Tür festmachen und ein Gummi als Abschlusskante besorgen.«

»Wäre das nicht auch was für dich?«, sagte Paul an Heimdahl gewandt.

»Bisher geht es eigentlich«, entgegnete Heimdahl. »Habe erst vor ein paar Jahren wasserdichte Türen und Fenster eingebaut. Später vielleicht, mal sehen.«

Oliver wandte sich an Paul. »Und du bist jetzt ebenfalls ein Kurgast, habe ich von Siri gehört?«

Paul nickte. »Ich probiere es zumindest, keine Ahnung, ob ich das durchhalte. Ich darf nur nicht an Martins gegrillten Fisch denken, dann könnte ich rückfällig werden.«

»Die ersten drei Tage sind wohl die schlimmsten, sagt Siri zumindest. Ich selbst habe es noch nie ausprobiert.« Oliver grinste. »Aber bei so netter Betreuung hätte ich schon mal Lust, mich darauf einzulassen.«

Nette Betreuung, dachte Paul, hatte der ein Auge auf Siri geworfen? Dieses Grinsen sprach zumindest dafür. Er seufzte. Themenwechsel, dachte er. »Was ist mit Swenja Lieven, ist sie noch da?«

»Nein, sie hat sich ein Zimmer am Hafen genommen, im Meereszeiten. Ich habe die ganze Geschichte immer noch nicht begriffen«, sagte Oliver Hendricks und sah Paul an. »Du warst es also, der den Mann gerettet hat?«

Paul nickte. »›Gerettet‹ ist gut. Ich konnte nichts mehr für ihn tun.«

»Kanntest du den Mann denn?« Heimdahl sah Oliver Hendricks an.

»Flüchtig, ich habe ihn gesehen, einmal hier draußen, beim Tai-Chi am Strand. Aber ich habe nicht mit ihm geredet. Und seine Frau tut mir echt leid. Es ist schrecklich, wenn man keine Gewissheit hat. Und ein angeblich Toter, der dann verschwindet, das ist wirklich verstörend.« Er sah Paul an. »Aber du hast ja nun seinen Platz eingenommen.« Plötzlich hellte sich seine Miene auf. »Und dann die verrückte Geschichte mit unseren Vätern, die sich nach einer Ewigkeit wiedergetroffen haben.«

Paul lachte. »Oh ja, Johann – oder *Johnny* – ist ganz aus dem Häuschen. Sie wollen zusammen Musik machen.«

Oliver lachte ebenfalls. »Ich weiß, in eurem Laden, im Hirschfänger. Ich finde das einfach großartig. Seit Jim deinen Vater getroffen hat, ist er wie ausgewechselt, ich erkenne ihn kaum wieder.«

»Geht Johann auch so«, sagte Paul. »Die Erinnerungen an die alten Zeiten tun ihm gut. Wusstest du, dass die beiden zusammen beim Love and Peace Festival auf Fehmarn aufgetreten sind?«

»Klar, ich glaube, das war der Höhepunkt im Leben meines Vaters.« Er lachte kurz. »So chaotisch es war, so sehr hat er davon gezehrt, glaube ich. Wisst ihr schon, wann die beiden auftreten wollen? Das will ich mir natürlich nicht entgehen lassen.«

»Keine Ahnung. Ich sage dir Bescheid, wenn ich mehr weiß.«

»Super, würde mich freuen.« Oliver Hendricks deutete mit der rechten Hand hinter sich, »dann mache ich mal weiter.«

»Brauchst du Hilfe?«, fragte Paul. »Ich bin nachher auch wieder im Haus der Stille.«

»Nein, erst mal nicht. Ich montiere die Platten erst, wenn es ernst wird. Ich will euch nicht jetzt schon einsperren.« Lachend wandte er sich ab und ging davon.

Heimdahl stand mit verschränkten Armen am Strand und sah auf sein Haus. »Eine schöne Wohnung mit Dachterrasse. Weit weg vom Strand. Nie mehr im kniehohen Wasser am Herd stehen. Ruhig schlafen und das Klappern der Holzluken gemütlich finden.« Er sah Paul an. »Deine Wohnung in Hamburg, darum beneide ich dich.«

Paul verzog das Gesicht. »Du wohnst in einer der teuersten Immobilien der westlichen Hemisphäre. Eine Anzeige bei Immobilienscout, und du könntest dir fünf Eigentumswohnungen in Hamburg an der Elbchaussee kaufen.«

»Wie oft war ich schon kurz davor? Aber ich bring es einfach nicht übers Herz.«

»Komm, hör auf zu jammern.« Paul legte den Arm auf Heimdahls Schulter. »Ich räume jetzt mein Zimmer auf, und dann mache ich die Luken fest.«

SECHS

Dienstag, 11. Oktober

Paul erwachte mit pochendem Schädel. Seltsamerweise hatte er nach dem Besäufnis mit Heimdahl keine Kopfschmerzen gehabt, obwohl sie auf den vielen Wein noch den Whisky getrunken hatten. Aber diese hier hatten bereits in der Nacht eingesetzt, sodass er auch davon geträumt hatte. Immer wieder hatte er im Traum Wasser getrunken und Tabletten geschluckt. Er richtete sich auf und wusste nicht, wo er war. Er sah sich um, schaute nach unten. Der weiß gestrichene Holzdielenboden holte die Erinnerungen zurück, er lag in Zimmer Nummer zwei im Haus der Stille. Er spähte zum Fenster, es war noch nicht hell, aber auch nicht mehr ganz dunkel. Er lag da, mit aufgestützten Ellenbogen, und lauschte dem Pochen hinter der Stirn. »Verflucht«, stöhnte er und ließ sich wieder aufs Kissen fallen, was die Schmerzen kurzzeitig verstärkte, sodass er einmal leise aufheulte.

Der gestrige Tag, Pauls erster Fastentag, war ganz gut verlaufen. Er hatte mit den anderen das morgendliche Tai-Chi gemacht und war anschließend mit Hoss und Yolanda am Strand entlanggewandert, am »Mann im Sturm« vorbei bis zur Steilküste und wieder zurück. Zur Ruhezeit hatte Siri ihm den Leberwickel angebracht, und er hatte sich ausgeruht.

Quälender Hunger war erst gegen Abend aufgekommen, aber er hatte ihn mit viel Wasser in Schach halten können. Dafür war die Nacht eine nicht enden wollende Aneinanderreihung von Alpträumen gewesen. Neben den Schmerzträumen hatte ihn ein dämonisches Wesen durch die Nacht gejagt. Paul sah den Leibhaftigen vor sich, so langsam kamen die Erinnerungen zurück. Der Teufel hatte ihn die ganze Nacht über verfolgt. Ganz egal, was Paul im Traum auch anstellte, etwas hatte sich an ihn gehängt. Als er dann an einem Spiegel vorbeilief, sah er sie, eine magere Gestalt mit geschlossenen Augen, die Arme um den Hals, die Beine um seinen Oberkörper geschlungen. Er hatte versucht, sie abzuschütteln, hatte den Rücken an Bäumen und Wänden gerieben, ohne Erfolg. Irgendwann war er tot umgefallen, und er sah sich selbst am Strand liegen, während der Teufel sich mit dieser weißen Maske über ihn beugte. Da war er schweißgebadet aufgewacht.

Wie kam er jetzt nur an eine Aspirin? Dann fiel ihm ein, dass er immer welche im Kulturbeutel hatte. In den hatte er gestern alles geworfen, was er hier benötigte, und zusammen neben Klamotten zum Wechseln hierher in die Nachbarvilla mitgenommen. Aber um an den im Bad verstauten Schatz zu gelangen, musste er aufstehen, was eine echte Herausforderung sein würde. Alle seine Knochen waren schwer wie Blei, auch war ihm übel. Eigentlich müsste ich jetzt was essen, dachte er, dann geht das bestimmt alles weg. Vorsichtig stand er auf und setzte sich auf die Bettkante. Ihm war so schwindelig, dass er nicht wusste, wie er jemals das Badezimmer erreichen sollte. Also wartete er eine Weile, dann erhob er sich langsam und wankte los.

Am Ziel angekommen, fand er einen Streifen Aspirin. »Gott sei Dank«, murmelte er, nahm gleich drei auf einmal und spülte sie mit Wasser aus dem Hahn hinunter. Das Wasser tat gut, und er trank gleich noch ein paar Schlucke mehr und klatschte sich mehrmals Wasser ins Gesicht. Einen Moment blieb er so stehen und hielt sich am Waschbeckenrand fest. Dann sah er in den Spiegel – und bekam einen Schreck. Ein Typ mit wirren Haaren, die ihm an der Stirn klebten, starrte ihn mit tumbem Gesichtsausdruck an. Die Bartstoppeln waren über den Dreitagebart hinausgewachsen. Die Gesichtsfarbe machte ihm Sorgen, eine Mischung aus Leichenblass und Grüngelb, woraus die dunklen Ringe besonders hervorstachen.

»Mannomann …« Er beugte sich nach vorn und zog mit dem Finger die Haut unter dem rechten Auge hinunter. Auch im Auge war er blass. Er wandte sich langsam ab und ging ins Zimmer zurück.

Er hatte sich gerade wieder aufs Bett gesetzt, als er etwas an der Tür liegen sah. Er wischte sich über die Augen und schaute noch einmal. Als hätte die Sehkraft über Nacht nachgelassen, sah er alles verschwommen. Aber das gefaltete Papier konnte er erkennen. Jemand hatte es unter der Tür hindurchgeschoben. Also stand er wieder auf, ging in die Knie, um zu vermeiden, dass er den Kopf nach unten halten musste, und hob es auf. Noch im Stehen las er:

Ich habe dich gesehen am Strand, aber keine Sorge, ich schweige. Und bitte sucht nicht nach mir, ich weiß, was ich tue. Es tut mir leid. M.

Verwirrt setzte Paul sich wieder aufs Bett. Dann las er den Text noch einmal, hielt sich aber ein Auge zu, da alles verschwamm. Irgendwie wollten die paar Zeilen nicht in seinen Kopf. *Keine Sorge, ich schweige?* Was sollte das? *Sucht nicht nach mir.* Er wendete das Blatt ein paarmal hin und her, sah sich die Rückseite an, dann ließ er es fallen, als hätte er sich daran verbrannt. Herrgott, dachte er, warum habe ich nicht früher daran gedacht? Er sollte nicht noch seine Fingerabdrücke überall darauf verteilen. Das Blatt lag jetzt mit dem Text nach oben vor ihm. Es war offenbar mit einem Laserdrucker ausgedruckt worden, Schrifttyp Courier, Schriftgröße zwölf.

An diesem Morgen dauerte alles deutlich länger als gewöhnlich, denn erst jetzt begriff Paul, dass der Überbringer des Briefes bis an seine Zimmertür gelangt war. Zimmer Nummer zwei im Haus der Stille am Graswarder. Entweder war dieser Unbekannte (von dem er immer noch nicht glaubte, dass es Mathias Lieven war) selbst bis hierhergekommen, oder jemand der Gäste hier hatte den Zettel dorthin gelegt. Aber warum? Was passierte hier? Er musste sofort Heimdahl anrufen. Er ging zu dem Tisch am Fenster, nahm das Smartphone und sah, dass es noch viel zu früh war, er würde Martin wieder aufwecken. Und der Brief war ja nun da, also konnte er Heimdahl auch später informieren.

Es war heller geworden. Paul ging ans Fenster und öffnete es. Auf dem Meer herrschte kräftiger Seegang. Die Wellen rollten mit lautem Getöse an den Strand, der jetzt nur noch ein schmaler Streifen war. Paul streckte und dehnte sich, atmete aus und ein und spürte, wie die allerschlimmsten Schmerzen im Kopf langsam wichen; das Wasser und die Aspirin hatten mit ihrer Arbeit begonnen.

Er ließ das Fenster geöffnet, setzte sich wieder aufs Bett und genoss die kühle und frische Luft.

Wenn der Absender und Überbringer wirklich Mathias Lieven gewesen war, dann musste er noch den Schlüssel haben. Hatten sie Siri überhaupt nach dem Schlüssel gefragt? Neben Lieven hatten natürlich alle anderen Gäste auch einen Schlüssel sowie Siri und Oliver Hendricks, der Verwalter. Oder die Besitzer – Paul wusste nichts über die Besitzverhältnisse. So viele Möglichkeiten. Noch einmal las er die Zeilen: »Ich habe dich gesehen am Strand, aber keine Sorge, ich schweige.«

Wer hatte *was* gesehen? Hatte Mathias Lieven wahrgenommen, dass er, Paul, versucht hatte, ihn zu retten? Oder wie er ins Haus gerannt war? War es doch so gewesen? Wer war der andere?

Das Summen seines Smartphones ließ ihn derart zusammenfahren, dass ihm kurzzeitig schwindelig wurde. Es war Martin Heimdahl.

»Ich habe einen komischen Brief bekommen«, kam Heimdahl sofort zur Sache, ohne sich für den frühen Anruf zu entschuldigen.

»Dann sind wir schon zwei. Ich komme rüber, gib mir ein paar Minuten.«

Ein paar Dinge hatte Paul gelernt: Schnelle Bewegungen, Bücken und anspruchsvolle Gedankengänge sollte er meiden. So langsam, als würde er sich unter Wasser bewegen oder wie die Schattenboxer in der Schwerelosigkeit des Weltalls, ging er ins Bad, um zu duschen. Immerhin war er dann in der Lage, das Zimmer zu verlassen und sich ins Nachbarhaus zu Martin Heimdahl zu schleppen, der mit strubbeligen Haaren am Esstisch saß, einen Pott Kaffee in beiden Händen.

Beim Anblick und auch beim Geruch des Kaffees bereute

Paul das Fasten gleich schon wieder. Was würde er jetzt für einen Schluck Kaffee geben. Überhaupt, Kaffee war flüssig, was machte so ein Schluck schon? Er biss sich auf die Lippen und hängte die Jacke mit der Kapuze an den Kleiderhaken.

Als Martin Heimdahl aufsah, entgleisten seine Gesichtszüge. »Heilige Scheiße! Was haben die denn mit dir gemacht? Soll ich den Notarzt rufen?«

»Halt einfach die Klappe.« Paul ging in die Küche und setzte Wasser auf. Dann zog er ein paar Schwarzteebeutel aus der Hosentasche, die er vorsorglich mitgenommen hatte. Wenigstens darauf wollte er nicht verzichten.

Aus der anderen Tasche zog er einen Plastikbeutel, in den er den Brief gesteckt hatte, und legte ihn vor Heimdahl auf den Tisch. »Den hat jemand unter meiner Tür durchgeschoben.«

Heimdahl las. »So was Ähnliches steht in meinem auch. ›Stellt die Suche ein, es hat keinen Sinn. M.‹ Was ist das denn für ein schwachsinniger Satz?«

Paul ging zum Tisch und setzte sich. Dann deutete er auf sein Exemplar. »Der lag in meinem Zimmer, den hat jemand unter der Tür durchgeschoben.«

»Das sagtest du bereits.« Heimdahl sah ihn mit sorgenvoller Miene an. »Ist alles in Ordnung mit dir?«

Paul wollte den Kopf schütteln, ließ es aber bleiben. »Nein, ist es nicht. Ich habe die schlimmste Nacht meines Lebens hinter mir. Der Teufel hat mich traktiert. Und mein Schädel ist kurz vor dem Explodieren.«

»Das geht vorbei, das ist der Koffeinentzug. Und der Entzug von Wein und Whisky, Pommes, doppelstöckigen Hamburgern, Johanns Gulasch, Zimtschnecken, Kartoffelchi–«

»Ja-ha!«

»Und das mit den Träumen, das ist genauso schlimm, ich hatte das damals auch. Das sind die seelischen Abgründe, die sich im Laufe deines Lebens angesammelt haben und jetzt aufgewühlt werden. Das ist aber ein gutes Zeichen, der Entgiftungsprozess hat begonnen.« Heimdahl betrachtete seinen Freund. »Was hältst du von diesen Briefen? Sind sie von Mathias Lieven?«

Lange sah er Heimdahl in die Augen. »Dann hätte ich vor ein paar Nächten keinen toten Mathias Lieven in den Armen gehalten, Martin. Zum tausendsten Mal! Die sind bestimmt von dem anderen, Anonymous.«

»So einen seltsamen Fall hatte ich noch nie. Ich gebe die Briefe weiter an die Techniker, aber ganz ehrlich? Ich verspreche mir wenig davon.«

Paul war immer noch nicht in der Lage, einen klaren Gedanken zu fassen, der Schwindel kam zurück, und er schloss kurz die Augen.

»Bist du sicher, dass du weiterfasten willst?« Heimdahl sah ihn wieder mit gerunzelter Stirn an.

»Ja!«, entfuhr es Paul energischer als beabsichtigt. »Sorry, ich bin nicht ich selbst heute Morgen.«

»Ich halte das aus, keine Sorge.«

»Wenn ich jetzt aufgebe, dann wären die Kopfschmerzen, die Teufelsaustreibung, der Schwindel und die schlechte Laune umsonst gewesen. Also mache ich weiter. Ich will einfach wissen, wie es ist, wenn man all das überwunden hat und klar denken kann. Und zwar viel klarer als jemals zuvor. Damit ich eine Entscheidung treffen kann. Denn das ist mir in diesem scheiß Sabbatjahr nicht gelungen.« Paul machte eine Pause und sackte ein wenig in sich zusammen. »Auch wenn ich alle Freunde verliere, sich die Familie abwendet und ich ganz alleine weiterleben muss.«

Heimdahl lachte los. Und dieses herzliche Lachen, das nur Martin Heimdahl zustande brachte und bei dem sich die knallblauen Augen zu Schlitzen verengten, ebendieses Lachen heiterte Paul immer wieder auf. Er grinste Heimdahl an und warf einen Schwarzteebeutel in dessen Richtung. »Komm, zisch ab, bevor ich noch irgendwas raushaue, das ich später bereue.«

Heimdahl trank den Kaffee aus und stand auf. »Ich fahre in die Dienststelle, Lagebesprechung. Ich rufe dich nachher an.« Er ging in den Flur, drehte sich aber noch einmal um. »Pass auf dich auf.« Sein Gesicht war ernst geworden. »Hier ist etwas Seltsames im Gange, und ich habe im Gefühl, dass das nur der

Anfang ist. Auch ich hatte merkwürdige Träume in der letzten Nacht. Einzelheiten erspare ich dir lieber.«

Paul saß noch eine Weile in Heimdahls Küche und dachte über dessen letzte Worte nach. Er hatte sich noch einen zweiten Tee gegönnt und trank ihn langsam und bedächtig. Er spürte, dass seine Lebenskräfte zurückkehrten. Die Schmerzen waren nicht mehr so schlimm, dafür war sein Kopf jetzt mit Dämmmaterial ausgefüllt. Aber er fühlte sich gut. Er hatte keinen Hunger, keine Schmerzen, und auch der Teufel hatte von ihm abgelassen. Aber am Rande seines Gesichtsfeldes sah er etwas Dunkles hocken, das immer dahin verschwand, wohin es seine Augen nicht schafften. Die Gestalt am Strand, die vor dem Fenster an Johanns Haus.

Heimdahl hatte recht – er musste aufpassen.

✳✳✳

Als Johann die Augen aufschlug, hörte er den Regen ans Fenster prasseln. »Oje, oje«, murmelte er und setzte sich auf. Eine Weile saß er so an der Bettkante und starrte aus dem Fenster. Dann grinste er. Denn damals auf Fehmarn hatte es auch so gegossen, wie aus Kübeln, und sie hatten nur die Zelte gehabt. Bei dem Gedanken fröstelte es ihn, und er erhob sich. Er schlurfte ins Badezimmer, zog sich aus und stellte sich unter die Dusche. Lange stand er da und ließ sich das heiße Wasser über den Kopf laufen.

Beim Festival auf Fehmarn hatten sie nicht ans Duschen gedacht, aber das hatte auch niemand vermisst. Überhaupt, damals hatte nur das Hier und Jetzt gezählt. Niemand hatte sich Gedanken gemacht, was in ein paar Tagen sein würde oder in den nächsten Stunden. Klar hatten sich die Besucher damals besseres Wetter gewünscht, aber man hatte sich damit arrangiert. Wichtig war, dass man trocken blieb, wo man was zu essen bekam und wo man pinkeln konnte. Wärmen konnten sie sich gegenseitig, er und seine Annemarie. Johann glaubte, sich zu erinnern, dass ihnen der Regen schnurz gewesen war.

Er stieg aus der Dusche und trocknete sich ab. Dann ging er

durch den Flur und hoffte, dass Lilli nicht in diesem Moment aus ihrem Zimmer kam. Die würde sich aufregen und mit einem Aufschrei des Entsetzens sofort wieder verschwinden. In diesem Alter waren die halt so. Er zog sich ein weißes T-Shirt an, stieg in seine frisch gewaschene und dieses Mal sogar gebügelte Jeans. Heute war der große Tag, heute würde er mit Jim im Hirschfänger ein Konzert geben.

Als er die Treppe hinunterging, spürte er, dass er jetzt schon nervös war. Wie würde es erst am Abend sein? Baptiste schnurrte um seine Beine, und Johann füllte das Schälchen des Katers mit frischem Futter auf. Dann kochte er das Wasser für den Kaffee.

Damals hatten sie einen Spirituskocher gehabt, fiel ihm wieder ein. Und damit hatten sie im Zelt sowohl den Kaffee gekocht als auch das Essen aufgewärmt. Sie hatten nämlich jede Menge Dosenfraß dabeigehabt. Baked Beans, so viel, dass er das Zeug lange Zeit danach nicht mehr hatte sehen können. Aber er würde sich mal wieder eine Dose besorgen, einfach, um sich zu erinnern. Und Jim hatte nebenan in seinem Zelt gehaust wie ein Vandale. Schon nach kurzer Zeit hatte es darin ausgesehen, als hätte dort eine Großfamilie von Messies gewohnt.

Wie jeden Morgen holte Johann das Graubrot aus dem Brotkasten und schnitt ein paar Scheiben ab.

Er dachte daran, dass Paul ihm von seinen Plänen erzählt hatte, sich den Leuten in der Hungervilla nebenan anzuschließen. Für Johann war so etwas undenkbar. Bei Kriegsende war er neun Jahre alt gewesen, und der Mangel zu dieser Zeit hatte sich in sein Gedächtnis eingebrannt. Das trockene Brot in seiner Hosentasche, von dem er immer kleine Stücke abgebissen und so lange darauf herumgekaut hatte, bis nur noch ein süßlicher Brei im Mund übrig geblieben war. Und genau so machten es diese Hungerakrobaten in der Strandvilla wohl auch. Heutzutage hieß das »achtsames Essen« oder so ähnlich. Paul hatte ihm dieses Heft gezeigt, in dem genau beschrieben wurde, wie das Fasten vor sich ging. Alles Wichtigtuerei. Johann aß immer in derselben Art und Weise: reinbeißen, kauen, runterschlucken. Niemals käme er auf die Idee, zu zählen, wie oft er kaute.

Fünfunddreißigmal. Gütiger Himmel. Genauso wie damals. Nie mehr wollte er diesen süßen Brei im Mund haben.

Er schüttelte den Kopf. »Das sind die Auswüchse des Wohlstands, alter Junge.« Er warf einen Blick auf Baptiste, der eingeschlafen war. »Würdest du freiwillig hungern?«

Aber Johann wusste natürlich, dass Paul auch im Haus der Stille war, weil er Licht in das ominöse Verschwinden dieses Mannes bringen wollte. Bei dem Gedanken wurde Johann etwas mulmig. Er würde die ganze Sache am liebsten vergessen. Er hatte ein schlechtes Gewissen, das ließ sich nicht leugnen. Diesen Lieven aufzusuchen war ja noch nicht einmal seine Idee gewesen. Verflixte Tüte, jetzt hatten sie den Salat. Es würde bestimmt rauskommen. Und dann? »Ach, Kokolores!«, rief er laut aus. Wer sollte das schon gesehen haben? Alles, was zählte, war doch, dass es keinen Käufer für den Hirschfänger mehr gab. Und nur darauf kam es ja an. Paul würde ihm am Ende dankbar sein. Dieser Gedanke heiterte Johann wieder auf.

Er griff nach seiner Schiebermütze, die auf der Anrichte lag, und zog sie auf. Dann ging er in den Flur und betrachtete sich im Spiegel. Erst das Gesicht. Er straffte die schlaffe Gesichtshaut, indem er sie Richtung Ohren zog. »Auweia«, sagte er. So in etwa würde er wohl aussehen, wenn er sich bei einem dieser Schönheitsquacksalber das Gesicht zurechtschnippeln ließe.

Er wandte sich Baptiste zu, der wieder erwacht war, jetzt im Flur stand und ihn auffordernd anstarrte. »Was hältst du davon, mein Freund? Sollen wir den alten Johann noch einmal verjüngen? Dann ziehen die einem die Haut hoch und binden sie oben am Kopf zusammen. Dann muss ich *immer* eine Schiebermütze tragen.« Er schaute noch einmal in den Spiegel. »Quasimodo und Frankensteins Monster in Personalunion.«

Er klemmte die Mütze zwischen die Knie, zog den Kamm aus der Hosentasche und kämmte sich die weißen Haare zurück. »Keine Pläte, noch alles da.« Dann ging er ein paar Schritte nach hinten, für eine Ganzkörperbetrachtung. »Hab schon schlimmere Wracks gesehen«, sagte er zu seinem Spiegelbild und setzte die Mütze wieder auf.

Der Regen hatte nachgelassen, doch es war kühler geworden. Johann stand auf der Veranda und ließ den Blick über den Garten schweifen. Die Obstbäume trugen alle noch ihr Laub, aber die ersten Blätter wurden gelb. Er seufzte. Wieder kommt ein Herbst, dachte er. Wieder ein Winter, wieder das Geballere zum Jahreswechsel. Und wieder ein Jahr, dessen Zahl auf seinem Grabstein stehen könnte. Alle seine anderen Freunde betrachteten den Efeu bereits von unten. Aber er stand hier, in seinem Häuschen am Meer, und fühlte sich gut. Er hob die Schultern, als würde er sich vor dem Allmächtigen entschuldigen, dass es ihm so gut ging. Aber so war es nun einmal. Er rieb sich die Hände. »Monsieur Lupin, hast dich gut gehalten, du oller Knösterpitter.«

Schon von Weitem sah er das Plakat, das an der Tür des Hirschfängers hing.

Love and Peace Revival mit Jim & Johnny

Er hatte ein paar Entwürfe gemacht, und gemeinsam mit Lilli hatte er dann dieses Exemplar fertiggestellt. Obwohl das im Grunde nicht nötig gewesen wäre, denn ganz Havgart wusste ohnehin, dass es am heutigen Abend ein Konzert geben würde.

Als er den Hirschfänger betrat, waren Olaf und Ida schon da. Sie wandten sich der Tür zu, und beide runzelten die Stirn.

»Ist was passiert?«, fragte Ida Rossi und betrachtete ihn mit ihrem typischen Blick aus Misstrauen und Unverständnis. »Oder warum lächeln Sie so komisch?«

»Guten Morgen, guten Morgen!«, rief Johann und ging durch den Gastraum. »Ich lächele, weil ich mich freue, dass ich noch auf Erden weilen darf.«

Ida und Olaf sahen sich kurz an, in ihren Gesichtern las Johann Besorgnis, aber das war ihm egal, er wollte sich seine gute Laune nicht vermiesen lassen. Er rieb sich die Hände. »Ich werde dann mal etwas umräumen, damit wir heute Abend gut vorbereitet sind.«

»Johann, wir haben noch den ganzen Tag Zeit«, sagte Olaf.
»Und so viel muss gar nicht gemacht werden. Wir räumen einfach die Tische und die Stühle beiseite, das reicht schon.«
»Hm, wenn du meinst.«
»Johann.« Ida sah ihn an, und er merkte, dass sie mit ihm nicht über den Auftritt heute Abend reden wollte. »Haben Sie schon etwas Neues herausgefunden?«
»Keine Neuigkeiten, Signora Rossi. Das heißt auch, dass nichts im Argen liegt, denn sonst hätte mein Sohn sich mit mir in Verbindung gesetzt.«
In diesem Moment summte Johanns Smartphone in seiner Jackentasche. Er zog es heraus und sah, dass Paul ihm eine Nachricht geschickt hatte. Er öffnete sie und las:

Habt ihr noch alle Tassen im Schrank?

Johann sah auf. »Oijoijoij!«
Ida und Olaf starrten ihn an. Dann ging die zweite Nachricht ein:

Ich komme raus nach Havgart.

»Ich nehme alles zurück. Zieht euch schon mal warm an.«

***

Paul stand hinter Heimdahl, der auf seinem Bürostuhl am Schreibtisch saß, und beide schauten auf den Monitor.
»Da!« Heimdahl zeigte mit dem Kugelschreiber auf zwei Personen, die sich ruckartig vorwärtsbewegten, weil die Kamera immer nur kurze Momentaufnahmen lieferte. Aber das ungleiche Gespann aus der kleinen runden Frau und dem langen Lulatsch war ebenso leicht wie zweifelsfrei zu identifizieren.
»Das glaube ich jetzt nicht.« Paul verfolgte die Aufnahmen weiter. Dabei schoss ihm das Lied »Spannenlanger Hansel, nudeldicke Dirn« durch den Kopf, und er atmete genervt aus. Was

kamen denn noch für bescheuerte Gedanken angeflogen, wenn man hungerte? Die beiden legten einen zügigen Schritt hin, vermutlich war es Ida, die hier den Ton und auch das Tempo bestimmte.

»Die Webcam lügt nicht, Paule. Sie waren am Graswarder. In der Nacht, als du den Toten gefunden hast.« Paul ließ sich auf einen der Stühle fallen, die um einen kleinen runden Tisch standen.

»Johann hat dir nichts davon erzählt?«

»Kein Wort. Aber du hast doch selbst das Rumgedrucke miterlebt, als wir sie nach Mathias Lieven gefragt haben.« Er schloss kurz die Augen. Er sehnte sich nach Ruhe, nach einer Tasse Tee mit Siri. Der Gedanke an sie verscheuchte den größten Unmut, den die Bilder gerade in ihm geweckt hatten. Warum nur war er an sein scheiß Smartphone gegangen? Ohne dies hätte er die Zeit noch ein wenig genießen können. Jetzt hatte er wieder das nächste Problem am Hals.

Paul war kurz im Haus der Stille gewesen, nachdem Heimdahl in die Dienststelle nach Oldenburg gefahren war. Er wurde von den anderen mit erwartungsvollen Gesichtern begrüßt, alle hatten wissen wollen, wie es ihm ging. Paul hatte nichts von der Horrornacht erzählt, den bösen Träumen, den Kopfschmerzen. Auch diese ominöse Nachricht hatte er nicht erwähnt.

Dann hatten sie kurz besprochen, wie sie den Tag gestalten wollten, und waren an den Strand gegangen, um die morgendlichen Tai-Chi-Übungen zu machen. Paul hatte Schwierigkeiten gehabt, abzuschalten, er konnte sich nicht konzentrieren, war mehrmals aus dem Gleichgewicht geraten. Siri hatte das gemerkt und ihn die ganze Zeit im Auge behalten. Als sie sich anschließend am Strand verteilt hatten, war Siri auf ihn zugekommen, und gemeinsam waren sie den Strand entlanggegangen.

»Ging es dir wirklich so gut?«, hatte sie gefragt.

»Mir ging es noch nie so beschissen.« Paul war stehen geblieben und hatte sie angesehen. Und dabei erneut gespürt, wie gern er sie betrachtete.

»Das habe ich mir schon gedacht«, hatte sie erwidert und ihn angelächelt.

In dem Moment hatte das Smartphone geklingelt – Heimdahl.

»Kannst du mal kommen? Ich habe was gefunden, das dir nicht gefallen wird.«

Heimdahl hatte recht behalten.

Paul stöhnte auf. »Die Kamera zeigt vier Uhr dreißig in der Früh.«

»Und Ida Rossi hat auf meine Frage, ob sie mit Mathias Lieven gesprochen hat, geantwortet, sie wäre seit Wochen nicht in Heiligenhafen gewesen.« Er deutete wieder auf den Bildschirm. »Sie hat gelogen.«

Paul dachte eine Weile darüber nach. »Mir ist klar, was da gelaufen ist. Als Lieven die Fotos im Hirschfänger gemacht hat, wussten sie natürlich, wer das war. Nur, als sie gehört haben, dass der potenzielle Käufer tot ist, haben sie den Mund gehalten.« Er holte einmal tief Luft. »Ich knöpfe mir erst einmal Johann vor. Der kann schlecht lügen. Ich rieche das drei Meilen gegen den Wind, wenn er mit irgendwas nicht rausrücken will. Aber ich glaube nicht, dass sie Lieven umgebracht haben.« Er lachte kurz auf.

»Das hat ja auch niemand behauptet. Aber vielleicht haben die doch mit ihm geredet, irgendeine Abmachung getroffen.« Heimdahl ließ die Hände auf die Oberschenkel fallen, eine hilflose Geste. »Wer weiß, was in den Köpfen von denen vorgeht? Wenn einer den Investor umbringen müsste, der einem vermutlich die Zukunft zerstört, dann am ehesten doch du, oder?«

Paul sah auf. »Spinnst du jetzt total?«

»Jaja, kleiner Scherz. Noch vor Kurzem hättest du darüber gelacht. Wird Zeit, dass du bald wieder was isst.«

»Wer hat mich denn genötigt, ins Haus der Stille zu gehen?« Heimdahl grinste. »Siri Lundell ist nett, oder?«

»Jetzt lenk nicht ab.«

»Aber nett ist sie trotzdem. Und sobald sie dich sieht, beginnt sie zu strahlen.«

Paul winkte ab, gleichzeitig spürte er, wie ihm die Wärme ins Gesicht stieg. Er kam sich vor wie ein Teenager in der Schule. Jetzt bloß nicht noch rot werden, dachte er. Und gleichzeitig hatte er wieder ihr Gesicht vor Augen. Er holte einmal tief Luft.

»Wenn dieser ganze Mist hier nicht wäre, weiß Gott, ich könnte mir echt vorstellen, sie ... also, sie näher –«

»Es spricht nichts dagegen, Paul. Man muss die Gelegenheit beim Schopfe packen.«

»Ich kann nicht!«, rief Paul. »Ich kann einfach nicht. Ich weiß nicht, was gerade mit mir passiert.«

»Ich kriege immer mehr ein schlechtes Gewissen, dass ich dich zum Fasten überredet habe.«

»Das ist es doch gar nicht. Aber dieser Vorfall am Strand ...« Paul stützte sich mit den Ellenbogen auf den Oberschenkeln ab und fuhr sich durch die Haare. »Das hört sich vielleicht bekloppt an, aber ich habe mit ihm geredet. Was, wenn ich es war, der ihn ...«

»Quatsch, red keinen Unsinn.« Heimdahls Gesicht wurde finster. »Du bist von den Hilferufen wach geworden. Das hast du doch erzählt.«

Paul lachte höhnisch auf. »Wenn ich im Schlaf mit dem Wagen aus der Stadt fahren kann, an einen Deich, dann kann ich im Schlaf genauso gut an den Strand gehen.« Er fixierte Heimdahls Augen. »Ich war so aufgebracht wegen dieser Kündigung, Martin. Ich glaube, ich habe bei unserem Fischessen so viel getrunken, weil ich einfach nicht mehr daran denken wollte. In Gedanken habe ich ihn, also diesen Käufer, tatsächlich am liebsten ...« Wieder winkte er ab. »Kannst du dir ja denken.«

Heimdahl betrachtete Paul nachdenklich. »Ich schlage vor, wir vertagen dieses Thema erst einmal. Du weißt ja nicht, was du redest. Wie war das noch? Du wolltest fasten, um einen klaren Kopf zu kriegen? Im Moment bist du aber noch in der Entgiftungsphase, und die kann heftig sein. Denk an deine Träume. Morgen oder übermorgen wird es dir schon besser gehen, und dann wirst du den Quatsch, den du eben geredet hast, bereuen.« Er stand auf und klopfte Paul auf die Schulter. »Komm, rede erst mal mit deinem Vater und den anderen, und dann gucken wir weiter.«

Paul starrte eine Weile ins Leere, dann stand er ebenfalls auf und nickte. »Ach, übrigens geben Johann und sein Kumpel heute Abend ein kleines Konzert.«

»Ich weiß, Johann hat mich schon eingeladen. So etwas lasse ich mir doch nicht entgehen.« Heimdahl zeigte mit dem Finger auf seinen Monitor. »Und das hier, das habe ich erst mal nicht gesehen. Das sind deine Leute, also darfst du dich auch darum kümmern.«

Paul steuerte den Wagen auf Johanns Grundstück und stellte ihn vor dem Schuppen ab. Der Capri stand draußen, und Baptiste lag zusammengerollt auf dem Dach des Wagens. Paul musste lächeln. Der Kater war für ihn wie ein Indikator, der ihm das Gefühl vermittelte, dass hier alles seinen gewohnten Gang ging. Baptiste, Johann, der Capri, das rote Schwedenhäuschen, das war die Welt seines Vaters. Und solange diese Einheit noch bestand, so lange war die Welt in Ordnung. *Könnte* die Welt in Ordnung sein, dachte er und wurde schon wieder missmutig.

Er lehnte sich an das weiße Geländer und ließ seinen Blick in die Ferne schweifen. Es war erst fünf Uhr, bis die Dämmerung einsetzte, dauerte es noch ein wenig. Den grauen Streifen Ostsee hinter den hügeligen Feldern konnte er gut erkennen. Die Landschaft war noch grün, hatte aber die Lebendigkeit des Sommers bereits verloren. Woran genau er das sah, konnte er nicht sagen. Die Knicks in den Feldern, die Platane unten am Wendehammer vor Hinrichs Hof, die Hecke, auch die Gräser in der Mitte und zu beiden Seiten des Weges, der in die Felder führte, alles war noch grün, aber der Verfall war schon spürbar. Paul nahm es viel intensiver wahr als jemals zuvor. Er konnte es riechen, oder besser gesagt, wittern. Er ertappte sich dabei, wie er mit offenem Mund in der Luft herumschnupperte wie ein Kaninchen. Sofort schloss er den Mund wieder. Dennoch lag der Herbst spürbar in der Luft, der beginnende Abbau, die Zersetzung sandten ihre Düfte aus.

Er dachte einen Moment darüber nach. Tatsächlich war ihm heute schon mehrmals aufgefallen, dass seine Sinne überaus empfindlich reagierten. Viele Geräusche waren zu laut und aufdringlich, aber auch Gerüche nahm er viel intensiver wahr. Ob das immer von Vorteil war, war zumindest fraglich. Er schaute wieder in die Ferne, und erst jetzt bemerkte er, dass er die Ostsee klar und deutlich sehen konnte.

Er wandte sich um und ging ins Haus, die Tür zur Küche war wie immer unverschlossen. Er trat ein und sah sich um, die Küche sah aus wie ein Schlachtfeld. Er kratzte sich an der Stirn. Sowohl sein Vater als auch seine Tochter waren nicht gerade ordentlich, aber das hier?

»Johann? Lilli?« Paul öffnete die Tür zum Flur und wiederholte die Rufe, aber es blieb still. Er ging ins Wohnzimmer – und blieb mitten im Raum stehen.

»Was zum Teufel …?«, flüsterte er, denn auch hier sah es wüst aus.

Und so schlimm waren Johann und Lilli dann doch nicht. Hier war definitiv eingebrochen worden. Die Schubladen des Sideboards waren herausgezogen und ausgeleert worden, der Boden war voller Papiere, Fotos, Johanns Schallplatten lagen zerstreut überall herum. Paul blieb in der Tür stehen, er überlegte, ob er noch oben nachschauen sollte, dann zog er das Smartphone aus der Tasche. Gerade als er Heimdahls Nummer suchte, hörte er hinter der Tür ein Geräusch. Es war ganz leise, ein Kratzen nur.

Er hielt die Luft an und schloss kurz die Augen. Da atmete jemand, kein Zweifel. Er musste jetzt ganz schnell handeln, sich so schnell gegen die Tür werfen, dass derjenige dahinter keine Chance hatte. Er bewegte sich ein Stück von der Tür weg und wollte dann losstürmen. Stattdessen kam die Tür auf ihn zu und traf ihn am Kopf, sodass er ein Stück zu Seite taumelte. Er spürte, wie das Smartphone aus seiner Hand rutschte, und sah im selben Moment aus dem Augenwinkel etwas Dunkles auf sich zukommen. Der Schlag traf ihn seitlich an der Schläfe, sodass er zu Boden fiel.

»Paul?«

Paul wandte sich um, obwohl er in strammem Galopp über die Felder ritt, immer entlang des Knicks, und sich dabei fragte, warum er diesen Weg genommen hatte. Eigentlich konnte man hier gar nicht reiten. Mit einer Hand hielt er sich an der Mähne des weißen Pferdes fest, aber er konnte nicht sehen, wer ihn gerufen hatte.

»Paul!«

Erneut drehte er sich um. »Ich will eigentlich gar nicht noch weiter«, wollte er rufen, aber das Pferd hatte seinen eigenen Kopf und war nicht aufzuhalten. Er sah Siri in dem Knick stehen, nur ein kurzer Blick beim Vorbeireiten, aber sie machte einen unglücklichen Eindruck. Plötzlich sah er jemanden vor sich, mitten auf dem Weg, Mathias Lieven. Er stand da wie eine Säule und hob die Hand. Obwohl Paul in hohem Tempo auf ihn zuritt, blieb der Abstand zu Lieven immer gleich. Lieven streckte den Zeigefinger Richtung Paul aus. In seinem Gesicht mischten sich Verbitterung und Wut. Er merkte, dass er sich nicht mehr halten konnte, er fiel.

Paul schreckte zusammen und öffnete die Augen. Als er den Schmerz wahrnahm, schloss er sie gleich wieder. Er wunderte sich darüber, dass diese Koffeinentzugsschmerzen zurückgekommen waren. »Wo ist das Pferd?«, murmelte er.

»Das steht im Stall und frisst Heu.« Das war Heimdahls Stimme, und Paul öffnete die Augen. Er sah in Heimdahls Gesicht, in dem ein Grinsen lag, das aber schnell wieder verschwand.

Heimdahl beugte sich über ihn und legte ein nasses und kühles Tuch auf seine Stirn. »Geht's wieder?«

Paul richtete sich auf und sah sich um.

»Wie gesagt, dem Pferd geht es gut.«

Der Traum kam langsam ins Bewusstsein zurück. »Das Scheißvieh hat mich gerade abgeworfen. Mann, Mann, was man nur für einen Mist träumen kann.«

»Aber dass du hier ohnmächtig geworden bist, mit einer beachtlichen Beule am Kopf, das ist kein Traum gewesen.«

»Nein.« Paul sank auf den Boden zurück, dann deutete er auf die Tür. »Dahinter hat er gestanden, ich habe ihn atmen hören.« Er nahm den Beutel Tiefkühlerbsen entgegen, den Heimdahl mit einem Küchentuch umwickelt hatte, und legte ihn auf die schmerzende Stelle. »Verdammt, wie spät ist es? Hat das Konzert schon angefangen?«

»Nein, wir haben noch Zeit genug.«

Dann kann ich nur kurz ohne Bewusstsein gewesen sein, dachte Paul. »Wieso bist du überhaupt hier?«

»Du warst nicht im Hirschfänger, ganz einfach.«

»Gott sei Dank hast du nicht Lilli geschickt. Stell dir vor, sie hätte mich so gefunden.«

»Ach, Paul, deine Lilli hält schon was aus, du musst sie nicht immer mit Samthandschuhen anfassen. Komm …« Heimdahl, der die ganze Zeit neben ihm auf dem Boden gekauert hatte, erhob sich nun und reichte ihm seine Hand. »Kannst du aufstehen?«

Paul zog sich langsam hoch, anschließend führte Heimdahl ihn zum Sofa.

»Wir fahren jetzt ins Krankenhaus, du hast vielleicht eine Gehirnerschütterung.«

Paul winkte ab. »Nein, nicht nötig. Mir geht's gleich wieder gut. Siri kann nachher gucken, ob alles in Ordnung ist.«

Heimdahl sah sich im Raum um. »Dir ist klar, wer das gewesen sein könnte?«

Vorsichtig schüttelte Paul den Kopf und stellte erfreut fest, dass er nicht mehr schmerzte. »Wenn das der Unbekannte vom Strand war, Martin, was wollte er dann in Johanns Haus? Ich glaube das irgendwie nicht.«

In diesem Moment dachte Paul wieder an die Bilder auf der Webcam in Heiligenhafen. Aber selbst wenn sie mit Mathias Lieven geredet hatten, um ihn vom Kauf der Immobilie abzubringen, wozu sollte dann jemand Johanns Haus durchsuchen? Das ergab doch alles keinen Sinn. »Wir müssen mit Johann und Ida reden. Vorher ist alles pure Spekulation.«

»Aber ich würde das erst nach Johanns Auftritt tun, Paul.

Dein Vater ist derart nervös, dass er womöglich seinen eigenen Namen vergessen hat.«

***

Paul hatte die Beule mit Heparinsalbe aus Johanns Medizinschränkchen versorgt. Damit man sie nicht sofort sah, hatte er sich eine von Johanns Basecaps aufgesetzt. Als sie am Hirschfänger ankamen, standen schon einige Leute draußen herum, ein Bier in der Hand, und unterhielten sich. Von drinnen erklang Muddy Waters' »Hoochie Coochie Man«.

In der Gaststätte war es bereits recht voll, Paul erkannte viele Gesichter aus Havgart. Sie waren tatsächlich gekommen, um sich hier heute Abend die Musik von zwei Bluesveteranen anzuhören. Was natürlich eher auf Jimmy zutraf als auf Johann. Der ließ sich nicht so leicht in eine Schublade packen, denn im Grunde hatte er sich an allem versucht. Dass er jetzt durch Jimmy seine Liebe zum Blues wiederentdeckt hatte, gefiel Paul besonders gut.

Oliver Hendricks saß an einem Tisch neben der Bühne und beschäftigte sich mit einem kleinen Mischpult.

Paul steuerte auf den Tresen zu, hinter dem neben Olaf auch die Aushilfe Elke Marten stand. Die hatte sich bereit erklärt, Paul auch etwas länger zu vertreten.

»Ah, der Genügsamkeitsguru«, rief Olaf ihm zu und grinste. »Ein leises Wässerchen für dich?«

»Gerne«, sagte Paul. Dann bedankte er sich bei Frau Marten für ihren Einsatz.

Lilli kam gerade aus der Küche, und als sie ihren Vater erblickte, hellte sich ihr Gesicht auf. »Hi, Paps.« Sie gab ihm einen Kuss auf die Wange, dann deutete sie auf seinen Kopf. »Was hast du denn gemacht?«

So viel zu dem Versuch, die Beule mit der Basecap zu verstecken, dachte Paul. »Ach«, er winkte mit einer lässigen Handbewegung ab, »nix Schlimmes, habe mich gestoßen, bei Johann, da ist —«

Lillis Blick wurde ernst. »Kann es sein, dass du mir wieder irgendwas verschweigst?« Und ehe Paul sich's versah, hatte sie ihm die Basecap abgenommen und schaute sich die Beule genauer an. »An so einer Stelle stößt man sich eigentlich nicht.« Behutsam setzte sie ihm die Cap wieder auf. »Also?«

Paul wusste, dass sie nicht lockerlassen würde, in der Hinsicht war sie genau wie Anna. Den beiden konnte er einfach nichts vormachen. In dem Moment kam Heimdahl hinzu, und Lilli wandte sich sofort an ihn. »Martin, was ist passiert? Papa druckst schon wieder herum.«

Heimdahl warf Paul einen kurzen Blick zu, woraufhin Paul resignierend die Schultern hob. Er griff nach dem Wasser und trank ein paar Schlucke.

»Er hat eins aufs Dach gekriegt«, sagte Heimdahl, »aber es ist nicht so schlimm.«

»Nicht so schlimm?«, rief Lilli und sah Paul an. »Papa!«

»Ja, ist ja gut. Lilli, es geschehen hier gerade seltsame Dinge. Und alles hat mit diesem Mann zu tun, den ich am Strand gefunden habe. Mehr weiß ich ja selber nicht.«

Lilli wandte sich erneut an Heimdahl. »Aber ihr seid doch Polizisten, Kriminalbeamte. Ihr müsst doch irgendwas herausgefunden haben, das ist euer Job.«

»Wir arbeiten auch daran, Lilli. Die Kollegen schauen sich gerade Johanns Haus an, deshalb muss ich auch gleich kurz –«

»Johanns Haus?«, unterbrach Lilli ihn, dann sah sie wieder ihren Vater an. »Das ist bei *uns* passiert?«

Paul nickte. »Johann schließt ja auch nie ab. Das hat jemand ausgenutzt, um das Haus zu durchsuchen.«

»Zu durchsuchen? Was haben die denn gesucht?« Lilli wurde zusehends unruhiger, und genau das hatte Paul eigentlich vermeiden wollen.

»Das wissen wir noch nicht. Und solange solltet ihr nicht im Haus bleiben, Lilli.«

»Okay, und wo sollen wir hin?«

»Du bleibst einfach bei mir«, sagte Heimdahl. »Pauls Zimmer ist doch frei.«

Lilli sah sich um und zeigte auf Johann, der gerade mit flotten Schritten durch den Gastraum marschierte und hinter der Toilettentür verschwand. »Und Opa? Wir können ihn doch nicht alleine lassen.« Ihr Gesicht verfinsterte sich noch mehr. »Aber wie ich den kenne, sagt er: ›Quatsch, was soll schon passieren?‹, oder so was.«

»Wir kümmern uns schon darum«, sagte Paul. »Und Martin hat recht, du kannst am Graswarder bleiben.«

Lilli nickte. »Okay, kann ich ja machen.«

In diesem Moment sahen sie Johann auf sich zukommen. Er war blasser als sonst, wirkte fahrig und sah unglücklich aus. Oje, dachte Paul, da hat jemand ordentlich Lampenfieber. Aufmunternd betrachtete er seinen Vater. »Bald geht's los, ihr seid bestimmt super.«

Johann sah ihn mit gerunzelter Stirn an. »Ich habe *jetzt* schon alle Texte vergessen. Und Dünnpfiff habe ich auch.« Er schaute sich nervös um. »Stellt euch vor, ich muss mitten in einem Lied aufs Klo, was mache ich dann?«

Heimdahl lachte. »Das wird nicht passieren, Johann. Sobald ihr angefangen habt, hört das Getöse im Magen-Darm-Trakt auf. Dann wirst du zur Höchstform auflaufen.«

»Woher willst du das wissen?«

»Das hat mir mal ein Musiker gesagt.«

Johann verzog das Gesicht. »Dein Wort in Gottes Gehörgang. Oje, oje …« Er wandte sich ab und verschwand wieder Richtung Herrentoilette.

»Armer Opa«, sagte Lilli und sah ihm mit mitfühlender Miene nach.

»Ich glaube, er bereut, dass er die Idee zu dem Konzert hatte«, sagte Paul. »Wie können wir ihm nur helfen?«

Lilli deutete auf Oliver, der gerade mit seinem Vater einen letzten Soundcheck machte. In diesem Moment blickte Oliver auf und hob grinsend seinen Daumen.

»Wir machen das schon, keine Sorge, Paps.« Dann wurde sie wieder ernst. »Ich habe jetzt echt Angst. Meinst du, das war dieser Typ, den du vor Opas Haus gesehen hast?«

Heimdahl wurde hellhörig. »Welcher Typ?« Er sah Paul und Lilli abwechselnd an.

»Ach, keine Ahnung«, entgegnete Paul. »Ich dachte, ich hätte jemanden in der Nähe des Hauses gesehen. Schien uns zu beobachten. Als ich dann raus bin, war da niemand mehr.«

»Das hättest du mir sagen müssen«, entgegnete Heimdahl.

»Wann war das?«

»Samstagabend.«

Heimdahl sah auf die Uhr, die über dem Tresen hing. »Ich geh noch mal in euer Haus, ich habe den Kollegen Bescheid gesagt, sie gucken sich gerade um.«

Paul fischte den Schlüssel aus seiner Hosentasche und reichte ihn Heimdahl. »Sobald ihr fertig seid, schließ bitte ab. Oder soll ich mitkommen?«

»Auf keinen Fall. Das kannst du Johann nicht antun.«

Gitarrentöne klangen durch den Gastraum, es war Jim, der auf einem Barhocker saß und seine akustische Gitarre stimmte. Johann fingerte an den Gurten seines Akkordeons herum, neben ihm stand seine Gitarre auf dem Ständer. Jim stand nun auf, legte sich den Halter für die Mundharmonika um und spielte eine kurze Melodie, dann schüttelte er den Kopf, löste die Mundharmonika wieder und steckte eine andere ein. Wieder eine kleine Tonprobe, dann nickte er zufrieden. Noch zwanzig Minuten, dann würden sie beginnen.

Ida kam aus der Küche, sie hatte rote Bäckchen, wie immer, wenn sie beschäftigt oder angespannt war. Sie griff nach dem Tablett, und als sie Paul bemerkte, hellte sich ihre Miene auf. »Was sagen Sie dazu, mein Herr?«, rief sie ihm zu. »Der Laden brummt, und das haben wir dem guten Johann zu verdanken.« Sie ließ ihren Arm in weitem Bogen kreisen. »So viele Gäste hatten wir noch nie auf einmal.« Sie holte tief Luft und sah Paul mit dem für sie typischen Blick an, der Wille, Tatendrang und Trotz in einem zeigte. »Ich bete jeden Tag den Rosenkranz, der mir Kraft gibt, das alles zu überstehen. Der Hirschfänger ist unverkäuflich, dafür kämpfe ich!«

Paul dachte: Jetzt oder nie. Er würde den Überraschungseffekt nutzen. Er war vorbereitet, Ida nicht. »Und genau das haben Sie und Johann gemeinsam getan, als sie neulich nachts am Graswarder waren, habe ich recht?«

Ida blinzelte und runzelte ganz kurz die Stirn. »Ich weiß jetzt gar nicht, wovon Sie reden.«

»Ida, Schluss mit diesen Spielchen! Sie und mein Vater waren in Heiligenhafen. Abstreiten nutzlos, ihr wurdet gefilmt.«

Ida sah ihm stumm in die Augen und hielt seinem strengen Blick stand.

»Und Sie sind Richtung Graswarder gegangen. Was haben Sie dort gemacht?« Paul beobachtete sie genau. Ihr Gehirn arbeitete vermutlich auf Hochtouren, aber ihr Gesicht zeigte keine Regung. Diese Frau ist in jeder Hinsicht ein Phänomen, ging es Paul durch den Kopf. Eine Kämpferin, die auch nicht aufgibt, wenn sie mit dem Rücken zur Wand steht.

»Ja und? Was geht Sie das überhaupt an, wie und wo wir unsere Freizeit verbringen? Wir sind erwachsene Leute und müssen uns für nichts rechtfertigen.« Sie griff nach ihrem Tablett und marschierte davon.

Paul sah ihr nach. Gewonnen, du kleiner Teufel, dachte er. Jetzt hatte sie genug Zeit, sich ein paar Ausreden einfallen zu lassen. *Aber das letzte Wort wirst du nicht haben.* Er musste nur aufpassen, dass sie nicht vorher mit Johann sprach und ihn vorwarnte.

Der Raum füllte sich weiter. Paul scannte die Gesichter. Schließlich sah er Siri, gefolgt von den anderen aus dem Haus der Stille, den Hirschfänger betreten. Sie schaute sich suchend um, und als sie Paul erblickte, lächelte sie ihm zu. Paul griff nach seinem Glas und ging ihnen entgegen. Er begrüßte alle, und in diesem Moment freute er sich, dass die Gruppe sich hierher aufgemacht hatte. Er spürte, dass es das Zusammengehörigkeitsgefühl stärkte, obwohl er gar nicht so viel mit den anderen unternommen hatte. Aber ihre gemeinsame Mission machte ihm Mut, durchzuhalten, trotz der sich zuspitzenden Ereignisse.

Hoss und Yolanda waren gleich weiter zum Tresen gegangen, und Dominic und Léonie stellten sich etwas abseits, jeder eine

Trinkflasche in der Hand. Lasst das bloß nicht Ida sehen, dachte Paul, die macht euch die Hölle heiß. Er musste grinsen, als er die beiden betrachtete. Sie trugen wie immer ihre Funktionstrainingsanzüge und wirkten, als wollten sie auf dem Weg ins Fitnessstudio kurz mal vorbeischauen. Aber sie waren gekommen, um Johann zu sehen, und das rechnete er ihnen hoch an.

»Möchtest du was trinken?«, fragte Paul, doch Siri winkte ab.

»Später, danke.« Dann verfinsterte sich ihre Miene, und Paul ahnte, warum. »Was ist passiert?« Sie deutete auf die Wunde. »Das sieht gar nicht gut aus. »Kann ich mir das mal anschauen?«

»Nicht nötig, es ist nur eine Beule.« Allerdings bemerkte Paul in diesem Moment, dass ihm schummrig war, und zwar deutlich mehr als vorher.

Siri schien das ebenfalls zu bemerken. »Du musst dich setzen.« Sie sah sich um, aber alle Tische waren besetzt.

Paul deutete auf die Küchentür. »Lass uns kurz da reingehen, da ist es ruhiger.«

In der Küche setzte er sich auf einen der Stühle, die in der Ecke um den kleinen Esstisch standen.

Siri nahm ihm die Kappe ab und betrachtete die Wunde. »Die Schwellung ist ganz ordentlich, es kann sein, dass du eine Gehirnerschütterung hast.« Sie runzelte besorgt die Stirn. »Was ist denn passiert? Das sieht nach einem Schlag aus.«

Paul nickte. »Vorhin, in Johanns Haus. Aber keine Sorge, das ist nicht so schlimm.«

»Das sehe ich anders, Paul. Du solltest dich hinlegen, damit ist nicht zu spaßen.«

»Nach dem Konzert, versprochen.«

Siri seufzte. »Hast du eine Ahnung, wer das war? Und was er im Haus deines Vaters gemacht hat?«

»Nein, ich habe nicht den geringsten Schimmer. Aber so, wie es dort aussah, hat dieser Jemand irgendetwas gesucht.«

»Meinst du, das hat mit Mathias Lieven zu tun?«

»Ganz sicher, eine andere Erklärung habe ich nicht. Und da ist noch was …«

Siri sah ihn neugierig an.

»Jemand hat einen Zettel unter der Tür meines Zimmers im Haus der Stille durchgeschoben. Darauf stand, dass wir nicht nach Mathias Lieven suchen sollen. Als Absender stand Lieven selbst drauf.«

»Was?«

»Ja, und Martin hat auch einen.«

Siri sah ihn verständnislos an. »Und dann die WhatsApp, die seine Frau bekommen hat. Paul, da treibt jemand seine Spielchen mit uns, was soll das? Ehrlich gesagt überkommt mich langsam ein mulmiges Gefühl, und ich frage mich, ob wir das Fasten nicht doch beenden sollten.«

Paul zuckte mit den Schultern. »Ich halte es für sinnvoller, wenn wir weitermachen. Nur so können wir rausfinden, was passiert ist.«

Beide saßen einen Moment schweigend in der Küche und hörten dem Stimmengewirr draußen zu.

»Wenn es nicht Mathias war, der die Zettel geschrieben hat, dann muss es doch jemand aus dem Haus gewesen sein«, sagte Siri.

»Auf jeden Fall jemand, der einen Schlüssel hat, und dazu gehören zum Beispiel auch Oliver und Jim.« Paul dachte einen Moment nach. »Oder einer der früheren Feriengäste der Villa. Einen Schlüssel nachzumachen ist nicht schwierig. Heimdahl und seine Leute sind schon gemeinsam mit Oliver die Gästelisten durchgegangen, vielleicht finden sie ja dort etwas, das sie mit Mathias Lieven in Verbindung bringen können.« Kurzzeitig wurde Paul so schwindelig, dass er im Sitzen schwankte.

Siri hatte ihn die ganze Zeit nicht aus den Augen gelassen.

»Paul, lass uns ins Krankenhaus fahren.« Sie griff nach seiner Hand.

Bei der Berührung durchströmte ihn ein warmer Schauer, und er umschloss ihre Hand. Dann sah er ihr in die Augen. Paul lächelte sie an. »Ich habe dich, was soll ich im Krankenhaus?«

Siri schüttelte den Kopf, lächelte aber ebenfalls.

Eine Weile saßen die beiden da, und Paul fühlte sich geborgen und stärker. Die Unsicherheit, die ihn seit dem Auffinden des Toten am Strand begleitet hatte, war für den Moment verschwunden. Auch die Ängste, die das Fasten in ihm ausgelöst hatte. Es lag an dieser Frau, die hier in der Küche des Hirschfängers neben ihm saß und seine Hand hielt. Wir sitzen hier wie zwei Teenager, die sich nicht trauen, den nächsten Schritt zu gehen, dachte Paul, als die Tür aufflog und Lilli hereinplatzte.

»Es geht gleich los!«

Paul zuckte zusammen, während Siri nur den Kopf hob und zur Tür sah. Paul war dies schon ein paarmal aufgefallen. Diese Frau ruhte dermaßen in sich, ließ sich nie von äußeren Einflüssen aus dem Gleichgewicht bringen. Und das schien sich auf ihn zu übertragen. Wann immer er in ihrer Nähe war, entspannte er sich.

Lilli sah sofort auf die Hände der beiden. Keiner von ihnen hatte sie zurückgezogen. Als sei es selbstverständlich, dass sie hier händchenhaltend und ganz für sich in der Stille der Küche saßen. Paul sah Lilli an, dass sie ein Grinsen nur mühsam unterdrückte. Doch sie verschwand sofort wieder, was er ihr hoch anrechnete.

Siri stand auf und ging zu dem Regal mit den Gläsern. Sie musste sich strecken, weil die großen ganz oben standen. Dabei rutschte der Ärmel ihres Pullovers runter und entblößte mehrere blaue Flecke an ihrem Arm.

Offenbar hatte sie seine beobachtenden Blicke nicht bemerkt, denn sie schenkte ihm vollkommen unbefangen ein Glas Wasser ein. »Hier, trink das, das ist jetzt noch wichtiger als sonst. Und wenn dir nach was zu essen ist, dann solltest du das tun. Das Fasten ist erst mal nicht wichtig.«

»Essen ist das Letzte, auf das ich jetzt Lust hätte.« Paul trank das Glas aus. »Kann man eigentlich eine Wasservergiftung kriegen?« Er wischte sich den Mund ab.

»Wenn du zehn Liter am Tag trinkst, dann vielleicht.«

Paul lachte und nahm Siris Hand. »Für den Fall der Fälle habe ich ärztliche Versorgung, und die lasse ich heute Abend nicht mehr los.«

Im Gastraum herrschte lautes Stimmengewirr. Paul und Siri suchten sich einen Stehplatz an der Wand. So hatten sie einen seitlichen Blick auf die beiden Stars des Abends, und Paul konnte sich anlehnen, falls ihm wieder schwarz vor Augen wurde.

Siri stellte sich neben ihn, ganz nah, und Paul legte den Arm über ihre Schulter. Er fühlte sich gut, der Schwindel war zwar noch da, aber er spürte, dass die Ursache dieses Mal nicht der Schlag auf den Kopf war.

Als er den Blick an den Gesichtern entlangwandern ließ, entdeckte er Bauer Hinrich, der neben Dr. Stoevesand stand und sich offensichtlich wieder mit diesem in hitziger Diskussion befand. Daneben standen Finn und Fokke, die, wie Paul festgestellt hatte, fast immer als Duo auftraten. Ida bewegte sich flink und kraftvoll zugleich mit ihrem Tablett zwischen den Gästen und sammelte Gläser ein. Als sich Pauls und ihre Blicke trafen, runzelte sie kurz die Stirn. Sie hatte registriert, dass Paul den Arm um diese Frau liegen hatte. Sie ging weiter, schaute sich noch einmal nach ihm um, bevor sie auf den Tresen zusteuerte.

Ihnen genau gegenüber entdeckte er Yolanda und Hoss. Die beiden hatten sich wohl gefunden, dachte er. Die elementaren Eindrücke des Fastens schienen die Leute zusammenzuschweißen. Sie hatten sich auf etwas eingelassen, das sie verändern würde, das auch einige Überwindungen und Entbehrungen verlangte, und dies würden sie gemeinsam durchstehen. Sie tauschten Erfahrungen aus, litten gemeinsam, feierten Erfolge zusammen. Hätte Paul keinen Schlag auf den Schädel bekommen, er könnte vielleicht auch einige Fortschritte feststellen.

Er warf einen Seitenblick auf Siri, die sich an ihn gelehnt hatte und ebenfalls im Raum umherblickte. Kurz war er versucht, ihr einen Kuss auf ihr Haar zu geben, aber er riss sich zusammen. Diese vertraute Geste würde eindeutig zu weit gehen.

Hoss und Yolanda hatten nun ihrerseits Paul und Siri entdeckt. Sie tauschten kurz ein paar Worte, dann hoben beide ihre Wassergläser und prosteten ihnen zu. Ein paar Leute weiter entdeckte Paul Oliver Hendricks, der mit finsterer Miene zu ihnen herübersah. Als er Pauls Blick bemerkte, machte er sich auf den Weg zu ihnen.

Siri löste sich von Paul, als sie sah, dass Oliver kam. Und er spürte eine Anspannung bei ihr, was ihn stutzig machte. Und der dunkle Blick von Oliver gerade eben? Was hatte das zu bedeuten?

»Hey!« Oliver Hendricks stand vor ihnen und deutete auf Jim. »Unsere Väter haben gerade etwas Stress.« Er grinste. »Oder besser gesagt, Johann.«

Erst jetzt bemerkte Paul, dass Johann gar nicht auf der Bühne stand. Er sah sich um. Dann fiel ihm ein, wie nervös sein Vater gewesen war, hoffentlich versagten ihm nicht völlig die Nerven. »Er hat starkes Lampenfieber. Ich seh mal nach ihm.«

Paul wandte sich ab, nicht ohne einen kurzen Blick auf Siri zu werfen, die sich ganz offensichtlich nicht wohlfühlte, mit Oliver Hendricks allein zu bleiben. Er streckte seine Hand nach ihr aus.

»Siri, kannst du eventuell gleich nach meinem Vater schauen, falls er ärztlichen Beistand brauchen sollte?« Was Besseres war ihm nicht eingefallen. Dann dachte er, dass sie sich schon zu helfen wissen würde.

Oliver blieb neben Siri stehen, und Paul hatte den Eindruck, dass er nur darauf wartete, dass Paul endlich verschwand. Der ging in die Herrentoilette, doch sein Vater war gar nicht dort. Auch in der Küche war kein Johann zu sehen. Einer inneren Eingebung folgend, ging er durch den Hinterausgang in den Hof hinaus und sah Johann dort allein an einem Tisch sitzen.

Johann hatte Paul noch nicht bemerkt, und der hielt einen Moment inne und betrachtete seinen Vater. Johann war etwas in sich zusammengesackt und stierte geradeaus, vollkommen in Gedanken versunken. Als Paul sich ihm näherte, blickte Johann auf. Verstohlen wischte er sich über die Augen. Hatte er geweint? Paul konnte sich nicht erinnern, ihn jemals so gesehen zu haben. Doch, vielleicht an dem Tag, als sie Annemarie begraben hatten. Paul war acht gewesen, und er konnte sich seltsamerweise noch gut an diesen verregneten Junitag erinnern. Er spürte wieder die Hand seines Vaters, als sie am Grab gestanden hatten. Und da hatte Johann geweint, lautlos, mit versteinertem Gesicht, waren ihm die Tränen über die Wangen gelaufen.

»Da bist du ja.«

Johann sah über den Innenhof, über den der Wind die ersten Blätter des Herbstes fegte. »Der Sturm kommt bald.«

»Ja, sieht so aus.«

»Das ist wie damals«, sagte Johann leise und verfolgte die wirbelnden Blätter mit seinem Blick. »Als wir auf dem Festival auf Fehmarn waren. Die Annie und ich. Die meiste Zeit haben wir uns in unser Zelt verkrochen, haben Mais und Bohnen aus der Dose gegessen und uns im Schlafsack gegenseitig gewärmt.« Er lächelte. »Und Jims Whisky hat uns von innen zusätzlich eingeheizt. Brr, war das kalt damals. Aber weißt du, wenn man zu zweit ist, wenn man jemanden hat, von dem man glaubt, er bleibt bei einem, dann ist alles andere nicht mehr wichtig.« Johann zog die Nase hoch. »Und dann kommt so ein Herrgott und nimmt einem das Liebste, was man hat. Euch Kinder habe ich doch genauso lieb und …« Johann winkte ungeduldig ab. »Ach, du weißt, was ich meine.«

Paul schmunzelte. »Ja klar.«

»Es ist nur so: Seit ich Jimmy wiedergetroffen habe, lebe ich in der Vergangenheit. Annie ist bei jedem Schritt an meiner Seite, das ist geradezu unheimlich, ich spüre sie so deutlich, höre ihre Stimme, ihr Lachen.« Johann seufzte einmal auf. »Und jetzt dieser Auftritt. Ich habe Annemarie doch tatsächlich im Publikum stehen sehen, stell dir das vor.« Er warf Paul einen unsicheren Blick zu. »Werde ich jetzt langsam ballaballa?«

»Du?« Paul lachte. »Nie im Leben! Du hast Lampenfieber, das ist alles. Aber das vergeht, wenn du jetzt reingehst, deine Gitarre nimmst und spielst. Spiel drauflos, so wie du auch alles andere einfach machst. Schalte dein Gehirn aus, denk nur noch an deine Gitarre.« Paul stand auf. »Komm!«

Johann erhob sich ebenfalls. Paul stellte sich direkt vor ihn und spuckte ihm andeutungsweise dreimal über die Schulter. »Toi, toi, toi!«

Johann richtete sich auf und packte seinen Sohn an den Schultern. »Wird schon schiefgehen, wie es schiefer nicht schiefgehen kann.«

Als sie den Gastraum betraten, begannen die Leute zu applaudieren, aufmunternde Pfiffe waren darunter, und Paul hörte: »Johnny! Johnny!«
Er sah, dass es Olaf, Finn und Fokke waren, und spürte, wie sich Johann neben ihm aufrichtete. Paul dachte, dass Johann doch glatt vergessen hatte, noch einmal aufs Klo zu gehen. Auch Jim applaudierte seinem alten Kumpel, als der die Bühne betrat. Dann griff Johann nach seiner Gitarre, legte den Gurt um und nickte Jim zu.
Olaf ging ans Mikrofon. »Hey, Leute, super, dass ihr alle gekommen seid. Lasst uns den Sturm und überhaupt alle Widrigkeiten des Lebens mal für ein Weilchen vergessen. Heute gibt es hier satten Blues zu hören, und zwar von zwei Musikern, die den Blues im Blut haben: Bühne frei für ›Jim & Johnny‹! Yeah!«
Der Applaus war tosend, und Paul stellte sich wieder an die Tür, wo er vorhin noch mit Siri gestanden hatte, als Oliver gekommen war. Doch die beiden waren nicht mehr da. Paul sah sich um, konnte sie aber nirgends entdecken.
Jim war in der Zwischenzeit ans Mikrofon getreten. »Danke, Olaf, und danke an alle, die diesen Abend hier möglich gemacht haben. Und wer von euch bisher nur Seemannslieder an seine Lauscher gelassen hat und sich fragt: ›Was zum Teufel ist Blues?‹, so antworte ich mit dem großen Howlin' Wolf: ›*A lot of people wonder, what is the blues? Well, I'm gonna tell you what the blues is!*‹«
Wieder Applaus, und Jim wandte sich Johann zu. Der trat nach vorn, atmete tief durch. »Ich quatsch jetzt keine Opern, ich kriege sowieso keinen ganzen Satz zustande.«
Alle lachten, johlten, pfiffen, klatschten.
»Bleiben wir doch gleich bei Howlin' Wolf und seinem kleinen Löffel voller Liebe. Denn nur dieser kleine Löffel deiner Liebe reicht aus, dass es meiner Seele gut geht. Ich spiele dieses Lied für euch alle, für meinen Paul und meine Lilli, und für dich,

Annie, solltest du mir von da oben gerade zuhören.« Er richtete einen kurzen Blick nach oben, dann sah er Jim an, gab den Takt vor, und sie legten los:

»It could fill spoons full of diamond
Could fill spoons full of gold
Just a little spoon of your precious love
Satisfy my soul ...«

Paul merkte, wie ihm jetzt auch die Tränen in die Augen schossen, dann sah er nach Lilli, die neben Fokke am Bühnenrand saß, beide den Blick auf den Smartphones. Paul dachte, dass sie wenigstens jetzt diese Dinger mal weglegen könnten.

»Men lied about them
Some of them cried about them
Some of them died about them
Everything a-fightin' about the spoonful
That spoon, that spoon, that spoonful
It could fill ...«

Johann geriet ins Stocken, und Paul hielt die Luft an. Dann hörte er eine Stimme vom Bühnenrand: *»Spoon full of coffee, could fill spoon full of tea ...«*
Es war Lilli, und erst jetzt sah Paul, dass die beiden den Text auf den Smartphones mitlasen und Johann soufflierten. Ganz offensichtlich hatten sie damit gerechnet, dass Johann vor lauter Aufregung den Text vergessen könnte. Paul lachte und spürte, wie ihn der Stolz und die Liebe zu seinem Kind und zu seinem Vater einen Kopf größer machte.

»But a little spoon of your precious love
Could have enough for me ...«

Johann war wieder in der Spur, und jetzt würde ihm das nicht noch einmal passieren, da war Paul sich sicher.

Paul sah sich wieder nach Siri und Oliver um; wohin waren sie verschwunden? Er fragte sich, was die beiden verband. War da etwas zwischen ihnen, das er nicht mitbekommen hatte? Er spürte, wie seine Unruhe wuchs. Das gute Gefühl, das er gehabt hatte, als er mit Siri in der Küche gesessen oder auch hier gestanden hatte, war verflogen.

Während Jim und Johnny den nächsten Song spielten, sah Paul, dass Johann kurz nach Lilli spähte und die den Daumen hob. Mit zufriedener Miene spielte Johann auf seiner Gitarre weiter, während Jim sang und hin und wieder in seine Mundharmonika blies.

Die Stimmung im Hirschfänger war großartig, niemand saß mehr auf den Stühlen. Direkt vor der Bühne tanzten Finn, Fokke und Olaf, der seine Kellnerdienste vernachlässigte. Dominic und Léonie tanzten zusammen, ihre Wasserflaschen in den Händen.

Jetzt erspähte Paul auch Ida Rossi, die mit Hinrich tanzte, und wieder einmal staunte Paul über die Wendigkeit dieser kleinen Frau, die fast an Akrobatik grenzte. Sie schien alles um sich herum vergessen zu haben und gab sich voll und ganz der Musik hin. Genauso musste es sein, dachte Paul, dafür war der Blues da.

Hinterm Tresen stand Dr. Stoevesand und zapfte sich ein großes Bier, während Frau Marten im Takt Gläser spülte. Paul spürte, wie sehr der Hirschfänger zu seinem Zuhause geworden war. Und Havgart zu seiner Heimat. Wie sehr er sich zugehörig fühlte zu dieser kleinen Dorfgemeinschaft. Und wieder überkam ihn eine ungeheure Wut, wie es jemand wagen konnte, das alles zu zerstören.

Die Strandbilder tauchten wieder auf, die von genau dieser Wut getragen wurden. Und er hörte sich selbst rufen:»Niemand reißt sich unseren Hirschfänger unter den Nagel!«

Ihm wurde so schwindelig, dass er ins Schwanken geriet. Er versuchte, irgendwo Halt zu finden, aber da war nichts, er fiel. Doch schon im nächsten Moment spürte er zwei starke Arme, die ihn festhielten und aufrichteten. Es war Hoss. Paul fragte sich, wo der auf einmal herkam, aber er stützte sich auf ihn und ließ sich von ihm an einen Tisch führen.

»Geht's?« Hoss sah ihn fragend an. »Ich hole dir was zu trinken. Kann ich dich eine Minute alleine lassen?«

Paul nickte.

Als Hoss zurückkam und Paul etwas Wasser getrunken hatte, ließ der Schwindel nach.

»Siri hat mir erzählt, was passiert ist. Junge, Junge, du solltest aufpassen. Hier stimmt irgendwas nicht.«

Paul trank das Glas aus und stellte es auf den Tisch. Dann beugte er sich nach vorn, um gegen den hohen Geräuschpegel anzureden. »Was meinst du damit?«

»Wir haben von diesen Briefen gehört, und dann der Überfall auf dich. Du willst mir nicht erzählen, dass das alles euer Alltag hier draußen ist, wie im Wilden Westen, oder?«

Paul wollte gerade antworten, dass das natürlich alles seltsam war, als er Dominic und Léonie kommen sah. Sie zogen sich zwei Stühle heran und setzten sich ebenfalls.

»Ich habe gesehen, dass es dir nicht gut geht, Paul«, sagte Léonie mit besorgtem Gesicht.

Paul winkte ab. »Danke, dass ihr euch alle um mich sorgt, aber mir geht's wieder besser.« Er befühlte kurz die Beule. »Ich sollte mich vielleicht doch gleich mal hinlegen.«

»Hat er genug getrunken?«, fragte Dominic an Hoss gewandt.

»Keine Sorge, ich kümmere mich um ihn.«

Paul sah sich um. »Habt ihr Siri gesehen?«

»Sie ist vorhin mit Oliver rausgegangen«, sagte Léonie.

»Und Yolanda? Ist die auch gegangen?«

Hoss nickte. »Ja, sie ist auch kurz mal draußen, vermutlich frische Luft schnappen.«

Paul spürte, wie er ungeduldig und gleichzeitig immer unruhiger wurde. Er biss sich auf die Lippen. »Sagt mal, also Siri und Oliver, läuft da was zwischen den beiden?«

Léonie und Dominic tauschten einen sekundenschnellen Blick. »Nun ja«, versuchte es Léonie, »es ist gut möglich, dass Oliver durchaus Sympathien für sie empfindet.«

Was druckst sie denn so herum?, dachte Paul.

»Ich glaube, die Sache geht eher von Oliver aus«, sagte Dominic, und seine Frau nickte zustimmend. »Er taucht immer wieder auf, sitzt am Strand und schaut zu, wenn wir Tai-Chi machen. Oder kommt einfach vorbei und fragt, ob im Haus alles in Ordnung ist, obwohl er am Vortag erst da gewesen ist.«

»Ist schon auffällig, wie er um Siri herumschwänzelt«, ergänzte Léonie.

Hoss hatte sich bisher zurückgehalten. Als Paul ihn ansah, hob er nur die Schultern. »Mir ist das alles wurscht. Ehrlich gesagt bin ich nur daran interessiert, wie ich über den Tag komme.« Er wiegte den Kopf hin und her. »Aber ihr könntet recht haben, Oliver hat Absichten, definitiv.«

Paul nickte und ließ das Gehörte erst einmal sacken. Dann wandte er sich an Hoss. »Ich finde, du hast das Fasten bisher prima durchgehalten, Hoss«, sagte er und drückte ihm den Arm.

Er sah kurz zu den beiden Musikern; Jim und Johnny waren voll und ganz in ihrem Element. Und Paul spürte, wie sehr ihn der Anblick seines Vaters rührte, der alle Angst und alle schmerzenden Erinnerungen vergessen hatte und spielte, als wäre er fünfzig Jahre jünger. Lilli saß nach wie vor hoch konzentriert da und las die Texte, mittlerweile ging sie auch voll im Takt der Musik mit.

Er lächelte, dann stand er auf. »Ich muss mal kurz an die frische Luft«, sagte er zu Hoss.

»Sicher? Soll ich nicht mitkommen?«

»Mir geht's gut, trotzdem danke.« Er lief in die Küche, um seine Jacke zu holen, dann ging er durch die Hintertür auf den Hof hinaus.

Draußen angekommen, schlug ihm eine steife Brise ins Gesicht. Der Wind war nicht kalt, aber er hatte stark zugelegt. Paul nahm die Basecap ab und stopfte sie in die Jackentasche, dann machte er sich auf den Weg Richtung Johanns Haus. Er wollte schauen, wo Heimdahl blieb und ob die Kollegen etwas gefunden hatten. Die vereinzelten Regentropfen piksten ihm ins Gesicht, so viel Tempo hatten sie mittlerweile drauf.

Er war ein paar Meter gegangen, da bemerkte er, dass zwei Leute in dem BMW-Geländewagen saßen, der rechts am Straßenrand geparkt war. Er ging weiter, und als er auf Höhe des Autos war, sah er, dass es Olivers Wagen war, denn der stand auch manchmal am Graswarderweg. Paul hatte es sich zur Angewohnheit gemacht, automatisch alle Autokennzeichen zu checken und sich auch zu merken. So konnte er zum Beispiel von beinahe allen Bewohnern Havgarts, die er kannte, die Autonummer runterleiern. Und dieser Wagen gehörte Oliver Hendricks. Paul ging langsamer. Die Beleuchtung des Hirschfängers reichte noch bis hierher und ließ erkennen, dass Siri auf dem Beifahrersitz saß. Kurz erwog er, hinüberzugehen und zu fragen, ob alles in Ordnung war, fand dann aber, dass dies zu weit ginge. Trotzdem versetzte ihm der Anblick einen Stich. Diese vertraute Geste von eben, in der Küche, die Blicke, ihre Hand in seiner, sein Arm über ihrer Schulter. War dies doch nur Siris ärztliche und psychologische Hilfestellung gewesen? Hätte sie das mit Hoss oder Yolanda oder den Hunzikers genauso getan?

Paul war langsam weitergegangen, während er über all das nachdachte, doch dann hörte er eine Autotür knallen. Er sah Siris helle Haare in der Dunkelheit, wie der Wind sie durcheinanderwirbelte, während sie die Dorfstraße entlanglief und in ihren eigenen Wagen stieg. Kurz darauf ging Oliver zurück in den Hirschfänger.

Paul zog den Reißverschluss der Jacke hoch und machte sich auf den Weg. Als er an Johanns Haus angekommen war, sah er Heimdahl die Verandatreppe herunterkommen.

»Und?«, rief Paul ihm zu. »Habt ihr was gefunden?«

Heimdahl kam ihm entgegen und schüttelte den Kopf. »Nichts, das uns weiterbringen würde. Da ist jemand, der hier im Verborgenen agiert. Die Kollegen haben Fingerabdrücke genommen, die natürlich noch ausgewertet werden müssen. Vielleicht haben wir ja Glück und finden was. Aber ganz ehrlich, ich glaube, das wird nichts bringen.« Er reichte Paul den Schlüssel. »Wolltest du ins Haus?«

»Nein, ich gehe wieder zurück.«

»Ich komme kurz mit«, sagte Heimdahl, »ich will noch ein bisschen was von Johnny sehen.«

»Er ist großartig.«

»Natürlich. Ich habe auch nichts anderes erwartet.«

Die beiden Musiker machten gerade Pause, als sie in den Gastraum zurückkehrten. Das Stimmengewirr, gemischt mit Gläserklappern und Stühlerücken, war derart laut, dass Paul sich am liebsten die Ohren zugehalten hätte. Wieder spürte er, dass alle seine Sinne auf Hochtouren arbeiteten, denn er nahm den Biergeruch wahr und sogar Essensgerüche, obwohl die Küche heute Abend geschlossen war. Ich hätte mir Ohrenstöpsel mitnehmen sollen, dachte er. Er sah sich um und entdeckte Oliver, der am Bühnenrand saß und mit seinem Vater redete.

»Sie ist gegangen«, hörte er eine Stimme hinter sich. Es war Yolanda, die wieder reingekommen war.

»Ich weiß.« Paul sah erneut zu Oliver hinüber, der immer noch im Gespräch mit seinem Vater war, aber Paul dabei im Blick hatte.

Paul zog die Cap wieder aus seiner Tasche und setzte sie auf, dann sah er Yolanda an. »Sag mal, weißt du, ob …« Er deutete mit dem Kopf Richtung Oliver. »Also, er und Siri, läuft da was?«

Yolanda sah ebenfalls Richtung Oliver. »Wenn, dann geht das definitiv von ihm aus.«

Paul nickte.

»Das heißt nicht, dass Siri so gar nichts von ihm wissen will, hm …« Sie machte eine Pause, als suchte sie nach den richtigen Worten. »Ich glaube, sie mag ihn schon, aber eben nicht so, wie Oliver sich das vorstellt. Er baggert sie ganz schön an.«

»Verstehe.«

Yolanda sah ihm jetzt in die Augen und lächelte. »Sie findet dich ganz besonders nett, Paul. Das ist nicht zu übersehen. So viel Menschenkenntnis habe ich dann schon.«

Paul spürte, wie ihm ein heißer Schwall vom Bauch ins Gesicht stieg. Da sah er, dass Hoss auf sie zukam.

»Habt ihr mal nach draußen geguckt?«, wollte er sogleich von den beiden wissen.

»Es stürmt«, sagte Yolanda. »Sieht so aus, als geht es jetzt los.«

»Ich hoffe, ihr seid nicht mit den Fahrrädern hier«, sagte Paul.

»Nein, alles gut«, erwiderte Yolanda.

Paul deutete mit dem Finger zum Ehepaar Hunziker. »Und die beiden?«

Hoss hob die Schultern. »Ich glaube, die brauchen das einfach. Das sind Adrenalinjunkies.«

»Oder ADHS-Kandidaten«, sagte Paul, und alle lachten.

In diesem Moment kam Johann auf die Gruppe zu. Er hatte gerötete Wangen, und seine Augen leuchteten. Die Angst von vorhin und auch die Trauer um seine Annemarie waren wieder verschwunden.

Paul klopfte seinem Vater auf die Schulter. »Johnny, ihr seid großartig.«

»Danke, mein Junge, ich weiß, wir sind verdammt noch mal nicht schlecht.« Er strahlte seinen Sohn an. »Aber das ist so anstrengend. Ich würde mich jetzt am liebsten mal kurz aufs Sofa legen und ein Nickerchen machen.«

»Das kannst du doch nachher.« Dann dachte Paul an den Überfall in Johanns Haus.

Im selben Moment schaute Johann ihn fragend an und deutete auf seinen Kopf. »Bist du im Dunkeln gegen die einzige Laterne im Dorf gelaufen?«

»Erzähle ich dir später.«

Johann sah ihn mit seinem typischen skeptischen Blick an, der keine Ausreden zuließ. »Hast du eins auf die Zwölf gekriegt? Raus damit, Junge!«

Paul seufzte auf. »Es war jemand in deinem Haus, und mit dem bin ich zusammengestoßen.«

»Bei mir?« Jetzt wurden Johanns Augen kugelrund. »Aber was gibt es denn bei mir zu suchen? Ist mein Laptop noch da?«

»Ja, er steht auf dem Wohnzimmertisch. Und es sieht überhaupt so aus, als fehlt nichts. Da hat jemand was ganz Bestimmtes gesucht.«

»Was denn?«

»Ich frag mich auch, was das sein könnte. Johann, hast du irgendeine Ahnung?«

»Nicht die geringste. Bei mir gibt es rein gar nichts, was andere interessieren könnte. Und Baptiste? Geht es Baptiste gut?«

»Ja, er liegt wie immer auf der Ofenbank und pennt.«

Johann deutete wieder auf Pauls Beule. »Und er hat dir eine verpasst?« Er richtete sich auf. »Jetzt schlägt es dreizehn. Wenn jemand einem Lupin was will, dann wird zurückgeschlagen, da kannst du einen drauf lassen.« Er wandte sich suchend um. »Das muss ich sofort Ida erzählen, schon ganz alleine ist diese Frau schlagkräftiger als jede Bürgerwehr.«

Paul hielt ihn am Arm zurück. »Nichts wirst du tun, hörst du? Heimdahl war mit seinen Leuten drüben im Haus. Du lässt sie ihre Arbeit machen.«

Johann wollte gerade Luft holen, um etwas zu erwidern, als Klopfgeräusche aus den Boxen kamen. Jim meldete sich.

»So, Leute, Endspurt, wir lassen es noch einmal ordentlich krachen, dann habt ihr Feierabend.«

Die Leute klatschten und johlten.

»Johnny, wo steckst du?«, rief Jim. »Du hast noch keinen Dienstschluss!«

Johann warf Paul einen finsteren Blick zu und machte sich dann auf den Weg zur Bühne.

»Dein Vater ist super«, sagte Yolanda und sah Johann nach. Paul stieß Luft durch die Nase aus. »Superanstrengend. Und stur wie ein Esel.«

»Aber er ist autark, und das ist doch eigentlich das Wichtigste.«

»Da hast du natürlich recht.« Paul sah auf die Bühne, wo die beiden gerade wieder zu spielen begannen. »Ich muss nur ein Auge auf ihn haben, damit er mit seinem Temperament nicht sich selbst in schwierige Situationen bringt.«

Die drei lauschten eine Weile den beiden Musikern. Sie spielten gerade ein Stück von Muddy Waters, und bei den Textzeilen musste Paul schmunzeln:

»*Well, blow wind, blow wind*
Blow my baby back to me
Oh, blow wind, blow wind
Blow my baby back to me …«

Er musste an den nahenden Sturm denken, daran, dass Siri gegangen war, und daran, wie sehr er sich freuen würde, wenn der Wind Siri wieder zurück in den Hirschfänger pusten würde. Er warf einen Blick auf die Tür, aber sie blieb geschlossen.

»Glaubst du, der Überfall in eurem Haus hat etwas mit Mathias Lieven zu tun?« Hoss deutete auf Pauls Kopf.

Der nickte langsam. »Damit, dass er den Laden hier kaufen wollte, ganz sicher. Aber inwieweit mein Vater da mit drinhängt …« Er hob ratlos die Schultern. »Ich weiß es einfach nicht.«

Dass Johann und Ida nachts am Graswarder gewesen waren, behielt er für sich. Das waren Ergebnisse der Ermittlung, und die waren nicht für andere bestimmt.

Yolanda und Hoss sahen einander kurz an. »Aber vielleicht ist es auch was ganz anderes«, sagte Hoss.

»Mathias hat diese Andeutungen gemacht«, ergänzte Yolanda. »Und wenn so jemand wie Mathias, und damit meine ich den erfolgreichen Investor und Geschäftsmann, von einer ›spannenden Mission‹ spricht, dann wird er kaum den Hirschfänger gemeint haben, oder? Er hat Millionenprojekte realisiert und …«, sie deutete mit dem Arm in den Gastraum, »würde so ein kleines Lokal auf dem Dorf nicht als ›spannend‹ bezeichnen.«

Paul dachte einen Moment darüber nach. Dann warf er beiden einen kurzen Blick zu und fragte sich, was die beiden verband. Sie hatten erzählt, sie hätten sich im Haus der Stille kennengelernt, aber er wurde das Gefühl nicht los, dass beide sich schon vorher kannten. Das war ihm bereits ein paarmal aufgefallen, der Umgang der beiden hatte etwas Eingespieltes, Vertrautes.

Er wollte sie schon direkt danach fragen, aber etwas in ihm hielt ihn zurück. Gut möglich, dass sie gar nicht wollten, dass dies zur Sprache kam. Oder aber, sie hatten sich tatsächlich erst gerade kennengelernt und sich auf Anhieb so gut verstanden. So etwas kam ja vor. Man traf jemanden, den man vorher noch nie gesehen hatte, und sofort hatte man das Gefühl, man kenne sich schon ewig. So war es ihm mit Siri gegangen. Und die konnte er auch nach Hoss und Yolanda fragen, so ganz nebenbei. Bis dahin würde er der stille Beobachter sein, auch so ganz nebenbei. Denn deshalb war er ja überhaupt im Haus der Stille.

»*Oh, goodbye, baby*
I don't have no more to say
Oh, goodbye, baby
I don't have no more to say ...«

Paul war sich sicher, dass Johann das Lied ausgewählt hatte und jetzt wieder an seine Annie dachte, die er so gerne zurückgehabt hätte.

»Wir machen uns dann auch mal auf den Weg zurück.« Hoss sah Yolanda an. »Oder was meinst du?«

»Ist okay. Vielleicht besser jetzt, bevor es draußen so richtig losgeht.« Sie wandte sich an Paul. »Bleibst du in Havgart, jetzt nach allem, was passiert ist, oder kommst du noch raus an den Graswarder?«

»Ich weiß es noch nicht. Ansonsten sehen wir uns morgen.«

»Und nicht schwach werden!« Hoss deutete auf die Küche und hob mahnend den Zeigefinger. »Ob du es glaubst oder nicht, ich habe die ganze Zeit den Essensduft in der Nase, obwohl hier heute Abend gar nicht gekocht wird.«

Paul lachte. »Ich auch. Das sind die lästigen Nebenwirkungen: ein phantasievoller Geruchssinn.«

Jim und Johnny hatten ihr Repertoire runtergespielt, und wie erwartet setzten die Zugabe-Rufe ein. Paul sah, dass Johann erschöpft war, aber auch beseelt, da er den Auftritt so gut gemeistert hatte. Paul bahnte sich den Weg durch die Leute bis zu den beiden Musikern. Er hielt Johann beide Daumen entgegen, und Johann grinste breit zurück.

Natürlich hatten die beiden noch eine Zugabe im Ärmel. Während sie drauflosspielten, ging Paul zurück Richtung Tresen, hinter dem jetzt wieder Olaf stand.

»Dein alter Herr hat so viel Wumms im Hintern«, rief Olaf und stellte Paul ein Bier vor die Nase, »der überrascht einen immer wieder.«

Paul starrte auf das Bier, und Olaf erkannte sofort seinen Fehler. »Sorry«, rief er, nahm das Bier und trank es in einem Zug aus. »Mannomann, hatte ich einen Durst.« Er spülte das Glas sogleich. »Kommt nicht wieder vor, Paul, ich wollte dich nicht in Versuchung bringen.«

Paul grinste schief. »Ich war tatsächlich kurz versucht.« Er setzte sich auf einen der Barhocker und sah sich um. Die Stimmung war ungebrochen, die Leute klatschten und sangen mit. Die sonst so wortkargen und mürrisch dreinblickenden Dorfbewohner waren an diesem Abend zu fröhlich feiernden Menschen geworden, die alles um sich herum vergessen hatten und den Blues feierten.

In diesem Moment erblickte Paul Heimdahl, der mit vergnügtem Gesichtsausdruck auf den Tresen zusteuerte.

»Unfassbar, was die beiden noch draufhaben.«

Paul stimmte ihm nickend zu.

Heimdahl zog seinen Autoschlüssel aus der Jackentasche. »Ich mache mich mal auf den Rückweg, ich bin hundemüde. Ich bereite auch das Bett für Lilli vor, es bleibt doch dabei, dass sie bei uns schläft?«

»Auf jeden Fall. Wir kommen später nach. Und danke schon mal.«

Heimdahl hob die Hand und verließ den Hirschfänger.

Die beiden Bluesveteranen spielten die abschließenden Takte des Songs und verbeugten sich. Als wieder Zugabe-Rufe erklangen, hob Jim entschuldigend die Arme. »Jetzt lasst uns ollen Opas doch die letzte Kraft, um ein Bier zu trinken und anschließend ins Bett zu fallen. Ich danke euch allen, ihr seid die Allerbesten!«

Der Applaus hielt noch lange an, und Paul beobachtete zwischen den vielen Gästen hindurch die beiden Freunde. Die Arme über den Schultern des jeweils anderen liegend und mit so viel Glück und Liebe in den Gesichtern, dass es ihn rührte.

Endlich am Tresen angekommen, warteten schon zwei große Biere auf die beiden Musiker. Johann legte das Foto auf den Tresen und strich einmal über Annies Gesicht, bevor er mit Jim anstieß. Olaf und Finn rückten derweil die Tische und Stühle wieder an ihren Platz. Lilli half Oliver, der damit beschäftigt war, das Bühnenequipment abzubauen und die Instrumente seines Vaters einzupacken.

Paul wartete immer noch auf eine Antwort von Johann, ob er nicht auch in Heimdahls Haus übernachten wollte. Zumindest so lange, bis sie wussten, wer in sein Haus eingestiegen war und vor allem, *warum.*

»Was ist nur aus dem Dorf hier geworden?«, seufzte Jim. »Oder auch aus unserem friedlichen Graswarder. Ob das die Touristen sind?«

»Bestimmt. Auf jeden Fall einer von außerhalb«, entgegnete Johann. »Aber die sollen mal sehen. Ich lasse mich von denen nicht aus meinem Haus vertreiben. So weit kommt's noch.« Er schlug mit der Faust auf den Tresen und trank einen großen Schluck Bier, als stoße er mit sich selbst an, um seine Aussage noch einmal zu untermauern.

»Dann bleibe ich auch in Havgart«, sagte Paul.

»Von mir aus. Immerhin kann ich gerade sicher sein, dass du mir nicht den Kühlschrank leer frisst, du Hungerhaken.«

Jim lachte los, und Paul schüttelte grinsend den Kopf. Ja, so war Johann. Der sentimentale Anflug, der ihn vor dem Auftritt vor lauter Lampenfieber heimgesucht hatte, war längst verschwunden. Nun war er wieder ganz der Alte. Vermutlich dachte er schon an morgen, ans Bierbrauen oder Autoschrauben oder was er sonst so vorhatte.

Kaum hatten sie die Übernachtungsfrage geklärt, kamen Lilli und Oliver an den Tresen. »Wir sind fertig«, sagte Lilli. »Fahren wir jetzt nach Heiligenhafen, Papa?«

»Ich bringe dich hin, aber dann fahre ich wieder zurück. Johann will in Havgart bleiben, also schlafe ich auch hier.«

»Ich kann Lilli doch mitnehmen und bei Martin absetzen«, sagte Oliver. »Dann bist du bei dem Wetter nicht so lange auf der Straße.« Er deutete mit dem Finger auf die Eingangstür. »Es tobt mittlerweile ganz ordentlich.«

Paul vernahm wieder das Heulen und Pfeifen des Windes, er musste in der Zeit, seit Paul draußen gewesen war, noch einmal zugelegt haben. Er überlegte kurz, ob er Lilli diesem Oliver anvertrauen sollte, aber dann dachte er, dass dessen schwerer Geländewagen bei dem Sturm vermutlich sicherer war als sein Porsche. Und wenn er Oliver nicht leiden konnte, so war das seiner Eifersucht geschuldet und nicht irgendwelchen Zweifeln an der Sicherheit für seine Tochter.

»Papa, das ist doch super. Ich fahre mit, und du bleibst bei Opa.« Dann entdeckte Lilli das Foto, das auf dem Tresen lag, und nahm es in die Hand. »Mensch, Opa, du warst ja wirklich mal jung, das kann ich mir gar nicht vorstellen.« Sie lachte. »Und wie toll Oma aussah.« Sie zückte ihr Smartphone und fotografierte das Bild ab. »Und? Papa? Kann ich mit Oliver fahren?«

»Von mir aus. Aber du musst aufräumen, sorry.«

Lilli rollte mit den Augen. »Papa, du bist echt unmöglich.«

***

Jimmy wollte sich heute Nacht einen auf die Lampe gießen. Also hatte er sich den Single Malt aus dem Wohnwagen mitgenommen und bereits einiges intus. Er ging zu dem Sideboard, das am Fenster stand, und schenkte sich nach. Anschließend blickte er hinüber zum Haus seines Sohnes. Er konnte Oliver sehen, der auf dem Sofa saß und mit Vanessa redete. Jim versuchte, an Olivers Miene einzuschätzen, wie die Stimmung war. Hin und wieder lachte Oliver, so schlecht schien es also nicht zu stehen.

Was kümmert mich das überhaupt?, dachte er und ging zum Sofa zurück. Er saß eine Weile da, hörte dem Wind zu und ließ sich den Auftritt im Hirschfänger noch einmal durch den Kopf gehen wie schon mehrmls an diesem Abend. Es war verdammt gut gelaufen. Und Johann war großartig gewesen, trotz seines brutalen Lampenfiebers.

Jim grinste. Ja, der Johnny war mit seinen fünfundachtzig noch voll da. Ganz im Gegensatz zu ihm selbst. Er hatte den Abend nur mit Mühe und Not durchgestanden. Er mochte zwar jünger wirken als Johann – die langen Haare, der Bart, seine Kleidung, all dies war im Grunde wie früher. Äußerlich war einiges noch wiederzuerkennen, doch innerlich war er ein anderer. Er war langsam geworden, müde, gleichgültig. Selbst sein Gitarrenspiel kam ihm schwerfälliger vor. Aber war das nicht auch der Blues? Der schleppende Rhythmus alter Männer, die gerade noch so viel Energie besaßen, um die Melancholie zu transportieren, wie es nur der Blues vermochte.

Waren sie damals, als sie nach Fehmarn zum Love and Peace Festival aufgebrochen waren, fest davon überzeugt gewesen, dass ihnen die ganze Welt offenstand und dass ein (wenn überhaupt) mögliches Ende des Lebens in unerreichbarer Ferne lag, so war dieses Gefühl verschwunden. Einzig der Single Malt konnte es wiederbeleben. Oder aber die Erinnerungen an damals, an die Zeit, als sie die Welt mit ihrer Musik umkrempeln wollten.

Er stand auf, um das Foto zu holen, das sie alle zeigte – Jimmy, Kristin, Annie, Johnny. Seine einzige Erinnerung an Fehmarn, doch es war nicht in seiner Jackentasche. In den letzten Tagen hatte er Kristins Gesicht immer wieder vor Augen gehabt. Viele Jahre hatte er gar nicht an sie gedacht, sodass ihr Bild in seinem Kopf schon verschwommen war. Die Haare, die runden Augen, ihre Stimme. Kristin, dachte er. Was ist wohl aus dir geworden?

Er schloss die Augen und versuchte, sich an ihren Nachnamen zu erinnern, aber es war vergeblich. Er glaubte fast, dass er ihn auch damals nicht gewusst hatte. Dieses zauberhafte Mädchen in seiner Nähe zu haben hatte ihm vollkommen gereicht. Es war, als hätten sie sich während des Festivals immerzu aneinander festgehalten.

Warum habe ich dich gehen lassen, Kristin? Was habe ich mir nur dabei gedacht? Er seufzte schwer und schloss die Augen. Er erinnerte sich wieder an die Mädchen, die Blumen verteilt hatten. Eine von ihnen hatte Kristin eine Blume hinters Ohr gesteckt. Völlig selbstvergessen hatte sie sich der Musik hingegeben. Nach und nach tauchten weitere Bilder aus der Vergessenheit auf. Wie er ständig auf der Hut gewesen war, die Umgebung stets im Auge behalten hatte, um nicht von einem dieser Rocker entdeckt zu werden, diesen Bloody Devils.

Er ging gedanklich noch weiter zurück, sah sich selbst wieder, als er hinter die Wohnwagen lief. Wie es um ihn geschehen war, kaum dass er Kristin erblickt hatte. Er nahm das Glas und trank den Whisky in einem Zug aus.

SIEBEN

Fehmarn, Samstag, 5. September 1970

»Du blöde Schlampe … Hab ich dich endlich!«
Jim hatte sich gerade etwas zu trinken organisiert und stellte fest, dass der Öffner der Bierdose abgerissen war. Das Mädchen rannte in diesem Moment an ihm vorbei und verschwand hinter einem der Wohnwagen, der Typ in Jeansjacke und Kutte war ihr dicht auf den Fersen.
»Ey, bleib stehen!«, hörte Jim ihn noch rufen.
Jim steckte die Bierdose in die Jackentasche und folgte den beiden. Auf der Bühne machte sich eine Band für den nächsten Auftritt bereit, der Wind heulte, und der Regen prasselte ihm ins Gesicht. Da hörte er einen Schrei und rannte weiter, bis er sie entdeckte.
»Ich mach dich platt!«, hörte er den Typ rufen. Er verdeckte halb das Mädchen, das mit dem Rücken zum Wagen stand; sie saß in der Falle.
Jim pirschte sich heran, bis er genau hinter diesem Idioten stand.
Der hob gerade den Arm, um zum Schlag auszuholen. »Hab ich dich, du Flittchen, ich sage dir jetzt, dass –«
»Und ich sage dir, dass du dich am besten verpisst, du Kochwürstchen!«
Der Typ fuhr herum, es war der aggressive Ordner, der Jim beim Kontrollieren geschubst und wie aus dem Nichts die schwere Kette hervorgezaubert hatte. Doch die nützte ihm jetzt nicht viel. Ehe er reagieren konnte, holte Jim aus und verpasste ihm einen Kinnhaken, dass der andere seitlich wegkippte wie eine Schranke, die sich schloss. Jim nahm die Hand des Mädchens und zog sie mit sich. Sie liefen an den Wagen vorbei und tauchten in der Menge unter. Es regnete so stark, dass sich bestimmt dreißig bis vierzig Leute unter einer riesigen

Plastikplane versammelt hatten. Lachend liefen sie daran vorbei.

Erst jetzt realisierte Jim, dass die Band zu spielen begonnen hatte, es war Mungo Jerry. Endlich, dachte Jim, während sie sich den Weg durch die Leute bahnten, endlich nimmt die Scheiße hier mal Fahrt auf. Denn bisher waren die meisten der angesagten Bands ausgefallen. Waren gar nicht erst angereist oder aufgrund des schlechten Wetters wieder abgereist. Aber noch mehr freute Jim sich auf Canned Heat, die anschließend auftreten sollten. Wenn die nicht auch vor dem Wetter kapitulieren würden. Und natürlich Jimi Hendrix. Der war für abends angekündigt. Aber es gab Gerüchte, dass auch Hendrix wegen des miesen Wetters nicht auftreten würde.

Er musste jetzt nur noch die Zelte finden, dann würde alles gut werden. Er drehte sich kurz zu seiner neuen Begleiterin um, die ihn anlachte, dass ihm erneut das Adrenalin durch die Adern schoss. Mungo Jerry sangen gerade ihren Hit »In The Summertime«, und Jim dachte, dass ihm der Wind, der Regen, die Bloody Devils und überhaupt alles andere total egal sein konnten.

ACHT

Paul war durchs ganze Haus gegangen. Alle Fenster zu? Eingangstür abgeschlossen? Allerdings war es eine Tür mit einer einfachen Glasscheibe, sie würde nicht das geringste Hindernis darstellen, wenn jemand ins Haus wollte. Vor allem nicht, wenn ein Unwetter wütete. Eine berstende Glasscheibe würde er nur hören können, wenn er in der Küche schlief. Sowohl er selbst als auch Johann hatten sich nie Gedanken darüber gemacht. Schließlich hatten sich beide bisher in Havgart sicher gefühlt. Für Baptiste hatte Paul das Katzenklo aufgestellt und die Katzenklappe verriegelt. Er wollte nicht, dass das Tier diese Nacht draußen verbrachte.

Johann war sofort ins Bett gegangen, angetrunken, wie er war. Vor lauter Aufregung hatte er den ganzen Tag keinen Bissen hinunterbekommen und dann das Bier in seinen leeren Magen gekippt. Zwar hatte er es noch geschafft, ein paar Brote zu essen, doch dann war er die Treppe hochgeschlichen und in seinem Zimmer verschwunden.

Paul war einerseits müde, andererseits meldete sich ein quälender Hunger. War dies die gefürchtete Fastenflaute, von der alle ständig redeten? Auch schmerzte sein Kopf ein wenig, besonders an der Stelle, an der ihn der Schlag getroffen hatte. Zeit, ins Bett zu gehen, dachte er, ich muss schlafen, mich ausruhen. Doch er spürte eine Unruhe, die immer stärker wurde.

Er saß neben dem Kater auf der Ofenbank, lauschte dem Wind und dachte an ein halbes Hähnchen aus dem Grillwagen, knusprige überwürzte Haut und so lange über dem Feuer, dass es von allein auseinanderfiel. Eine Portion belgische Pommes dazu. Ständig schielte er zum Kühlschrank, er wusste, was alles darin war. Niemals hätte er gedacht, dass er einmal so große Sehnsucht nach einem Salamibrot haben würde. Mit einem Seufzer stand er auf und setzte Teewasser auf. Eigentlich konnte er das Zeug nicht mehr sehen. Aber er musste sich jetzt zusammenreißen, wollte durchhalten. Er würde jetzt nichts essen, nein, nein, nein, auf gar keinen Fall!

Er stellte sich ans Küchenfenster und blickte hinunter zu der Laterne, die in dem Wendehammer stand. Der Wind langte in die Äste der mächtigen Platane neben dem Löschwasserteich, sodass es aussah, als würde sie wild gestikulieren, ihn vor irgendetwas warnen wollen. Alles war in Bewegung da draußen, die Apfelbäume in Johanns Garten bogen sich, selbst die Sanddornhecke zitterte, als fröstelte sie. Die Geräusche des Windes am Haus waren musikalisch und bedrohlich zugleich. In der Wetter-App hatte er gelesen, dass der Sturm Spitzengeschwindigkeiten von einhundertzwanzig Stundenkilometern erreichen könnte. Und er hatte jetzt schon die Energie, Schornsteine umzuwerfen.

Ihm wurde mulmig bei dem Gedanken, dass Lilli jetzt am Graswarder war, ohne ihn. Aber sie war doch bei Heimdahl, der würde ohnehin kein Auge zumachen in dieser Nacht. Das Wasser hatte längst gekocht, aber Paul hatte keine Lust auf Tee und trank nur das heiße Wasser. Plötzlich knallte etwas ans Fenster, und er fuhr zusammen. Auch Baptiste war hochgeschreckt und stand mit gesträubtem Fell und erhobenem Schwanz auf der Ofenbank, die Lauscher auf Empfang gestellt.

»Du benimmst dich doch sonst auch immer wie ein Hund«, sagte Paul zum Kater und dachte daran, wie Baptiste Johann immer auf seinen täglichen Spaziergängen die Küste entlang begleitete. »Warum kannst du dich dann nicht auch wie ein Wachkater benehmen und anschlagen, wenn da draußen jemand ist?«

Paul schaltete die Lampe aus, dann schaute er wieder aus dem Fenster. Es war bereits nach Mitternacht, trotzdem lag ein oranger Schein über dem Himmel, als würde es irgendwo brennen. Dieses seltsame Licht verstärkte Pauls Unruhe noch mehr. Er dachte an ein Inferno, an nahendes Unheil. Etwas, das wie eine Plastikfolie aussah, segelte unten an der Laterne vorbei und erinnerte ihn an eine riesige Ohrenqualle. Er fragte sich, ob gerade ein Ast ans Fenster geknallt war. Immerhin war die Scheibe ganz geblieben. Es gab an diesem Haus weder Luken noch Rollladen; sobald er Zeit hatte, würde er sich darum kümmern, egal, ob Johann damit einverstanden war oder nicht. Rollladen, Rouladen, gefüllt mit Speck, Gurke oder anderem Gemüse. Johann war ein Meister darin, auch sie standen auf der Speisekarte des Hirschfängers. Der Hunger verstärkte sich so sehr, dass es Paul körperliche Schmerzen bereitete.

»Oh, Verlangen, weiche von mir«, murmelte er und füllte erneut die Tasse mit Wasser.

Wieder ließ er den Blick durch den Garten und runter zur Dorfstraße wandern, die ein wenig von dem Licht der Straßenlaterne abbekamen, und da sah er ihn wieder. Dieser Schatten war wieder da. Genau an derselben Stelle wie Samstagabend, als er mit Lilli hier gewesen war. Paul beugte sich nach vorn und kniff die Augen zusammen. War dies nur eine Täuschung? Kam das vom Fasten? Oder wollte sein Innerstes, dass da jemand war? Jemand Unbekanntes, jemand, dem sie alle unerklärlichen Dinge zuschieben konnten, die hier geschahen? Der Todesengel vom Graswarder? Die Gestalt bewegte sich. Nein, die war echt!

»Es reicht!« Er spürte, wie Wut in ihm hochstieg. Wut über dieses Arschloch, das seine Spielchen mit ihnen trieb. Wut über sich selbst, da er keine Ahnung hatte, wer und warum. Er stürzte zur Tür und rannte hinaus, stoppte abrupt, lief wieder zurück, holte den Schüssel und schloss von außen ab. Es konnten ja auch mehrere sein. Dann lief er den Garten hinunter, sprang über das Gartentor und lief zu der Platane, doch da war niemand mehr, natürlich.

Der Wind traktierte Pauls Haare, als würde er sie ausreißen wollen, während Paul sich immer wieder um die eigene Achse drehte. Er suchte nach einer Stelle, wo der Unbekannte hätte Schutz finden können, aber im Grunde kam alles hier unten in Frage. Er könnte auf Hinrichs Hof sein, er könnte den Feldweg entlanggelaufen sein und hinter einem der Büsche dort hocken. Paul lief auf das kleine ehemalige Bedienstetenhäuschen zu, das an Johanns Garten angrenzte, umrundete es einmal und rüttelte an der Tür. Sie war verschlossen. Auch die Fenster waren alle zu.

Um aus Havgart rauszukommen, gab es nur die Dorfstraße. Es sei denn, er würde den Feldweg zum Wald nehmen. Aber dort war es stockfinster. Und eine Taschenlampe würde ihn sofort verraten. Es hatte wieder zu regnen begonnen, und die Tropfen stachen wie hauchdünne Nadeln in sein Gesicht. Er wandte sich ab und lief zurück ins Haus.

Frustriert, den Kopf gesenkt, um sich vor den Attacken von Regen und Wind zu schützen, stieg er die Verandatreppe hinauf. Und da sah er Baptiste, der ihm entgegenkam. Sein klägliches Miauen war so laut, dass Paul es trotz des Getöses hören konnte. Sofort schrillten sämtliche Alarmglocken in seinem Hirn. Er bückte sich, nahm den Kater in den Arm. »Ruhig, mein Kleiner«, raunte er ihm zu, während er sich umsah. Dann drückte er die Klinke der Tür hinunter, die Tür war unverschlossen. Er dachte einen Moment nach. Er hatte die Tür gerade eben abgeschlossen, ganz sicher. Hier war jemand zugange, der einen Schlüssel hatte. Und das konnte doch nur Johann gewesen sein. Oder Lilli. Aber es war kein Auto draußen. Er trat ein, schloss die Tür wieder und schaltete das Licht ein.

»Johann?« Er lauschte, aber der Wind war so laut, dass er sowieso nichts hören konnte. Dann setzte er den verstörten Kater auf der Ofenbank ab, wo er stocksteif stehen blieb. Und dann sah Paul es. Die nasse Fußspur zog sich von der Eingangstür durch die Küche bis in den Flur.

Jemand war im Haus.

Einen Moment lang stand er unbeweglich da. Instinktiv griff er sich an die Hüfte, wo früher das Holster mit der Dienstwaffe gesessen hatte. Er schloss kurz die Augen, dann schlich er zur Anrichte und nahm das große Kochmesser, das auf dem Schneidebrett lag.

Langsam öffnete er die Tür zum Flur und lauschte mit angehaltenem Atem, doch der Sturm übertönte alles. Er stieß die Luft aus der Lunge, das tat er immer, wenn er sich auf etwas vorbereitete, das er nur schwer einschätzen konnte.

Er machte das Licht im Flur an, auf keinen Fall würde er hier im Dunkeln herumschleichen. Ein kurzer Blick ins Wohnzimmer, dieses Mal schaute er auch hinter die Tür. Verdammt, es gab so viele mögliche Verstecke hier! Zum Beispiel den Keller. Doch er stieg jetzt langsam die Treppe empor, er musste nach seinem Vater schauen. Nicht auszudenken, wenn Johann etwas zugestoßen war. Eine winzige Hoffnung flackerte auf, dass Johann selbst draußen gewesen war. Vielleicht wollte er nachsehen, wo Paul sich herumtrieb. Oder prüfen, ob am Haus oder am Schuppen alles in Ordnung war.

Oben angekommen, schaute er kurz in die Kammer, in der er oder Lilli schliefen, wenn sie hier zu Besuch waren. Dann sah er in Johanns Schlafzimmer, und das Schnarchen seines Vaters verriet ihm, dass alles in Ordnung war. Aber auch, dass es nicht Johann gewesen sein konnte, der draußen herumgeschlichen war. Er umfasste das Messer noch fester und ging wieder hinunter. Auf halber Treppe blieb er stehen, die Geräusche des Sturms waren auf einmal so wie draußen.

Die Haustür!

Er sprang die Treppe hinunter, stürzte in die Küche und erkannte, dass die Tür zur Veranda offen stand. Gerade sah er jemanden unten am Bedienstetenhäuschen um die Ecke verschwinden.

Wieder rannte er durch den Garten auf die Dorfstraße hinaus. Es fiel ihm schwer, bei dem starken Wind und dem noch heftiger gewordenen Regen die Augen offen zu halten. Der Wind kam aus Nordwest, und genau in diese Richtung war der Eindringling gelaufen. Paul blieb stehen, versuchte, sich mit dem angewinkelten Arm vor dem Wind zu schützen, doch vergebens, er konnte beim besten Willen nichts sehen.

Er gab auf.

Ein zweites Mal lief er unverrichteter Dinge ins Haus zurück und fühlte sich erbärmlich. Er hatte versagt, auf ganzer Linie. Aber wie sollte man auch reagieren und handeln, wenn man nicht die geringste Ahnung hatte, worum es hier ging? Was hatte dieser Jemand hier gesucht? Zweimal war er hier gewesen, einmal hatte er Paul niedergeschlagen, und jetzt war er getürmt. War er fündig geworden?

Paul beschloss, Johann zu wecken. Sie mussten das Haus absuchen und herausfinden, ob etwas fehlte. Und dann würde er Heimdahl anrufen, der würde sowieso nicht schlafen.

✳✳

Martin Heimdahl hatte die restlichen Sandsäcke vor die Terrassentür gepackt. Dieses Mal hatte er bis zur letzten Minute gewartet, damit die Säcke nicht wieder geklaut wurden. Die wasserdichten Türen hatten sich bei der letzten Sturmflut bewährt, aber sicher war sicher. Ein letzter Blick nach draußen. Die See hatte jetzt die Oberhand, der Strand war verschwunden, und es würde nicht mehr lange dauern, bis das Wasser das Haus erreichte. Er schloss die Luken und anschließend die Türen. Dabei setzte er ein Stoßgebet ab, dass Gott auch dieses Mal seine schützende Hand über das Haus halten möge. Wie jedes Mal bei Hochwasser.

In diesem Moment verstärkte sich das Tosen von Wind und Wasser noch mehr, als wollten die Mächte da draußen klarstellen, dass sie jetzt nichts mehr aufhalten könne. Beten zwecklos, dieses Mal kriegen wir euch. Heimdahl konnte die See und den Sturm nicht mehr auseinanderhalten, es war ein einziges Wüten, das direkt aus der Hölle zu kommen schien.

Da waren sie wieder, jene Momente, in denen Martin Heimdahl das Leben am Strand verfluchte. Er verfluchte das Erbe, das er angetreten hatte. Er verfluchte die Bürden, die ihm dadurch auferlegt wurden. Die nicht enden wollende Arbeit, das Geld, das dieses Haus verschlang, all die Sorgen und, wie gerade jetzt, die nackte Angst.

Wie schon so oft zuvor bei einer Sturmflut dachte er, dass er gerne auf die schönen Tage, die er hier verbracht hatte, verzichten könnte. Jedes Mal kostete es ihn mehr Kraft und Nerven und mehr Überwindung, nicht einfach die Haustür zuzuziehen und das verteufelte Haus seinem Schicksal zu überlassen. Aber er musste auch an Bente denken. Seine Mutter wie auch schon deren Eltern waren hier aufgewachsen, hatten ihre Leben hier verbracht. Bente liebte das Haus. Und Heimdahl liebte seine Mutter. Er würde es nicht übers Herz bringen, alles aufzugeben. Er war es ihr schuldig.

»Vielleicht finde ich deshalb keine Frau, weil keine in einem Haus leben möchte, das eines Tages von der See verschlungen wird«, hatte er letztens noch zu Paul gesagt.

»Ich denke, du findest deshalb keine Frau, weil du nie Zeit hast und immer nur arbeitest«, hatte Paul erwidert.

»Genau, weil ich immer an der Strandvilla werkeln muss.« Heimdahl machte sich zur Kontrollrunde durchs Haus auf. Fenster prüfen, Terrassentüren, waren alle Luken geschlossen? Er stieg die Treppe hinauf, er wollte auch nach Lilli schauen, die sich ins Gästezimmer zurückgezogen hatte, aber bestimmt nicht schlafen konnte. Er sah einen Lichtschein unter der Tür, als er oben angekommen war, und klopfte an.

»Komm rein«, hörte er Lillis Stimme.

»Geht's dir gut?« Heimdahl trat ein und sah Lilli an, die in ihrem Bett saß, das Smartphone vor ihrer Nase.

»Ich kann nicht schlafen.«

»Natürlich nicht. Stell dich auf eine lange Nacht ein, Lilli. Aber so schlimm wird's schon nicht werden«, versuchte Heimdahl, ihr Mut zu machen. »Das Haus hat bisher jeden Sturm überstanden.« Von den diversen Wassereinbrüchen erzählte er ihr besser nichts.

»Das will ich hoffen.« Lilli schaute wieder auf ihr Handy. »Papa hat gerade geschrieben, er kann dich nicht erreichen. Du sollst mal zurückrufen.«

»Und was er will, hat er nicht geschrieben?«

»Nee, vielleicht will er wissen, wie es mir geht. Er denkt bestimmt, ich wäre so wie er und würde nicht ehrlich antworten, damit ich ihm keine Sorgen bereite.« Lilli musste grinsen. »Kannst ihm sagen, dass es mir *wirklich* gut geht. Außer, dass ich vor Angst nicht schlafen kann.«

Heimdahl lachte. »Genau so werde ich es weiterleiten.« Er wandte sich wieder ab. »Komm runter, wenn du willst. Da ist es nicht so laut wie hier unterm Dach«, rief er ihr noch zu.

Unten angekommen, sah er sofort auf seinem Smartphone nach, zwei Anrufe von Paul waren eingegangen und eine Nachricht:

Das ist jetzt kein Quatsch, es war wieder jemand im Haus. Er ist mir entwischt. Wir gucken gerade, ob was fehlt. Was macht Lilli? Geht's euch gut? Sag ihr nichts von dem Einbruch.

Heimdahl musste die Nachricht zweimal lesen. »Das gibt's doch nicht«, murmelte er und wählte Pauls Nummer. Er ließ es lange klingeln, doch Paul meldete sich nicht. Dann schickte er eine Nachricht, in der er fragte, ob sonst alles okay sei, er würde auf keinen Fall jetzt rauskommen. Obwohl Heimdahl wusste, dass Paul das auch nicht erwartete.

Mehrere kräftige Böen prügelten auf die Seeseite des Hauses ein, und Heimdahl drückte die Augen zu.

»Gütiger Gott«, rief er, »lass uns nicht im Stich!«

Genau in diesem Moment knallte ein so lauter Donner über dem Haus, während gleichzeitig mehrere Blitze durch die Ritzen der Luken zuckten, dass er zusammenfuhr.

Dann ging das Licht aus.

Er seufzte auf. Dieses Mal zogen die Wettergötter wirklich jedes Register. Aber er hatte natürlich vorgesorgt. Diese Marotte hatte er von seiner Mutter übernommen, und es war beruhigend, nach einem Stromausfall nicht so ganz im Dunkeln zu sitzen. Sofort machte er sich auf den Weg, um Lilli zu holen, doch die kam ihm schon auf der Treppe entgegen.

»Das ist jetzt echt unheimlich«, sagte sie und huschte ins Wohnzimmer.

»Der Strom ist ausgefallen, nicht so schlimm. Komm, setz dich aufs Sofa, kuschle dich in die warme Decke. Ich mach uns einen Kakao.«

»Martin? Wir haben keinen Strom!« Lilli hüpfte auf das Sofa, als wäre es ein Rettungsboot und schlüpfte unter die Wolldecke.

»Na und? Mir doch egal.« Heimdahl kramte in seinem Küchenschrank und holte einen Campingkocher sowie eine Flasche Spiritus heraus.

Lilli musste lächeln. »Ihr Strandbewohner, ihr seid immer auf alles vorbereitet.«

»Natürlich.« Er holte noch ein paar Kerzen, zündete sie an und stellte sie auf den kleinen Tisch neben das Sofa. »So, jetzt wird's gemütlich. Wir können nun nichts mehr tun, außer zu warten.«

»Ich habe auch keinen Handyempfang mehr«, sagte Lilli mit besorgter Miene. »Hat Papa sich gemeldet?«

»Ja, hat er, alles in Ordnung. Er hat nach dir gefragt.«

»Hoffentlich haben sie Baptiste nicht rausgelassen.«

»Nein, bestimmt nicht, mach dir keine Sorgen.« Heimdahl hatte Spiritus in den Kocher gefüllt, die Flamme entzündet und füllte Milch in einen Topf.

Von draußen schwappte Wasser gegen die Hauswand, die See war angekommen.

Lilli schrak zusammen. »Sind das etwa die Wellen?«, fragte sie mit großen Augen und zog die Decke enger um sich.

»Ja, aber es ist nicht so schlimm, wie es sich anhört.«

Das stimmte natürlich nicht. Er hoffte wieder, dass seine Gebete von vorhin erhört wurden. Da er jedoch sonst nie betete, sondern immer nur, wenn die See tobte und er um sein Haus und sein Leben bangte, konnte es auch gut sein, dass der liebe Gott und seine Helfer ihn ignorierten. Kommst nur, wenn du Schiss hast, sonst lässt du nichts von dir hören, könnten sie denken.

Er füllte das Kakaopulver in die Tassen und verrührte es mit etwas warmer Milch zu einem Brei. Dabei ging ihm durch den Kopf, dass er um ein Vielfaches mehr fluchte, als er betete. Vermutlich neutralisierte er jedes Gebet mit dem anschließenden Fluch wieder, sodass sich mittlerweile ein Überschuss an Flüchen angesammelt hatte, die er mit Beten nie wieder ausgleichen konnte. Vielleicht sollte er mehr positiv denken und auf das Gute hoffen. Gut möglich, dass er sich dann besser fühlen würde.

Er füllte die Tassen mit Milch auf, rührte sorgfältig und überlegte kurz, sich etwas Amaretto dazuzugeben, verwarf den Gedanken aber wieder, er musste einen klaren Kopf behalten. Dann ging er mit den Tassen zum Sofa.

»Du bist dann echt hier am Strand aufgewachsen, das ist ja wie im Paradies, wenn es nicht gerade stürmt«, sagte Lilli, nachdem sie eine Weile schweigend dem Wind und den Wellen zugehört hatten.

»Nur im Sommer, die restliche Zeit über schenkst du der See dann nicht mehr so viel Beachtung. Sie wird zur Gewohnheit. Routine lässt den Reiz verblassen, sagte mein Vater immer.«

»Ich werde die ganze Nacht kein Auge zutun«, sagte Lilli. Sie stand auf und versuchte, durch die Luken etwas zu erkennen. Die Wellen schienen jetzt Türhöhe erreicht zu haben. Heimdahl stand auf und prüfte, ob irgendwo Wasser eindrang, konnte aber nichts finden.

Ja, Lilli hatte recht, es würde eine lange Nacht werden.

»Als würden da draußen ganz viele Drachen kämpfen«, sagte Lilli, »das hört sich gar nicht mehr wie ein Sturm an.«

»Oder als würde man mit einer Achterbahn an einer wild gewordenen Büffelherde vorbeifahren«, sagte Heimdahl. »So habe ich mir das als Kind immer vorgestellt.«

»Ich würde das ja zu gerne sehen. Kann ich mal von oben gucken?«

»Du wirst nicht viel erkennen, es ist stockdunkel draußen.«

»Ach komm, nur ganz kurz.« Sie setzte nun genau dieses Gesicht auf, wie sie es sonst immer bei Paul tat, wenn sie etwas von ihm wollte. Ein albernes Blinzeln in Kombination mit übertriebenem Grinsen. Heimdahl bemerkte dann immer, dass Paul sich viel zu schnell rumkriegen ließ.

»Aber nur kurz«, sagte er.

Da das Fenster nach Osten hinausging und somit auf einer eher geschützten Seite lag, konnte er es wagen, für einen Moment die Luken zu öffnen. Er musste zugeben, dass ihn der Anblick der tosenden See immer wieder in den Bann zog. Das Fenster öffnete sich nach innen, sodass er nur die Luken festhalten musste, die nach außen aufgingen. Kaum hatte er das Fenster geöffnet, erfüllte den Raum ein Lärm, der klang wie ein endloser tiefer Schrei.

Heimdahl hatte die starke Taschenlampe geholt und Lilli in die Hand gedrückt. »Stell dich vor mich«, sagte er dann zu ihr.

Lilli bückte sich, kroch unter seinen Armen hindurch und stand nun vor dem Fenster.

»Jetzt öffne die Riegel.«

Vorsichtig schob sie erst den oberen und dann den unteren beiseite, während Heimdahl die beiden Metallgriffe festhielt, damit ihm die Luken nicht aus den Händen flogen. Dann öffnete er sie langsam. Der Wind fuhr um die beiden Flügel herum und kam stoßweise ins Zimmer. Zwischendurch fühlte es sich fast so an, als würde ein Sog entstehen und sie beide aus dem Fenster ziehen.

»Wow, das ist …« Lilli gingen die Worte aus. »Aaaah!«, rief sie stattdessen und beugte sich etwas hinaus.

»Mach die Lampe an!«, schrie Heimdahl.

Lilli hielt die Lampe mit beiden Händen, während der Strahl einen kleinen runden Ausschnitt der tosenden See beleuchtete wie das Scheinwerferlicht auf einer Bühne. Deutlich konnten sie das Weiß der sich brechenden Wellen erkennen. Und es schien, als wäre der Himmel von einem ganz schwachen orangefarbenen Licht erfüllt. Höllenfeuer, dachte Heimdahl sofort. Da draußen war nichts mehr wie zuvor. Wie auf der Arche Noah. Oder besser eine Flotte von Archen, denn alle Villen lagen jetzt hart am Wasser, bereit, abzulegen und sich vom sicheren Land zu lösen.

Lilli wippte vor Begeisterung auf und ab. »Guck mal, nebenan ist Licht. Die haben auch Kerzen.«

Heimdahl konnte durch die Luken der Nachbarvilla einen Lichtschein erkennen. Natürlich hatte Oliver vorgesorgt und ebenso wie er selbst einen Vorrat an Kerzen, Petroleum und Gas für die Kocher bereitgestellt. Auch im Haus der Stille würden sie heute Nacht nicht schlafen. Und das Zimmer Nummer zwei war verwaist, der ursprüngliche Gast Mathias Lieven war verschwunden. Der Nachfolger, sein bester Freund Paul, war vielleicht genau in diesem Moment dabei, sich einem Unbekannten gegenüberzustellen, der etwas im Hause Lupin suchte. Eigentlich war es unverantwortlich, dass sie sich noch in Johanns Haus aufhielten. Sie konnten alle nicht einschätzen, wie groß die Gefahr wirklich war.

Lilli stieß einen weiteren Begeisterungsschrei aus. Sie hatte sich an ihn gedrückt, und mit der Sicherheit eines starken Mannes im Rücken wohnte sie dem Spektakel bei, das sie vermutlich nie mehr in ihrem Leben vergessen würde.

»Guck mal«, rief sie plötzlich, »da läuft jemand den Weg runter.«

»Wo?« Heimdahl beugte sich über Lilli und sah das umherspringende Licht einer Taschenlampe.

Lilli schlüpfte unter Heimdahls Armen hindurch, er zog die Luken zu und verriegelte alles wieder. Dann griff er nach der Taschenlampe und lief los. »Vielleicht wollte jemand zu uns, und wir haben es nicht gehört«, rief er Lilli noch zu und sprang die Treppe hinunter.

Fluchend zog er die Kapuze der Jacke hoch und lief mitten hinein in den Sturm, der sich anhörte wie das hämische Lachen des Teufels.

☀☀☀

Er hatte eine Weile gebraucht, bis er seinen Vater dazu hatte überreden können, diesen klapprigen Wohnwagen zu verlassen und in seine sichere Wohnung überzusiedeln. Wenigstens so lange, bis das Unwetter abgezogen war. Hierzu musste er gegen die ohnehin eigenwilligen Ansichten Jims ankämpfen, was aufgrund zunehmenden Altersstarrsinns immer schwieriger wurde.

Oliver fühlte sich in Johannistal sicher, aber die Sorge um die Strandvilla war ein ständiger Begleiter, besonders in solchen Nächten wie dieser. Aber dank der mit den Metallplatten gesicherten Türen und Fenster hatte er ein besseres Gefühl als die Jahre zuvor.

Die meisten Campinggäste hatten den Platz dann kurz vorher verlassen, nachdem die Wetternachrichten Orkanstärke nicht mehr ausgeschlossen hatten. Und die, die unbedingt in Heiligenhafen bleiben wollten, waren für diese Nacht in Pensionen und Hotels umgezogen. Darauf hatte Oliver bestanden und sich auch um die Reservierungen gekümmert.

Er saß mit Vanessa im Wohnzimmer, und der Fernseher lief, irgendeine schwedische Krimiserie, er hatte nur mit halbem Ohr zugehört. Eine App seines Smartphones meldete, dass in Teilen Heiligenhafens der Strom ausgefallen war, unter anderem auch am Graswarder. Auch ein Funkmast war betroffen. Er dachte, wenn es jetzt Probleme im Haus der Stille gab, würde Siri oder einer der anderen ihn nicht erreichen können.

»Der Strom am Graswarder ist ausgefallen«, sagte er zu Vanessa, die mit angezogenen Beinen auf dem Sofa saß und fernsah. Sie wandte sich ihm zu. »Ach ja? Gott sei Dank nicht hier. Haben deine Gäste genug Kerzen und Taschenlampen im Haus?«

»Ja, ich habe extra noch welche besorgt, als ich gehört habe, welche Stärke das Tief hat.«

»Dann kann es sich deine Siri mit den anderen ja gemütlich machen, das freut dich doch bestimmt.«

Vanessa sah ihn lächelnd an, doch Oliver sah darin wieder nur Zynismus, Boshaftigkeit. Konnte sie ihn nicht einfach in Ruhe lassen?

»Es ist nicht *meine* Siri«, sagte er in dem Bemühen, ruhig zu bleiben. Keine neuen Streitereien, nicht heute Nacht.

»Stimmt, sie hat sich ja jetzt diesem Ex-Kommissar an den Hals geworfen. Dem, der neuerdings bei Martin Heimdahl wohnt, ach, welch Zufall.«

Oliver sah sie mit gerunzelter Stirn an. Woher wusste sie, dass Paul und Siri sich nicht ganz abgeneigt waren? Vorsichtig ausgedrückt, denn es war ja wohl erst ein schüchterner Anfang. So zumindest hatte es ausgesehen, als sie im Hirschfänger dagestanden waren, Arm in Arm.

»Dieser Kommissar ist ja auch ein charmanter Kerl«, sagte Vanessa. »Wilde Haare, gekonnt unrasiert, gut gebaut. Und er scheint höflich zu sein.«

Und das bin ich natürlich nicht, dachte Oliver. Laut sagte er:

»Wie kommst du darauf, dass Siri sich für den interessiert? Hast du sie zusammen gesehen?«

»Im Hirschfänger, ich war auch da, aber du hast mich natürlich nicht bemerkt, hattest nur Augen für die beiden«, entgegnete Vanessa und stand auf. »Ich hol mir was zu trinken, willst du auch was?«

»Nein, danke, ich habe noch.« Er versuchte, sich zu erinnern. Er hatte sie tatsächlich nicht gesehen. »Wo hast du denn gestanden? Und warum bist du nicht zu mir gekommen?«

»Wozu hätte ich das tun sollen? Ich vermute, du wärst nicht in Jubel ausgebrochen«, rief sie aus der Küche.

Oliver trank von seinem Cognac. Ich trinke ein bisschen zu viel in letzter Zeit, dachte er. Aber er wusste nicht, wie er diese Nacht sonst rumkriegen sollte.

NEUN

Mittwoch, 12. Oktober

Ein »Kuckuck« riss Paul aus dem Halbschlaf. Er lag halb auf der Ofenbank, dann griff er neben sich ins Leere, an die Stelle, wo sonst immer Baptiste gelegen hatte. Langsam schlichen sich die Erinnerungen der letzten Nacht in sein Bewusstsein, und er wünschte sich, einfach wieder einzuschlafen. Noch ein »Kuckuck«, bestimmt Lilli oder Heimdahl.

Er nahm sein Handy und sah, dass Lilli ihm geschrieben hatte. Die beiden hatten eine abenteuerliche Nacht hinter sich gebracht. Aber Heimdahls Haus war nicht in den Fluten versunken, allerdings hatte die Terrasse Schaden genommen. Paul hörte das Fluchen seines Freundes im Geiste und schrieb Lilli, sie solle Heimdahl sagen, er würde ihm helfen, sie zu reparieren. Er berichtete, dass auch in Havgart alles in Ordnung war, von Baptiste schrieb er nichts. Dann fügte er noch hinzu, dass Heimdahl sich melden solle, doch Lilli antwortete, dass der draußen sei.

Paul sah zum Fenster hinüber. Es schien, als habe der Sturm an Energie verloren. Das aggressive Wüten war nur noch ein strammer Nordwest, der die tief hängenden Wolken vor sich hertrieb. Dunkle und weiße Wolken und zwischendurch schimmerte das verheißungsvolle Blau des Himmels hindurch wie das Versprechen, dass es neben dem Bösen doch noch das Gute gab.

Aber das sah Paul in diesem Moment gar nicht. Im Gegenteil. Er fühlte sich um Jahre gealtert. Gerädert, frustriert, wütend. Die Ereignisse der letzten Nacht schossen hoch wie saures Aufstoßen. Er sah wieder die Gestalt unten an der Platane stehen, wie sie später unten auf der Dorfstraße verschwunden war. Er war im Haus gewesen, obwohl er Paul gesehen hatte! Wie konnte es sein, dass es Menschen gab, die derart dreist in ihrer aller Leben eindrangen? Er würde damit klarkommen, das gehörte zu seinem

Job. Immer wieder gab es auch gezielte Übergriffe auf ihn oder seine Kollegen. Selbst Drohbriefe an seine Privatadresse hatte er schon bekommen. Wie aber würde Johann damit klarkommen? Er wusste, dass sein Vater jemand war, der in sich ruhte, wie er das bei keinem Zweiten sah. Aber dass er jetzt Ziel eines Unbekannten geworden war, der ganz offensichtlich vor nichts zurückschreckte, beunruhigte Paul zutiefst. Und er wusste jetzt schon, dass Johann sein Haus um nichts auf der Welt verlassen würde, nicht mal für ein paar Tage.

Wie schützte man sich vor etwas Unbekanntem? Wohin konnte man fliehen? Das Unwetter war das reinste Kinderspiel dagegen. Man konnte Vorkehrungen treffen, sich verkriechen. In Havgart waren diese Maßnahmen weniger aufwendig als am Graswarder. Aber er wusste nicht, wann der Schatten wieder auftauchen würde. Denn so sah Paul den Unbekannten, als einen bösen Schatten, der sich aus dem Dunkel gegen sie erhob und Grenzen überschritt. Neue Wut schoss ihm in den Bauch, und er stand auf.

Das musste aufhören, verdammt noch mal!

Paul sah auf die Uhr, es war kurz vor sieben. Er goss sich ein Glas Wasser ein und trank es in kleinen Schlucken, so, wie er es von Siri gelernt hatte. Früher hatte er immer alles auf einmal leer getrunken, ex und hopp, aber das langsame Trinken gefiel ihm eigentlich besser. Mal kurz innehalten, auf sich achten, bevor man mit dem weitermachte, was man gerade so tat. Heute war der dritte Fastentag, und er war gespannt, wie er sich fühlen würde. Wie gerne hätte er das Ganze in aller Ruhe gemacht. Im Haus der Stille, betreut von Siri. Die Wut von eben wurde von einer Wärme verdrängt, die sich in seinem Magen ausbreitete. Hatte er vielleicht deshalb keinen Hunger, weil er ständig an Siri denken musste?

Er sah Johann aus dem Schuppen kommen. Sein Vater blieb stehen und spähte in alle Richtungen, dann rief er nach Baptiste. Der Wind verschluckte die Rufe, aber Paul konnte es an der Bewegung des Mundes sehen. Johann hatte nicht mehr geschlafen, seit Paul ihn geweckt und von dem erneuten Einbruchsversuch berichtet hatte. Immer wieder waren sie draußen gewesen und hatten nach seinem Kater Ausschau gehalten. Ihn gerufen, waren auf Hinrichs Hof gewesen, weil die Ställe so viele Möglichkeiten für einen sicheren Unterschlupf boten. Sie hatten zwar jede Menge Katzen entdeckt, nicht jedoch ihren Baptiste. Selbst dessen Lieblingsfutter hatte Johann auf die Terrasse in eine windgeschützte Ecke gestellt, aber das war bis jetzt nicht angerührt worden.

Paul war bis zum Hirschfänger gelaufen, weil er wusste, dass Baptiste einen recht großen Bewegungsradius hatte. Dabei hatte er sehen können, dass die Gaststätte unversehrt geblieben war. Ein Baum aus einem der Gärten war umgestürzt und lag halb auf der Dorfstraße. Sogar an diesem Baum hatte er nachgesehen, ob nicht das rot-weiße Fell des Katers unter den Blättern leuchtete, aber Gott sei Dank war dies nicht der Fall gewesen.

Paul stützte die Ellenbogen auf die Anrichte und vergrub die Hände in seinem Gesicht.

Nicht Baptiste, flehte er. Nicht Johanns Kater!

***

Das Wasser schlug gegen die Mole vor Heimdahls Haus, und von der geöffneten Terrassentür sah es so aus, als stünden sie an der Reling einer Fähre. Lilli machte Fotos, während Paul, Heimdahl und Oliver Hendricks die Terrasse inspizierten.

Erst im letzten Jahr hatte Heimdahl sie mit Olivers Hilfe erneuert, aber dieses Mal war die andere Seite beschädigt, ein großes Stück war herausgebrochen, und dadurch konnte das Wasser auch einen Teil der Terrasse unterspülen.

»Abreißen und neu machen«, sagte Oliver. »Sie noch einmal auszubessern bringt nichts. Beim nächsten Sturm holt die See sich die Terrasse dann ganz.«

Heimdahl nickte und kratzte sich den Nacken. »Sieht so aus.« Er deutete nach nebenan. »Wie sieht es bei dir aus?«

»Nichts passiert, wieder einmal Glück gehabt.« Oliver ließ seinen Blick einen Moment auf seinem Haus ruhen. »Aber ich weiß nicht, wie lange ich das noch mitmache.« Er wandte sich wieder Heimdahl zu. »Ganz ehrlich? Ich spiele immer öfter mit dem Gedanken, es zu verkaufen. Aber da es meinem Vater gehört, muss ich erst einmal gute Überzeugungsarbeit leisten.« »Meinst du denn, Jim würde sich tatsächlich querstellen? Ich könnte mir vorstellen, dass er auch froh wäre, es loszuwerden. Träumt er nicht von einem Ruhestand in den USA?«

Oliver hob die Schultern. »Als ich letztens vorsichtig angedeutet habe, ob er sich vorstellen könnte, das hier alles aufzugeben, hat er sauer reagiert. Wenn du dir keinen Feind machen willst, dann schlag ihm das lieber nicht vor.« Oliver grinste. »Wir bleiben vorerst Nachbarn, die der See trotzen und sich gegenseitig neue Terrassen bauen.«

Olivers Handy summte, und er sah kurz aufs Display. »Meine Frau.« Er schlug Heimdahl auf die Schulter, nickte Paul zu und verließ die beiden.

Paul war losgefahren, nachdem er Johann ins Gewissen geredet hatte, wachsam zu sein. Der hatte das mit seinem »Jaja« abgetan. Dann hatte Johann sich darangemacht, das Türschloss auszutauschen. Er hatte im Schuppen einen Vorrat an allem, was man für ein Haus so brauchte. Türklinken, Fenstergriffe, Dämmplatten, Wandfarbe, Bodenfliesen, einzelne Dachziegel, ganze Türen und eben auch Türschlösser. Wenn einer reinwill, dann wird er einen Weg finden, war es Paul durch den Kopf gegangen, aber das wusste Johann genauso gut wie er.

»Ich mache keinen Schritt aus dem Haus, solange Monsieur Baptiste nicht wieder da ist«, hatte Johann bemerkt.

Paul und Heimdahl standen draußen auf der Terrasse. Paul schilderte ihm kurz, was in der letzten Nacht geschehen war. »Und bei der Gelegenheit ist dann auch noch Baptiste abgehauen«, sagte er. »Du weißt ja, wie scheu er bei Fremden ist.«

»Und er ist immer noch weg?«

Paul nickte. »Johann sucht ununterbrochen.«

»Er wird sich verkrochen haben, du wirst schon sehen«, versuchte Heimdahl, ihn zu trösten. »Baptiste ist schlau.«

»Na ja, geht so.« Paul seufzte.

»Wie kann der Eindringling an euren Schlüssel gekommen sein?«, fragte Heimdahl.

»Ich habe nur eine Erklärung. Als er zum ersten Mal da war und mir eine verpasst hat, da war die Tür nicht abgeschlossen. Er ist seelenruhig reinspaziert und hat sich einen von den Ersatzschlüsseln genommen. Die liegen überall herum. Ich habe Johann eingebläut, jetzt immer abzuschließen.«

»Und ihr habt keine Ahnung, was er gesucht haben könnte?« Paul schüttelte den Kopf. »Es scheint auch nichts zu fehlen. Soweit wir das überschauen können. Du kennst ja Johanns Durcheinander.«

»Meinst du, wir könnten Johann zu einem Wohnungstausch überreden? Er kommt hierher, und ich bleibe in seinem Haus?«

Paul lachte kurz auf. »Du kennst ihn doch. Da müsste ein Wunder geschehen, ehe er sich dazu überreden ließe.«

Heimdahl sah auf seine Uhr. »Ich muss ins Büro.«

»Gibt es irgendwas, was wir hier am Haus machen müssen?«, fragte Paul.

Heimdahl war bereits im Flur. »Nö. Später vielleicht.«

Paul spürte, dass er total müde war. Er hatte vielleicht eine Stunde auf der Ofenbank geschlafen, wenn überhaupt. Also ging er ins Wohnzimmer und warf sich aufs Sofa. Am liebsten würde er jetzt einfach so liegen bleiben und erst wieder aufstehen, wenn sich alles geklärt hatte. Wenn sie wussten, wo Mathias Lieven abgeblieben war, oder besser gesagt, seine Leiche. Wenn sie wussten, wer sie ausspionierte. Wenn Baptiste wieder da war.

Dann hörte er, wie Lilli die Treppe herunterkam. Sie setzte sich in einen der Sessel und sah sich die Fotos auf ihrem Smartphone an.

»Ich durfte oben aus dem Fenster von deinem Zimmer gucken«, sagte sie, »das war voll unheimlich.«

»Konntest du denn überhaupt was sehen? Es war doch stockdunkel.« Paul verschränkte die Arme hinter seinem Kopf und schloss für einen Moment die Augen.

»Wir hatten Martins Superlampe. Die, von der du immer sagst, sie ist so stark wie das Licht eines Leuchtturms. Und ich habe damit aufs Wasser geleuchtet. Das hättest du echt sehen sollen, das war sooo cool. Da waren die Wellen schon am Haus. Stell dir vor, die sind an die Hauswand geknallt, also vor die Tür und die Fenster. Das habe ich echt gehört. Und Martin hat die ganze Zeit im Sessel gesessen und auf die Tür gestarrt. Der hatte voll Angst, dass das Wasser ins Wohnzimmer kommt. Aber die Türen haben dicht gehalten. Dafür sind jetzt alle Sandsäcke weg und …« Lilli stoppte ihren Redeschwall und sah Paul an. »Papa?«

Der glitt gerade in einen Traum ab. Er sah sich und Siri, wie sie in der Küche im Haus der Stille standen, Weißwein tranken und Auberginen in Streifen schnitten, um sie dann in einer Marinade aus Öl, Essig und Honig mit Kräutern und Knoblauch einzulegen. Paul hatte sein Super-Baguette im Backofen, das einen wunderbaren Duft verströmte, sodass ihm das Wasser im Mund zusammenlief. Untermalt wurde das Ganze von dem munteren Geplapper seiner Tochter, ohne dass er den Sinn verstand.

***

Ein paar Stunden später hatte der Sturm weiter an Kraft verloren. Sie hatten es überstanden. Das waren Pauls erste Gedanken gewesen, als er aufgewacht war. Lilli hatte ihm die Wolldecke übergelegt und war wieder ins Gästezimmer gegangen. Er fühlte sich einigermaßen ausgeruht, als er vom Sofa aufstand und sofort zu seinem Smartphone ging. Johann hatte nicht geschrieben, also gab es auch noch nichts Neues von Baptiste.

Paul ging hoch und klopfte an Lillis Tür, doch es blieb still. Er schlich hinein, Lilli schlief tief und fest. Leise suchte er sich ein paar frische Anziehsachen zusammen und ging hinunter, um zu duschen und anschließend in aller Ruhe einen Tee zu trinken.

Vorher rief er Siri an, um zu fragen, ob bei ihnen alles in Ordnung war.

Siri war schon beim zweiten Klingeln dran. »Paul, endlich, ich wollte dich nicht stören, deshalb habe ich mich noch nicht gemeldet.«

Sofort stieg wieder Unruhe in ihm auf. »Ist was passiert?«

»Ich weiß es nicht genau, aber ich muss dir etwas erzählen. Wo bist du gerade?«

»Nebenan, bei Martin.«

»Kann ich kurz rüberkommen?«

Das war Paul recht, denn er hatte kein gutes Gefühl, Lilli allein hierzulassen. »Passt es in zwanzig Minuten? Ich wollte kurz duschen.«

»Natürlich, bis gleich.«

»Bin in der Küche«, rief er, als er die Tür hörte, und goss Wasser in die vorgewärmte Kanne.

Er hörte, wie Siri die Jacke auszog und aus ihren Schuhen schlüpfte. Vermutlich trug sie wieder ihre Chelsea-Boots mit dem Gummizug. Paul wunderte sich darüber, welche Details er an ihr wahrgenommen hatte. Diese Beobachtungsgabe, die in seinem Beruf unerlässlich war, konnte er immer noch abrufen. Aber vermutlich schenkte er Siri Lundell ohnehin zusätzliche Aufmerksamkeit.

»Guten Morgen.« Mit einem Lächeln im Gesicht trat Siri ein.

Paul merkte, wie sehr er sich freute, diese Frau zu sehen.

»Guten Morgen. Jetzt darf ich dich einmal zum Tee einladen.«

Sie nahm Platz, und Paul stellte ihr eine Tasse hin; er hatte extra die guten aus Heimdahls Küchenausstattung genommen.

Siri blies in den Tee. »Wie geht es dir?« Sie beugte sich nach vorn und sah sich die Wunde an. »Hat sich zumindest nicht verschlimmert.« Dann musterte sie ihn. »Du siehst müde aus. Hat der Sturm dich auch die ganze Nacht wachgehalten?«

»Nicht nur der Sturm. Es hat einen Vorfall gegeben. Es war wieder jemand im Haus meines Vaters.«

Siris Miene verfinsterte sich, sie stellte die Tasse ab. »Hat er dich angegriffen?«

»Nein, er ist mir entwischt.« Paul spürte wieder die Enttäuschung und die Wut aufziehen. »Aber ich finde diesen Mistkerl, der unser Leben gerade gehörig durcheinanderbringt.«

»Und dein Vater? Wie geht er damit um?«

»Johann ist ein zäher Geselle, den bringt so leicht nichts aus der Fassung. Ich glaube, es trifft ihn viel mehr, dass sein Kater in der Sturmnacht weggelaufen ist.«

»Oh nein, auch das noch.« Siri legte ihre Hand auf Pauls. Paul lächelte sie an. »Er wird schon wieder auftauchen.« Dann umfasste er Siris Hand und sah ihr in die Augen. Was würde er darum geben, diesen Moment bis in alle Ewigkeit hinauszuziehen. Aber diese Frau war verheiratet. Daran hatte er die ganze Zeit nicht mehr gedacht. Er zog seine Hand wieder zurück. Dabei registrierte er, dass sie keinen Ehering trug.

»Was wolltest du mir erzählen«?

»Ich habe letzte Nacht eine seltsame Beobachtung gemacht. Deshalb wollte ich dich eigentlich sprechen.«

Klang in diesen Worten mit, dass sie tatsächlich nur wegen dieser Beobachtung hier war? Nicht auch ein klitzekleines bisschen wegen ihm? Paul richtete sich auf. *Reiß dich zusammen, du Idiot.* Denn natürlich war er auch gespannt, was Siri gesehen hatte. »Schieß los«, sagte er.

Siri machte ein bekümmertes Gesicht. »Ich habe Yolanda gesehen. Sie war nachts draußen. Und ich glaube, heimlich.«

»Was?« Paul war verblüfft, damit hatte er nicht gerechnet. »Um wie viel Uhr war das?«

»Gegen eins, der Strom war schon ausgefallen. Wir konnten alle nicht schlafen und saßen im Wohnzimmer, haben gelesen und zwischendurch Karten gespielt. Und als ich Hoss gefragt habe, wo Yolanda wäre, da hat er gesagt, Yolanda würde versuchen zu schlafen.«

»Hoss«, murmelte Paul und dachte eine Weile nach. »Was meinst du? Hat er wirklich gedacht, sie schläft, oder wusste er Bescheid, dass sie draußen war?«

»Ich weiß es nicht, Paul. Es klang ehrlich, warum hätte ich auch zweifeln sollen?«

»Stimmt, warum hättest du zweifeln sollen?«, wiederholte er. Er versuchte, sich daran zu erinnern, wann er die Gestalt unten an der Platane gesehen hatte, es war auf jeden Fall nach

Mitternacht gewesen. Er seufzte einmal auf und ließ den Blick aus dem Fenster wandern.

»Was ist denn?«, fragte Siri. »Hast du überlegt, ob Yolanda in eurem Haus war?«

Paul runzelte die Stirn. »Das ist absurd. Warum sollte sie das tun?«

»Allerdings.«

»Hast du Yolanda darauf angesprochen? Oder die anderen?«

»Nein, ich wollte erst mit dir reden.«

»Das ist gut. Dann belasse es dabei. Tu so, als hättest du es nicht bemerkt.« Yolanda, dachte Paul. Wie passt die in die ganzen Vorfälle? Gar nicht. Aber was wusste er schon vor ihr?

Er sah wieder Siri an. Sie hatte grüne Augen, ohne irgendwelche Sprengsel. Ein kräftiges Grün, das die Augen regelrecht leuchten ließ.

Paul dachte an den Traum von vorhin, als er eingedöst war, in dem er und Siri gemeinsam in der Küche im Haus der Stille standen.

»Wenn ich ehrlich bin, Paul, ich bin gerade ziemlich ratlos, was ich machen soll.«

»Weitermachen, Siri, unbedingt. Wenn wir jetzt aufgeben, dann geben wir auch Mathias auf.«

Und Yolanda werde ich ab jetzt im Auge behalten, dachte er. Eine Welle der Zuversicht durchströmte ihn, und er glaubte, dass diese Energie von der Frau kam, die ihm gegenübersaß.

Siri nickte und lächelte. »Okay, wenn du dabei bist, dann mache ich weiter.«

Der Wind rüttelte an den Luken, die endlich wieder geöffnet waren und den Blick auf die stürmische See freigaben. Doch Paul sah nur Siri. Wie gerne würde er einfach hier sitzen bleiben, mit ihr.

Oben wurde eine Tür geöffnet, und erst als sie Lilli die Treppe herunterkommen hörten, löste er seine Augen von Siri.

»Aber wo soll ich denn hin, Papa?« Lilli stand mit verschränkten Armen da und sah Paul an. »Mama ist doch bei Oma und Opa wegen des Umzugs. Und meine beste Freundin ist auch nicht da, es sind doch Herbstferien. Außerdem ist es hier so spannend, dass ich nichts verpassen will.«

Paul schüttelte den Kopf. »Das ist kein Spaß, Lilli. Hier ist jemand ums Leben gekommen. Und jemand, womöglich derjenige, der dafür verantwortlich ist, treibt seine Spielchen mit uns. Das ist auch ein Zeichen, dass er sich sicher fühlt. Er hat die Leiche vom Strand verschwinden lassen. Er beobachtet uns. Er ist bei Johann eingebrochen, hat mich zusammengeschlagen. Und er hat es noch einmal versucht.«

Lillis Augen wurden groß. »Wann?«

»Letzte Nacht.«

»Hat er dich etwa schon wieder angegriffen?« Lilli trat vor Ungeduld von einem Bein auf das andere. »Du hast es mir wieder nicht erzählt!«

»Ja, ich weiß. Und nein, er hat mich nicht angegriffen. Aber er war im Haus und scheint nach etwas gesucht zu haben.«

Lilli betrachtete ihn skeptisch. »Du sagst immer ›er‹. Aber es kann doch auch eine Frau gewesen sein, oder nicht?«

»Natürlich, ich könnte auch ›sie‹ sagen. Oder auch Einbrecher-In, mit Doppelpunkt oder Betonung des Binnen-I.«

Lilli rollte mit den Augen.

»Lilli, eines ist klar: Du bleibst nicht bei Johann. Es ist beunruhigend genug, dass er alleine in Havgart ist. Und hier lasse ich dich auch nicht, wenn Martin nicht da ist. Denn ich gehe wieder ins Haus der Stille. Und da ist kein Zimmer mehr frei. Es sei denn, du willst mit deinem schnarchenden Vater in einem Zimmer schlafen.«

Lilli biss sich auf die Lippen und dachte nach.

»Ich könnte Ida fragen«, sagte Paul, »die hat ein Gästezimmer, vielleicht ist das ja frei.«

Sie verzog das Gesicht. »Mann, Papa, ausgerechnet Ida. Die ist so anstrengend. Und die gibt immer so viele Befehle.«

»Kann sein, aber sie ist die Einzige, bei der ich ein gutes Gefühl hätte.« Doch dann fiel ihm ein, dass sie immer noch nicht genau wussten, inwieweit Ida in die ganze Sache verwickelt war.

Und wenn überhaupt, dann zusammen mit Johann und Olaf. Und die hatten niemanden umgebracht. Wenn sie etwas getan hatten, und dazu gehörte der Ausflug an den Graswarder, den die Webcam aufgezeichnet hatte, dann war das ein verzweifelter Versuch, den Hirschfänger zu retten. Was sollte es sonst gewesen sein?

»Und wenn ich tagsüber bei Ida oder im Hirschfänger bin und Martin mich abends wieder an den Graswarder mitnimmt?«

Paul dachte darüber nach. »Je nachdem, das müssen wir dann gucken, ob es passt. Aber grundsätzlich müsste es gehen. Ich bespreche das mit Martin, in Ordnung?«

»Meinetwegen.« Lilli überlegte einen Moment. »Ich könnte im Hirschfänger arbeiten, dann verdiene ich wenigstens was. Sozusagen als Entschädigung, dass ich bei Ida wohnen muss.«

»Ach komm, so schlimm ist sie nicht. Sie hat ein riesengroßes Herz. Und die große Klappe, das ist die halbe Italienerin in ihr«, sagte Paul, dann begann er zu grinsen. »Und sie war in ihrer Jugend Meisterin im Fechten und Ringen. Die treibt jeden Einbrecher aus dem Haus.«

»Na gut. Ich hole meine Sachen. Fahren wir noch bei Opa vorbei?«

Paul dachte sofort an Baptiste, er hatte Lilli bisher noch nichts gesagt. Aber vielleicht hatte Johann ihn ja bereits gefunden? Nein, der hätte sich gemeldet. Er würde es ihr sagen müssen. »Wenn er nicht gerade Baptiste sucht, der hat sich nämlich irgendwo versteckt.« Wie blöd ausgedrückt, dachte er, als würde diese Formulierung die Sache leichter machen.

»Baptiste ist weg?«, rief Lilli. »Seit wann?«

»Seit letzter Nacht, er ist –«

»Oh nein! Wie konnte das passieren? Warum habt ihr ihn rausgelassen?« Lilli schossen Tränen in die Augen.

»Das waren wir nicht, Lilli. Der Einbrecher hat die Tür geöffnet, und da ist Baptiste getürmt. Du weißt doch, wie er reagiert, wenn jemand Fremdes das Haus betritt.«

»Wie soll er denn das Unwetter überlebt haben da draußen? Er hatte doch bestimmt große Angst.« Lilli begann zu weinen.

Paul ging auf sie zu und nahm sie in die Arme. »Baptiste hat gute Instinkte. Ganz sicher ist er nicht lange draußen herumgeirrt. Er wird sich ein sicheres Plätzchen gesucht haben. Bei Hinrich, da gibt es tausend Möglichkeiten für Katzen. Und wenn sich das Wetter beruhigt hat, dann steht er wieder vor der Tür und beschwert sich, dass sein Futternapf leer ist.« Paul strich seiner Tochter über den Kopf. »Deine Herbstferien sind ganz schön in die Hose gegangen, das tut mir leid. Aber wir machen das Beste draus, du wirst schon sehen.«

»Wirst du die Sache mit dem toten Mann aufklären, Papa?« Lillis Stimme klang dumpf an seiner Brust.

»Ganz sicher, es gibt eine erste Spur.«

Sie löste sich wieder von Paul und wischte sich die Tränen weg. »Echt? Welche denn?«

»Es ist noch zu früh, darüber zu sprechen, aber ich bleibe dran.«

»Hat es mit der Fastengruppe zu tun?«

»Kann sein. Deshalb bleibe ich ja da.«

»Und wenn dir was passiert? Bestimmt verschweigst du wieder alles Mögliche, damit ich mir keine Sorgen mache.«

»Ich mache nur einen Job, um Martin zu unterstützen. Ich bin ihm so vieles schuldig. Er lässt mich bei sich wohnen und hilft mir, mich neu zu sortieren.« Paul seufzte einmal auf. »Und ich bin ein wichtiger Zeuge, ich habe die Leiche gefunden.«

Lilli sah Paul an. »Ach, Papa, das machst du doch nicht *nur* für Martin. Ich habe gesehen, wie diese Siri dich angesehen hat. Du findest sie auch ziemlich nett, oder?«

Paul merkte, wie ihm die Wärme in den Kopf stieg, und er hoffte, dass er nicht rot wurde. Deshalb wandte er sich ab und griff nach seinem Handy. »Ja, sie ist sogar mehr als nett, das gebe ich zu.«

Lilli grinste. »Papa, alles klar.«

»Das heißt alles noch gar nichts. Außerdem bist du viel zu neugierig, mein Kind.«

Paul warf ihr einen kurzen Blick zu, dann wählte er Ida Rossis Nummer. Sie ging sofort ans Telefon. Paul erkundigte sich, wie sie die Unwetternacht überstanden hatte, hörte sich Idas wie immer apokalyptisch anmutende Ausführungen an, dann erzählte er ihr von den Vorfällen in Johanns Haus. Auch hier empörte sie sich ausgiebig und stimmte dann freudig zu, Lilli bei sich aufzunehmen.

»Alles klar«, sagte Paul zu seiner Tochter, »du kannst packen. Ich bringe dich nach Havgart.«

***

Paul verließ die Autobahn in Oldenburg-Süd und fuhr die Bundesstraße 202 weiter Richtung Havgart. Nebenstrecken konnten immer noch von abgebrochenen Ästen oder umgestürzten Bäumen blockiert sein. Wie schon heute früh waren jetzt auch wieder Wagen der Feuerwehr und anderer Hilfskräfte unterwegs, um die Schäden zu beseitigen – Bäume abtransportieren, vollgelaufene Keller abpumpen. In den Nachrichten hatte er von abgedeckten Dächern und eingestürzten Heuschobern gehört. Bei einer Sporthalle war das halbe Dach weggeflogen. Immer noch trieb der Wind den Regen in alle möglichen Richtungen, und das Szenario mutete endzeitlich an. Das lag auch an dem seltsam gelblichen Licht, das die Umgebung wie eine unwirkliche Filmkulisse ausleuchtete.

Bevor sie zum Hirschfänger fuhren, wollten sie noch bei Johann vorbeischauen. Lilli hatte dort noch ein paar Sachen, die sie mitnehmen wollte. Sie sprang aus dem Wagen, sobald Paul angehalten hatte, und lief die Treppe hinauf. Die Haustür stand offen.

»Opa?«, hörte Paul sie rufen. »Bist du hier irgendwo?«

Paul stieg aus und sah sich im Garten um. Der Rasen war übersät von abgerissenem Laub, Ästen, eine zerfetzte Plastikfolie hing im Apfelbaum. Dann sah er Lilli wieder aus dem Haus kommen.

»Niemand hier«, sagte sie traurig. »Kein Opa, kein Baptiste.«

Und schon wieder eine unverschlossene Haustür, dachte Paul. Das darf echt nicht wahr sein!

»Er ist bestimmt im Hirschfänger«, sagte er zu Lilli und ging ebenfalls ins Haus. »Such bitte deine Sachen zusammen, und dann fahren wir gleich weiter.«

Mit einem leisen und mutlos klingenden »Okay« verschwand sie die Treppe hoch, während Paul sich noch einmal umsah. Er ärgerte sich maßlos über die offene Haustür, denn der Unbekannte hatte jetzt alle Zeit gehabt, in Ruhe nach dem zu suchen, was er unbedingt haben wollte. Langsam ging er durch die Küche, anschließend durchs Wohnzimmer. Er hatte sich den Zustand, als er gefahren war, genau eingeprägt. Tatsächlich schien seitdem niemand hier gewesen zu sein. Hatte er, hatte *sie* gefunden, was sie gesucht hatte? Denn er musste an Yolanda denken. Aber was um Himmels willen hatte sie mit dem Ganzen zu tun? Er sah auf die Uhr. Er musste dringend bei Heimdahl vorbeifahren, bevor er zurück ins Haus der Stille fuhr. Er wusste, dass Heimdahl und seine Leute mit der Arbeit nicht nachkamen. Und auch die Vorkehrungen am Haus hatten ihn viel Zeit gekostet. Im Moment war es tatsächlich nur Paul, der sich mit dem Fall Lieven beschäftigte. Auch aus Lübeck konnten sie keine weitere Unterstützung erwarten, solange nicht geklärt war, wo Mathias Lieven abgeblieben war. Und Heimdahl musste Yolanda Zubek gründlich durchleuchten. Vielleicht gab es ja irgendetwas über sie, das aktenkundig war.

»Bist du bald fertig, Lilli?«

»Jaha, gleich.«

Paul fischte sein Handy aus der Hosentasche und schrieb Heimdahl eine Nachricht:

Komme gleich in die Dienststelle, ich hoffe, du bist da. Bitte guck mal, ob ihr etwas über Yolanda Zubek in den Akten habt, erzähle nachher, warum.

Fünf Minuten später hielten sie vor dem Hirschfänger. Auf dem Weg dorthin hatte Lilli drei Suchmeldungen in Klarsichthüllen gesehen. Auch am Hirschfänger hing eine:

Kater vermisst.
Sichtungen bei Johann oder im Hirschfänger melden.
Es gibt auch eine Belohnung! (Ein Essen im Hirschfänger.)
Guckt auch in Garagen, Schuppen oder Kellern nach.

Darunter war ein Foto von Baptiste, der auf einem der Findlinge am Sehlendorfer Strand saß, dem Ziel von Johanns täglichen Wanderungen, auf denen ihn der Kater manchmal begleitete.

Lilli stöhnte auf und strich liebevoll über das Foto, dann traten sie ein. Idas Gesicht strahlte, als sie die beiden sah. Sie war gerade aus der Küche gekommen und ging direkt weiter zu Lilli, die es schon gewohnt war, von der fülligen Frau an deren weichen Busen gedrückt zu werden.

Auch Olaf begrüßte die beiden. Er hatte einen Bleistift hinter dem Ohr wie ein Schreiner und begutachtete eine Lieferung, die wohl gerade eingetroffen war.

»Keine Unterbrechung der Lieferkette?«, fragte Paul und klopfte Olaf zur Begrüßung auf die Schulter.

»Erstaunlich, oder?«, entgegnete Olaf. »Ich dachte, ich seh nicht recht, als die eben hier vorfuhren.« Er sah Paul fragend an. »Wo ist dein alter Herr? Wir machen uns Sorgen.«

Paul sah auf die große Bahnhofsuhr über dem Tresen, es war zwei Uhr durch. »Hast du ihn denn heute noch gar nicht gesehen?«

»Ich bin um zehn gekommen, seitdem war er definitiv nicht hier. Nur die Suchplakate hingen überall.«

Ida kam jetzt auf sie zu. »Essen Sie immer noch nichts?«

»Korrekt.«

»Aber bald ist doch hoffentlich Schluss mit dem Quatsch, oder?«

»Noch zwei Tage.«

»Sehr schön, dann kommen Sie, und ich koche Ihnen was Ordentliches. Ich will hier kein Gerippe hinterm Tresen klappern hören, das ist schlecht fürs Geschäft.«

»Ich freu mich drauf«, erwiderte Paul nur, denn er hatte keine

Lust, ihr zu erklären, dass er drei Aufbautage einhalten wollte, um seinen Körper langsam ans Essen zu gewöhnen.

Ida deutete auf Olaf, der sich wieder mit der Lieferung beschäftigte und den man wirklich als dünnes Gestell bezeichnen konnte. »Auch dieser Herr ist viel zu mager, aber hier bin ich mit meinem Latein am Ende. Er isst und isst und isst und bleibt immer gleich dürr. Ist das zu fassen?«

»Ich hab halt eine gute Verdauung«, rechtfertigte Olaf sich und steckte sich wieder den Stift hinters Ohr.

»Ja, danke, so genau wollen wir das gar nicht wissen.« Ida hielt nach Lilli Ausschau, die wohl in der Küche war. »Ich fühle mich sehr geehrt, dass Sie mir Ihre Tochter anvertrauen.«

»Wem, wenn nicht Ihnen?«

»Da könnten Sie ausnahmsweise mal recht haben. Ich lasse sie nicht aus den Augen.«

»Ich denke nicht, dass sie in Gefahr ist, Ida. Aber ich will sie einfach aus der Schusslinie haben. Und ihre Mutter ist auch bald wieder da, dann kann Lilli nach Hamburg zurück.« Dann fiel Paul ein, was Lilli vorhin gesagt hatte. »Ach so, Lilli meinte, sie würde gerne hier aushelfen, so kann sie sich ein bisschen was verdienen.«

»Aber natürlich. Wir wissen ja gar nicht, wann Johann wieder hier erscheint.«

»Super. Und da Sie auf mich die nächsten Tage auch verzichten müssen, passt das doch gut. Ich hoffe, Frau Marten ist noch dabei?«

»Ja, ist sie, ich habe hier alles im Griff.«

»Aber noch was anderes. War eine Frau hier und hat sich nach Mathias Lieven erkundigt? Oder sich für diese Immobilie interessiert?«

Olaf hob den Blick und sah Paul an. »Meinst du jemand Bestimmtes?«

»Sie ist in unserer Fastengruppe, warte mal ...«

Paul zog das Handy aus der Tasche und suchte in der Galerie nach den Bildern, die sie bei der Wanderung gemacht hatten.

»Hier, die meine ich.«

Olaf nahm das Handy und sah sich das Foto an. Ida stellte sich schräg hinter ihn und schaute ebenfalls.

»Nein«, sagte Ida.

»Ja«, sagte Olaf.

Die beiden sahen sich fragend an.

»Die war auch gestern bei Johanns Auftritt, oder?«, sagte Olaf.

»Ja, genau. Wie alle aus der Gruppe«, erwiderte Paul.

Jetzt schaute Ida auch noch einmal. »Kann sein, aber gestern war hier der Teufel los, ich kann mich nicht an jedes Gesicht erinnern.«

»Aber ich habe sie gesehen, vor ein paar Tagen«, sagte Olaf. »Sie kam, kurz nachdem dieser Lieven hier war und sich nach dem Haus erkundigt hat.«

»Sicher?« Paul spürte einen leichten Adrenalinschub im Magen. Endlich tut sich etwas, dachte er. Endlich haben wir ein neues Puzzlesteinchen gefunden.

»Ja, ganz sicher. Sie war mit dem Fahrrad hier. Sie ist mir aufgefallen, weil sie so gut aussah. Und durchtrainiert war die, Mannomann.« Olaf deutete auf Pauls Oberarme. »Die hatte Muckis, dagegen bist selbst du ein Spargeltarzan.«

»Sind die beiden sich begegnet«?

Olaf überlegte kurz, dann schüttelte er langsam den Kopf. »Weiß ich natürlich nicht hundertprozentig. Aber ich glaube, die kam erst, als der Typ weg war.«

»Und was hat sie hier gemacht?«

»Nix. Die hat das Rad abgestellt, ist draußen herumgelaufen und hat telefoniert. Ich glaube, die hat auch ein Foto gemacht. Und dann ist sie wieder gefahren.«

»Danke, Olaf. Ich glaube, das hilft uns weiter.«

Paul ging kurz in die Küche zu Lilli, die an dem Esstisch in der Ecke saß, die AirPods in den Ohren hatte und etwas in ihr Smartphone tippte. Sie sah auf. »Fährst du jetzt?«

»Ich schaue vorher nach Opa. Er muss ja hier irgendwo sein.«

»Sagst du ihm, er soll hierherkommen? Ich will ihm helfen, nach Baptiste zu suchen.«

»Mach ich.« Paul bückte sich und gab ihr einen Kuss auf die Stirn. »Ida sagt, du kannst hier arbeiten.«

Sie nickte. »Ich mache mir Sorgen um Opa und den Kater. Und vor allem um dich. Was ist, wenn hier wirklich ein Mörder rumläuft? Wenn er einmal jemanden umgebracht hat, dann wird er das auch ein zweites Mal tun, Papa.«

»Ich passe auf.« Er lächelte. »Ich weiß, was zu tun ist, das ist immer noch mein Beruf.« Dann hob er noch einmal die Hand. »Viel Spaß bei Ida. Ich bin sicher, dass du dich bei ihr keine Sekunde langweilen wirst.«

Lilli zog eine Grimasse. »Nee, ganz sicher nicht.«

***

Heimdahl kam aus dem Verhörraum und steuerte auf sein Büro zu, als Paul die Treppe hochlief, immer zwei Stufen auf einmal.

Schon die Hand auf der Klinke, warf Heimdahl seinem Freund einen fragenden Blick zu. »Was passiert?« Dann deutete er auf den Verhörraum. »Schichtwechsel, aber ich muss gleich wieder rein.«

Paul wedelte mit der Hand, um Heimdahl zu bedeuten, er solle in sein Büro gehen. Er folgte ihm, schloss die Tür und zog die Jacke aus.

»Mach's bitte kurz, ich versinke hier in Arbeit.« Heimdahl setzte sich auf den Rand seines Schreibtisches, und Paul ließ sich auf einen der Besucherstühle fallen.

»Hast du meine Nachricht gelesen?«, wollte Paul wissen.

»Ja, habe ich«, antwortete Heimdahl. »Als wir im Haus der Stille waren, also nach der Nacht, als du den Toten gefunden hast, da hatte ich den Eindruck, dass ich den Namen Zubek kannte. Ich habe dann nicht mehr daran gedacht. Aber nach deiner Nachricht habe ich nachgeschaut. Wir hatten tatsächlich einen Fall Zubek. Den haben die Kollegen bearbeitet.« Er deutete auf seinen Monitor.

Paul sprang auf und ging zum Schreibtisch.

»Vor zwei Jahren hat eine Yolanda Zubek ihren Mann Dawid

als vermisst gemeldet.« Heimdahl scrollte in der Akte auf dem Bildschirm.

»Das gibt's doch nicht«, sagte Paul, als er die Einträge las.

Heimdahl nahm sich eines der beiden Croissants vom Teller und biss hinein. Dann hielt er plötzlich inne. »Oh, sorry«, sagte er mit vollem Mund, »ich wollte dir nichts voressen.«

Paul winkte ab. »Interessiert mich nicht.«

»Du hast echt keinen Hunger mehr?«

»Nein, ich fühle mich großartig.« Er richtete sich auf und ging, sich am Nacken kratzend, zum Besuchertisch zurück. Doch er war viel zu nervös, um stillzusitzen.

Heimdahl aß weiter, während er auf den Bildschirm schaute. »Der Fall verlief im Sand, weil es keine Spuren gab. Dawid Zubek war wie vom Erdboden verschluckt. Die Hamburger haben die Sache bearbeitet, aber sie ist auch hier gelandet, weil sie die Lübecker und uns um Hilfe gebeten haben.«

»Verschwunden … wie Mathias Lieven«, sagte Paul. »Hast du mal geguckt, ob es eine Verbindung zwischen Lieven und Zubek gab?«

»Ja, aber ich habe nichts gefunden.«

»Was war Dawid Zubek für einer?«

Heimdahl scrollte kauend in der Akte. »Moment … ah hier, Bauingenieur, Sachverständiger im Bauwesen, achtundvierzig Jahre alt, geboren in Poznan, Polen. Vermisst gemeldet am 4. August '19 von seiner Frau Yolanda Zubek, geborene Wachowska, aus Gdansk, aktueller Wohnort Hamburg, Hans-Sachs-Straße.«

Paul atmete einmal tief ein und aus. Dabei sah er an die Decke. »War er selbstständig, oder hat er für eine Firma gearbeitet?«

»Er war angestellt, Immobau GmbH, Sitz in Hamburg.«

Paul setzte sich und versuchte, Ordnung in das Ganze zu kriegen, während Heimdahl weiterlas. »Hat zuletzt in Großenbrode gearbeitet.«

Paul blickte auf. »Also ganz in der Nähe von Heiligenhafen.«

»Genau. Er hat dort ein Seniorenheim begutachtet, das komplett umgebaut werden sollte. Es ging wohl auch um Altlasten, genauer um eine Asbestsanierung. Das Haus wurde Ende der

Siebziger gebaut, und zu der Zeit haben die überall asbesthaltiges Material benutzt. In der Dämmung, im Fliesenkleber, als Dachpappe, in Eternitplatten, in der Verkleidung.«

»Du meinst das Friedland?«

»Korrekt.« Heimdahl las weiter. »Soweit ich das hier sehe, hat Zubek ein vernichtendes Gutachten erstellt. Er empfahl den Abriss.«

»Aber es wurde dann doch saniert.«

»So ist es. Ich würde dort allerdings keine einzige Nacht bleiben wollen, wer weiß, was die sich da zusammengepfuscht haben.«

»Da wohnt die Mutter von Mathias Lieven. Die wollte ich eigentlich mal besuchen, habe ich ganz vergessen.«

»Tu das, aber nur mit Atemschutzmaske.«

Paul rollte die Augen. Das war wieder typisch Martin Heimdahl. Überall sah er Gefahren. »Die werden das schon gut gemacht haben.«

Martin putzte sich die Finger mit einer Serviette ab. »Auf jeden Fall war es die einzige Spur, die die Kollegen hatten. Wie gesagt, Dawid Zubek ist einfach von der Bildfläche verschwunden.«

»Was hat denn Yolanda damals ausgesagt?«, fragte Paul.

Heimdahl warf einen Blick auf die Uhr. »Ich muss eigentlich rüber.« Dann suchte er in der Akte, und es dauerte eine Weile, bis er fündig wurde.

Paul ging zum Fenster und sah auf die Hoheluftstraße hinaus. Auch hier lagen Blätter und Äste auf Bürgersteig und Straße. Der Wind hatte sich weiter abgeschwächt, aber es regnete immer noch. Er bekam ein weihnachtliches Gefühl. Es lag an dem Licht draußen, es war so dunkel, dass sie die Deckenlampe in Heimdahls Büro anmachen mussten. Und wie gerne würde er sich jetzt unter einen Weihnachtsbaum setzen, vielleicht mit Siri, einen Wein trinken, Musik hören und mit ihr überlegen, was sie in der Silvesternacht unternehmen könnten. Er schüttelte den Kopf und wandte sich wieder Heimdahl zu.

»Sie hatte keinen Einblick in die Geschäfte ihres Mannes,

deshalb war sie auch keine große Hilfe. Als er sich dann nicht wie verabredet meldete, hat sie nach vergeblichen Versuchen, ihn zu erreichen, in seiner Firma nachgefragt. Dort hatte man auch nichts gehört. Und als die Dawid auch nicht mehr erreichen konnten, ist sie zur Hamburger Polizei gegangen.« Heimdahl blickte auf. »Also zu euch. Und die haben uns dann um Hilfe gebeten.«

»Also entweder hat Yolanda etwas mit dem Verschwinden ihres Mannes zu tun, oder …«

»Oder sie sucht auf eigene Faust nach ihm«, ergänzte Heimdahl Pauls Vermutung.

Der fuhr sich mit beiden Händen durchs Gesicht. »Das heißt, wir müssen erst einmal Yolanda Zubek unter die Lupe nehmen. Das kostet Zeit.«

»Es gibt bis auf diese Vermisstensache nichts über die Frau.«

»Ich weiß nur, dass sie Chefin einer Sicherheitsfirma ist. Ist sogar ein recht großer Laden.«

»Hm.« Heimdahl nickte. »Vielleicht findest du ja noch was Interessantes heraus, wenn du wieder im Haus der Stille bist.«

»Vorerst sage ich aber noch nichts.«

»Besser nicht, beobachte sie erst mal nur.« In diesem Moment klingelte Heimdahls Telefon. Er ging ran. »Ja? … Okay … Wo?«

Paul beobachtete ihn und sah, wie Heimdahls Augen groß wurden.

»Ortmühle? Kein Irrtum? … Nein, ich übernehme das selbst. Und danke!« Heimdahl knallte den Hörer auf und sah Paul an. »Das glaubst du jetzt nicht. Ein gewisser Oliver Hendricks hat einen Einbruch auf seinem Campingplatz gemeldet. Das muss wohl in der Sturmnacht passiert sein.«

Paul klappte der Mund auf und dann wieder zu.

»Ich fahr da gleich hin. Nachdem ich mit diesen Nervensägen da drüben fertig bin.« Heimdahl erhob sich, und sie verließen das Büro.

»Was haben die denn ausgefressen?«

»Tankstellenbetrug. An fast jeder Zapfsäule in Ostholstein.«

»Dann viel Spaß«, sagte Paul und lachte. »Und melde dich bitte, wenn du auf dem Campingplatz warst.«

Und ich muss noch einmal versuchen, Johann anzurufen. Paul dachte die ganze Zeit an die offene Haustür.

»Wann fährst du ins Haus der Stille?«

»Jetzt. Und endlich weiß ich, wen ich im Auge behalten muss.«

»Siri Lundell natürlich«, gab Heimdahl grinsend zurück.

Paul zog sich die Kapuze über den Kopf, dann konnte auch er sich ein Grinsen nicht verkneifen.

***

Johann war bis auf die Knochen durchnässt, und der Regen tropfte vom Schirm seiner Mütze hinunter. Aber es war ihm egal. Immerhin hatte er jetzt ganz Havgart abgegrast und nirgends seinen Kater gefunden. Aber auch keinen toten Kater. Und das stimmte ihn tatsächlich etwas zuversichtlicher. Das hieß doch, Baptiste hatte sich versteckt, der Schlaumeier.

Im Hirschfänger angekommen, nahm er das Käppi ab und schüttelte es aus. Lilli, die gerade dabei war, die Tische abzuwischen, lief ihm entgegen und umarmte ihn. Johann konnte sich nicht daran erinnern, dass seine Enkelin ihn je so herzlich empfangen hatte.

Etwas verlegen klopfte er ihr auf den Rücken. »Hast du gedacht, ich wäre tot?«

Lilli löste sich wieder von ihm. »Opa! Wie kannst du so was Schreckliches sagen?«

»Dachte ja nur.«

»Hast du Baptiste gefunden?« Lilli sah ihn voller Hoffnung an.

Johann schüttelte den Kopf. »Noch nicht. Aber wenn er die vielen Plakate sieht, die ich aufgehängt habe, dann kriegt er bestimmt ein schlechtes Gewissen und kommt nach Hause.«

»Johann, alles gut?« Olaf kam aus der Küche, mit Ida im Gefolge.

Johann ging zum Tresen und setzte sich auf einen Barhocker. »Ich brauch jetzt erst mal einen Grog. Vorher sage ich kein Wort mehr.«

Ida ging zu ihm und zupfte an seiner viel zu dünnen Jacke. »Sie sind ja komplett durchweicht. Das geht gar nicht!«

Sie sah sich um und winkte Lilli heran. »Du nimmst deinen Großvater mit nach Hause, er muss sich trockene Sachen anziehen. Und dann dürft ihr gerne wiederkommen. Bis dahin ist auch der Grog fertig.«

Lilli dachte kurz nach. »Aber ich soll ja nicht in Opas Haus sein.«

Johann runzelte die Stirn und sah seine Enkelin an. »Sagt das dein Vater?«

Lilli nickte. »Deshalb soll ich ja auch bei Ida bleiben. Also, bis der Einbrecher gefasst ist.«

»Heiliger Bimbam«, rief Ida aus und schlug sich vor die Stirn, »das habe ich glatt vergessen. Ich begleite Sie höchstpersönlich, Monsieur Lupin. Ich habe keine Angst vor Einbrechern. Wenn die mich sehen, suchen die von alleine das Weite.«

»Kannst mir in der Küche Gesellschaft leisten, Lilli«, sagte Olaf. »Ist sowie nichts los gerade. Ich kann dir auch was Schönes kochen.«

»Super!«

Ida und Johann machten sich auf den Weg. Der Regen hatte endlich nachgelassen, es war jetzt nur noch ein feiner Niesel, den Johann eigentlich schlimmer fand, als wenn es ordentlich schüttete.

Johann fror, und er war total müde. Erst jetzt merkte er, dass die kurze Nacht und die Sorge um Baptiste ihm zusetzten. Sie gingen schweigend nebeneinander, Johann hielt Idas Regenschirm, der beinahe so groß war wie ein Sonnenschirm, und er wunderte sich, dass Ida ebenfalls schweigsam war. Aber es war ihm ganz recht. Er hatte nicht die geringste Lust auf Konversation. Endlich waren sie am Haus angelangt.

»Momentchen.« Johann reichte Ida den Schirm und lief in den Schuppen. Vielleicht war Baptiste ja mittlerweile zurückgekommen. Er rief den Kater, suchte alles ab, aber vergebens. Seufzend ging er wieder zurück zu Ida, die ihn mit sorgenvoller Miene ansah. So kannte er Signora Rossi noch gar nicht. Ob da irgendwas im Busch war, wovon er keine Ahnung hatte?

Johann hatte ein neues Türschloss eingebaut und stellte fest, dass die Tür auch noch abgeschlossen war. Das ist gut, dachte er. Wenn jetzt jemand hier gewesen war, so hätte er das Schloss aufbrechen oder die Scheiben einschlagen müssen.

Ida sah sich in der Küche um. »Kalt ist es hier.«

Johann ging zum Küchentisch und sah den Zettel, der darauf lag:

Die Haustür war schon wieder auf. Wozu hast du eigentlich ein neues Schloss eingebaut?

Johann dachte nach. Gut möglich, dass er es vergessen hatte. Sei's drum.

»Sie holen sich den Tod, wenn Sie sich nicht sofort umziehen«, rief Ida. »Ich warte hier.« Dann sah sie sich um und inspizierte die Flaschen, die in einer Ecke der Anrichte standen. »Ich mache Ihnen einen Grog. Der wärmt Sie besser durch als jede feurige Geliebte.«

Johann warf Ida einen Blick zu, in dem Erstaunen und Entsetzen gleichzeitig lagen, doch die achtete gar nicht auf ihn, sondern machte sich in der Küche zu schaffen.

Johann schlich die Treppe hinauf und ging direkt ins Badezimmer. Die nassen Klamotten ließ er auf den Boden fallen, dann stellte er sich unter die Dusche. Das warme Wasser versöhnte ihn ein wenig mit dem Leben, das eine so unschöne Wendung genommen hatte. Dabei war doch alles so gut gelaufen. Das unerwartete Wiedersehen mit Jimmy, das Konzert, das ihn zwar an seine Grenzen gebracht, ihm aber auch gezeigt hatte, zu was er noch fähig war.

Er hatte sich komplett eingeseift und ließ das warme Wasser über seinen Kopf laufen. Er kniff die Augen zusammen. Was würde sein Sohn wohl sagen, wenn sie ihm erzählten, was sie am

Strand gesehen hatten? Immer wieder hatte er mit Ida darüber geredet, und die war ebenso wie er selbst der Meinung, dass sie dies erst einmal für sich behalten sollten.

Ida saß auf einem der Stühle und ließ die Füße kreisen, als er in die Küche zurückkam. Johann hatte gesehen, dass sie mit ernstem Gesicht über etwas nachgedacht hatte.

»Ich danke Ihnen, Verehrteste.« Johann griff nach dem heißen Grog. »Das beste Überlebenselixier.«

Ida nickte. »Das könnte so manch anderer auch gerade gebrauchen.«

»Wenn Sie auf meinen Sohn anspielen, so stimme ich zu. Aber ich weiß auch, dass Paul niemals …« Er brach ab. Er wollte es nicht aussprechen.

Er richtete sich auf und sah Ida mit zusammengekniffenen Augen an. »Wir helfen ihm. Wir sind nachweislich in Heiligenhafen gesehen worden, diese blöde Kamera! Erst habe ich sie verflucht, aber jetzt können wir sie nutzen, um Paul ein Alibi zu verschaffen, sollte es nötig sein.«

Ida sah ihn mit ihrem typischen skeptischen Blick an. »Aber wir wissen ja gar nicht, was sich dort wirklich abgespielt hat.«

Johann stand auf und sah sie von oben an. »Mein Sohn ist ein guter Junge, er hat niemandem etwas getan. Auch wenn es gerade anders aussieht.«

Ida seufzte, dann erhob sie sich ebenfalls. »Ihr Wort in Gottes Ohr.« Sie schob den Stuhl unter den Küchentisch zurück. »Aber ich kann es mir ehrlich gesagt auch nicht vorstellen.«

»Ganz recht, Signora Rossi«, sagte Johann in strengem Ton.

***

Paul wusste langsam nicht mehr, wo er was liegen hatte. Er hatte das Zimmer in Johanns Haus in Havgart, dann das Gästezimmer bei Heimdahl und jetzt auch noch das Zimmer im Haus der Stille. Deshalb war er noch einmal kurz bei Heimdahl gewesen, um ein paar Klamotten in die Waschmaschine zu schmeißen. Dann ging er den Kleiderschrank durch und packte frische Sachen in eine große Papiertüte aus dem Supermarkt, da der Rucksack immer noch im Haus der Stille war.

Der Regen hatte aufgehört, und der Wind war nur noch ein stetiges Lüftchen. Als er den Graswarderweg entlangging, sah er, dass die Sturmflut auch das Naturschutzgebiet nicht verschont hatte. Das Wasser hatte große Seen hinterlassen, überall lagen oder schwammen Algen, Pflanzenreste und Müll. Teile des Zauns waren weggespült worden, und in den Drähten hingen Algen und Seegras, wie zum Trocknen aufgehängt. Es würde die Leute vom NABU viel Arbeit und Geld kosten, die Schäden wieder zu beseitigen.

Als er das Haus der Stille ansteuerte, wünschte er sich, die restlichen Tage einfach genießen zu können. Sich auf das Fasten zu konzentrieren, zur Ruhe zu kommen, mit den anderen ausgedehnte Wanderungen zu unternehmen. Und vor allem darüber nachzudenken, wie er mit dem Angebot seines Chefs in Hamburg umgehen sollte. Aber nichts von dem würde er verwirklichen können. Das Fasten lief im Grunde von selbst, er hatte nicht die Muße, in sich hineinzuhorchen, sich zu entspannen oder Klarheit über seine Lebensziele zu erlangen. Die Leber konnte sich auch allein entgiften, ohne dass er sich da einmischte. Nur wo diese Schlacken blieben, von denen er gelesen hatte, war ihm unklar. Er würde sich das einmal von Siri erklären lassen.

Die Wanderungen würde er nutzen, um Yolanda zu beobachten. Und auch die anderen. Sie wussten immer noch nicht, ob die Leute, die hier zur Kur angereist waren, einander schon vorher gekannt hatten. Heimdahl hatte lediglich gecheckt, ob sie mal aktenkundig geworden waren. Alles andere würde Paul herausfinden müssen. Auch hier musste Siri ihm helfen. Siri, immer wieder Siri.

Die Tür war verschlossen, und er fischte den Schlüssel aus der Hosentasche. »Hallo? Jemand hier?« Paul stellte die Tüte ab, dann lauschte er, es war still. Er hängte die Jacke auf und sah, dass alle anderen Jacken weg waren. Er warf einen kurzen Blick in die untere Etage, dann lief er schnell die Treppe hinauf.

»Hallöchen!« Oben klopfte er an die erste Tür, es war die von Léonie und Dominic Hunziker. Er warf nur einen kurzen Blick hinein. Dasselbe tat er mit Hoss' Zimmer. Er wollte nicht unnötig Zeit verschwenden, Yolandas Zimmer war im Moment am wichtigsten. Es war ein Glücksfall, dass alle gerade ausgeflogen waren. Er ließ die Tür offen stehen, damit er hören konnte, wenn sie zurückkamen.

Er sah sich um. Das Zimmer war sehr ordentlich, nur eine Sweatjacke hing über dem Stuhl. Auf dem Tisch am Fenster lagen ein paar Bücher, ein Laptop stand daneben. Paul warf einen kurzen Blick in den Kleiderschrank, hier war nichts, das ihm interessant erschien. Er wandte sich dem Laptop zu und öffnete ihn. Er war nicht abgeschaltet, verlangte aber ein Passwort. Paul hatte keine Zeit, sich zu überlegen, welches sie wohl gewählt haben könnte. Und er wollte nicht riskieren, nach mehrmaliger Falscheingabe eine Sperre zu provozieren, dann würde Yolanda sofort sehen, dass jemand an ihrem Laptop gewesen war. Und dass es nur Paul gewesen sein konnte, wäre ihr dann ebenfalls klar. Also klappte er ihn wieder zu.

Noch einmal öffnete er den Kleiderschrank und tastete die Kleidung ab, ob sich etwas in den Taschen befand. Nichts. Dann schob er die Hand unter den Stapel T-Shirts, die in einem Seitenfach lagen, und zog ein Foto hervor. Es zeigte zwei kleine Kinder. Den Jungen schätzte Paul auf höchstens drei, das Mädchen war ein paar Jahre älter. Es war eine Schwarz-Weiß-Kopie eines Fotos. Er betrachtete das Bild eine Weile, dann hörte er, dass unten die Haustür geöffnet wurde, Stimmen wurden laut.

Schnell zog Paul sein Smartphone aus der Hosentasche und fotografierte es ab. Er schaffte es gerade noch, das Foto wieder unter die T-Shirts zu schieben und aus dem Zimmer zu huschen. Als er seine Zimmertür schloss, kam bereits jemand die Treppe herauf. Er setzte sich auf sein Bett und schaute sich das Bild noch einmal an. Er vergrößerte es auch und versuchte, etwas im Hintergrund zu erkennen. Links von dem Mädchen konnte man einen Schrank sehen. Und der sah nicht aus, als würde er in einer Wohnung stehen, es konnte ein Aktenschrank sein. Er verkleinerte das Bild wieder, ein geschlossener Rollladenschrank, aus Holz, wie er in Ämtern benutzt wurde. Die Kinder standen starr nebeneinander, hielten sich nicht an den Händen. Die Augen auf den Fotografen gerichtet. Hatten sie Angst? Je länger Paul das Foto betrachtete, desto mehr war er überzeugt davon. Junge und Mädchen waren blond. Anhand der Kleidung oder Haare konnte er schwer abschätzen, wann das Bild gemacht worden war. Die Haare des Mädchens waren hinter dem Kopf zusammengebunden, die leicht welligen Haare des Jungen gingen bis über die Ohren. Siebziger, Achtziger?

Dann fiel ihm ein, dass Heimdahl ihm doch das Gruppenbild weitergeleitet hatte, das Siri ihm geschickt hatte. Er fand es und verglich es mit dem Kinderbild. Mathias, da war er sich beinahe sicher. Und das Mädchen? Konnte das Yolanda sein? Gut möglich, Menschen veränderten sich, einige mehr, einige weniger.

Als er unten ankam, waren die anderen gerade dabei, sich etwas zu trinken zu holen, oder standen an der geöffneten Verandatür.

»Paul«, rief Hoss, der ihn als Erster sah. »Das ist ja schön. Wir hatten schon spekuliert, ob du das Handtuch geworfen hast.«

Paul lachte. »Nein, ich bin noch dabei, wie du siehst. Und selbst?« Er bemerkte, dass Hoss schmaler im Gesicht geworden war und überhaupt besser aussah, frischer und jünger. Er bewegte sich auch anders. Es war erstaunlich, was ein paar Tage Nahrungsentzug mit den Menschen machte.

Yolanda schenkte Paul ebenfalls ein Lächeln. »Wie geht es dir denn?« Sie zeigte auf ihren Kopf. »Hast du den Schlag gestern gut weggesteckt?«

»War das erst gestern?« Paul kam es viel länger vor. Aber es war in der Zwischenzeit auch so viel passiert, dass es locker für eine Woche gereicht hätte. »Aber danke, mir geht's gut.«

Die Hunzikers, die sich den Strand angeschaut hatten, kamen wieder zurück. »Sali, Paul«, sagte Léonie, und Dominic hob grüßend die Hand. »Wir haben dich schon vermisst.«

Paul freute sich über die nette Begrüßung seiner Mitstreiter, das verstärkte das Gefühl der Zugehörigkeit zu dieser Gruppe. »Was steht jetzt an?«, wollte er wissen, als Siri von draußen hereinkam. Sie hatte eine große Plastikbox in den Händen, und Hoss lief ihr entgegen, um sie ihr abzunehmen. Siri verschwand gleich wieder, vermutlich hatte sie noch mehr eingekauft.

»Léo und ich wollten Fastensuppe kochen«, sagte Dominic und lief hinaus, um Siri zu helfen.

Yolanda und Léonie standen an der Verandatür und schauten auf den Strand hinaus. Paul lief weiter die Stufen zum Strand hinunter, die mit einer dicken Schicht Algen übersät waren, sodass er aufpassen musste, nicht auszurutschen. Die Algen lagen auch auf der Mole, nur die Terrasse, die die gesamte Seeseite des Hauses einnahm, war freigeschaufelt worden. Vermutlich hatte Oliver Hendricks nachschauen wollen, ob sie Schaden genommen hatte, was aber nicht so aussah.

Yolanda und Léonie kamen zu ihm. »Und wo hast du die letzte Nacht verbracht?«, wollte Yolanda wissen.

»Ich war in Havgart bei meinem Vater.«

»Da war es doch bestimmt nicht so heftig wie hier, oder?«, fragte Léonie.

»Es hat mir trotzdem gereicht«, sagte Paul. »Vor allem, weil unser Kater abgehauen ist.«

»Oh nein«, rief Yolanda, »das tut mir leid. Ist er denn noch immer weg?«

»Ich fürchte ja.« Paul dachte einen Moment nach, ob er den erneuten Einbruchsversuch erwähnen sollte. Eine gute Gelegenheit, vor allem Yolandas Reaktion zu sehen. »Außerdem wurde wieder eingebrochen.«

»Wie bitte?« Léonie sah ihn ungläubig an.

Yolanda war deutlich gefasster. »Wurde dieses Mal etwas gestohlen?«

»Bisher vermissen wir nichts. Bis auf den Kater natürlich.«

»Léonie? Kommst du?« Es war Dominic, der ihr zuwinkte.

»Auf zum Gemüseschnippeln«, sagte Léonie und verließ die beiden.

»Das tut mir leid«, sagte Yolanda und wandte sich Paul zu.
»Glaubst du, das hängt alles mit Mathias Lieven zusammen? Ich meine, das kann doch kein Zufall sein.«

»Aber was sollten Mathias Lieven und mein Vater miteinander zu tun haben?«

»Lieven wollte den Hirschfänger kaufen. Eure Gaststätte.« Paul sah sie eine Weile an. »Weißt du irgendwas? Hat Mathias mit dir darüber geredet? Oder mit den anderen?«

»Nein. Ich habe nur das gehört, was im Hirschfänger geredet wurde, gestern Abend.«

»Und was hat man so geredet?«

Yolanda lachte kurz auf. »Dass alle heilfroh sind, dass der Kauf dann wohl doch nicht zustande kommt.«

»Mehr nicht?«

»Was meinst du?«

»Ich weiß nicht. Ich will damit nur sagen, dass jede Information hilfreich sein kann, herauszufinden, wer unsere Ruhe stört und im Haus eines alten Mannes einbricht.«

»Vielleicht hat das alles ja gar nichts mit Mathias Lieven zu tun?« Yolanda sah nachdenklich aus.

Paul betrachtete sie aufmerksam. Was weiß sie?, fragte er sich einmal mehr.

Er sah auf die Uhr, er war ungeduldig, konnte kaum abwarten, bis Heimdahl sich meldete. Welche Rolle spielte Yolanda? Er konnte sie beim besten Willen nicht einschätzen. Das alles kam ihm so absurd vor. Vor allem, weil er keine Verbindung zwischen den einzelnen Vorgängen herstellen konnte. Sie übersahen etwas. Und sie mussten das Tempo anziehen. Denn er spürte, dass Johann unter alldem zunehmend litt. Sein Vater würde das nie im Leben zugeben, aber spätestens mit dem Verschwinden von Baptiste hatte auch Johann Angst. Und das dürfte nicht sein.

Paul holte tief Luft, er musste auch jetzt einen Schritt weiterkommen. Das Auf-der-Stelle-Treten machte ihn langsam wahnsinnig.

»Mal was anderes, Yolanda. Hast du zufällig mitgekriegt,

ob in der letzten Nacht hier am Graswarder Leute unterwegs waren?«

Sie warf ihm einen erstaunten Blick zu. »Wie kommst du denn darauf?«

Paul fand, dass die Reaktion zu heftig ausgefallen war. Dann lachte er. »Meine Tochter war letzte Nacht nebenan, und sie behauptet steif und fest, Leute mit Taschenlampen gesehen zu haben, die den Weg entlanggelaufen sind.« Lilli hatte zwar nur von einem Licht erzählt, aber er wollte so vage wie möglich sein.

»Wann soll das denn gewesen sein?«

»Irgendwann nachts halt, die Uhrzeit wusste sie nicht.«

Yolanda schüttelte den Kopf, dann lächelte sie. »Ich habe nichts mitbekommen. Ich glaube, ich habe tatsächlich den Sturm verschlafen. Seit ich faste, schlafe ich extrem gut.«

»Sei froh.« Paul lächelte zurück. »Ich habe eher den Eindruck, dass diese komischen Schlacken, die man angeblich abbauen soll, in Form von Alpträumen durch meinen Kopf wandern.«

»Das ist der seelische Müll, der beim Fasten hochkommt. Es geht vorbei.« Yolanda deutete auf das Haus. »Ich geh mal Gemüse schnippeln.«

Paul blieb noch einen Moment stehen. Er zog noch einmal das Smartphone aus der Tasche und sah, dass Johann ihm geschrieben hatte:

Die Tür ist jetzt zu!

Paul nickte zufrieden und schickte einen erhobenen Daumen zurück. Dann suchte er die Nummer von Swenja Lieven raus und wählte sie an.

Sie ging sofort dran. »Ja?«

»Paul Lupin hier, hallo. Ich hoffe, ich störe nicht.«

»Haben Sie Neuigkeiten?«

»Leider nein. Aber ich habe eine Frage, bei der Sie mir vielleicht helfen können.«

»Natürlich, um was geht es denn?«

»Ist es Ihnen recht, dass ich kurz vorbeikomme? Ich bin ja nicht weit weg. Mit dem Fahrrad wäre ich in ein paar Minuten da. Sie sind doch noch im Hafenhotel?«

»Ja, ich komme dann raus. Bis gleich.«

Swenja Lieven ging am Hafen entlang, als Paul mit dem Fahrrad ankam. Paul mochte den Hafen gerne. Wie oft schon war er hier mit Martin Heimdahl in aller Früh mit einem der Kutter zum Angeln raus in den Sund gefahren. Aber jetzt wirkte der Hafen wie ausgestorben. Das Wasser im Hafenbecken stand so hoch wie im Pool eines Hotels.

Sie begrüßten sich, und Swenja schlug vor, in die Hotelbar zu gehen. Sie setzten sich in die Loungesessel, wo Paul direkt zur Sache kam. »Frau Lieven, ich möchte Ihnen etwas zeigen.« Er suchte auf dem Smartphone nach dem Foto von den beiden Kindern, das er in Yolandas Zimmer aufgenommen hatte. »Könnte der Junge Mathias sein?« Er schob das Smartphone auf den Tisch.

Swenja sah sich das Bild an und nickte. »Ja, das ist Mathias.«

»Und das Mädchen? Ist das seine Schwester?«

»Mathias hat eine Schwester, aber er redet nie über sie. Sie haben keinen Kontakt. Sie müssen wissen, dass Mathias adoptiert wurde.«

»Ach, dann ist die Dame im Heim in Großenbrode gar nicht seine leibliche Mutter?«

»Nein, aber ist das für sein Verschwinden wichtig?«

»Ich weiß es ehrlich gesagt nicht.« Paul hob die Schultern. »Ich trage nur so viele Informationen wie möglich zusammen. Auch wenn sie auf den ersten Blick unwichtig erscheinen.«

»Woher haben Sie denn das Foto?«

»Das darf ich Ihnen im Moment nicht sagen. Aber vielleicht ist es auch nicht von Belang.«

Swenja betrachtete ihn einen Moment, und Paul tat es sehr leid, dass er sie weiter im Unklaren ließ. Er konnte sich nur annähernd vorstellen, wie schwer es für Angehörige sein musste, nicht zu wissen, was mit ihren Liebsten passiert war.

»Mathias wurde adoptiert, da ist er gerade vier geworden«, fuhr Swenja Lieven fort.

Paul betrachtete noch einmal das Foto. Hier auf dem Bild sah der Junge jünger aus.

»Dann ist die Aufnahme lange vor der Adoption gemacht worden.«

»Sieht so aus, ja.«

»Wissen Sie denn etwas über die Umstände der Adoption? Wer waren die Eltern?«

»Das wusste Mathias auch nicht. Und ich glaube, ihn hat das auch nicht sonderlich interessiert. Er hat unglaublich liebevolle Adoptiveltern gehabt, ihm hat es an nichts gefehlt.«

Paul dachte einen Moment nach. Die Adoptionsgesetze hatten sich verändert. Und er wusste von Fällen, bei denen die Umstände derart verheerend gewesen waren, dass sie den Kindern vorenthalten wurden, um ihnen ein neues Leben, eine neue Zukunft zu ermöglichen.

Ein neues Leben. Das hatte man dem kleinen Mathias damals ermöglicht. Und es sah so aus, als ob er wieder etwas Neues anfangen wollte.

*＊＊

Der Campingplatz war weitgehend vom Sturm verschont geblieben. Der vorgelagerte Graswarder hatte den aus Nordwest kommenden Sturm ausgebremst und das dahinterliegende Festland geschützt. Das war die gute Nachricht. Aber am Nachmittag hatte Oliver Hendricks dann der Anruf einer aufgelösten Mitarbeiterin im Empfang erreicht, die ihm die Post auf den Schreibtisch legen wollte und gesehen hatte, was passiert war.

»Alle Schränke auf, die Schubladen auch. Sie müssen sofort kommen.«

»Haben Sie etwas verändert?« Heimdahl ging im Büro umher, sah sich um, dann wandte er seinen Blick auf die Angestellte, Frau Stöve.

Die hob beide Hände. »Natürlich nicht.«

Dann sah er Oliver an. »Und du?«

»Nein, ich dachte, ich warte erst, bis du dir das angesehen hast.«

»Du weißt also noch nicht, ob was fehlt?«

»Nein.«

Heimdahl sah sich um. Auf dem Boden vor einem der beiden Fenster lagen die Scherben der eingeschlagenen Scheibe. Es ist so leicht, hier einzubrechen, dachte er. Es gab kein Gebäude gegenüber, also auch niemanden, der etwas hätte bemerken können. Und der Krach des Unwetters hatte ohnehin jedes verräterische Geräusch verschluckt. Davon einmal abgesehen, dass der Campingplatz sowieso unbewohnt war.

»Hm.« Heimdahl stand mitten im Raum und dachte nach. Die Arme vor der Brust verschränkt, eine Hand am Kinn. Er wusste tatsächlich nicht, was er davon halten sollte. Auch hier schien jemand was ganz Bestimmtes gesucht zu haben. Genauso wie bei Johann in Havgart. Aber was, verdammt? Was gab es bei Johann und Oliver, das miteinander in Verbindung stehen könnte?

Dass jetzt Yolanda Zubek in den Fokus geraten war, war vielleicht ein erster Hinweis, aber eine Verbindung sah er auch hier nicht. Was hatten Johann und Oliver mit Dawid Zubek zu tun? Pauls Vater passte da nicht rein. Da fehlte was.

Er fuhr sich durch die Haare. »Sie können eigentlich wieder an Ihren Arbeitsplatz zurückgehen«, sagte er dann zu Frau Stöve.

Diese nickte und verließ das Büro. Heimdahl sah ihr die Erleichterung an.

Oliver setzte sich auf einen Stuhl an einem kleinen Tisch in der Ecke. »Hier gibt es nichts von Wert. Kein Bargeld, nichts, was sich schnell zu Geld machen lässt. Aus dem Grund war es bisher auch nicht nötig gewesen, eine Alarmanlage zu installieren.«

Wieder ein »Hm«, und Heimdahl ging im Büro hin und her. An der Wand hingen mehrere Bilder, darunter waren zwei vergrößerte und gerahmte Fotos. Er blieb davor stehen. Eines zeigte eine Gruppe von Leuten, von denen er nur Oliver Hendricks erkannte, allerdings war er da noch um viele Jahre jünger gewesen.

»Die Leute von unserem Segelklub«, sagte Oliver.

Heimdahl besah sich das andere Bild. Auch dieses war schon etwas älter. Darauf waren Oliver und Vanessa zu sehen. Olivers Frau hatte den Arm über die Schulter ihres Mannes gelegt und den Kopf in seine Richtung geneigt. Heimdahl sah darin große Zuneigung, die weder gekünstelt noch gestellt aussah.

Daneben stand Jim, die Arme in die Hüften gestemmt, und sah in die Kamera. Selbstbewusst und gut gelaunt.

Jim, dachte Heimdahl, und er merkte, wie sich der Wirrwarr der Namen neu sortierte. Johann, *Jim*, Oliver, Haus der Stille, Yolanda und Dawid Zubek. Mathias Lieven. Die benachbarte Villa mit den Kurgästen rückte in den Fokus. Und Jim. Jim als Bindeglied zwischen Johann und Oliver. Nur, woraus bestand diese Verbindung? Das musste Paul herausfinden. Er stand im Zentrum dieses ganzen Schlamassels. Und er war am richtigen Ort, um Licht ins Dunkel zu bringen.

Heimdahl wandte sich ab. Er wollte seine neue Erkenntnis erst einmal für sich behalten. Er wusste außerdem auch gar nicht, in welchem Verhältnis Vater und Sohn Hendricks zueinander standen.

»Okay«, sagte er dann und sah auf seine Uhr. Es war schon sechs Uhr durch. »Ich schicke ein paar Leute, die sich das hier anschauen. Lass alles so, wie es ist.« Er holte das Smartphone aus der Jackentasche und erledigte den Anruf gleich, damit sie nicht zu viel Zeit verloren.

Oliver begleitete Martin in den Empfangsraum. »Meinst du, dass es irgendwas mit diesem verschwundenen Mann aus Siri Lundells Gruppe zu tun haben könnte?«

Sie gingen am Empfangstresen vorbei weiter durch die Tür nach draußen.

»Kennst du Siri Lundell eigentlich gut?«, fragte Martin dann unvermittelt und beobachtete dabei Olivers Reaktion.

Der war erstaunt, und Heimdahl sah sein Bemühen, sich nichts anmerken zu lassen. Aber von Paul wusste er, dass Oliver

Hendricks scharf auf Siri war. So oft, wie er am Haus der Stille auftauchte, um nach dem Rechten zu sehen, um etwas am Haus zu reparieren. Paul hatte ihm gesagt, er habe den Eindruck, dass das Unwetter Oliver gerade recht komme. So habe er einen Grund, dort zu sein. Bei Siri.

»So gut, wie man sich halt kennt, wenn man geschäftlich miteinander zu tun hat.«

»Ach komm, du findest sie schon klasse, gib's zu.« Heimdahl grinste.

Olivers Gesicht verfärbte sich ein wenig. »Ist das so offensichtlich?« Er lächelte. »Ich genieße einfach die kurze Zeit, in der sie am Graswarder ist. Sie ist so …« Er winkte ab. »Kann sein, dass ich mich etwas verschossen habe in sie. Aber sie ist tabu. Ich habe Vanessa.«

Heimdahl nickte verständnisvoll. »Ja, Vanessa ist eine tolle Frau.«

»Ich weiß, und die will ich auch behalten.«

»Grüße sie bitte von mir.«

»Mach ich.«

Oliver ging zurück ins Haus und Martin zu seinem Wagen. Er schloss auf und setzte sich ans Steuer. Dann blieb er eine Weile sitzen und schaute auf den Eingang des Campingplatzes. »Herzlich willkommen im Urlaub«, stand auf dem meeresblauen Schild über der Einfahrt. Möwen waren darauf zu sehen, Seesterne und Sonnenschirme.

Urlaub, dachte Heimdahl, wann habe ich zuletzt Urlaub gemacht? So richtig, drei Wochen an einem fremden Ort? Das war tatsächlich viele, viele Jahre her. *Du hast doch jeden Tag Urlaub, Martin, du musst nur aus dem Fenster gucken.*

Er lächelte bitter. Der Gedanke, die Strandvilla zu verkaufen, kam immer häufiger in letzter Zeit. Er hatte keine Frau, keine Kinder, wem sollte er die Hütte überlassen? Seine Mutter war kaum noch zu Hause, sie war eine Dauerurlauberin. Gerade schipperte sie mit ihrem neuen Lebensgefährten auf einem Postschiff die norwegische Küste entlang. Bente Heimdahl war einundsiebzig, sie konnte also locker noch zwanzig Jahre machen.

Denn ihre Mutter und auch die Großmutter waren über neunzig geworden. In zwanzig Jahren würde er fünfundsechzig sein. Heimdahls Miene verfinsterte sich noch mehr, und er biss sich auf die Lippe. »Verdammt noch mal«, rief er laut und startete den Wagen. »Ich muss mir was einfallen lassen.« Sobald Bente zurück war, würde er ein ernstes Wort mit ihr reden. Was fiel ihr eigentlich ein, das Leben ihres Sohnes zu opfern, es regelrecht zu ruinieren, nur für eine Strandvilla?

✳✳✳

Paul lag auf dem Bett, die Arme hinter dem Kopf verschränkt. Durch das gekippte Fenster drang die meditative Melodie der sanften Brandung und lullte ihn ein. Unschuldig, als wäre nichts passiert, präsentierte sich die See wieder. Er war sogar schwimmen gewesen, vorhin, zusammen mit Martin Heimdahl. Paul war gerade mit den anderen aus dem Haus gekommen, um ein bisschen am Strand herumzulaufen, da hatte er seinen Freund auf dessen Terrasse knien sehen. Er begutachtete wohl den Sturmschaden, hatte Paul gedacht und einen Pfiff hinübergeschickt. Anschließend waren sie einander entgegengegangen.

Heimdahl hatte kurz seine Eindrücke vom Campingplatz zusammengefasst. Und ihn gebeten, Jim Hendricks unter die Lupe zu nehmen. Paul hatte seinerseits berichtet, dass Yolanda gelogen hatte, als sie behauptete, sie habe die Sturmnacht verschlafen.

»Bleib dran, an dieser Front tut sich gerade was«, hatte Heimdahl gemeint und dabei erschöpft und frustriert gewirkt. »Wir reden morgen weiter, heute kann ich nicht mehr.«

Dann hatten sie sich angeschaut, mit diesem Blick, den beide nur zu gut zu deuten wussten. Und so waren sie zu Heimdahls Terrasse gelaufen, hatten sich ausgezogen und waren splitternackt ins Meer geflitzt. Erst als Paul mit einem Hechtsprung in den Fluten versunken war, hatte er sich und seinen Körper wieder gespürt. Die Haut prickelte, das Herz raste, die Haare schwammen vor den Augen, er hatte sich so gut gefühlt wie schon lange nicht mehr. Sie schwammen ganz weit hinaus, so weit, dass die Strandvillen nur noch kleine, unbedeutende Spielhäuschen waren. Tauchten immer wieder unter, prusteten, versenkten sich gegenseitig, lachten und strampelten im Wasser.

Für eine halbe Stunde waren sie beide den bedrückenden Ereignissen entflohen, waren wieder wie früher, als sie noch junge Polizisten in Hamburg gewesen waren. Da hatten sie auch jede freie Minute genutzt, um hier draußen schwimmen zu gehen und sich den Frust dieses anstrengenden Jobs von der Seele zu waschen.

Das Bad im Meer wirkte noch nach, Paul fühlte sich gut. Es kam ihm so vor, als hätte er schon seit vielen Wochen nichts mehr gegessen. Alles an ihm und in ihm funktionierte reibungslos, und es fühlte sich alles geradezu perfekt an. Das rechte Knie, das manchmal schmerzte, weil er sich vor Jahren beim Fußballspielen das Kreuzband verletzt hatte, schien wiederhergestellt zu sein.

Er schüttelte sich, stand auf und schloss das Fenster, da er jetzt fror. Das kalte Wasser von vorhin steckte noch in seinen Knochen, und er suchte in dem Schrank nach seinem Hoodie. Auch hatte er kalte Füße, weshalb er zu den Socken noch die Wollsocken anzog. Als er den Schrank schloss, vernahm er von nebenan ein Geräusch. Dort lag Yolandas Zimmer, und er hörte eine Stimme. Nicht nur seine Augen waren besser geworden, auch das Gehör. Überhaupt alle Sinne.

Er ging ein Stück näher an die Wand und lauschte. Yolandas Stimme war gedämpft, und er konnte nicht verstehen, was sie sagte. Sie schien zu telefonieren, denn es war nur Yolanda zu hören, und zwischendurch gab es lange Pausen. Er drückte sein Ohr noch stärker an die Wand, verstand aber trotzdem nichts. Also drehte er sich um, griff nach dem Wasserglas auf dem Tisch, trank es leer und stülpte es an die Wand. Dieser uralte Trick funktionierte tatsächlich immer wieder gut. Er hielt die Luft an und horchte.

»… er ahnt was? … muss vorsichtig sein … zu weit gegangen … Lieven …«

Dann wurde die Stimme leiser, vielleicht hatte sich Yolanda weggedreht. Nur einmal konnte er noch »Fahrrad« verstehen, dann schien sie das Gespräch beendet zu haben.

Paul ging im Zimmer auf und ab. Er stellte sich ans Fenster, das tat er immer, wenn er nachdachte. Er öffnete es und schaute hinaus.

Fahrrad, dachte er. Er musste unbedingt sein eigenes Rad startklar machen, es stand nebenan in Heimdahls Schuppen. Der war nicht abgeschlossen, also würde er schnell drankommen, wenn er es brauchte. Denn er wusste jetzt, dass er Yolanda nicht mehr aus den Augen lassen durfte. Aber wie sollte er das anstellen?

Da kam ihm eine Idee, denn er erinnerte sich an den Sommer im letzten Jahr, als die Besitzerin eines angesehenen Hotels in Hohwacht verschwunden war. Paul hatte sich in dem Hotel einquartiert, und Johann hatte ihm seine kleine Spionagekamera zur Verfügung gestellt. Die hatte Paul wertvolle Hinweise über Vorgänge im Nachbarzimmer geliefert.

Er wählte Johanns Nummer, und sein Vater ging sofort dran. »Hast du Baptiste gefunden?«

»Nein, Johann, sorry, tut mir leid, wenn ich dich mit meinem Anruf aufgeschreckt habe. Aber ich brauche deine Hilfe als Detektiv.«

»Und was ist Ihr Anliegen, Herr Kriminalhauptkommissar?« Johann liebte es, einen förmlichen Geschäftston anzuschlagen, wenn jemand seine investigativen Dienste in Anspruch nehmen wollte.

»Hast du deinen Detektivkoffer noch?«

»Selbstredend. Er wird auch ständig aktualisiert, habe mir neulich erst einen Tarn-Autoschlüssel gekauft mit einer Kamera drin.«

»Hast du zufällig auch einen GPS-Tracker?«

»Wat is dat denn?«

»Ein GPS-gesteuertes Ortungsgerät«, erklärte Paul, »das kann ich zum Beispiel an deinen Capri heften und mir dann auf dem Smartphone anzeigen lassen, wo du gerade bist.«

»Aah.« Johann dachte einen Moment nach. »Kann man damit auch Kater ausstatten?«

»Klar. Und das machen wir sofort, wenn Baptiste wieder zu Hause ist.«

Paul hörte, wie Johann das Telefon ablegte. »Ich geh mal gucken«, rief sein Vater noch in den Raum hinein, dann hörte Paul eine Tür klappern.

Vermutlich hatte Johann mit seinem Laptop am Küchentisch gesessen. Paul wurde schwer ums Herz. Hätte Baptiste einen Tracker am Halsband, dann hätten sie ihn längst gefunden. Tot oder lebendig.

Er raufte sich die Haare und hätte am liebsten irgendwo vorgetreten. Diese Einbrüche, durch die auch Baptiste verschwunden war, machten ihn genauso wütend wie die Tatsache, dass sie immer noch keine konkreten Anhaltspunkte hatten.

Sein Vater kam zurück. Paul hörte, wie es klapperte, raschelte, dann schien Johann etwas über den Küchentisch zu schieben. »Also hier ist so ein Ding, warte mal, äh …« Johanns Stimme hallte, er hatte den Lautsprecher seines Telefons eingeschaltet. »›GPS, mini‹ … muss meine Brille holen, Schrift ist auch so mini wie Ameisenkacke.« Wieder ein Klappern. »Also weiter geht's: ›für Auto, Vermögenswerte, Kinder, Teenager, Ehefrauen, Senioren, Hunde, wasserdicht‹. Mensch, ich Hornochse! Habe so was im Haus und weiß es noch nicht einmal. Das Ding hätte ich Baptiste umhängen sollen.« Johann heulte einmal auf. »Warum hast du mich nicht schon längst danach gefragt?«

»Ich tue es jetzt. Und genau so einen brauche ich, also bis gleich, ich komme vorbei.«

»Die rücke ich aber nur raus, wenn du mir an Eides statt versicherst, sie *nicht* an Senioren zu kleben, also an einen ganz bestimmten.«

Lachend legte Paul auf, dann griff er nach dem Glas und ging noch einmal an die Wand, um zu hören, ob sich nebenan etwas tat, aber es war ruhig. Im nächsten Moment ließ ein Klopfen an seiner Tür ihn zusammenfahren. Er wandte sich mit dem Glas in der Hand zur Tür und öffnete sie.

»Störe ich?« Siri stand vor ihm.

Paul war so überrascht und erfreut, sie zu sehen, dass er kaum ein Wort rausbrachte.

»Keinesfalls«, sagte er dann und wunderte sich über diese seltsame Wortwahl. Am liebsten hätte er laut gejubelt und »Neiiiiin« gerufen.

Dann begriff er, dass er zur Seite treten sollte, um Siri hereinzulassen. »Sorry, ich bin gerade etwas eingenickt.«

»Tut mir leid, habe ich dich geweckt?«

Fast hätte er schon wieder »Keinesfalls« gesagt, daher schüttelte er nur den Kopf. »Ich wollte sowieso noch einmal runterkommen, um einen Tee zu trinken.« Wie gerne würde er mit Siri unten einen Wein trinken und dazu vielleicht einige Bruschetta genießen. Er schloss die Tür.

»Das können wir ja gleich machen«, sagte Siri leise, »aber ich wollte dich kurz ohne die anderen sprechen. Hast du mit Yolanda geredet? Wegen letzter Nacht? Mir lässt das keine Ruhe.« Siri hatte fast geflüstert, was Paul nur recht war, wusste er doch jetzt, wie hellhörig es hier war.

»Ja, habe ich, aber nur kurz. Sie sagt, sie hätte den Sturm verschlafen.«

Siri nickte langsam. »Dann hat sie gelogen, Paul.«

»Sieht so aus.« Anschließend erzählte er ihr kurz von dem, was er zusammen mit Heimdahl in dessen Büro herausgefunden hatte – dass Yolandas Mann als vermisst galt.

Siri hatte aufmerksam zugehört, und ihr Gesicht wurde immer besorgter. »Das ist ja unglaublich, was machen wir denn jetzt?«

»Gar nichts, Siri, du musst mir vertrauen. Ich behalte sie ab jetzt im Auge.« Dass er eben noch wie ein lüsterner Pubertierender mit einem Wasserglas an der Wand gelauscht hatte, behielt er für sich. Er rieb sich die Hände, die seit dem Bad in der Ostsee nicht mehr richtig warm geworden waren.

»Ist dir kalt?« Siri griff nach seinen Händen. »Die sind ja aus Eis«, lächelte sie und rieb sie warm. »Das kommt davon, wenn man im Oktober schwimmen geht.«

Paul ließ sie gewähren und grinste dabei. »Wir gehen auch

im November schwimmen, im Dezember, im Januar, eigentlich das ganze Jahr über.«

»Aber der Stoffwechsel verändert sich beim Fasten, wir frieren schneller.«

»Das habe ich gemerkt. Meine Füße sind Eisklumpen.« Siri umfasste nun seine Hände und sah ihn an. Da war er wieder, dieser Blick aus diesen wunderbar grünen Augen. Paul durchströmte eine wohlige Wärme. Gleichzeitig hatte er das Gefühl, sein Herz flatterte aus ihm hinaus. Und für einen Moment überkam ihn eine Riesenangst, dass dies nur wieder einer seiner vielen Träume war.

Doch plötzlich war ihm, als legte sich etwas Dunkles über Siris Gesicht. Und das lag nicht an Siri. Die sah ihn an, genauso wie vorher auch. Liebevoll und zufrieden, ein bisschen aufgeregt, neugierig. Der Schatten kam von ihm selbst. Wie eine Vorahnung, dass es da noch etwas gab, das ihnen Kummer bereiten würde. Etwas Großes, etwas Böses.

Jetzt oder nie, dachte Paul und schob den Ärmel ihres Pullovers hoch. »Woher hast du die?«

Siri sah ihn erschrocken an.

»War das Oliver? Ich habe euch gesehen, bei dem Konzert im Hirschfänger.«

»Nein. Natürlich nicht! Das ist beim Sport passiert. Ich mache nicht nur Schattenboxen. Ich boxe auch richtig.«

Paul war verblüfft. Diese zarte Person war voller Überraschungen. Aber trotzdem hatte er den Eindruck, dass sie etwas verbarg. Ihre erschrockene Reaktion sprach Bände.

✳✳✳

Paul kämpfte zwar im Moment mit den schweren Träumen, diesem seelischen Müll, den das Fasten aus der Versenkung hob. Das schien allen so zu gehen, die fasteten. Aber als er vorhin mit Siri in seinem Zimmer gestanden hatte, da hatte er etwas anderes gespürt. Dieses Gefühl, als würde etwas in seinen Körper fahren. Als würden seine Nerven verrücktspielen. Ein Angstgefühl ging mit diffusen Gedankengängen einher, als würde ihn ein starkes Strahlenfeld treffen und seine Gedanken aus ihrer gewohnten Bahn lenken.

Wie so oft musste er wieder an Edgar Allweis denken, diesen Sonderling aus Havgart, der im Februar letzten Jahres ums Leben gekommen war. Paul hatte damals dessen Leiche gefunden. Und vorher hatte er geträumt, und zwar so wirr und konfus, dass er die Botschaft darin nicht verstanden hatte. Aber doch war er losgelaufen, wie ferngesteuert. Und erst da hatte er den Traum verstanden, als alles bereits geschehen war. Als wären nach dem Leichenfund die bis dahin wild umherschwirrenden Traum-Puzzleteilchen wie von selbst auf ihren Platz gewandert, sodass sich ein vollständiges Bild ergeben hatte.

Doch es gelang ihm nicht, diese Ahnungen oder Träume *vorher* zu deuten, *bevor* etwas Schlimmes geschah. Denn sonst wäre er ein Hellseher, und das war Paul definitiv nicht. Dafür war er dankbar. Wie sollte er sonst unbekümmert durchs Leben gehen, wenn er ständig schon im Voraus wusste, welchen Menschen ein Unglück bevorstand? Nicht auszudenken.

Bevor er nach Havgart gefahren war, hatte er eine Nachricht an Heimdahl geschickt:

Kennst du Siris Ehemann? Was ist das für einer? Schick mal ein paar Infos.

Paul bog wieder auf den Stellplatz von Heimdahls Haus ein und stieg aus dem Wagen. Er hatte den Porsche die letzten Meter im Leerlauf rollen lassen, weil er keine Aufmerksamkeit erregen wollte. Er hoffte, dass man ihn im Haus der Stille nicht gehört hatte, und war erleichtert, als er Yolandas Fahrrad im Schuppen sah. Sie war also nicht schon unterwegs. Mit dem Licht des Smartphones suchte er nach einer guten Stelle und entschied sich dann für die Innenseite des Sattels. Er prüfte, ob der Tracker fest genug saß, sodass er sich nicht bei Vibrationen löste, und stellte fest, dass er ihn nur mit Mühe wieder abbekam. Perfekt! Gut gemacht. *Johann, du bist ein gut ausgerüsteter Privatermittler.*

Als Paul wieder in seinem Zimmer war, ging eine Nachricht von Heimdahl ein:

Peter van Coenen, Rechtsanwalt, Staranwalt! Bilder und Infos im Netz. Warum?

Paul tippte seine Antwort ein: *Darum.*

Paul saß auf der Terrasse, an die Hauswand gelehnt, und überlegte gerade, ob er sich ein Stück weiter unten in den Sand setzen sollte, damit er noch ein paar Sonnenstrahlen abbekam. Die Sonne stand schon tief, bald würde sie ganz verschwunden sein. Das Wetter zeigte sich von seiner sanften Seite, ein paar Wolken trieben gemächlich vor einem blassblauen Himmel. Alles wirkte gleichgültig, wie im Übergang. Und so fühlte Paul sich auch. Unentschlossen, ein bisschen unsicher, ein bisschen gelangweilt, ein bisschen frustriert. Was hatte er denn erreicht? Außer dass er drei Kilo abgenommen hatte, was er an der locker sitzenden Jeans merkte.

Siri kam heraus und setzte sich zu ihm auf den Boden. Eine Weile schauten sie auf die Ostsee, die vollkommen ruhig dalag und silbrig schimmerte, als wäre sie ein gigantischer Teich.

»Die See macht Pause«, sagte Paul, »sammelt Kraft für den nächsten Angriff.«

»Die Anwohner hier am Graswarder sehen das bestimmt so«, sagte Siri. »Dank der Klimaerwärmung ist das Meer nicht mehr nur Idylle.«

»Frag nur Martin, für den war das schon immer so, glaube ich.« Paul lächelte. »Aber das liegt auch an seiner Sicht auf die Welt allgemein. Er sieht viel zu oft nur das Negative. Das ist vielleicht auch unserem Beruf geschuldet.«

»Und du? Siehst du auch nur die schlechten Seiten?« Siri sah Paul von der Seite an. »Hast du dich deshalb beurlauben lassen?«

»Eigentlich bin ich viel mehr Optimist als Martin. Aber zum Schluss war ich genauso. Ich bin aus dem schwarzen Loch nicht mehr rausgekommen.« Er strich sich die Haare zurück und atmete einmal tief durch. »Am Ende habe ich jemanden erschossen, der all diesen ganzen Dreck verkörperte, mit dem ich nicht mehr zurechtkam.«

Wie so oft schon blinkten wieder die Bilder auf, als Paul die Waffe auf den Angreifer gerichtet und sofort abgedrückt hatte. Und begleitet wurden die Bilder von verschiedensten Gefühlen wie Wut, Abscheu oder Ekel. Aber auch von einem, mit dem Paul nach wie vor haderte, für das er sich schämte, das er aber einfach nicht loswurde – Genugtuung. Und nicht ein einziges Mal hatte er so etwas wie Mitleid oder Bedauern empfunden.

»Du wirst damit weiterleben müssen, Paul. Wir alle haben diese dunklen Momente in unserem Leben.«

Er sah Siri an. Wie sie so dasaß, ebenfalls an die Hauswand gelehnt, die Beine angewinkelt, ihre feinen Haare im Wind tanzend, wollte er einfach nicht, dass diese Frau dunkle Momente durchmachte. Trotzdem hatte er schon die ganze Zeit das Gefühl, dass sie etwas bedrückte. Oder zumindest beschäftigte. Mehr als einmal hatte er sie dabei beobachtet, wie sie innehielt und sich ihr Gesicht verdunkelte. Als wäre ihr etwas eingefallen oder sie hätte sich an etwas erinnert, dass ihr Sorgen machte oder sogar Angst bereitete. War es dieser Oliver? Hatte er wieder versucht, sich Siri mehr zu nähern, als sie das wollte? War er übergriffig geworden? Er dachte zum wiederholten Male an die blauen Flecken an ihren Unterarmen. Dass sie sich diese beim Boxtraining zugezogen hatte, klang erst einmal plausibel. Aber die Art, *wie* sie das gesagt hatte, ließ ihn daran zweifeln.

Er hatte unzählige Fälle von häuslicher Gewalt erlebt und gemeinsam mit einer Kollegin mit so vielen Frauen geredet, dass er die Reaktionen gut kannte. Und die verschreckten Blicke, wenn sie der Verletzungen ansichtig wurden. »*Ich habe mich gestoßen … Das kommt vom Sport … Ich bin mit dem Fahrrad gestürzt.*« All diese Ausflüchte, nur um den Mann zu schützen, der sie kurz zuvor verprügelt hatte und der es nach reumütigen Entschuldigungen und Beteuerungen, sich zu bessern, am nächsten Tag wieder tat. Am Ende hatte Paul genau so einen

Wiederholungstäter erschossen. Er hatte es einfach nicht mehr ertragen.

Peter van Coenen, Staranwalt. Paul hatte den Ehemann von Siri Lundell im Netz gefunden. Ein gut aussehender Mittvierziger mit schwarzen Haaren und Husky-Augen, die trotz des strahlenden Lächelns vollkommen kalt in die Kamera blickten. Auf einem der Fotos saß er an der Kante eines überdimensionierten Glasschreibtisches, die Arme lässig verschränkt, in Siegerpose. Vielleicht bin ich ja voreingenommen, dachte Paul. Aber Siris Verhalten war auffällig. Wäre sie derart bedrückt mit einem fürsorglichen Ehemann im Rücken? Und würde sie Paul ihre Zuneigung zeigen, wenn sie den tollsten Ehemann der Welt hätte?

Warum erwähnte Siri nie ihren Mann? Bis auf das eine Mal, als Heimdahl nach dem Leichenfund alle befragt hatte. Da hatte sie gesagt, dass Mathias Lieven ihnen das Haus in Lübeck saniert hatte.

Ein Grund war mit Sicherheit, dass sie als Fastenleiterin eine gewisse professionelle Distanz wahren wollte und ihr Privatleben ausblendete, was Paul nur zu gut verstand. Aber das allein war es nicht. Paul roch förmlich, dass Siri vor irgendetwas Angst hatte. Sie verhielt sich genauso wie all die anderen misshandelten Frauen, mit denen er zu tun gehabt hatte. Derselbe erschrockene Blick, wenn jemand die Schutzmauer durchbrach, die sie um sich gezogen hatte.

Um Oliver Hendricks ging es nicht. Siri hätte ihn längst in die Schranken gewiesen oder ihn angezeigt. Er hatte ja keinerlei Macht über sie. Außerdem waren die Flecken schon älter. Und Paul hielt Oliver auch nicht für so einen plumpen Deppen, auch wenn er sich über dessen Annäherungsversuche ärgerte. Paul musste es wagen, selbst wenn er sich zu weit aus dem Fenster lehnte. Aber der innere Alarm stand auf Rot. Und sollte sich seine Vermutung bestätigen, dann würde er nicht damit klarkommen, wenn er diese Anzeichen ignoriert hätte, nur um den Frieden zu wahren.

»Siri, ich will dir wirklich nicht zu nahe treten, aber ich muss dich das fragen … Diese blauen Flecken, sind die von deinem Mann?«

Paul spürte, wie Siri sich verkrampfte. Mechanisch strich sie sich die Haare hinters Ohr. Wenn er näher bei ihr gesessen hätte, er hätte ihr Herz schneller schlagen hören.

»Ich habe das unter Kontrolle. Es war ein Ausrutscher, der ihm nicht noch einmal passieren wird.« Sie sah Paul nicht an. »Ich habe gelesen, dass du einen Mann erschossen hast, der seine Frau geschlagen und vergewaltigt hat. Und der dann auf dich losgehen wollte. Du hast mit Sicherheit das Richtige getan. Aber vielleicht ist es den unsäglichen Abgründen deines Jobs geschuldet, dass du die Dinge etwas zu dramatisch siehst.« Sie stand auf und ging ins Haus.

Paul blieb noch eine Weile sitzen, dann ging er hinunter ans Wasser. Er hatte ins Schwarze getroffen. Aber auch eine Grenze überschritten. Siri war die Fastenleiterin und er ein Kurgast. So hatte es doch ursprünglich angefangen. *Und dann wirft der Kurgast der Fastenleiterin verstohlene Blicke zu. Und jetzt mischt sich der Kurgast in ihr Privatleben ein, dringt hinein in die tiefsten Abgründe ihrer geschundenen Seele.*

Der Typ schlägt seine Frau, verdammt!

Vor lauter Wut schaufelte Paul mit dem nackten Fuß Sand hervor und schleuderte die Ladung ins Wasser. Dann drehte er sich um und sah Siri, die allein am Küchentisch saß. Sie hätte es auch abstreiten können, dachte er. Aber das tat sie nicht. Warum? Vermutlich war sie bereits über dieses Stadium hinaus, in dem sie noch versuchte, alles zu retten. Auf die Entschuldigungen ihres Mannes hereinzufallen.

Paul ging langsam den Strand entlang und versuchte, sich zu beruhigen. Die Sonne war im Westen verschwunden, und es wurde kühler. Er sah, dass Hoss und Yolanda langsam wieder zurückkamen. Sie gingen die Wasserkante entlang, die Hosenbeine hochgekrempelt, und unterhielten sich lebhaft. Wieder fiel Paul auf, wie vertraut die beiden miteinander umgingen.

Paul seufzte und ging langsam zurück. Wie sollte Heimdahl arbeiten können, wenn Paul ihm nicht endlich mal etwas Konkretes lieferte? Etwas, auf das sich eine in sich schlüssige Theorie aufbauen ließe? Wenn Heimdahl überhaupt Zeit finden würde, überlastet, wie der dauernd war.

Sie hatten ja noch nicht einmal eine Leiche. Paul musste lachen, so bescheuert kam ihm das alles plötzlich vor. Er hatte sich verrannt, davon war er immer mehr überzeugt. Selbst das Auffinden des Toten am Strand kam ihm mehr wie ein Traum vor. Jetzt hatte er es sich auch noch mit Siri Lundell verscherzt.

Paul, du bist der größte Armleuchter unter der Sonne. Und selbst die hatte ihn gerade verlassen.

ZEHN

Donnerstag, 13. Oktober

Johann war früh auf den Beinen. Er stand vor dem Löschteich an Hinrichs Hof. Ihm wurde flau im Magen bei dem Gedanken, dass der Kater hier sein Ende gefunden haben könnte. Er sollte doch einmal mit Hinrich reden – vielleicht konnte man ja das Wasser ablaufen lassen?

Oder wollte er es doch nicht wissen? Wenn Baptiste nicht mehr zurückkam, dann würde er sich damit abfinden müssen. Dann war es auch egal, wo er steckte. War es immer gut, wenn man alles wusste? Wollte er wirklich wissen, was sein betrunkener Sohn nachts am Strand des Graswarders angestellt hatte? Oder würde er besser leben, wenn er nicht immer allem auf den Grund ging?

Seufzend wandte er sich ab und wollte gerade ins Haus zurück, als ihn das lang gezogene »Moooin« von Fokke erreichte, der mit schweren Gummistiefeln, die zu groß aussahen, den Weg entlangschlurfte.

»Morgen«, grüßte Johann zurück.

Fokke blieb vor Johann stehen, beide Hände in den Taschen seiner Arbeitshose, und deutete mit dem Kopf hinüber zum Teich. »Da isser nich drin, Johann.«

Der sah ihn erstaunt an. »Woher willst du das wissen?«

»Ich hab alles abgetaucht. Habe ein Kinderfahrrad rausgeholt, Gott sei Dank ohne Kind, einen Toaster, ein Einbahnstraßenschild, obwohl es in Havgart nie eine Einbahnstraße gab, und jede Menge anderes Zeug, von dem ich mich jetzt noch frage, wie es den Weg da reingefunden hat.«

Johanns Augen wurden noch größer. »Du warst doch nicht etwa in diesem stinkenden Wasserloch auf Tauchgang?«

»Na ja, nicht direkt.« Fokke grinste, dann drehte er sich um und sah zur Scheune hinüber, an deren Wand ein überdimensionierter Kescher an einem langen Stab stand. »Hat mir doch keine Ruhe gelassen, das alles.«

Johann atmete erleichtert aus, dann ging er auf Fokke zu und packte ihn fest an beiden Armen. »Junge, du bist unbezahlbar.«

»Sag das lieber mal meinem Chef.«

»Und ob! Du hast was gut bei mir. Schreib dir das hinter die Ohren.«

»Ich werde dich beim Wort nehmen, Meister.« Fokke machte sich auf den Weg zurück, blieb aber noch einmal stehen. »Jetzt fällt mir noch was ein.« Er lüftete kurz seine Basecap und kratzte sich nachdenklich am Kopf. »Kennst du die Allweis-Schwestern? Drüben im Tannenredder?«

Johanns Brauen gingen hoch. »Diese alten Beißzangen, die angeblich die Zukunft vorhersagen können?«

»Jo. Genau die.«

»Und die soll ich fragen, ob die Baptiste in ihrer Glaskugel sehen können? Ich habe dich für einen vernünftigen Jungen gehalten. Mit halbwegs klarem Verstand.«

»Danke, Johann. Aber nee, das meine ich nicht. Die haben doch ein Heer von Katzen. Vielleicht hat sich dein Kater ja dahin verirrt und ist geblieben? Weil das Futter besser ist? Oder er sich in eine Katzenschönheit verliebt hat?«

Johann dachte nach. »Das halte ich für sehr unwahrscheinlich. Baptiste ist ein Einzelkämpfer. Er lehnt Gesellschaft grundsätzlich ab.« Dann zwirbelte er sein Kinnbärtchen, dachte weiter nach. »Und ich würde mich da auch nicht hintrauen. Vor dieser Art Frauenzimmer fürchte ich mich.«

»Nimm was Hexenkraut mit, zur Abwehr.« Fokke lachte, als er Johanns verblüfftes Gesicht sah. »War nur Spaß. Aber ich kann bei Gelegenheit mal vorbeifahren und mich umgucken.«

»Das würdest du tun?«

»Jo. Ich bin immun gegen jede Art von Simsalabim.«

Fokke hob kurz die Hand und trottete auf den Hof zurück. Johann sah ihm nach und schüttelte den Kopf.

Das erste Mal seit Baptistes Verschwinden hatte Johann wieder Appetit, und so bereitete er sich ein Frühstück mit zwei

Spiegeleiern auf Brot. Strammer Max ohne Schinken sozusagen. Fokke hatte ihm neuen Mut gemacht.

»Baptiste, alter Junge. Du lässt dein altes Herrchen nicht im Stich, das weiß ich.«

***

Jim legte den Hörer auf. Ein Einbruch auf dem Campingplatz. Das hatte ihm Oliver gerade berichtet. Was kam denn sonst noch alles? Erst bei Johann, jetzt bei Oliver. Hier lief etwas total schief, dachte er. Und er dachte auch, dass er darauf nicht die geringste Lust hatte. Er wollte doch einfach nur seinen Frieden. In Ruhe Musik machen, in seinem Wohnwagen hausen, ein bisschen Whisky trinken, sich mit Johann treffen und über die alten Zeiten schnacken.

Er hatte die Waschmaschine in seiner Einliegerwohnung angestellt und sich frische Anziehsachen zusammengesucht. Nachher würde er wieder seinen Wohnwagen beziehen. Oliver und auch Vanessa hatten aufgegeben, ihn zu überreden, doch in seiner kleinen Wohnung zu bleiben. Jim würde darin verrückt werden, wenn nicht depressiv, und vermutlich noch mehr saufen als jetzt schon.

In den letzten Tagen war ihm der Gedanke, in die USA zurückzukehren, häufiger und intensiver gekommen. Wie eine Fliege, die einem permanent vor dem Gesicht herumflog und sich nicht verscheuchen ließ. Geld sollte kein Problem darstellen. Er würde sich auch medizinische Behandlungen leisten können. Er hatte genug auf der hohen Kante liegen. Und den Rest würde er mit dem Verkauf der Strandvilla zusammenkriegen. Die gehörte immer noch ihm. Gerade im letzten Jahr war die blaue Villa verkauft worden, das wohl am meisten fotografierte Haus Deutschlands. Über den Preis wurde Stillschweigen bewahrt, aber alle gingen davon aus, dass er deutlich über einer Million gelegen haben musste. Für solche Häuser gab es immer Käufer, die fast jede Summe zahlten.

Und er war sich sicher, dass er Oliver damit einen Gefallen

täte. Der beklagte sich ständig über die aufwendige Instandhaltung, den kostspieligen Schutz des Hauses vor Wind und der See. Es war zwar Jims Geld, das er dafür verwendete, aber Oliver schimpfte weiter, ebenso wie sein Nachbar Martin Heimdahl. Obwohl der mit seinem nicht gerade üppigen Beamtengehalt weitaus größere Schwierigkeiten haben musste, all das zu bezahlen. Bente steuerte sicherlich auch etwas dazu, aber das meiste verprasste sie auf ihren Reisen. Bente, auf die hatte er auch mal ein Auge geworfen, die hatte ihn aber abblitzen lassen. Er schüttelte den Kopf und grinste.

Er überlegte, was er tun könnte, bis die Wäsche durchgelaufen war. Das Fenster war gekippt, und von drüben hörte er Musik, Vanessa hatte das Radio an.

Jim setzte sich an den Küchentisch und startete den Laptop. Es war ein ausrangierter von Oliver, aber Jims Ansprüchen genügte er. Den ganzen Morgen hatte er im Internet das Love and Peace Festival auf Fehmarn gegoogelt und tatsächlich viele Einträge gefunden. Es gab Seiten, deren Betreiber alles zusammentrugen, was sie finden konnten. Die Bands, die chaotische Planung und Organisation der Veranstalter, die Rocker. Es gab ganze Dokumentationen auf YouTube und immer wieder Jimi Hendrix, der nach wie vor das Highlight des Festivals war – denn er war wider alle Gerüchte tatsächlich aufgetreten.

Am meisten interessierten ihn die Rocker. Er hatte die winzige Hoffnung, vielleicht etwas über diesen Typen zu erfahren, dem er eine verpasst hatte und durch den er dann Kristin kennengelernt hatte. Aber er fand nichts. *Na ja, wäre auch wirklich ein großer Zufall gewesen.* Dann versuchte er es mit Kristin in allen Variationen und Kombinationen mit dem Festival, war aber auch hier erfolglos.

Jim stand noch einmal auf und ging zum Wohnzimmertisch, auf dem die Fotos lagen, die sie während des Festivals gemacht hatten. Dort lag auch irgendwo das Foto, von dem er eine Kopie angefertigt und sie Johann gegeben hatte. Das Bild, auf dem er selbst, Johann, Annie und Kristin waren. Aber er konnte es nicht finden.

»Seltsam«, murmelte er und ging den Stapel noch einmal durch, aber es war nicht da. Er ging ins Schlafzimmer. Hatte er das Bild auf den Nachttisch gelegt? Nein, ganz sicher nicht. Er überlegte, ob es doch noch im Wohnwagen sein könnte, aber er war sich ganz sicher, dass er es mit in die Wohnung genommen hatte, als er den Wohnwagen wegen des Sturms geräumt hatte. Dieses Foto gehörte zu den wenigen wertvollen Erinnerungen, die er hatte, deshalb hatte er es mitgenommen.

Er rief Johann an.

»Was hast du auf dem Herzen?«, hörte er sogleich die Stimme seines Freundes.

»Guten Morgen. Kannst du mir mal einen Gefallen tun?«

»Natürlich.«

»Du erinnerst dich an das Foto, das ich dir gegeben habe? Das vom Festival damals, wo wir alle drauf sind.«

»Ja, was ist damit?«

»Ich scheine meins verbummelt zu haben. Könntest du es mir bei Gelegenheit mitbringen? Dann mache ich mir noch einmal einen Abzug.«

»Klar. Hast du damit was Bestimmtes vor?«

»Ach …« Jim zögerte einen Moment. »Du wirst mich jetzt vielleicht für einen alten sentimentalen Trottel halten. Aber ich möchte zu gerne wissen, was aus Kristin geworden ist.« Jetzt lachte er. »Ich weiß, ich weiß, es ist lächerlich, aber seit ich das Foto wiederentdeckt habe, muss ich ständig an sie denken.«

»Mir geht es genauso, alter Junge. So viele Erinnerungen sind hochgekommen, seit wir uns wiedergetroffen haben.«

»Du bist doch ein Detektiv, habe ich gehört?«, sagte Jim. »Vielleicht kannst du mir helfen herauszufinden, was aus Kristin geworden ist.«

»Wenn es was zu ermitteln gibt, ist Detektiv Lupin zur Stelle.«

»Großartig. Wann hast du Zeit?«

»Das Wartezimmer in meiner Detektei ist gerade nicht überfüllt. Ich könnte gleich rauskommen. Wo finde ich dich?«

»In der Wohnung. Ich mache uns einen Kaffee.«

Eine knappe Stunde später stellte er seinen Wagen auf dem ehemaligen Hof der Hendricks ab. Ein älterer Mann mit Harke war dabei, die Wege und die Rasenflächen von Laub und Ästen zu befreien, die der Sturm hergeweht hatte. Er nickte kurz, als er Johann sah.

Als Jim ihm die Tür öffnete, war er sichtlich erfreut, seinen Freund zu sehen. »Komm rein, du Spürnase«, rief er freudig.

Johann schaute sich in Jims Wohnung um und war erstaunt, wie gediegen alles war. »Donnerlüttchen, du hast es aber fein hier.«

Sie standen in einem geräumigen Wohnzimmer mit angrenzender Küche. Hinter den beiden Türen vermutete Johann das Schlafzimmer und das Bad.

»Wenn ich hier nur für mich wäre, könnte ich es vermutlich aushalten.« Jim machte ein missmutiges Gesicht. »Aber wenn man unter ständiger Kontrolle ist ... ›Jim, mach dies nicht, Jim, mach das nicht ...‹« Er winkte ab. »Sobald ich hier klar Schiff gemacht habe, ziehe ich wieder in den Wohnwagen.«

»Und was machst du, wenn der Winter kommt?«

»Wer weiß, wer weiß, alter Junge.« Jim deutete auf den Küchentisch. »Setz dich, Herr Detektiv.«

Johann gehorchte und packte den Laptop aus, während Jim ihnen beiden einen Pott Kaffee auf den Tisch stellte. Dazu legte er einen Block und einen Stift. »Brainstorming ist das Zauberwort. Wir schreiben alles auf, was uns einfällt. Und dann schauen wir, was uns weiterbringt.«

Er nahm den Stift und wollte gerade loslegen, sah aber noch einmal auf. »Hast du das Foto mitgebracht? Das legen wir am besten auf den Tisch, als Erinnerungshilfe sozusagen.«

»Ach so«, sagte Johann. »Ich konnte das Foto nicht finden.«

»Nein?«

»Ich habe das ganze Haus abgesucht, in meinen Anziehsachen nachgeschaut, es ist weg. Und dabei bin ich so sicher gewesen, dass es in meiner Hosentasche war. Da habe ich es nämlich reingetan, vor dem Auftritt. Und als ich später ins Bett gegangen bin, da habe ich es auf meinen Nachttisch gestellt. Aber mir ist erst jetzt aufgefallen, dass es da nicht mehr steht, als du vorhin danach gefragt hast.«

Jim sah Johann an. »Ich finde meins auch nicht mehr.«

»Und was sollen wir nun davon halten? Sind wir beide langsam so tüdelig, dass wir anfangen, Sachen so zu verlegen, dass wir uns später nicht mehr erinnern können, wohin?« Johann dachte kurz, dass er in seinem Alter jeden Tag mit ersten Aussetzern rechnen musste, dann richtete er sich auf. Nein, er war sich ganz sicher, dass das Foto auf dem Nachttisch gestanden hatte.

Beide saßen einen Moment schweigend am Tisch und tranken den Kaffee. Dann nahm Johann den Stift wieder auf und begann zu schreiben.

Plötzlich fiel ihm etwas ein. »Lilli hat das Foto auf ihrem Smartphone!«

Jim sah ihn an, und sein Gesicht hellte sich auf.

»Ich rufe sie an, sie soll es uns schicken.« Johann wählte Lillis Nummer.

Es dauerte lange, bis sich eine verschlafene Stimme meldete, die so etwas wie ein »Hallo?« ins Telefon stöhnte.

»Hast du etwa noch geschlafen?«, fragte Johann.

Von dem, was Lilli daraufhin nuschelte, verstand er nur »Ferien«.

»Meinetwegen. Du musst uns mal einen Gefallen tun. Du hast das Bild abfotografiert, auf dem ich mit Oma und Jim und noch einer Frau drauf bin.«

»Und?«

»Bitte schicke es mir, es ist wichtig.«

»Okay.«

»Kannst du das machen, bevor du wieder einschläfst?«

»Okay.«

Johann war nicht böse drum, dass Lilli zu verpennt war, um weitere Fragen zu stellen. Es dauerte trotzdem ein Weilchen, bis es endlich »Ping« machte und das Foto eintraf. Johann legte das Smartphone auf den Tisch, und sie betrachteten es eine Weile.

»Dann schieß mal los«, sagte Johann, »krame in deinem Gedächtnis und erwecke deine Kristin wieder zum Leben.«

Jim hatte bereits ein paar Erinnerungen zu Papier gebracht, als Johann mit Lilli telefoniert hatte. Jetzt hellte sich sein Gesicht erneut auf. »Erinnerst du dich noch an dieses fürchterliche Happening, das sie veranstaltet haben, um den Leuten ein bisschen einzuheizen?«

Johann dachte eine Weile nach, dann begann auch er zu grinsen. »Meinst du dieses Oben-ohne-Rumgehopse auf der Bühne?«

Jim lachte und hob den Daumen.

»Gütiger Himmel, das war überflüssig wie Nagelpilz«, sagte Johann. »Was haben die denn gedacht? Dass wir beim Anblick eines nackten Busens übereinander herfallen?«

»Love and Peace, Johann, vergiss das nicht.«

»Apropos Love.« Johann hob den Zeigefinger, ihm war noch etwas eingefallen. »Und dann standen plötzlich Beate Uhse und ihre Leute vor unserem Zelt und warfen mit Kondomen um sich, als wären es Kamelle.«

Jim prustete los. »Die haben wir wohl verpasst«, rief er lachend.

»Kein Wunder, ihr habt euch ja in eurem Liebesnest verschanzt.«

Johann klappte den Laptop auf, klickte auf das Symbol für die Suchmaschine und tippte Namen, Orte und Jahreszahlen ein – »Kristin«, »Hamburg«, »Love and Peace Festival 1970«, »Fehmarn« … Natürlich gab es bei den Suchergebnissen neben Fotos von Frauen namens Kristin auch jede Menge Beiträge. Die Bedeutung des Vornamens Kristin, Wikipedia-Einträge, etwas über eine norwegische Extrembergsteigerin, verschiedene Schauspielerinnen et cetera. Als er »1970« hinzugefügt hatte, waren Schwarz-Weiß-Fotos erschienen, aber auch hier war nirgends die Kristin zu finden, die sie suchten.

»Wir brauchen mehr. Wie heißt sie weiter? Und wenn sie geheiratet hat, welchen Namen hat sie angenommen? Wo hat sie damals gewohnt? Wie alt ist sie?« Johann dachte nach, aber mehr fiel ihm gerade nicht ein.

»Das weiß ich eben nicht!« Jim lehnte sich zurück. »Das ist es ja, ich habe keinerlei Anhaltspunkte. Aber es muss doch irgendwelche Institutionen geben, die Leute ausfindig machen können.«

»Einwohnermeldeämter, Kirchenregister, im Internet gibt es sicher Plattformen, die sich mit so was beschäftigen. Ich könnte meinen Sohn fragen. Paul hat bestimmt eine Idee, wo man da anfangen kann.«

Jim streckte den Zeigefinger aus. »*Alright!* Gute Idee.«

Johann betrachtete sein Gegenüber eine Weile. »Ihr beide wart in den paar Tagen auf Fehmarn unzertrennlich.«

Jim grinste. »Stimmt. Und ich sage dir was. Diese Frau, die wäre mit mir in die Staaten gegangen, ganz sicher.«

»Warum habt ihr euch aus den Augen verloren?«

»Darüber habe ich mir den Kopf zerbrochen. Ich weiß es einfach nicht mehr. Und ich hatte zwischendurch auch den Verdacht, dass sie nicht frei war. Ich glaube, sie hatte einen Freund, vielleicht sogar einen Mann? Irgendetwas war da gewesen.«

Jim erzählte Johann, wie Kristin von einem dieser Rocker bedroht worden war und er nur deshalb auf sie aufmerksam geworden war. »Der hat sich aufgespielt wie ein Leibwächter oder so was in der Art, und wir mussten die ganze Zeit aufpassen, nicht wieder diesen Typen in die Arme zu laufen.«

»Nur deshalb habt ihr euch die meiste Zeit im Zelt verkrochen«, gab Johann grinsend zurück.

»Klar.« Jim lachte.

»Aber diese Rocker, die wurden doch irgendwann ausbezahlt, damit sie sich endlich verziehen.«

»Genau, die waren irgendwann weg. Bis auf ein paar wenige. Doch selbst vor denen hatte sie noch Angst.«

»Dann war sie mit einem von denen befreundet, und der hat sie schlecht behandelt.«

»Nein, das hat sie mir mehrmals gesagt. Sie war ohne ihren Freund oder Mann da. Daran kann ich mich gut erinnern. Aber an mehr leider nicht.«

»Hast du eigentlich noch mehr Fotos von dem Festival?«, wollte Johann wissen.

»Na klar. Kristin hat sie mit meiner Kamera gemacht, zum Beispiel, als wir auf der Bühne standen.«

ELF

Fehmarn, Sonntag, 6. September 1970

»Der hätte den Job bestimmt nicht angenommen, wenn er geahnt hätte, was ihn hier erwartet.« Jim hatte den Arm um Kristins Schulter gelegt und sah zu der riesigen Bühne hinüber. Verloren stand dort Alexis Korner und versuchte, irgendwie Ordnung in das ganze Chaos zu bringen. Jimi Hendrix war immer noch nicht eingetroffen. Er hätte schon gestern auftreten sollen, war aber ins Hotel zurückgefahren, nachdem sein Roadmanager das Gelände per Hubschrauber inspiziert und ihm berichtet hatte, dass alles voller Zelte war. Worauf Hendrix wohl erwidert hatte, er spiele nicht auf einem Campingplatz. Gerade hatten Witthüser und Westrupp ihren Auftritt beendet, die eingesprungen waren, um die Zeit bis zum Auftritt von Hendrix zu überbrücken.

Jim und auch Kristin sahen sich immer wieder um, sie mussten nach wie vor auf der Hut vor den Rockern sein, obwohl die meisten das Festivalgelände wieder verlassen hatten. Aber es waren noch genug da, und darunter konnte auch dieser besonders aggressive sein, der Kristin ans Leder wollte.

»Das darf alles nicht wahr sein!«, hörte Jim plötzlich hinter sich.

Johann und Annie kamen zurück, beide waren bis zu den Knien mit Schlamm bedeckt. In der letzten Nacht hatte es ohne Unterlass geregnet, sodass der Boden vollkommen aufgeweicht und matschig war.

»Diese Idioten haben die Klotüren auf dem Campingplatz abmontiert, um sich ein gemütliches Feuerchen zu machen.« Johann war stinksauer. »Wir mussten ewig laufen, um ein ruhiges Plätzchen zu finden.«

Jim deutete auf die Bühne. »Die haben auch Teile der Bühne verfeuert.«

»Na, kommt schon, Leute, traut euch!«, hörten sie wieder die Stimme von Alexis Korner.

»Was sollen wir uns denn trauen?«, fragte Johann. »Eine Sitzung auf dem Klo abhalten ohne Tür?«

Kristin stieß Johann in die Seite. »Was redest du für einen Unsinn? Er sucht natürlich euch.«

Johanns Augen weiteten sich. »Woher kennt der uns denn?«

Jim lachte. »Er sucht Musiker, als Lückenfüller, bis der Gott an der Gitarre sich herablässt, vor uns schlammverschmierten germanischen Barbaren zu spielen. Der liegt bestimmt immer noch im Dania in der Badewanne.«

Annie knuffte Johann in die Seite. »Wenn ihr jetzt da hochgeht und ein paar eurer Songs spielt, dann könnt ihr später behaupten, ihr wart die Vorgruppe von Jimi Hendrix.«

Annie und Kristin lachten, doch Johann und Jim starrten sich an.

»Jim and Johnny«, rief Annie, »ihr seid das perfekte Duo!«

Kristin nickte eifrig. »Und ihr seid mindestens genauso gut, wenn nicht besser als manch andere Band, die hier aufgetreten ist.«

Jim zog die Whiskyflasche aus der Tasche seiner Lederjacke, trank ein paar kräftige Schlucke und reichte sie Johann weiter.

Johann, der eher auf Bier spezialisiert war, trank von dem starken Zeug, als wäre es Cola. Mit einem lang gezogenen »Aah« drückte er die Flasche an Jims Brust. »Hast du deine Mundharmonika dabei?«

Jim ließ die Flasche wieder in der Jacke verschwinden. Aus der anderen Tasche fischte er seine Mundharmonika, klemmte sie sich zwischen die Zähne und atmete durch sie ein und aus.

»Ihr wartet hier.« Johann wandte sich noch einmal an Jim. »Überleg dir schon mal ein paar Stücke. Bin gleich wieder da.«

»Ihr bleibt am besten vor der Bühne«, sagte Jim zu den Frauen und sah sich um. »Oder besser noch: *auf* der Bühne. Ich rede mit Korner, es muss irgendwie gehen, sonst spielen wir nicht.«

Auf keinen Fall wollte er Kristin allein lassen, auch nicht eine einzige Minute.

Johann war so schnell zurück, dass Jim dachte, er wäre geflogen. Vermutlich hatte er sich so beeilt, damit er es sich vor lauter Schiss nicht anders überlegte. Johann war eitel, dachte Jim, er würde vor den Frauen nicht kneifen wollen. Jim verzog das Gesicht. Genau wie er selbst.

Alexis Korner strahlte unter seinem Lockenkopf und dem gewaltigen Backenbart und half Annie und Kristin höchstpersönlich auf die Bühne, damit sie sich im hinteren Bereich aufhalten konnten.

»Oje, oje, oje«, hörte Jim neben sich Johann murmeln. »Gib mir noch mal die Flasche, sonst kriege ich Herzklabaster.«

Johann trank wieder ein paar Schlucke, dann starrte er Jim an. »Was haben wir nur getan? Alle haben uns schon gesehen, wir können uns nicht mehr verdrücken.«

Jim, der sich ebenfalls an einen anderen Ort wünschte, aber gleichzeitig überwältigt war von dem, was gerade geschah, schlug seinem Freund auf die Schulter. »Bringen wir es hinter uns. Mach einfach die Augen zu oder guck über die Leute hinweg. Auf keinen Fall in die Gesichter gucken, hörst du?«

»Ich bin so betrunken, dass ich sowieso nicht mehr klar sehen kann.«

Alexis Korner hatte in der Zwischenzeit zum Publikum geredet, wovon Jim kaum etwas mitbekommen hatte. Er glaubte immer noch nicht, dass sie hier auf der Bühne standen. Vor zwanzigtausend Leuten.

»Ich muss aufs Klo«, hörte er den verzweifelten Johann neben sich.

Alexis Korner rief: »*Welcome to Jim and Johnny! Let's go!*«

Applaus ertönte, und sie legten los.

Sie hatten drei Songs auf Lager, allesamt Eigenkompositionen, die sie noch nie vor Publikum gespielt hatten. Jim hatte sich dazu entschieden, denn der spontane Auftritt sprengte ohnehin schon jedes Maß an Vernunft und fühlte sich an, als hätten sie soeben ihr Schicksal einer höheren Macht überlassen. Sein Verstand hatte sich verabschiedet, die Gedanken plätscherten gemütlich im Whisky herum, er hatte null Kontrolle. Einzig die Verbindung der Lippen und Hände zur Mundharmonika funktionierte noch. Und das sogar erstaunlich gut.

Jim nahm Johann neben sich wahr, der so beherzt in die Saiten seiner Gitarre haute, dass es Jim zusätzlich anspornte, noch einen Zahn zuzulegen. Er war wie im Fieber und schwer in Fahrt.

Als sie fertig waren – sie hatten alle drei Songs anständig und fehlerfrei hinbekommen – und mit wohlwollendem Applaus bedacht wurden, bemerkte Jim eine Unruhe unterhalb der Bühne.

Alexis Korner ging auf die beiden zu, schüttelte ihnen die Hände und bedankte sich überschwänglich. Sie hatten ihm eine Verschnaufpause verschafft, wenn auch nur für kurze Zeit. Er deutete nach rechts, wo sich die Treppe zur Bühne befand und wo gerade ein paar Leute heraufstiegen. »*Jimi is coming.*« Er sah kurz gen Himmel, und es schien, als danke er dem Universum für seine Rettung.

Jim sah den Afro des Gitarristen, der auf der Treppe erschienen war. Er trug eine rosa Samthose, eine Lederjacke aus bunten Flicken und sah erschöpft aus.

»Großer Gott«, raunte Johann, »ist er das wirklich?«

»Sieht so aus.« Jim stieß Johann an. »Lass uns verschwinden. Bühne frei für den Meister.«

Doch Hendrix hatte sie bereits entdeckt und ging breit grinsend auf sie zu. »*I've listened to your songs, guys, you're great.*« Dann sah er Jim an. »*Hell, you look like David Crosby!*«

Jim lachte. »*But I'm not him. My name is Jimmy. Jimmy Hendricks.*«

Mit gerunzelter Stirn sah Hendrix ihn an, er war ganz offensichtlich verwirrt.

»*Oh, I mean, my name is Joachim Hendricks, sorry. I didn't mean to offend you.*«

Jimi Hendrix hob lachend die Hand. Johnny und Jim liefen zu ihren Frauen, nahmen sie bei den Händen und machten, dass sie von der Bühne kamen. Sie waren fertig. Fix und fertig.

In diesem Moment brach der Himmel auf, und die Sonne kam heraus.

ZWÖLF

»Es waren die Mädels, die uns das eingebrockt haben«, sagte Johann und wischte sich eine Träne von der Wange. Sie hatten bei den Erinnerungen an den Auftritt so viel gelacht, dass sein Bauch wehtat.

»Und Alexis Korner«, rief Jim. »Im Nachhinein betrachtet war er es, der dieses ganze Desaster dann irgendwie zu Ende gebracht hat. Er hat die Leute bei Laune gehalten.«

»Er hat die siebzehn Stunden Verspätung von Hendrix aufgefangen«, sagte Johann. »Siebzehn Stunden, das musst du dir mal überlegen. Jeder andere wäre durchgedreht.«

»Oder weggelaufen.« Jim seufzte. »Sind sie ja dann auch, zumindest die Veranstalter.«

»Und Kristin? Wo ist sie geblieben?«

»Darüber habe ich mir immer und immer wieder den Kopf zerbrochen.« Jim sah Johann an und klopfte sich an die Stirn. »Ich weiß es nicht mehr, verdammt noch mal. Sie war dann einfach weg, glaube ich.«

»Meinst du, dieser Scheißkerl hat sie doch noch erwischt?«

»Das hätte ich mitgekriegt. Aber das Einzige, woran ich mich erinnere, ist, dass ich mich verabschiedet habe. Und dass ich unendlich traurig war, genauso wie Kristin auch.«

»Ich weiß«, sagte Johann, »du warst auf der Rückfahrt nicht ansprechbar. Deshalb sind ja auch Annie und ich gefahren.«

»Ich hab hinten gesessen und geheult. Junge, Junge, ich war echt fertig.«

Eine Weile herrschte Schweigen, die vergangene Zeit war zurückgekehrt und hatte von den beiden alten Männern Besitz ergriffen.

Jim saß mit geschlossenen Augen da. »Sie ist mit einer Freundin zurückgefahren.« Er nickte langsam. »Ja, ich glaube, so war es. Das Mädel hatte einen Käfer, und der stand auch in Petersdorf, genau wie mein Bulli. Und ich habe sie nach ihrer Adresse gefragt, wie schon tausend Male vorher auch. Und da wurde sie immer komisch.«

»Was meinst du mit ›komisch‹?«

»Irgendwie … traurig, als würde sie nichts Gutes erwarten, wenn sie wieder nach Hause kam. Wo immer oder bei wem auch immer das war.«

»Dann war dieser Rocker vielleicht doch ihr Macker.«

Jim kniff die Lippen zusammen. »Das glaube ich nicht, das passt nicht. Außerdem hätte der doch Himmel und Hölle in Bewegung gesetzt, um sie zu finden. Der hätte notfalls jedes Zelt abgebaut.«

»Hast du auch wieder recht. Aber vielleicht war sie mit einem anderen von diesen Rockern zusammen. Kann doch sein.«

Jim dachte nach, dann nickte er langsam. »Und dieser Typ vom Festival sollte nur auf sie aufpassen, weil der Chef, also ihr Mann, vielleicht keine Zeit hatte?« Er starrte Johann an. »War sie eine Rockerbraut?«

»Schon möglich.«

»Oje, auf was habe ich mich damals eingelassen? Andererseits, das hätte ich doch merken müssen, ich meine …« Jim sah verwirrt aus. »Daran habe ich nicht eine einzige Sekunde gedacht. Aber wenn ich jetzt so darüber nachdenke, sie war ganz schön selbstbewusst, und frech konnte die werden. Also, die hat sich nicht die Butter vom Brot nehmen lassen. Und manchmal hatte sie so einen harten Zug um den Mund. Den fand ich besonders sexy.«

»Hihi«, freute sich Johann, »der Jimmy und die Rockerbraut. Kannst froh sein, dass die dich nicht in die Finger gekriegt haben.«

Jim grinste, dann wurde er schlagartig ernst. Er beugte sich vor. »Aber Kristin musste nach Hause, zu wem auch immer. Und dieser Brutalo vom Festival wird sie spätestens dann auch wiedergetroffen haben. Was, wenn –«

»Wenn er sie erwischt und sich gerächt hat, meinst du?«

Jim nickte. »Genau«, flüsterte er. »Daran habe ich überhaupt nicht gedacht. Natürlich wird er sich Kristin noch einmal vorgeknöpft haben. Oder der hat alles ihrem Macker erzählt.«

Jim hatte die Fotos auf dem Tisch verteilt, die Kristin mit seiner Kamera während des Auftrittes der beiden oben von der Bühne aus gemacht hatte. Die meisten Bilder zeigten Johann und Jimmy von hinten. Auf anderen lief Alexis Korner durchs Bild. Am meisten gelacht hatten sie über die Fotos, auf denen Jimi Hendrix sich mit Jim unterhielt. Und da Kristin fotografiert hatte, gab es von ihr keine Aufnahme. Sie hatten nur das eine Bild, das jetzt auf Johanns Smartphone war.

Johann fuhr seinen Laptop erneut hoch, dann rieb er sich die Hände. »Jetzt versuchen wir es noch einmal.«

Jim rutschte mit dem Stuhl um den Tisch herum, bis er neben Johann saß. »Das alles ist über fünfzig Jahre her.«

»Vielleicht kommen wir über die Rocker an sie ran.« Johann begann, alles Mögliche über Rocker einzugeben, immer mit den Zusätzen »1970« und »Kristin«. Über den Tod von Rocker-größen wurde berichtet, Straftaten ohne Ende, aber eine Kristin tauchte nirgendwo auf.

Mindestens eine halbe Stunde probierten sie herum, ohne Ergebnis. Dann winkte Jim ab. »Das bringt nichts, es ist einfach zu lange her. Und wir haben noch nicht mal einen Nachnamen.« Er ließ sich auf dem Stuhl nach hinten fallen.

Johann starrte weiter auf den Bildschirm, dann tippte er: »Kristin Rocker 1970«. Kein Ergebnis. »Kristin Rocker 1971 Hamburg«. Wieder nichts. »Kristin Rocker Hamburg 1972, 73, 74«.

Dann hielt er die Luft an, las, beugte sich nach vorn, las noch einmal. »Jimmy?«

Der hing mit geschlossenen Augen in seinem Stuhl, die Arme über der Brust verschränkt. Er hatte aufgegeben.

»Ich glaube, ich habe sie gerade gefunden.«

✳✳✳

Ida stützte die Ellenbogen auf den Tisch, das Kinn in den Händen, und blickte mit säuerlicher Miene zum Tresen hinüber. Olaf räumte Gläser und Flaschen in die Regale, nachdem er alles sauber gemacht hatte. Es war nicht ein einziger Gast da, aber das war Ida im Grunde auch egal.

»Wenn das nicht mal vergebene Liebesmüh ist«, raunte sie Olaf zu. »Nach dem verschwundenen Käufer wird ein neuer Käufer kommen.«

»Noch sind *wir* der Hirschfänger, und so lange tue ich hier meinen Dienst.« Olaf machte unbeeindruckt weiter.

»Wer ist denn ›wir‹? Also ich sehe nur uns beide. Die anderen haben längst das sinkende Schiff verlassen.«

»Was reden Sie denn da? Die tauchen schon wieder auf.«

»Katzen suchen, verbummelte Leichen suchen, Einbrecher suchen. Wie wär's mal mit ein bisschen Sinnsuche? Könnte keinem von denen schaden.« Schwer erhob sich Ida von ihrem Stuhl und ging zum Tresen, nur um da auch wieder das Kinn auf den Händen abzustützen. Als wäre ihr Kopf vor lauter Grübeln und Sorge und Frust zu schwer geworden.

Olaf warf sich das Handtuch über die Schulter, mit dem er gerade ein paar Gläser getrocknet hatte. »Aber Frau Rossi. Sie dürfen doch die Hoffnung nicht aufgeben. Wir werden eine Lösung finden, wie wir den Hirschfänger retten können.«

Ida sah ihn argwöhnisch an. »Pff.«

In diesem Moment ging die Tür auf, und Finn und Fokke traten ein.

»Moin«, sagte Fokke und sah sich fragend um. »Ist denn überhaupt noch auf? Oder müssen wir uns woanders unser Bier besorgen? Einen Späti habe ich in Havgart aber noch nicht gefunden.«

»Jetzt macht keine dummen Witze«, rief Olaf und holte zwei Pilsgläser vom Regal. »Noch ist hier geöffnet, und das wird es auch bleiben.«

»Echt?«, sagte Finn und sah dann seinen Freund an. »Aber du hast mir doch gerade eben was anderes erzählt?«

Sowohl Ida als auch Olaf richteten ihre Blicke nun auf Fokke.

»Was hat er denn erzählt, der Fokke?«, fragte Ida mit drohendem Unterton. »Er setzt doch keine vernichtenden Gerüchte in Umlauf?«

Fokke hob zur Unschuldsbeteuerung beide Hände hoch. »Ich habe nur das wiederholt, was Hinrich gesagt hat. Dass es einen neuen Käufer gibt.«

Ida schlug mit der flachen Hand auf den Tresen und sah Olaf an. »Was habe ich eben gerade noch gesagt?«

»Und wer soll das dieses Mal sein?« Olaf ließ sich nicht aus der Ruhe bringen.

»Und woher weiß der Hinrich das überhaupt?«, hakte Ida sogleich nach.

Fokke sah verwirrt drein. »Vom Stoevesand, glaube ich. Der Doc hat sich wohl bei Hennys Anwalt erkundigt, weil er sich auch für den Laden interessiert hat. Aber der Anwalt hätte gesagt, er hat schon jemanden.«

»Hat der Anwalt denn mitgekriegt, dass dieser Investor …«, Olaf kratzte sich am Kopf, »… nun ja, ausgefallen ist?«

»Ja klar. Und der neue Käufer hat um Stillschweigen gebeten, es ist wohl auch so einer von außerhalb. Mit viel Kohle.«

Ida schnaubte. »Da seht ihr's. Da wird man einfach übergangen, als gäbe es uns gar nicht.«

In diesem Moment ging die Küchentür auf, und Lilli steckte den Kopf herein. »Ist alles in Ordnung?«

»Ach, mein Kind«, sagte Ida, »das kann ich nicht gerade behaupten. Bist du mit dem Gemüse fertig?«

»Ja. Deshalb wollte ich fragen, was ich jetzt machen soll.«

»Ich komme, dann können wir uns um den Fischfond kümmern.« Wir können auch alles direkt in die Biotonne hauen, dachte Ida und folgte Lilli in die Küche.

***

Der Tag war ruhig verlaufen. Paul wusste von Heimdahl, dass er den ganzen Tag in Lübeck war. Dort hatte man eine Bande von Autoschiebern hochgenommen, die mit den Tankstellenbetrügern vor allem in Oldenburg und Umgebung in Verbindung standen.

Gegen Abend hatte Paul eine lange Laufrunde absolviert.

Den Strand entlang, weiter über den Steinwarder bis zur Steilküste, dann rüber zum Binnensee und in großem Bogen wieder zurück.

Er saß auf dem Bett und beendete gerade den Anruf mit Lilli. Die hatte ihm berichtet, dass es ihr so lala ging. Am liebsten wäre sie natürlich in Havgart oder am Graswarder, aber Paul vertröstete sie auf das Wochenende. Dann berichtete sie noch, dass Ida wohl eingeschnappt sei, dass er und Johann sich so selten im Hirschfänger blicken ließen. »Sie hat ja auch recht. Ich hoffe, dass sich das Ganze hier bald aufgeklärt hat.«

Paul fuhr sich mit den Händen durch die noch vom Duschen nassen Haare. Er spürte, wie sich seine Stimmung immer mehr verschlechterte. Er musste mit dieser Grübelei aufhören, also rief er Johann an. Vielleicht hatte Johann ja doch inzwischen mit Ida geredet.

Es dauerte eine ganze Weile, bis Johann sich meldete. »Privatdetektei Johann Lupin, wie kann ich Ihnen helfen?«

Paul seufzte. »Hast du gerade einen Auftrag?«

»Davon mal abgesehen, dass du mir gestern erst einen erteilt hast, indem du dir meinen GPS-Traktor ausgeliehen hast –«

»Tracker, es heißt GPS-Tracker.«

»Auch gut. Also davon einmal abgesehen, bin ich gerade bei einem Klienten.«

»Ach, und wer ist das?«

»Jimmy Hendricks.«

»Bist du im Wohnwagen oder in der Wohnung?«

»Letzteres. Und wir haben bis eben recherchiert. Mit ein paar Pausen, versteht sich. Dann sind wir spazieren gegangen, ist ganz schön hier.«

Paul hatte die ganze Zeit das Gefühl, dass Johann etwas schwerfällig sprach und manchmal auch lallte.

»Sag mal, Johann, habt ihr was getrunken?«

»Wieso? Na ja, kann schon sein, wir sitzen hier ja auch schon seit Stunden.«

»Kannst du dort übernachten? Du fährst auf keinen Fall in diesem Zustand Auto, hörst du?«

»Jajaja.«

»Ich kann dich auch holen kommen, wenn du nach Hause willst.«

»Nicht nötig, ich bleibe hier auf der Couch. Wir wollten auch gleich noch ein bisschen Musik machen.«

Johann legte einfach auf, ohne ein weiteres Wort zu verlieren. Paul schüttelte den Kopf und gähnte ausgiebig. Die Laufrunde hatte ihn müde gemacht. Er schloss für einen Moment die Augen und überlegte, was er morgen machen würde.

Als Paul die Augen wieder aufschlug, schmerzte der Nacken, er war in einer ungünstigen Position eingenickt. Schwerfällig richtete er sich auf und streckte den Rücken durch. Er überlegte, ob er sich ausziehen und weiterschlafen sollte, dann griff er nach seinem Smartphone, um auf die Uhr zu schauen. Gleich zehn. Da fiel sein Blick auf die Tracking-App, und er klickte sie an. Es dauerte ein Weilchen, bis sich eine Verbindung aufbaute, und als sie endlich stand, zeigte sie an, dass Yolandas Fahrrad nicht mehr unten im Schuppen stand. Kaum hatte sein Hirn verarbeitet, welchen Standort der GPS-Tracker meldete, sprang er aus dem Bett, verließ sein Zimmer und lief zu seinem Wagen.

Paul stellte den Porsche ein ganzes Stück vor dem Hof ab, damit das typische Röhren ihn nicht verriet. Anschließend machte er sich mit der Taschenlampe auf den Weg. Hier draußen in Johannistal war es stockdunkel. Er richtete den Strahl nach unten, damit er nicht gesehen wurde, und kontrollierte immer wieder den Standort des Trackers, der sich seither nicht von der Stelle bewegt hatte.

Was zum Teufel machte Yolanda hier? Er überlegte fieberhaft, was sie mit Oliver Hendricks oder seiner Frau zu tun haben könnte. Oder mit Jim. Und jetzt war ja auch sein Vater hier. Dessen Capri stand vor dem Hof, als Paul endlich dort ankam. Immerhin hatte Johann sein Versprechen gehalten und war nicht nach Hause gefahren.

Paul hörte Musik, ein Akkordeon und eine Mundharmonika. Er schlich links an dem Haus vorbei, ging die Mauer entlang, bis er hinter einem Rasenstück in die Wohnung blicken konnte. Gerade hatten die beiden aufgehört zu spielen und stießen mit ihren Gläsern an. Ihm wurde warm ums Herz, als er seinen Vater sah. Jim und Johnny hatten nahtlos an die alten Zeiten angeknüpft und schwelgten offenbar in ihren Erinnerungen.

Er ging wieder zurück. Wo war Yolandas Fahrrad? Und wie lange war sie schon hier? Sie hatte als Erste die Gruppe verlassen und war, ganz offensichtlich Müdigkeit vortäuschend, in ihr Zimmer gegangen. Und Paul hatte überhaupt nicht mehr an den GPS-Tracker gedacht, so sehr war er mit sich und Siri und all den Vorgängen beschäftigt gewesen. Sie war gegen acht gegangen, das heißt, sie könnte schon eine ganze Weile hier sein.

Paul schlich an der Vorderseite des Hauses vorbei, die Taschenlampe hatte er ausgeschaltet. In der unteren Etage waren alle Fenster erleuchtet, sodass er von innen schwer gesehen werden konnte. Dafür konnte er umso besser nach drinnen schauen und kontrollieren, wer sich unten aufhielt. Aber er sah niemanden. Er lief am Haus vorbei und blieb vor einer Reihe von Türen stehen. Das mussten die Ferienwohnungen sein.

Er stellte sich in eine Ecke und schaute noch einmal auf dem Smartphone nach, wo das Fahrrad sein könnte. Es musste in unmittelbarer Nähe stehen. Er sah sich um, ging ein Stück zurück über den Hof und hielt vor einem kleinen Teich inne, der auf der gegenüberliegenden Seite von ein paar Büschen eingefasst war. Dahinter lag ein kleiner Schuppen oder ein Gartenhaus. Der App nach war genau dies der Standort des Fahrrades. Er spähte kurz zum Haus, ob jemand am Fenster war, aber er sah niemanden.

In diesem Moment ging die Haustür auf, und Oliver Hendricks kam heraus. Im Lichtschein, der aus dem Rechteck der Haustür schien, sah Paul nur dessen Umrisse, und ein Schauer überkam ihn. Er musste schleunigst weg hier. Leise und gebückt schlich er vom Teich weg und verbarg sich hinter der Hecke, die das Grundstück von der schmalen Straße trennte.

»Was meinst du denn, Schatz?« Oliver Hendricks war vor dem Haus stehen geblieben. »Hier ist niemand. Aber Jim hat Besuch. Die wirst du wohl gehört haben.« Er stand noch einen Moment reglos da, dann ging er ins Haus zurück.

Sofort lief Paul ebenfalls Richtung Haus. In diesem Moment gingen unten links die Lichter aus. Er hatte gesehen, dass dort das Wohnzimmer lag. Paul warf einen Blick auf die Haustür, die eine normale Türklinke hatte, so wie Johanns Haustür auch. Er hielt inne, horchte, es war still im Haus. Dann hörte er jemanden die Treppe hinaufsteigen.

Er drückte die Klinke herunter, die Tür war unverschlossen. Er biss die Zähne zusammen, dann schlüpfte er hinein und schloss sie. In diesem Moment fiel ihm ein, dass er sein Handy auf lautlos stellen sollte. Nicht auszudenken, wenn es jetzt losmusizieren würde.

Paul stand in einem Windfang, dessen Tür nur angelehnt war. Er spähte hindurch und sah, dass oben Licht brannte. Langsam ging er los. Er war froh, dass der Boden gefliest war, so konnte er sich beinahe lautlos bewegen, ohne Angst haben zu müssen, dass etwas quietschen würde. Oben hörte er Stimmen, einmal die von Oliver und eine Frauenstimme – oder waren es zwei? Dann war Yolanda also dort oben? Es war natürlich möglich, dass Yolanda das Ehepaar Hendricks kannte, warum auch nicht? Yolanda war ganz im Gegensatz zu Hoss eher zurückhaltend, hatte nur wenig über sich erzählt. Im Grunde wusste Paul nichts über ihr Privatleben, außer, dass sie Chefin eines Sicherheitsdienstes war. Vielleicht war sie ja geschäftlich hier, nachdem bei Oliver eingebrochen worden war? Vielleicht machte sich Paul gerade in höchstem Maße lächerlich, indem er eine völlig falsche Spur verfolgte? Ging ihn das hier überhaupt etwas an? Starke Zweifel überkamen ihn plötzlich, und er dachte kurz daran, einfach wieder zu verschwinden, als sich oben eine Tür öffnete und Stimmen laut wurden.

Paul sah, dass er sich schon zu weit von der Haustür wegbewegt hatte, also schlich er auf Zehenspitzen ins Wohnzimmer, sah sich um und versteckte sich hinter den Vorhängen. Er betete, dass sie nicht mehr wackelten, sollte Oliver hierherkommen. Er kniff kurz die Augen zusammen, wie es kleine Kinder beim Versteckspielen taten, in der Hoffnung, dass sie dann unsichtbar wurden. Hinter ihm war eines dieser tiefen Fenster. Er brauchte es nur zu öffnen, dann wäre er draußen. Aber er war einfach zu neugierig, was hier vor sich ging. Selbst auf die Gefahr hin, erwischt zu werden, was natürlich äußerst peinlich sein würde, wollte er sich nicht die winzige Chance entgehen lassen, vielleicht doch noch Antworten auf all die offenen Fragen zu bekommen.

Aber so hatte er sich das auch nicht vorgestellt. Dass er hinter dem Vorhang eines fast fremden Mannes stand. Fehlte nur noch, dass seine Schuhe unter dem Vorhang hervorlugten wie in einem schlechten Film. Er schaute kurz nach unten. Zwischen Wand und Vorhang war genügend Platz, dass Schuhgröße fünfundvierzig genau in den Zwischenraum passten. Oliver kam ins Wohnzimmer. Er summte leise vor sich hin, und Paul hörte Eiswürfel in Gläser fallen, hörte, wie Oliver etwas einschenkte und die Flasche wieder abstellte. Dann war es ganz still.

Paul wagte nicht, sich zu bewegen. Dafür roch er die staubigen Vorhänge, und die Nase kribbelte. Wenn er jetzt niesen musste, dann war alles aus. »Hatschi« war sein letztes Wort, schoss es ihm durch den Kopf, und er musste grinsen. Humor half gegen akute Nervosität. Wie Tai-Chi-Chuan. Ganz sicher hatten auch die Übungen geholfen, Ruhe zu bewahren, nicht sofort die Fassung zu verlieren. Siri sei Dank. Er hielt sich die Nase zu, um das Kribbeln zu unterdrücken.

Jetzt murmelte Oliver etwas, das Paul nicht verstand, dann verließ er den Raum wieder und ging nach oben. Was machten sie da oben? Warum waren sie nicht hier unten im Wohnzimmer?

Erleichtert kam er aus seinem Versteck und ging in den Flur zurück. Einen Moment stand er da und überlegte, was er tun sollte, dann verließ er schnell wieder das Haus. Yolanda war vermutlich im Haus. Wo aber war ihr Fahrrad? Diese einfache Frage bereitete ihm Kopfzerbrechen. Es war ein einfaches Tourenrad, nicht das teuerste Modell, schon etwas in die Jahre gekommen. Hatte sie es trotzdem aus Angst vor Diebstahl irgendwo eingeschlossen? Hier draußen, in der Einöde? Im Hausflur war es schon mal nicht. Paul sah erneut auf dem Smartphone nach, das immer noch denselben Standort anzeigte. Den Teich oder den Schuppen dahinter. Also ging Paul noch einmal hinaus zum Schuppen. Der war nicht verschlossen, und er leuchtete kurz hinein. Dort standen ein Rasenmäher, ein Hochdruckreiniger und anderes Gartengerät. Aber kein Fahrrad.

Er ging zum Teich zurück, ging in die Hocke und leuchtete mit der Taschenlampe ins Wasser. Ein großer Teil des Tümpels war mit Wasserlinsen bedeckt. Er beugte sich vor und fuhr mit der Hand hin und her, um besser sehen zu können.

Im nächsten Moment erkannte er deutlich den Lenker eines Fahrrades. Der Rest verschwamm im nicht beleuchteten Teil des trüben Gewässers.

In Johanns Kopf drehte sich alles. »Ui, hab wohl doch ein bisschen zu tief ins Glas geguckt. Früher haben wir mehr vertragen, was, alter Junge?«

Jim sah zu Johann hinüber. »Früher haben wir überhaupt mehr ausgehalten.« Er stand auf und ging in die kleine Küche im hinteren Teil des Wohnzimmers. »Ich hab Hunger, willst du auch was essen?«

»Gerne, mit leerem Magen schlafe ich immer schlecht.« Johann stand auf, ging zur Terrassentür und öffnete sie. »Ich brauche mal einen Schwung frische Luft.«

Er trat in den Garten und atmete einmal tief durch, dann ging er ein paar Schritte hinaus auf den feuchten Rasen. Er kannte das schon aus Havgart. Hier an der Küste legte sich nachts die Feuchtigkeit der See über das Land, als hätte es geregnet. Johann sah hinauf in den Himmel, ein Meer von Sternen lag über ihm, es war überwältigend. Den Mond konnte er nicht sehen, aber er sorgte immerhin für ein ganz wenig blassgraues Licht, sodass sich die Umrisse der Büsche auf der anderen Seite des Rasens abzeichneten.

Dann sah Johann, dass links im Haus von Jims Sohn Licht im Wohnzimmer eingeschaltet wurde. Kurz darauf sah er eine blonde Frau an den Fenstern vorbeigehen. In diesem Moment kam Jim heraus und reichte Johann ein belegtes Brot. Er nahm es entgegen und deutete auf die Fenster. »Deine Schwiegertochter. Hat sich ganz schick gemacht.«

»Hm«, sagte Jim nur, während seine Miene sich verfinsterte. Eine Weile standen sie draußen und aßen ihre Brote, als Johann Vanessa wieder sah. Dieses Mal hatte sie etwas in der Hand, das kurz im Licht der Lampe aufblitzte, bevor sie wieder aus dem Blickfeld der beiden verschwand.

»Kochen die gerade?«

»Wieso?«

»Nur so, ich dachte, die hätte ein Messer in der Hand.«

Paul stand rechts vom Hauseingang und überlegte, was er tun sollte. Heimdahl verständigen? Aber war ein Fahrrad in einem Tümpel so dramatisch, seinen Freund aus dem Bett zu klingeln? Er dachte nach, kniff sich kurz in die Nasenwurzel. Er musste noch einmal in dieses Haus, obwohl es ihm größtes Unbehagen bereitete. Da ging etwas Seltsames vor sich. Und dass sich sein Vater nebenan in der Wohnung aufhielt, das gefiel ihm auch nicht.

Im Windfang blieb er stehen und horchte. Es war still. Paul wollte gerade wieder in den Flur schleichen, als er die Stimme von Oliver so nah hörte, als stünde er direkt neben ihm. Paul rührte sich nicht von der Stelle.

»Vanessa?«

Paul hielt die Luft an. Durch die Strukturscheibe der Tür sah er, dass Oliver in Richtung Küche ging. Kurz darauf hörte Paul ein metallisches Klackern – oder Reiben? Als würde er ein Messer an einem Wetzstahl schärfen. Pauls Puls beschleunigte sich.

»Okay, Liebes. Ich glaube langsam, du hast recht. Wie oft hast du gesagt, dass er nur im Weg ist.« Oliver lachte. »Lass uns klare Verhältnisse schaffen.«

Paul dachte fieberhaft nach. *Er*, war damit Olivers Vater gemeint? Johann hatte ihm erzählt, dass Jim in den Wohnwagen gezogen war, weil er es hier nicht mehr ausgehalten hatte. Waren die Probleme, die der Vater mit seinem Sohn und dessen Frau hatte, so schwerwiegend, dass hier gerade etwas eskalierte?

»Schatz?« Der Schatten Olivers huschte wieder an der Tür vorbei, dieses Mal in die andere Richtung. »Sch-a-h-a-tz!«

Stille, jemand ging die Treppe hinauf. Oder hinunter? Es war so schwer, nur anhand der Geräusche einzuschätzen, was da vor sich ging.

»Tu es, Liebling.« Eine helle Stimme dieses Mal.

Paul sah einen Schatten an der Tür vorbeigehen, Kleidung raschelte.

»Nur das eine Mal noch. Hörst du? Dann ist alles gut.«

Es folgte ein lautes »Kling«, als wäre Metall auf die Fliesen gefallen.

»Hoppala«, lachte die helle Stimme. »Na so was ...« Der Rest ging wieder in undeutliches Gemurmel über.

Was passierte hier? Paul war doch nur gekommen, weil er Yolanda Zubek im Auge behalten wollte. Und jetzt war er in diese Horrorshow geraten, die vielleicht gar nichts mit dem Fall um Mathias Lieven zu tun hatte. Er dachte an Johann und Jim.

Das durfte doch alles nicht wahr sein!

Paul lief aus dem Haus und schlich an der Wand entlang, um von der anderen Seite in den Garten zu gelangen. Er spähte vorsichtig um die Ecke, konnte Oliver aber nirgends sehen.

Die Stehlampe in Jims Wohnung beleuchtete nur einen Teil der höher liegenden Holzterrasse; die beiden Männer konnte er allerdings nicht sehen. Ihm brach der Schweiß aus.

Paul stand jetzt im finsteren Garten und wartete, bis sich seine Augen an die Dunkelheit gewöhnt hatten. Wohin war Oliver verschwunden? Paul sollte jetzt doch zusehen, dass er zu den beiden Männern kam. Oliver hatte mit Sicherheit einen Schlüssel und konnte schon längst in Jims Wohnung sein. Die weiß gekälkte Wand der Einliegerwohnung und das gelbe Licht gaben ihm Orientierung, und er hielt darauf zu. Vor der Terrassentür blieb er stehen und spähte in die Wohnung. Er konnte Johann sehen, der auf der Couch lag und redete. Paul wollte nicht klopfen, da er nicht wusste, wo Oliver gerade steckte.

Als er sich wieder umdrehte, sah er jemanden nah an der Hecke auf der anderen Seite des Rasens entlanggehen. Gebückt und etwas ruckartig bewegte er sich direkt auf Paul zu. Der ging langsam rückwärts an der Hauswand entlang und fluchte innerlich, dass er bis auf eine Taschenlampe nichts dabeihatte, um sich zu verteidigen. Die Gestalt hielt auf ihn zu, und Paul fiel nichts Besseres ein, als die Taschenlampe einzuschalten und dem Unbekannten damit ins Gesicht zu leuchten.

Vor ihm stand Hoss.

Paul richtete die Lampe nach unten, da er Hoss geblendet hatte, und ging auf ihn zu. »Was machst du denn hier?«, flüsterte Paul.

»Ich suche Yolanda.«

Paul wollte gerade sagen, dass sie sich besser verdrücken sollten, als er sah, dass noch jemand über den Rasen in ihre Richtung ging. Er hoffte so sehr, dass es Yolanda war. Vielleicht hatte sie Hoss ja gesehen und war ihm gefolgt. Aber es war nicht Yolanda. Eine Frau mit blonden langen Haaren ging auf sie zu. Als sie näher kam, konnte Paul erkennen, dass sie sehr schick gekleidet war. Sie trug ein langes enges Kleid. Die Pailletten darauf funkelten im schwachen Licht, das aus Jims Wohnung drang.

Paul war verblüfft, und auch Hoss stand einen Moment reglos da, aber die Frau ging weiter. Erst als sie nah an Hoss herangetreten war, konnte Paul sehen, dass sie lächelte. Komisch lächelte. Dann war ihm so, als wechselte seine Wahrnehmung in einen verzögerten Modus. Das Lächeln der Frau ging in ein bösartiges Grinsen über, das ganze Gesicht veränderte sich schlagartig zu einer Fratze.

Das Messer in der Hand sah Paul erst, als die Frau den Arm hob und auf Hoss einstach.

Im selben Moment hörte Paul einen Schuss, und er sah die

Frau, die einen erstickten Schrei ausstieß, nach hinten taumeln, bis sie in sich zusammensackte.

Paul brauchte eine Weile, bis er die Fassung wiederfand. Er starrte auf die Frau, die wie ein abgestürzter Engel auf dem Rasen lag. Dann wurde es hell, jemand hatte das Außenlicht über der Terrassentür eingeschaltet. Paul drehte den Kopf zur Seite, wie ein Nachtwandler, den man aufgeweckt hatte, und sah zwei alte Männer hinter der Terrassentür stehen, in der ein großes Loch klaffte.

Pauls rechtes Ohr war taub. Er kniete neben Hoss und hielt seinen Kopf. Aus einer Wunde am Hals lief das Blut heraus.

»Johann, ein Handtuch, schnell!«

Der kam nur wenig später mit einem Frotteehandtuch, das Paul sofort auf die Wunde drückte, um die Blutung zu stoppen. Als er merkte, dass Hoss langsam zu Bewusstsein kam, war er sehr erleichtert. »Halt durch, Hilfe ist unterwegs.«

Hoss schloss kurz die Augen zum Zeichen, dass er verstanden hatte. Zu gerne hätte Paul ihn mit Fragen gelöchert. Warum er hier war. Was ihn mit Yolanda verband und so weiter. Aber das musste warten.

Er blickte kurz zu Oliver Hendricks hinüber, dem die Perücke vom Kopf gefallen war und der jetzt weinte wie ein kleines Kind. Der Schuss hatte sein Bein getroffen, das Kleid war in Höhe des Oberschenkels blutig. Jim half seinem Sohn auf und stützte ihn, während sie ins Haus gingen.

Johann reichte Paul ein weiteres Handtuch, das Paul wieder an die Wunde presste. Sie blutete immer noch stark.

»Danke, Johann, ich komme erst mal klar. Geh bitte rein und sichere die Waffe. Dann kannst du Jim helfen.«

Hoss hatte jetzt die Augen geöffnet und sah Paul an. »Danke«, sagte er leise.

Paul lächelte ihn an. »Nicht sprechen. Du kannst mir später alles erzählen.«

In diesem Moment sah Paul blaues Licht aufblinken, vermutlich der Rettungswagen. Kurz darauf liefen zu Pauls Erleichterung auch schon mehrere Leute durch den Garten. Er berichtete kurz, was geschehen war, während eine Notärztin sich um Hoss kümmerte.

Paul erklärte ihr, dass drinnen auch noch ein Verletzter sei, der jedoch möglichst vor Ort versorgt werden müsse und das Haus nicht verlassen dürfe. Paul musste immerzu an den Tümpel denken und überlegte, ob er Johann und Jim mit Oliver für einen Moment allein lassen konnte, als er den hellen Schopf Heimdahls im Garten auf sich zukommen sah.

»Gott sei Dank«, rief Paul ihm zu. Während er Heimdahl ins Bild setzte, lauschte der schweigend und mit offenem Mund.

»Sie sind alle drin. Und das Messer liegt dahinten.« Paul zeigte ihm kurz die Stelle.

Heimdahl schien immer noch nicht alles zu begreifen, aber er machte sich auf den Weg ins Haus.

In diesem Moment kam Johann hinaus. »Kann ich irgendwas tun?«, rief er.

Paul ging bereits durch den Garten. »Du kannst die Taschenlampe halten.«

»Wo willst du hin?«, rief Heimdahl ihm nach.

»Ich muss was nachgucken.«

Die Wasserlinsen hatten wieder die gesamte Oberfläche des Tümpels erobert, als hätten sie eine Wunde verschlossen. Paul drückte Johann die Taschenlampe in die Hand und kniete sich an den Rand des kleinen Gewässers. Dann tauchte er mit dem Arm unter und suchte so lange, bis er den Lenker des Fahrrads fühlte. Er zog daran, das Fahrrad schien sich allerdings gegen die Bergung zu stemmen. Doch schließlich hatte Paul es vollständig aus dem Wasser befördert.

»Heiliger Bimbam«, rief Johann aus. »Wem gehört das denn?«

»Yolanda. Und dein GPS-Tracker ist am Sattel.« Paul starrte auf den Tümpel. »Wir brauchen eine Stange oder so was.«

Johanns Augen wurden groß. »Ist denn da noch was drin? Doch nicht etwa der Besitzer des Fahrrads?«

»Bete, dass nicht.« Paul lief zum Schuppen und kam mit einem Schneeschieber wieder zurück.

Johann umklammerte die Taschenlampe fester. »Manchmal wünschte ich, ich wäre doch nicht an die Küste gezogen.«

»Zu spät.«

Kurz darauf stand Paul am seitlichen Rand des Tümpels und tauchte den Schneeschieber hinein. Immer wieder fuhr er damit langsam hin und her, und ihm war zutiefst unwohl dabei. Was mache ich hier bloß, ging es ihm durch den Kopf. *Andere sitzen jetzt mit ihren Kindern zusammen, spielen Monopoly oder trinken mit Freunden ein Bier in der Kneipe, sind im Kino oder ...* Für einen Sekundenbruchteil blitzte Siris Gesicht in seinem Kopf auf. Er schloss kurz die Augen. *Und ich stochere mit einer Schneeschaufel in einem fauligen Tümpel herum.* Natürlich hätte er auch warten können, bis die Kollegen da waren, aber das hier war sein Fall. Und jetzt brauchte er auch Gewissheit, ob Yolanda etwas zugestoßen war.

Plötzlich zuckte er zusammen, da war was.

Johann kniete am Tümpel und starrte ins Wasser. »Was ist?«

»Weiß nicht.« Paul versuchte, das, was er an der Schaufel hatte, an den Rand des Tümpels zu schieben, während Johann hineinleuchtete.

Dann schreckte Johann zurück und erhob sich hastig. »Heiliger Strohsack.«

Paul hielt inne und beugte sich vor. Jetzt sah auch er die langen blonden Haare, die im grünlichen Wasser schwebten wie die Haare einer Seejungfrau.

***

Der Himmel über Havgart war ein Sternenmeer. Es sah so aus, als wäre das gesamte Universum näher gerückt. Was natürlich Quatsch war, aber solche Gedanken kamen einem nun mal, wenn man nach so einem Tag in den nächtlichen Himmel sah.

Woher kommen wir? Wohin gehen wir? Sind noch mehr Lebewesen da draußen? Wo ist Gott? Was ist Zeit? Wie spät ist es überhaupt? Paul sah kurz auf die Uhr des Smartphones. Spät war es. Oder früh. Eigentlich war es egal – was war schon Zeit? Sie saßen in ihren Jacken draußen auf der Verandabank, jeder eine Flasche mit Johanns frisch gebrautem Bier in der Hand. Paul hatte erst abgelehnt, aber Johann hatte ohne weiteren Kommentar die Flasche geöffnet und sie seinem Sohn in die Hand gedrückt. Johann war gerade von einem Rundgang zurückgekommen, um nach Baptiste zu rufen. Aber der Kater blieb verschwunden.

Paul hatte trotz der späten Stunde Siri angerufen und ihr mitgeteilt, was passiert war. Dass sie wieder zwei Gäste aus ihrer Fastengruppe verloren hatte. Siri war in Tränen ausgebrochen, und Paul hatte sich in diesem Moment gewünscht, er könne sich ins Haus der Stille beamen. »Ich bleibe heute bei meinem Vater, Siri, aber morgen komme ich.«

»Ich warte auf dich.«

Dann hatten sie aufgelegt. *Ich warte auf dich.* Mehrmals hatte Paul diese Worte in seinen Gedanken wiederholt, und er merkte, wie gut sie ihm taten. Und wie sehr er diese Frau jetzt schon vermisste.

Nachdem Heimdahls Kollegen aus Lübeck eingetroffen waren, hatte Paul auch ihnen Bericht erstattet, dann hatten die aktiven Profis übernommen. Warum er überhaupt da draußen gewesen war, das hatte er so schwammig wie möglich gehalten. Und Heimdahl hatte das Gespräch geschickt umgelenkt, sodass der Kollege nicht weiter nachgefragt hatte. Der GPS-Tracker lag auf Johanns Küchentisch. Das Relikt einer schrecklichen Tat. Ohne das sie Yolanda nie gefunden hätten.

Als hätte Johann Pauls Gedanken gelesen, sagte er: »Wenn du dieser Frau nicht gefolgt wärst, dann hätte dieser Verrückte vielleicht Jimmy umgebracht.« Er sagte dies, ohne den Blick vom Sternenhimmel abzuwenden.

Paul dachte darüber nach. »Aber warum nur?«

»Du hast ihn doch gesehen.« Johann holte einmal tief Luft. »Allmächtiger, da kam ein Ungeheuer durch den Garten gelaufen. Ich hab vielleicht einen Schreck gekriegt.«

»Und ich erst. Norman Bates, habe ich gedacht, es gibt ihn wirklich.«

»Aber er hat doch seine Frau nicht ausgestopft wie in diesem Film?«

»Ich will es nicht hoffen.« Paul sah seinen Vater an. »Hat Jim denn nichts in dieser Richtung erwähnt? Also, dass sein Sohn sich seltsam verhält. Oder dass er sich fragt, wo seine Schwiegertochter abgeblieben ist? Sie haben doch quasi unter einem Dach gewohnt.«

»Ich glaube, Jim wollte einfach nur weg. Er konnte mit Vanessa nichts anfangen. Und mit seinem Sohn vermutlich auch nicht. Und er hat sich geärgert, dass Oliver und Vanessa so viel Geld ausgaben.« Johann seufzte auf. »Oliver war pleite. Das hat Jim herausgefunden, als er in Olivers Wohnung rumgeschnüffelt hat. Er wollte nachsehen, wo Vanessa steckte. Er hatte sie seit ein paar Tagen nicht mehr zu Gesicht gekriegt. Aber alle ihre Sachen waren noch da. Und da hat er den Vollstreckungsbescheid gefunden. Sie wollten ihm die ganze Bude ausräumen.« Johann fuhr sich durch sein Kinnbärtchen.

»Hoffentlich finden Heimdahl und seine Leute heraus, was mit Vanessa geschehen ist«, sagte Paul.

»War das ein Miauen?« Johann stand auf und spähte in den Garten, schnalzte ein paarmal mit der Zunge. »Monsieur Baptiste? Bist du das?« Er wartete noch einen Moment, dann setzte er sich wieder.

»Wir gehen morgen noch einmal zusammen. Wir finden ihn schon.«

»Ehrlich gesagt glaube ich nicht mehr daran. Er hat mich verlassen. So was machen Katzen schon mal.«

»Aber nicht unsere.« Paul trank von dem Bier, das köstlich war. »Dein Bier wird mit jedem Mal besser, Johann.«

»Danke.«

»Und betrunken bin ich auch schon.«

»Das kommt vom Hungern. Selber schuld.«

Lange saßen sie schweigend da, und Paul bemerkte, dass sich der Sternenhimmel verschoben hatte. Das ist Zeit, dachte er. Die

Drehung der Erde, die einen immer neuen Blick auf die vielen Sterne da oben ermöglichte.

»Der Abend war so schrecklich, dass ich davon bestimmt Alpträume kriege«, sagte Johann. »Die arme Frau. So zu enden.« Er wandte sich Paul zu. »Und was sie dort wollte, das wissen wir immer noch nicht? Was sagt denn dieser andere, der aus der Hungergruppe?«

»Sobald er ansprechbar ist, wird er schon reden. Vielleicht ist sie ja die Verbindung zu Mathias Lieven.« Paul richtete den Blick auf seinen Vater. »Es sei denn, ihr habt Mathias Lieven höchstpersönlich umgebracht. Also du und Ida.«

Johann fuhr herum. »Du machst Witze!«

»Die Webcam? In Heiligenhafen? Wenn du mir nicht sagst, was ihr da zu suchen hattet, dann ist das eher kein Witz.«

Johann stand wieder auf, stellte seine Bierflasche auf das Geländer der Veranda und sah in den Garten. Wieder rief er nach seinem Kater. Wieder kam keine Antwort.

»Wir wollten ihm ein Angebot machen. Also diesem Lieven. Er hatte uns doch erzählt, dass er am Graswarder eine Kur macht.«

»Das wusstet ihr?« Paul lachte ungläubig.

Johann drehte sich um. »Lach du nur. Aber Ida und ich haben wenigstens den Versuch unternommen, den Hirschfänger zu retten. Wir wollten ja nicht mit ihm sprechen, sondern ihm einen Brief in den Kasten werfen.«

»Um halb fünf morgens.«

»Wir wollten sicher sein, dass uns niemand sieht. Wir dachten, da schlafen brave Menschen doch. Falsch gedacht. Stattdessen laufen da ein paar Verrückte am Strand rum und sagen … Sachen.«

Paul runzelte die Stirn. Also hatte Heimdahl recht gehabt damit, dass sie am Strand gewesen seien.

Johann schüttelte den Kopf. »Und ihr zwei, ihr habt 'ne dolle Nummer hingelegt.«

Paul holte tief Luft. »Was hast du denn gesehen?«

»Gesehen? Nichts eigentlich. Es war dunkel. Aber gehört.«

»Und *was* hast du gehört?«

»Das meiste wiederhole ich lieber nicht. Es war albernes Gekicher, Pubertierende sind nichts dagegen. Aber …« Johann redete nicht weiter, sondern griff nach seiner Bierflasche und trank sie aus. »›Den hole ich mir! Niemand kauft den Hirschfänger!‹«

Paul stand auf und sah ihn an.

»Jetzt guck nicht so. Ich kenne doch deine Stimme.«

»Aber da wusste ich doch noch gar nicht, dass es Lieven war. Und dass er nebenan wohnte, Johann.«

»Wie konnten *wir* denn wissen, was du *nicht* wusstest?«

»Und dann?«

»Wir haben gemacht, dass wir wegkommen. Ist doch klar.«

»Diese verdammte Nacht macht mir Kopfzerbrechen ohne Ende.« Paul stützte die Ellenbogen auf das Geländer und legte das Kinn auf die Fäuste. »Wir wissen jetzt immerhin, dass Oliver Hendricks vermutlich seine Frau und Yolanda umgebracht hat. Und Heimdahl und seine Leute werden bis morgen bestimmt noch einiges mehr erfahren.«

Paul merkte, wie müde er war. Aber da fiel ihm noch etwas ein. Er nahm das Smartphone, das auf der Bank lag, suchte das Foto heraus, das Yolanda in ihrem Kleiderschrank versteckt hatte, und gab es Johann. »Dieses Bild hatte Yolanda dabei.«

Johann sah es sich genau an. »Und?«

»Ich habe vorhin gesehen, dass auf Jims Küchentisch viele Bilder lagen. Vermutlich für eure Recherchen. War dieses zufällig dabei?«

Johann schaute noch einmal. »Nein, ich glaube nicht. Wer sind denn die Kinder?«

»Mathias und seine Schwester.« Paul steckte das Smartphone weg. »Ist jetzt auch egal.« Dann sah er Johann noch einmal an. »Es tut mir leid, also das mit dem Tümpel.«

»Du hast sie ja nicht da reingelegt.«

»Aber ich habe dich dorthin mitgenommen. Ich habe einfach nicht nachgedacht. Das hätte nie passieren dürfen.«

Johann hob die Schultern, als langweile ihn das, was Paul

gerade gesagt hatte. »Du glaubst, du kannst einen Fünfundachtzigjährigen noch schockieren?«

Paul lächelte.

»Außer, dass ich ab jetzt einen Riesenbogen um grüne Tümpel machen werde.«

»Du bist ein Detektiv, Johann, das ist kein Job im Streichelzoo.« Paul legte den Arm über die Schulter seines Vaters. »Komm, lass uns ins Bett gehen.«

»Und von blonden Wasserleichen träumen, die in Tümpeln Fahrrad fahren«, sagte Johann.

DREIZEHN

Freitag, 14. Oktober

Am nächsten Morgen wurde Paul von Stimmen geweckt, die aus Johanns Küche kamen. Er hatte schlecht geträumt. Die schrecklichen Ereignisse des gestrigen Tages hatten ihre blutigen Fühler nach ihm ausgestreckt. Das verzerrte Gesicht Olivers unter der Perücke, Yolandas Haare in dem grünen Wasser des Tümpels. Mathias Lievens seegrasbedecktes Gesicht am Strand, immer hatte er von Wasser, Haaren und Gesichtern geträumt.

Paul schaute kurz auf sein Smartphone, ob Siri sich noch einmal gemeldet hatte, was aber nicht der Fall war. Er schrieb ihr eine kurze Nachricht:

Alles in Ordnung? Hast du einigermaßen schlafen können?

Dann duschte er kurz und ging hinunter in die Küche. Martin Heimdahl stand an der Haustür, Johann saß an seinem Küchentisch.

»Da bist du endlich, ich wollte gerade wieder fahren«, sagte Heimdahl.

Paul sah sofort, wie übermüdet sein Freund aussah. Vermutlich hatte er nur wenig oder gar keinen Schlaf gefunden. »Martin, wie ist es gelaufen? Hat Oliver geredet?«

Heimdahl lehnte sich an die Arbeitsplatte der Küche. »Nein, kein Sterbenswort. Aber das verwundert mich auch nicht.«

»Ich an seiner Stelle würde auch den Mund halten«, sagte Johann, »wenn man bedenkt, in welch unübersichtlicher Situation er sich befindet.«

Paul ging zur Spüle und füllte Wasser in ein Glas, das er sofort in einem Zug austrank.

»Unübersichtlich, das trifft es, Johann«, sagte Paul dann und wandte sich Heimdahl zu. »Blickst du überhaupt noch durch?«

Bevor Paul und Johann gestern Nacht nach Hause gefahren waren, hatte Paul seinem Freund alles erzählt, was er wusste. Dass er Yolanda mit Hilfe des GPS-Senders gefolgt war. Dass Hoss irgendwie mit drinhing, er aber noch keine Ahnung hatte, wie das alles zusammenhing.

»Ich habe heute Nacht versucht, das alles zu sortieren«, sagte Heimdahl, bei dem sich erste rötliche Bartstoppeln im Gesicht zeigten. »Wenn das stimmt, dass Oliver hoch verschuldet ist, dann haben wir immerhin ein erstes Motiv, was seine Frau betrifft. Wenn sie denn wirklich tot ist. Solange wir keine Hinweise auf einen Mord finden, müssen wir in Betracht ziehen, dass sie einfach nur ausgezogen ist.« Er fuhr sich übers Kinn. »Dass ihre komplette Garderobe noch da ist, spricht leider eher dagegen.«

»Es kommt vor, dass Leute alles zurücklassen, um einen kompletten Neuanfang zu machen«, sagte Johann. »Habe ich gerade erst gelesen.«

Heimdahl nickte. »Ja, schon, aber laut Jim war sie tatsächlich von heute auf morgen verschwunden.«

Pauls Smartphone meldete eine Nachricht, er sah sofort nach, es war Siri. Endlich, dachte er und las:

Es geht so. Sehe ich dich heute?

Paul antwortete sofort:

Ich mache mich gleich auf den Weg.

»Wie geht es meinem Freund Jim?«, fragte Johann.

»Er war gefasst.« Heimdahl setzte sich jetzt mit an den Küchentisch. »Johann. Denk mal genau nach. Was hat Jim gesagt, wenn er über Oliver sprach?«

Johann richtete sich auf. Paul sah ihm an, dass er sich freute, mit in die Ermittlungen einbezogen zu werden.

»Er hat nicht viel über seinen Sohn geredet, aber …« Konzentriert sah er in der Küche umher. »Wenn ich so darüber nachdenke … Ja, ich hatte tatsächlich den Eindruck, dass in allem, was er über seinen Sohn sagte, immer auch Enttäuschung und Verärgerung mitschwangen.«

»Er muss gewusst haben, was passiert ist«, sagte Paul. »Er hatte im richtigen Moment die Waffe parat und hat, ohne zu zögern, auf seinen Sohn geschossen.«

»Das mit der Waffe ist auch noch einmal so eine Sache«, sagte Heimdahl. »Warum er die überhaupt hatte.«

»Um sich zu verteidigen?«, sagte Johann.

»Gegen wen?«, fragte Paul. »Ich habe mich auch die ganze Zeit gefragt, wie es kam, dass Jim so schnell reagiert und auf Oliver geschossen hat.«

»Habt ihr ihn das denn nicht gefragt?« Johann sah Heimdahl an.

»Doch, haben wir, Johann. Dein Freund hatte Oliver seit ein paar Tagen in Verdacht, seine Frau getötet zu haben. Das ist auch der Grund, warum er wieder in die Einliegerwohnung zurückgekehrt ist.«

Johann zog die Brauen hoch. »Davon hat er mir gar nichts gesagt.«

Paul setzte sich jetzt auch an den Tisch. »Würdest du es jemandem erzählen, wenn du den Verdacht hättest, ich könnte meine Frau umgebracht haben?«

»Wohl eher nicht.« Johann zuckte die Schultern. Tiefe Sorgenfalten legten sich jetzt auf seine Stirn. »Muss Jim ins Gefängnis? Wegen des Schusses auf Oliver?«

»Vermutlich nein, Johann, er hat dem Mann, den Oliver angegriffen hat, das Leben gerettet.«

Johann seufzte erleichtert auf.

»Er muss vorerst im Wohnwagen bleiben. Er darf nur nicht abreisen und Olivers Haus nicht betreten. Aber das versteht sich ja von selbst.«

»Johann, hatte Jim die Waffe offen dort herumliegen?«, wollte Paul jetzt wissen.

»Natürlich nicht, wo denkst du hin? Ich bin aus allen Wolken gefallen, als er die auf einmal in der Hand hatte.«

»Jim hat ausgesagt, du, Johann, hättest Vanessa am Fenster gesehen«, warf Heimdahl ein.

»Das ist richtig.«

»Das war für Jim das Signal. Er hat gewusst, dass es Oliver war und dass etwas passieren würde.«

Eine Weile saßen sie alle drei am Küchentisch und dachten über das Gesagte nach. Dann stand Paul auf und füllte das Glas erneut mit Wasser.

»Fastest du eigentlich immer noch?« Heimdahl warf ihm einen skeptischen Blick zu. »Du bist dünn geworden, findest du das gut?«

»Erst hieß es, ich hätte ein Wohlstandsbäuchlein, und jetzt bin ich zu dünn?«

»Na ja, ein bisschen was Handfestes wünschen sich die Damen doch schon, oder?«

Paul verdrehte die Augen. »Welche Damen?« Auch das frische Glas Wasser kippte er in einem Zug herunter. »Aber ich denke, ich werde das Ganze jetzt tatsächlich beenden.«

»Ein Wunder, dass du überhaupt so lange durchgehalten hast«, sagte Johann.

Paul spürte, dass er total unzufrieden war. Er wandte sich noch einmal Heimdahl zu. »Weißt du, ich verstehe das alles nicht. Oliver als Mörder von Vanessa. Na gut. Die Frau hat ihn mit ihren Ansprüchen in den Bankrott getrieben. Aber Yolanda? Welche Verbindung haben Yolanda und Oliver?« Beim Reden ging er in der Küche auf und ab, beide Hände tief in den Taschen seiner Jeans. »Die einzige Verbindung wäre, wenn irgendwelche Immobiliengeschäfte eine Rolle spielen würden.«

Heimdahl neigte den Kopf ein wenig zur Seite. »Der Verkauf des Hirschfängers?«

»Und weiter?«, fragte Paul. »Bringt man sich deshalb gegenseitig um?«

Paul und Johann wechselten einen kurzen Blick. Und Heimdahl hatte den gesehen.

»Gibt es etwas, das ich wissen sollte?«

»Ist nicht wichtig«, sagte Paul und hielt inne. »Das Foto …«

Heimdahl runzelte die Stirn.

»Kann sein, dass ich vergessen habe, es zu erwähnen, Martin, aber ich habe so ein Foto bei ihr gefunden. Deshalb bin ich doch überhaupt erst auf die Idee gekommen, sie zu beobachten.«

»Das heißt, dass es doch nicht nur um Dawid Zubek und um Immobilien geht, sondern auch um etwas Privates.« Heimdahl verschränkte die Arme und biss sich auf die Unterlippe.

»Was ist eigentlich mit den Einbrüchen?«, fragte Johann. »Habt ihr da etwas rausgefunden, ihr Schlaumeier?«

Heimdahl schüttelte den Kopf. »No, sorry.«

»Vermisst du denn jetzt irgendwas?«, fragte Paul seinen Vater.

»Nö. Eigentlich nicht. Oder doch, das Fehmarn-Foto ist weg.«

Heimdahl und Paul sahen Johann fragend an.

»Jim hatte mir doch ein Foto geschenkt, das auf dem Love and Peace Festival gemacht wurde. Da sind wir alle drauf. Annie und ich und Jim und Kristin.«

»Wer ist Kristin?«

»Jims große Liebe. Du hast es doch bestimmt gesehen. Ich hatte es dabei, nach dem Auftritt im Hirschfänger, und Lilli hat es abfotografiert.«

»Habe ich vermutlich nicht mitgekriegt«, sagte Paul. »Und das Bild ist weg?«

»Ja. Und seltsamerweise findet Jim seins auch nicht mehr.«

Paul hob die Brauen.

»Aber wegen eines Fotos bricht bestimmt niemand irgendwo ein.«

Paul dachte an den Schatten, den er zweimal hier am Haus gesehen hatte. An die Gestalt am Strand des Graswarders. Könnte das Yolanda gewesen sein? Würde die in Häuser einbrechen? Ihn niederschlagen?

»Hast du das Bild auf deinem Smartphone? Kannst du es mir mal schicken?«

Johann zuckte mit den Schultern. »Wenn's wichtig ist.«

»Was wichtig ist und was nicht, weiß man immer erst hinterher«, sagte Heimdahl, stand auf und verabschiedete sich.

Während Paul mit Johann die Dorfstraße hinunterging, schaute sich Johann immer wieder nach Baptiste um. Aber Paul spürte, dass die Hoffnung seines Vaters, den Kater jemals wiederzufinden, immer mehr schwand. Die Rufe nach Baptiste waren lustloser und weniger geworden. Trotzdem wollte Paul ihn noch nicht fragen, ob er sich vorstellen könnte, sich einen neuen Kater zuzulegen. Auf Hinrichs Hof gab es jede Menge davon. Mit der Frage würde er zugeben, Baptiste selbst auch abgeschrieben zu haben.

Der Vormittag war schön, nur ein paar weiße Wolken standen ruhig am Himmel und ließen den Ort freundlich erscheinen. Im Hirschfänger war noch nicht viel los, ein paar Urlauber saßen an zwei Tischen und unterhielten sich lautstark. Am Tresen hockten Finn und Fokke, und Paul dachte, dass die beiden mittlerweile zur Einrichtung gehörten und in die Inventarliste aufgenommen werden sollten.

Olaf begrüßte sie mit einem munteren »Moin!« und ging mit einem Tablett voller Gläser zu den lauten Urlaubern.

Johann klopfte Fokke im Vorbeigehen auf die Schulter. »Machst du etwa blau, Junge?«

»Redet man so mit seinen Gästen?«, rief Fokke ihm nach, doch Johann verschwand ohne Kommentar in der Küche.

»Wir haben Pause«, sagte Fokke dann zu Paul, der neben ihm stehen geblieben war.

Paul lachte. »Fang bloß nicht an, dich zu entschuldigen.«

In dem Moment flog die Küchentür auf, und Lilli kam herausgelaufen, direkt auf Paul zu, und umarmte ihn. »Ich hab gerade erst gehört, was gestern passiert ist, Papa.«

Paul strich ihr über den Kopf. »Mir geht es gut, Lilli.«

»Aber du hast die arme Frau in dem Teich gefunden«, sagte sie aufgebracht. »Das ist so schrecklich.«

»Das ist nun mal so, wenn man bei der Polizei ist.«

»Was du aber doch gar nicht mehr bist.«

»Hast du nicht gesagt, du hättest nichts dagegen, wenn ich wieder zu meiner alten Stelle in Hamburg zurückkehre?«

Lilli verzog das Gesicht. »Jetzt bin ich mir nicht mehr so sicher.«

»Wo ist Ida?«, fragte Paul.

Lilli deutete mit dem Kopf Richtung Küche. »Papa? Kann ich bald wieder zu euch?«

»Kommst du mit Ida nicht klar?«

»Doch, sie ist super. Das hätte ich gar nicht gedacht.« Jetzt strahlte Lilli. »Und pass auf, was ich schon alles kochen kann: Spaghetti Vongole, Parmigiana, und den Teig für Ravioli kann ich auch schon.«

Paul sah sie verblüfft an. »Heißt das, du versorgst Johann und mich jetzt immer mit original italienischer Küche? Das ist ja wunderbar.«

Lilli grinste schief. »Ab und zu vielleicht. Und? Kann ich? Wieder bei Opa schlafen?«

Paul dachte nach. »Wir wissen immer noch nicht, wer die Einbrüche begangen und wer mich niedergeschlagen hat, Lilli.«

»Aber ihr habt doch einen festgenommen. Der war das bestimmt.«

»Das ist noch nicht raus. Aber meinetwegen. Allerdings nur unter der Voraussetzung, dass du nie alleine im Haus bist. Wenn Opa weggeht, dann gehst du entweder hierher oder wieder zu Ida.«

Lilli hob kurz jubelnd die Fäuste an. »Ja!« Dann ging sie wieder zurück in die Küche.

Kurz darauf erschienen Ida und Johann im Gastraum. »Was sind denn das für Sachen, Herr Kommissar?«

Paul winkte ab. Er hatte keine Lust mehr, darüber zu reden. »Ich bin da jetzt raus, die Polizei hat übernommen.«

»Das will ich auch hoffen. Wann dürfen wir denn wieder mit Ihnen rechnen?« Sie musterte Paul von oben bis unten. »Wird Zeit, dass Sie wieder etwas Ordentliches zu Beißen bekommen. Sie sind ja dürr wie ein Hofbesen.«

»Ich habe gehört, dass Sie Lilli in die Geheimnisse der italienischen Küche eingeweiht haben, Frau Rossi.«

»Das Mädchen ist einfach zu allem zu gebrauchen. Ich möchte sie ja ungern wieder hergeben. Sie hat mir gerade erzählt, dass sie gerne wieder zu ihrem Großvater möchte. Ich kann sie gut verstehen. Auf Dauer ist es bei der alten Ida auch langweilig.«

»Langweilig? Sie?« Paul lachte. »Aber ja, sie kann bei Johann bleiben. Und Lilli ist super drauf, die paar Tage bei Ihnen haben ihr gutgetan.« Paul beugte sich zu Ida hinunter und gab ihr einen lauten Kuss auf die Wange. »Ich danke Ihnen für alles.«

Ida war so verblüfft, dass sie knallrot wurde. Dann wedelte sie mit der Hand in der Luft herum. »Zu viel der Ehre.«

Johann kam wieder aus der Küche und biss von einer Möhre ab, dass es laut knackte.

Fokke drehte sich auf seinem Barhocker um. »Was ist denn jetzt mit diesem ominösen Käufer?« Er sah alle der Reihe nach an. »Wisst ihr schon, wer das ist?«

Johann und Paul machten verblüffte Gesichter.

»Haben wir was verpasst?«, fragte Johann kauend.

»Das kommt davon, wenn man lieber als Detektiv arbeitet und sich nicht mehr blicken lässt«, sagte Fokke.

»Laut Hennys Anwalt gibt es einen neuen Käufer.« Olaf hob entschuldigend die Hände. »So sieht's aus. Und da sowohl über Käufer als auch Kaufsumme Stillschweigen vereinbart wurde, stehen wir genau an demselben Punkt wie ganz zu Anfang.«

»Scheiße«, murmelte Paul.

»Dann solltet ihr euch langsam mal nach einem neuen Job umgucken, Leute«, sagte Fokke.

Ida sah auf die Uhr, dann warf sie Fokke einen bösen Blick zu. »Ist eure Pause nicht längst wieder vorbei?«

***

Kurz darauf saß Paul in seinem Porsche. Bei Oldenburg-Nord verließ er allerdings die A 1 wieder und fuhr die Krößer Chaussee entlang, um dann hinter Techelwitz links in die Landstraße einzubiegen, die an Johannistal vorbeiführte. Eigentlich wollte er auf direktem Weg an den Graswarder fahren. Aber er folgte dann doch dem Autopiloten, der offenbar übernommen hatte.

Er fuhr langsam die schmale Landstraße entlang, die sich

idyllisch durch die hügelige Endmoränenlandschaft schlängelte und auf den Höhen links einen wunderbaren Blick auf die blaue See ermöglichte. So eine verträumte Gegend, dachte Paul, als die weißen Mauern des Hendricks-Hofes durch das herbstliche Laub der Büsche schimmerten. Genau das war es, was ihn so verstörte. Was überhaupt nicht zusammenpasste. Das Böse, das sich hier in dieses kleine Paradies eingenistet hatte. Er dachte an das Haus der Stille. War es dort nicht genauso? Das Strandparadies und die rohe Gewalt, die ebenda stattgefunden hatte. Der Tote am Strand, Siris Verletzungen an den Armen. Er musste zu Siri, unbedingt. Aber vorher musste er noch einmal auf den Hof. Es war, als würde er von einer kaum sichtbaren Angelschnur gezogen.

Er parkte den Wagen vor dem Haus und stieg aus. Den Anblick des Tümpels vermied er, während er auf das Haus zuging. Vor der Tür blieb er stehen und starrte das Siegel an. Heimdahl hatte erzählt, dass sie das gesamte Haus gesichtet hatten, um nach dem Verbleib der Ehefrau von Oliver Hendricks zu suchen. Spuren genommen, Fotos gemacht, das ganze Programm. Aber sie hatten eben nur nach Vanessa gesucht.

Am einfachsten wäre es natürlich, Heimdahl anzurufen und nach dem Schlüssel zu fragen. Aber da war sie wieder, seine Ungeduld – lieber die Dinge sofort erledigen. Er wollte ins Haus. Er wollte sich umsehen. Ihn kotzte es so dermaßen an, dass sie ganz offensichtlich etwas übersahen. Etwas, das Yolanda mit Mathias und Oliver verband.

Laut Heimdahl war Hoss immer noch nicht ansprechbar. Immerhin war er über den Berg. Paul wandte sich ab und ging am Haus entlang. Im Vorbeigehen drückte er gegen jede Tür, jedes Fenster, alle waren verschlossen. Er war jetzt an Jims Wohnung angelangt. Schon von Weitem sah er das Loch in der Scheibe, und dieser kurze Augenblick von gestern Abend schoss wieder durch seinen Kopf. Der Schrei Olivers, der sich wie ein verwundetes Tier angehört hatte, das Projektil, das an seinem Ohr vorbeigeflogen war. Jims versteinertes Gesicht.

Er schüttelte den Kopf, um die Bilder zu vertreiben, als er sah, dass das kleine Toilettenfenster nur angelehnt war. *Danke, lieber Himmel! Hast mich doch noch nicht ganz vergessen.* Allerdings war das Fenster so klein, dass es fraglich war, ob er hindurchpasste.

Er sah an sich hinab, maß das Fenster noch einmal. Dank der Fastenkur müsste es eigentlich gehen. Vorher wäre er bestimmt mit seinem Wohlstandsbäuchlein drin stecken geblieben. Paul grinste. Manchmal tat man Dinge, die einem unsinnig erschienen. Von denen man aber nie vorher wissen konnte, wozu sie noch gut sein würden.

Paul drückte das Fenster auf, hievte sich hoch und schob erst die Arme, dann die Schultern durch die kleine Öffnung. *Wenn ich jetzt hier stecken bleibe*, dachte er, *dann komme ich weder vor noch zurück und auch nicht an mein Handy. Das wäre ein jämmerliches Ende.* Stück für Stück arbeitete er sich vor und hing bald mit dem Kopf über dem Toilettendeckel, bis er sich darauf abstützen und endlich ganz ins Bad fallen konnte.

Paul gratulierte sich zu der akrobatischen Nummer und stand auf. Anschließend warf er einen kurzen Blick in Jims kleine Wohnung, ging aber gleich weiter zu der Tür, die in das Haupthaus führen musste. Sie war nicht verschlossen, und schon stand er im Haus von Oliver Hendricks.

Von hier aus präsentierte sich das Haus ganz anders als gestern, als seine Sicht hinterm Vorhang und in dem kleinen Windfang doch sehr eingeschränkt gewesen war. Es wirkte seelenlos, ein anderes Wort fiel ihm nicht ein. Der helle Fliesenboden strahlte Härte und Kälte aus. Die Möbel im Wohnzimmer sahen so teuer wie ungemütlich aus, um nicht zu sagen scheußlich.

Aber er wollte nicht allzu viel Zeit verlieren. Er sah sich kurz um, dann sprintete er die Treppe hinauf. Oben gab es zwei Schlafzimmer, das Bad und ein unbenutztes Gästezimmer. Er ging in das Schlafzimmer, das nach Oliver aussah, und zog alle Schubladen auf, kramte darin herum, schaute in den Kleiderschrank. Da war nichts, das ihm interessant vorkam.

Im Grunde wusste er immer noch nicht, wonach er eigentlich suchte. Aber er war sich sicher, dass er es in dem Moment wissen würde, wenn er es sah. Er lief wieder nach unten. Ein Blick in die Küche, dann öffnete er eine Tür, hinter der das Arbeitszimmer von Oliver lag. Er sah sich um, dann begann er auch hier, systematisch alles durchzugehen. Zuerst die Schreibtischschubladen, als Nächstes die Ablagefächer, die bis oben voll waren mit Rechnungen, Mahnungen, Vollstreckungsbescheiden. Und im untersten Fach, da sah er sie. Die Fotos. Es waren drei identische, auf denen vier Personen in die Kamera lachten. Seine Mutter, sein Vater, Jimmy und eine Frau, die laut Johann Kristin hieß. Er drehte die Fotos um, und auf einem standen die Namen der vier, eindeutig in Johanns Handschrift.

***

Als Paul die Tür zum Haus der Stille öffnete, spürte er, dass niemand da war. Die Wärme, die Behaglichkeit, das Gefühl der Zusammengehörigkeit dieser Gruppe war verschwunden. Es war kühl, und das Haus wirkte verlassen.

Er warf seinen Rucksack auf den Boden im Flur, ging durchs Wohnzimmer und sah, dass die Verandatür nur angelehnt war. Deshalb war es so kalt hier unten. Er trat hinaus und sah links, ziemlich weit weg, drei Leute an der Wasserkante entlanggehen. Er nahm das Fernglas, das immer am Fenster stand, und erkannte Siri, Léonie und Dominic. Sie bewegten sich in seine Richtung. Paul sprang die Mole hinunter, um ihnen entgegenzugehen.

Während er unten am Strand entlangging und die drei auf sich zukommen sah, wurde ihm schwer ums Herz. Die Überlebenden einer Fastenwandergruppe, dachte er. Sie waren gekommen, um sich zu erholen, um Ballast abzuwerfen, um Grundlegendes in ihrem Leben zu ändern. Und Mathias wollte etwas Neues anfangen. Was war dieses Neue?

Paul ging langsam und war jetzt an der blauen Villa angekommen. Ein einsames Handtuch hing am Geländer der Treppe, und ihn überkam dasselbe Gefühl wie vorhin schon auf dem Hendricks-Hof, nur dieses Mal viel stärker. Auch das hier war ein kleines Paradies. Und wenn nicht gerade eine Sturmflut tobte, war dies einer der schönsten Plätze auf Erden. Er drehte sich um und sah zum Haus der Stille zurück. In diesem Moment schob sich eine kleine Wolke vor die Sonne, und sofort spürte Paul die Kälte des Herbstes auf seiner Haut. Die Kälte von etwas Bösem, das über dem Haus zu hängen schien und von dem sie immer noch nicht wussten, woher es kam. Welche Rolle spielte Oliver Hendricks in diesem Schauerstück? Und welche hatte Yolanda gespielt? Und was wussten Hoss oder Jim? Er würde nachher nach Ortmühle fahren und Johanns alten Freund in dessen Wohnwagen besuchen. Jim war der Schlüssel, davon war Paul inzwischen überzeugt. Seit dem Moment, als Jim auf seinen Sohn geschossen hatte.

»Grüß dich, Paul«, rief Dominic ihm schon von Weitem zu. Paul hob die Hand. »Hallo.«

Siri sah müde aus, Paul konnte ihr ansehen, dass sie nur wenig oder vielleicht auch gar nicht geschlafen hatte.

Auch das Ehepaar Hunziker sah mitgenommen aus. »Wir sind zutiefst erschüttert«, sagte Léonie und legte ihre Hand auf Pauls Oberarm. »Es tut uns wirklich leid, was du mitmachen musstest.«

»Was ist mit Hoss?«, fragte Siri. »Wird er durchkommen?«

»Ja, Gott sei Dank. Die Verletzung hat die Halsschlagader knapp verfehlt, er hat ein Riesenglück gehabt.«

»Aber Yolanda …« Siri brach ab, und Tränen standen jetzt in ihren Augen.

Paul nickte langsam. Die Bilder der Bergung von Yolandas Leiche tauchten wieder auf, die Haare voller Wasserpflanzen, der leblose schlaffe Körper der zuvor so agilen Frau.

Er holte einmal tief Luft, dann ging er auf Siri zu, nahm sie in den Arm und hielt sie ganz fest. Sie begann zu weinen, und Paul strich ihr sanft über die Haare. Als er sie wieder losließ, sah er, dass Dominic und Léonie weitergegangen waren.

»Sie wollen abreisen«, sagte Siri.

»Das kann ich gut verstehen. Ich nehme an, Martin Heimdahl hat mit ihnen geredet?«

»Ja, und er hat gesagt, dass sie in der Nähe bleiben sollen, falls es noch Fragen gibt.«

Die gibt es, dachte Paul, jede Menge. Dann sah er Siri an. »Und du?«

Siri schniefte und strich sich die Haare, die der leichte Wind ihr ins Gesicht wehte, hinters Ohr. »Mein Mann kommt heute Abend und holt mich ab.«

Siri sah Paul nicht an, sondern schaute aufs Meer hinaus, das heute so blau war wie schon seit Tagen nicht. Zwei Surfer waren weit draußen, ein weißes und ein gelbes Segel bewegten sich Richtung Fehmarn. Paul dachte, dass er das jetzt auch gerne machen würde. Einfach sich auf etwas konzentrieren, das nur für den Moment wichtig war und vor allem nicht lebens- oder existenzbedrohend. Das Board unter den Füßen spüren, das Segel fest im Griff, Wind und Wasser im Gesicht.

Siris Mann, Peter van Coenen. Der Mann mit den kalten Augen.

»Aha«, sagte Paul nur. Fragen schossen ihm durch den Kopf. *Will sie überhaupt abreisen? Oder hat ihr Mann das beschlossen? Wer hat überhaupt das Sagen in dieser Ehe?*

Er strich sich die Haare zurück und stellte fest, dass die beiden Surfer kaum noch zu sehen waren. Auch das würde er jetzt gerne: einfach am Horizont verschwinden und irgendwo an neuen Ufern ankommen. Hatte er das nicht gerade versucht? In den letzten Monaten? Und jetzt stand er hier, hatte sich in etwas hineindrängen lassen, das sich so anfühlte, als würde ihm dieses Etwas den Boden unter den Füßen wegziehen. Und dazu gehörte auch Siri.

»War das deine Idee? Ich meine, dass dein Mann dich abholt?«

»Er hat es vorgeschlagen. Nach allem, was hier passiert ist, wollte er nicht, dass ich noch weiter hierbleibe.« Ein schneller Blick, dann sah sie wieder aufs Meer.

»Verstehe.« Aber du?, dachte er. Wenn dein Mann nicht wäre, wärst du lieber geblieben?

Scheiße. Scheiße. Scheiße. Er wollte ihr so viel sagen. Hatte aber Angst, damit alles wieder kaputtzumachen. Diese zarte Bande, die sie geknüpft hatten. Gab es sie überhaupt, oder hatte Paul das alles ganz anders gesehen als sie?

Er stand da, die Hände in den Hosentaschen, und schob mit dem Fuß Seegras zu einem Haufen zusammen. Als er wieder aufschaute, sah er, dass Siri ihren Blick auf ihn gerichtet hatte. Sie trat einen Schritt auf ihn zu und umarmte ihn.

Eine ganze Weile standen sie dann da, fest umschlungen, und rührten sich nicht. Das Vorspiel des Abschieds, dachte Paul und hätte am liebsten losgeheult. Dann löste er sich von ihr.

»Und wenn du einfach noch bleibst?«, fragte er leise.

Siri nickte. »Ich weiß, Paul. Ich weiß.« Sie streichelte seine Wange. Dann wandte sie sich ab und ging davon.

Paul stand da und sah ihr nach. Siri drehte sich nicht noch einmal um. Plötzlich verspürte er eine ungeheure Wut, und er trat den Haufen Seegras in die Brandung.

Natürlich würde er jetzt am liebsten nach Lübeck fahren und diesem Staranwalt über dessen verkackten Designerglas-Schreibtisch zubrüllen, er solle Siri in Ruhe lassen. Ihm zubrüllen, ob er überhaupt wisse, was für ein wunderbarer Mensch seine Frau sei. Dann lachte er bitter auf und sah noch einmal Siri nach, die sich schon ein gutes Stück von ihm entfernt hatte.

Das war's, dachte er, war nett mit dir, aber es ist vorbei.

In diesem Moment surrte sein Smartphone in der Hosentasche, und Paul hätte das verfluchte Ding gerne ebenfalls ins Meer geschossen wie zuvor das Seegras. Doch er zog es hervor.

Es war Swenja Lieven. »Störe ich gerade?«

Ja!, hätte Paul am liebsten geschrien. Ihr alle stört! Lasst mich doch einfach in Ruhe!

»Frau Lieven, alles gut. Was gibt es denn?«

»Ich wollte Ihnen nur sagen, dass ich gleich nach Großenbrode fahre. Sie hatten doch nach Mathias' Mutter gefragt. Ich habe gerade mit einer Schwester im Heim telefoniert, und die sagte mir, dass Frau Lieven ansprechbar ist. Möchten Sie mitfahren?«

»Weiß sie inzwischen, was mit ihrem Sohn passiert ist?«

»So halb. Sie weiß nur, dass Mathias vermisst wird, aber nicht, dass Sie seine Leiche gefunden haben. Wir können ihr es immer noch sagen, wenn wir Gewissheit haben.«

Paul sah kurz auf die Uhr. »Aber ich fahre mit dem eigenen Wagen, wir treffen uns am Friedland.«

Swenja Lieven saß bei geöffneter Fahrertür in ihrem Wagen und telefonierte gerade, als Paul neben ihr parkte. Sie beendete das Gespräch und begrüßte ihn.

Das Friedland war ein freundliches Haus, der triste und kühle Charme der siebziger Jahre war ihm nicht mehr anzusehen. Die alte Frau Lieven saß in eine Daunenjacke gekleidet mit zwei anderen Damen im Garten des Heims an einem kleinen Tischchen, auf dem Tassen standen.

»Einen Moment noch.« Paul blieb stehen. »Wie reagiert sie, wenn wir sie auf die Adoption ansprechen? Redet sie offen darüber, oder ist das eher belastend?«

»Das ist kein Problem. Sie ist eigentlich immer ganz offen damit umgegangen.«

»Auch damit, dass Mathias vielleicht eine Schwester haben könnte?«

Swenja Lieven dachte nach, dann zuckte sie mit den Schultern. »Fragen Sie alles, was Sie für wichtig erachten. Wenn es nur hilft, herauszufinden, was meinem Mann zugestoßen ist.«

Als sie bei den Damen ankamen, beugte Swenja sich zu ihrer Schwiegermutter hinunter und küsste sie auf die Wange.

»Swenja, Liebes.« Frau Lieven nahm die Hand ihrer Schwiegertochter und drückte sie lange.

»Mama, das ist Paul Lupin. Er hat ein paar Fragen wegen Mathias.«

Das Gesicht der alten Frau wurde ernst. Dann reichte sie Paul die Hand, die sich warm, aber zerbrechlich anfühlte.

Die beiden Damen, die mit ihr am Tisch gesessen hatten, erhoben sich. »Wir lassen euch dann mal alleine«, sagte die eine, und Frau Lieven nickte ihnen zu.

Als Paul und Swenja sich setzten, kam eine Schwester an

den Tisch. »Möchten Sie etwas trinken? Tee, Kaffee oder etwas anderes?«

»Kaffee wäre prima«, sagte Paul.

»Für mich auch, danke.« Swenja wandte sich wieder ihrer Schwiegermutter zu.

»Habt ihr Mathias gefunden?« Frau Lieven stellte die Frage geradeheraus.

»Nein, wir haben immer noch keine Spur, Mama«, sagte Swenja in liebevollem Ton.

Sie sagt »Mama« zu ihrer Schwiegermutter, so wie man es früher oft getan hat. Er hätte nicht gedacht, dass dies heute noch üblich war. Er redete Annas Eltern immer mit Vornamen an, nie würde er auf die Idee kommen, »Mama« oder »Papa« zu sagen. Selbst seinen Vater nannte er beim Vornamen, und er war sicher, dass Johann irritiert wäre, würde Paul plötzlich »Papa« sagen.

»Aber was wollen Sie dann von mir wissen?« Die alte Dame sah jetzt Paul an.

»Frau Lieven …« Paul wusste nicht so recht, wie er anfangen sollte. »Ich versuche herauszufinden, warum Ihr Sohn sich bisher nicht wieder gemeldet hat.«

»Sie meinen, was ihm zugestoßen sein könnte«, sagte Frau Lieven mit festem Ton. »Sie brauchen mich nicht zu schonen. Ich weiß, dass er womöglich tot ist.«

Paul war dankbar für die Offenheit der alten Frau, das erleichterte die Sache enorm. Und dass sie an Demenz litt, war ihr in diesem Moment absolut nicht anzumerken. »Es sind da ein paar Fragen aufgetaucht, die etwas mit seiner Kindheit zu tun haben könnten.«

Frau Lieven wurde wachsam. »Ach ja?«

»Von Ihrer Schwiegertochter wissen wir, dass Sie Mathias damals adoptiert haben.«

»Das ist richtig.«

»Wann genau?«

»Das war im Juli '75. Da war Mathias gerade vier.«

Paul dachte, dass Mathias auf dem Bild, das ihn zusammen mit dem Mädchen zeigte, jünger war.

»Hatte er Geschwister?«

»Er hatte eine Schwester, die war etwas älter als er. Sie hieß Klaudia.«

Klaudia, dachte Paul, nicht Yolanda. War damit der Verdacht, dass das Mädchen auf dem Bild vielleicht Yolanda sein könnte, ausgeräumt?

»Aber Sie haben nur Mathias adoptiert? Was ist aus Klaudia geworden?«

Frau Lieven schwieg, es schien, als falle es ihr jetzt doch schwer zu antworten.

Die Schwester kam und stellte eine Kanne mit zwei Tassen auf den Tisch. Swenja schenkte ihnen ein und reichte Paul eine Tasse.

»Danke«, sagte er, ohne die alte Frau aus den Augen zu lassen. Er hoffte, dass sie geistig noch ein bisschen bei ihnen blieb und sich nicht wieder hinter den Vorhang der Demenz zurückzog.

»Sie müssen wissen, die Kinder kamen aus schwierigen Verhältnissen.« Frau Lieven lachte bitter auf. »›Schwierig‹ ist vollkommen untertrieben. In ihrer Familie gab es Gewalt, Alkohol und Kriminalität. Das können Sie sich nicht vorstellen.«

Doch, kann ich, dachte Paul. Und wie ich das kann.

»Die Kinder wurden schließlich dem Jugendamt übergeben, waren eine Zeit im Heim und kamen dann in Pflegefamilien unter«, fuhr Frau Lieven fort.

»Sie wurden getrennt?«, fragte Paul und sah die alte Dame erstaunt an.

»Leider, aber es war unvermeidlich. Es hatte sich niemand gefunden, der zwei Kinder aus einer so … schlimmen Familie haben wollte.«

Alle schwiegen eine Weile, und Paul trank von dem Kaffee, der ausgesprochen gut schmeckte. Er wollte lieber keine weiteren Zwischenfragen stellen, er hatte das Gefühl, dass es besser war, die alte Dame nicht zu unterbrechen.

»Klaudia hatte Glück, sie kam in eine nette Familie, die zwei eigene Kinder im selben Alter hatte.«

»Und Mathias?«, fragte Paul und goss sich neuen Kaffee ein.

Frau Lieven schluckte. »Wir mussten den Jungen nach ein paar Monaten wieder zurückholen. Die Eltern hatten Eheprobleme, und es gab ... Vorfälle, sodass wir sofort handeln mussten.«

»Wir?«, fragte Paul. »Wen meinen Sie mit ›wir‹?«

»Das Jugendamt. Habe ich das gar nicht gesagt? Ich war Sekretärin beim Jugendamt.«

Paul hielt den Kaffee in der Hand und dachte nach. Das Foto, der Aktenschrank im Hintergrund. Er zog das Smartphone aus der Tasche, suchte das Bild heraus und legte es vor Frau Lieven auf den Tisch.

Sie betrachtete das Bild, ganz offenbar brauchte sie keine Brille. »Das habe ich gemacht. Das war, bevor die Kinder getrennt und an ihre neuen Eltern übergeben wurden.« Sie sah plötzlich traurig aus. »Ach, was hatte ich mich da schon in den kleinen Mathias verliebt. Aber ich war noch ledig und kam für eine Adoption nicht in Frage.«

Die Schwester kam zurück und beugte sich zu der alten Dame hinunter. »Ist Ihnen warm genug, Rosie?«

Frau Lieven tätschelte ihr die Hand. »Mir geht's gut, mein Kind.«

Die Frau nickte und ging wieder.

»Jetzt verstehe ich das erst«, sagte Swenja und beugte sich zu ihrer Schwiegermutter. »Und als es in Mathias' neuer Familie nicht geklappt hat, hast du dich gemeldet.«

Rosie Lieven nickte, und für einen Moment sah sie glücklich aus. »Ich hatte mittlerweile geheiratet und einen Mann, der jedoch keine Kinder zeugen konnte. Aber wir wollten eine Familie gründen, und dann haben wir Mathias bekommen, diesen Engel.« Sie sah Paul an. »Wissen Sie, er war ein so liebes Kind. Ich glaube, Gott hat mir deshalb einen Mann geschenkt, der keine Kinder zeugen konnte, weil er wollte, dass Mathias zu uns kommt.«

Ihre Miene verfinsterte sich, und plötzlich sah Rosie verändert aus, ihr Blick verlor sich irgendwo, sie schien abwesend zu sein.

Bleib noch hier, dachte Paul, nicht gehen, Rosie. Er wusste, wie schnell es mit der Erinnerung und der Konzentration bei

Demenzkranken auch wieder vorbei sein konnte. Er griff in die Jackentasche und legte das Foto auf den Tisch, das er in Olivers Haus gefunden hatte und das seine eigenen Eltern und Jim mit dieser Frau zeigte.

Rosie erschrak sichtlich, als sie das Bild sah. »Woher haben Sie das?«

»Das kann ich leider nicht sagen. Kennen Sie jemanden auf dem Bild?«

Rosie starrte lange darauf. »Wie ist dieses Bild nur zu Ihnen gekommen?« Sie blickte Paul ratlos an, dann nahm sie das Foto in die Hand, und Paul sah, dass sie zitterte. »Ich habe Mathias dieses Foto gegeben.«

Swenja horchte auf. »Wann?«

»Das weiß ich nicht mehr, vor einem halben Jahr vielleicht? Ach ja, als ich hierhergezogen bin. Mathias und ich haben den Dachboden ausgeräumt und den Karton gefunden, in dem noch ein paar Sachen waren, die wir damals aus der Wohnung der Eltern geholt hatten.« Rosie schüttelte den Kopf. »Ihr könnt euch gar nicht vorstellen, wie schlimm es dort aussah, Kinder. Alles war voller Müll und Flaschen und Katzen … ach.«

Rosie Lieven stockte, dann sah sie Paul an. In dem Moment veränderte sich ihr Blick. »Aber du musst das doch noch wissen, Junge.« Sie legte die Hand auf Pauls Arm. »Du hast mich gefragt, wer das ist.«

Paul und Swenja wechselten einen kurzen Blick.

»Und was hast du dann gesagt, Mama?«, fragte Swenja.

Paul war ihr dankbar, dass sie versuchte, noch etwas zu erfahren, bevor der Fluss der Erinnerungen wieder versiegte.

Rosie biss sich auf die Lippen, runzelte die Stirn. »Ich habe gesagt: ›Das ist deine Mama.‹« Sie starrte lange auf das Bild, dann tippte sie auf die junge Frau, die neben Jim stand. »Das ist doch Kristin.«

Paul und Swenja gingen langsam durch den Park zurück. Rosie Lieven war nicht mehr imstande gewesen, noch weitere Fragen zu beantworten. Als sie begonnen hatte, in Paul ihren Sohn zu sehen, hatten sie abgebrochen, und Swenja hatte Rosie in ihr Zimmer gebracht, während Paul noch am Tisch sitzen geblieben war, um auf sie zu warten.

»Und Mathias hat Ihnen nichts davon erzählt?« Sie standen wieder auf dem Parkplatz vor ihren Autos.

»Kein Wort.« Swenja hatte den Wagen entriegelt und ihre Handtasche auf den Beifahrersitz geworfen. »Sie müssen wissen, Mathias war ein verschlossener Mensch. Er hat nie über sich selbst geredet. Obwohl wir Kinder haben und auch schon eine Weile verheiratet sind, hatte ich immer das Gefühl, ich kenne nur ein bisschen von ihm.«

»Kann es sein, dass Ihr Mann auf der Suche nach seinen Eltern war?«

Swenja dachte nach und nickte langsam. »Das würde zu ihm passen. Er gehörte zu denjenigen, die erst den Mund aufmachen, wenn sie genau wissen, über was sie reden.« Sie lächelte. »Sie wissen, was ich meine.«

Paul lächelte zurück. »Ja, verstehe.« Dann zog er wieder das Foto aus der Tasche und gab es noch einmal Swenja. »Schauen Sie sich den Mann links von der Frau an.«

Swenja sah genau hin, dann wandte sie sich wieder Paul zu. »Er sieht genauso aus wie Mathias.«

Paul nickte. »Das sehe ich auch so.«

»Wer ist das?«

»Das ist ein Jugendfreund meines Vaters. Er heißt Joachim Hendricks.«

»Mathias' Vater«, sagte sie leise, dann sah sie wieder Paul an. »Weiß dieser Mann das?«

Paul hob die Schultern. »Das weiß ich nicht. Ich werde mit ihm reden müssen.«

***

Paul hatte zwar noch den Rucksack im Haus der Stille liegen, aber er wollte jetzt nicht dort aufkreuzen, weil er nicht wusste, wie er sich Siri gegenüber verhalten sollte.

Er rief seinen Vater an. »Sag mal, du hast mir doch vorhin von diesem Foto erzählt, dem, wo Mama und die anderen beiden drauf sind.«

»Ich erinnere mich dunkel.«

»Wer hat das Bild denn gemacht?«

»Irgendeiner von unseren Zeltnachbarn, glaube ich. Das weiß ich nach über fünfzig Jahren nun wirklich nicht mehr.«

»Und wer ist diese Kristin?«

»Die hat Jim kennengelernt. Auf dem Festival damals.«

»Und weiter?«

»Wie ›weiter‹? Was meinst du, Junge? Sag mal, was interessierst du dich auf einmal so dafür?«

»Nur so. Du weißt doch, wie ich arbeite. Und kennst als Detektiv die Methode auch selber. Alles einsammeln, was einem in die Finger kommt.«

»Was heißt ›einsammeln‹? Hast du das Foto etwa gefunden?«

Paul warf einen Blick auf den Beifahrersitz, auf dem die Bilder lagen. War Oliver Hendricks bei Johann eingebrochen, um an diese Fotos zu gelangen? Oder Yolanda? Und Oliver hatte sie nach dem Mord an Yolanda an sich genommen?

»Hallo? Bist du noch da?«

»Was weißt du über diese Kristin, Johann?«

»Sie ist tot, schon lange. Das habe ich mit Jim während meiner Nachforschungen herausgefunden.«

»Ah, das war dein Auftrag.«

»Ganz richtig. Aber zum Donnerwetter, sag mir doch endlich –«

»Wo bist du gerade?«

»Bei Jim, auf dem Campingplatz, er darf ja nicht mehr –«

»Bis gleich.«

Paul drückte Johann weg und fuhr los.

Die beiden Männer saßen an einem kleinen Campingtisch vor dem Wohnwagen in der Sonne, und es hätte die reine Rentneridylle sein können, wenn Paul nicht gewusst hätte, was die beiden in der letzten Nacht durchgemacht hatten.

Jim erhob sich, als Paul bei ihnen war, und gab ihm die Hand. Er sah mitgenommen aus und schien um Jahre gealtert.

»Paul, ich …« Jim suchte nach Worten. »Also, ich muss mich entschuldigen. All das, was hier an schrecklichen Sachen passiert ist, das habt ihr uns zu verdanken.«

»Uns?«, rief Johann. »Jetzt mach mal halblang, Jimmy. Wenn, dann deinem Sohn.«

Jim saß mit versteinertem Gesicht da. »Oliver war immer schon ein schwieriges Kind, ich will hier gar nichts schönreden. Aber dass er so …« Seine Stimme brach, und er sah zu Boden.

»Wir sind für das Verhalten unserer Kinder nicht mehr verantwortlich«, sagte Johann.

»Ich habe mich ja nie richtig um ihn gekümmert. Hab immer nur an mich gedacht«, sagte Jim leise. »Aber dachte immer, es geht ihm gut.« Er sah sich um. »All das hier, der Campingplatz, die Ferienwohnungen, der Hof, er hat alles verspielt.«

Paul holte tief Luft. Jim hatte recht, und Paul wusste nicht, wie man das schönreden könnte.

»Hat Oliver mittlerweile ausgesagt?«, erkundigte sich Johann.

»Heimdahl hat vorhin geschrieben, sie vernehmen ihn gerade. Ich denke, er wird reden.«

Johann wandte sich seinem Sohn zu und hatte diesen typischen fordernden Blick, den er immer hatte, wenn er ungeduldig war und Paul ausquetschen wollte. »Wieso hast du nach Kristin und den Fotos gefragt?«

Paul griff in die Jackentasche, zog die Fotos hervor und legte sie nebeneinander auf den Tisch.

»Aber das sind ja drei«, sagte Jim.

Johann sah erfreut aus. »Jedenfalls sie sind wieder da. Wo waren sie denn, Junge?«

»Das ist jetzt egal.« Paul sah erst Johann und dann Jim an, dann tippte er auf das Foto. »Was ist mit Kristin? Ihr habt doch recherchiert, wie ich gehört habe.«

Johann nahm das Foto in die Hand. »Es war '74. Da hat ihr Mann sie erschossen.«

Pauls Augen wurden groß. »Echt? Wo?«

»In Hamburg. Als ich Kristin kennengelernt habe, damals auf Fehmarn, da saß ihr Macker im Knast. Zuhälterei, Erpressung, Raub, eine ganz große Nummer. Ich habe sie auf dem Festival vor einem Schläger gerettet, den ihr Mann zu ihrem Schutz abgestellt hatte. Und wir haben uns … na ja, etwas vergnügt, es hat ja nur geregnet.« Jim sah Paul traurig an. »Ich habe mich so in sie verliebt, dass ich wochenlang krank war, weil ich nicht wusste, wie ich sie wiederfinden konnte.«

»Und dann?«, fragte Paul.

»Nichts ›und dann‹. Ich habe sie nie wiedergesehen.«

Paul dachte nach, über das, was Rosie erzählt hatte. Wenn Kristin da schon die Tochter gehabt hatte, diese Klaudia …

»Wusstest du, dass Kristin eine kleine Tochter hatte?«

Beiden, sowohl Jim als auch Johann, fiel die Kinnlade herunter.

»Woher weißt du das?«, fragte Johann dann.

»Ich habe ermittelt. Schon vergessen, dass ich deshalb in diese scheiß Nachbarvilla gezogen bin?« Paul spürte, dass er immer wütender wurde, wenn er an das Haus der Stille und an Siri dachte. »Jim. Ich weiß, dass du vermutlich im Moment nicht noch weitere Überraschungen erleben willst, du hast schließlich gerade mehr oder weniger deinen Sohn verloren.«

»Oliver ist ein Monster, er ist nicht mehr mein Sohn.«

Paul nickte. Es fiel ihm so schwer, aber er durfte nicht mehr um den heißen Brei herumreden. »Jim. Es ist ziemlich wahrscheinlich, dass du … also, dass Kristin von dir schwanger war.«

In diesem Moment fühlte es sich so an, als verdichtete sich die Atmosphäre. Selbst der obligatorische Küstenwind schien die Luft anzuhalten.

»Großer Gott.« Mehr brachte Jim nicht heraus. Dann herrschte wieder Schweigen. Irgendwann stand Jim auf und ging langsam den Weg hinunter. Vermutlich wusste er nicht, wohin er ging, einfach nur weg.

»Das ist ein Ding, Junge. Woher hast du das bloß?«

»Ich war mit Swenja Lieven, also der Frau des Vermissten, bei seiner Mutter. Sie wohnt drüben in Großenbrode in einem Heim.«

»Im Friedland?«, sagte Johann. »Hoffentlich quartierst du mich nicht auch da ein.«

Paul lächelte. »Ich quartiere dich nirgendwo ein, Johann.«

»Das kannst du mir bei Gelegenheit mal schriftlich geben. Aber rede weiter.«

»Rosie Lieven ist Mathias' Adoptivmutter. Kristin war offenbar seine leibliche Mutter. Und wenn ihr Mann sie ermordet hat, dann passt das zu dem, was die alte Dame erzählt hat.«

Paul schob ihm noch einmal das Bild unter die Nase. Dann suchte er das Foto von Mathias, das Siri ihm geschickt hatte, und legte es daneben. »Guck dir genau die Gesichter an.«

Johanns Hals wurde lang, als er sich über die Aufnahmen beugte. »Wenn das nicht Vater und Sohn sind«, sagte er. »Teufel noch mal.«

Jim kam langsam wieder zurück. Er blieb vor dem Tisch stehen, beide Hände in den Taschen seiner Jeans. »Mathias war mein Sohn, richtig?«

Paul nickte. »Ja, es sieht ganz so aus.«

»Kanntest du ihn denn?«, fragte Johann. »Hat er Kontakt zu dir aufgenommen?«

»Kennen, nein. Kontakt, ja.« Jim ließ sich erschöpft auf den Stuhl fallen. »Ich habe ihn einmal getroffen. Ein sympathischer Bursche, mein …« Er legte die Hand auf seine Augen und blieb einen Moment so sitzen.

Paul und Johann schwiegen. Es gab nichts, was den alten Mann noch hätte trösten können. Sein ganzes Leben fiel gerade auseinander.

Jim zog die Nase hoch und ließ die Hand auf die Schenkel fallen. »Wir haben uns am Graswarder getroffen. Und Mathias hat erzählt, dass er schon lange die Gegend beobachtet und gerne eine der Villen kaufen wollte. Er würde bald eine Kur in einer machen, und er hätte gehört, es wär meine.«

»Und dann?« Paul sah, dass Johann vor Aufregung die Luft anhielt.

»Ich sagte, ich würde darüber nachdenken. Mehr war da eigentlich nicht. Dann hat er mir seine Nummer gegeben und ist wieder gefahren. Aber er war so … Jetzt im Nachhinein, also, er hat mich sehr genau beobachtet. Hat mich keine Sekunde aus den Augen gelassen.« Jim lächelte traurig. »Ich hab mich noch gewundert, was an mir so interessant sein könnte. Ich habe ihn auch gefragt, ob wir uns kennen.« Er warf einen Blick zu Johann hinüber. »Hätt ja sein können, von meiner Musik. Vielleicht hat er mich bei einem meiner Auftritte gesehen, wie dem Hafenfest, wo du, Johnny, mich dann gefunden hast.«

Jim machte eine Pause. »Ich glaube jetzt … Natürlich, da hat er schon gewusst, wer ich wirklich war.« Er sackte in sich zusammen. Paul sah, dass ihn nun endgültig die Kraft verließ. Schon im nächsten Moment öffneten sich bei Jim sämtliche Schleusen, und er konnte nicht mehr aufhören zu heulen.

Johann stand sofort auf und setzte sich neben seinen Freund. Ganz nah zog er den Campingstuhl heran und legte den Arm um Jims Schulter.

Paul und Johann wechselten einen kurzen Blick. Dann erhob sich Paul und verließ den Campingplatz.

Er saß in seinem Wagen und starrte auf den Empfang des Campingplatzes, in dem auch Oliver Hendricks' Büro lag. Er fragte sich, wie es jetzt mit dem Platz weitergehen würde. Würde ihn jemand anderes übernehmen?

Ist mir völlig egal, dachte Paul und merkte, wie erschöpft er war. So müde, dass er jetzt am liebsten noch hier im Wagen ein Nickerchen gemacht hätte. Er wischte sich übers Gesicht und überlegte, tatsächlich den Sitz nach hinten zu kurbeln und nur für ein paar Minuten die Augen zu schließen. Da summte sein Handy, es war Heimdahl.

»Martin.«

»Wo bist du?«

»Ich wollte gerade ein Nickerchen auf dem Parkplatz machen.«

»Echt? Wie furchtbar.«

»Ja, das stimmt. Was gibt es denn?«

»Das Krankenhaus in Oldenburg hat gerade angerufen, Horst

Wedekind ist ansprechbar. Ich nehme an, dass du mit ihm reden willst?«

»Ja klar, ich fahr gleich hin.« Die Müdigkeit war wie weggewischt.

»Und Oliver?«

»Wir vernehmen ihn gerade. Im Moment redet ein Kollege mit ihm.«

»Er spricht?«

»Ja.«

»Hast du noch 'ne Minute?«, fragte Paul.

»Warum?«

»Ich war eben im Friedland in Großenbrode. Ich denke, das, was ich rausgefunden habe, ist wichtig, wenn ihr Oliver verhört.«

Paul erzählte, was er von Rosie Lieven erfahren hatte, und Heimdahl hörte zu, ohne ihn auch nur ein Mal zu unterbrechen.

»Du bist unbezahlbar«, rief Heimdahl, als Paul geendet hatte.

»Ich weiß. Wann, denkst du, bist du zu Hause?«

»Weiß noch nicht, ich ruf dich an.«

***

Hoss lag nicht mehr auf der Intensivstation, aber er war unter ständiger Bewachung. Der Arzt hatte Paul gebeten, sich kurzzuhalten, und Paul hatte es ihm versprochen. Das Zimmer war abgedunkelt, und ein paar Strahlen der bereits tiefer stehenden Sonne drangen durch den Spalt der Vorhänge. Eine Frau saß am Bett. Als sie Paul sah, stand sie auf und ging ihm entgegen.

»Katrin Wedekind.« Sie reichte ihm die Hand. »Der Arzt hat gesagt, dass Sie mit meinem Mann sprechen wollen. Ich warte solange draußen.«

»Das müssen Sie nicht, Sie können ruhig bei ihm bleiben.«

Sie lächelte. »Kein Problem, ich brauche ohnehin einen Kaffee.«

Paul ging noch einmal kurz auf den Gang hinaus und schloss die Tür. »Weiß Ihr Mann, was mit Yolanda passiert ist?«

Sie nickte. »Ja, ich habe es ihm erzählt.«

»Danke. Ich brauche nicht lange«, sagte Paul und betrat wieder das Zimmer. Er setzte sich auf den Stuhl neben dem Bett. Hoss hob die Hand. »Hallo, Paul. Schön, dich zu sehen.« Hals und Kopf waren mit einem Verband umwickelt, sodass Hoss sich kaum bewegen konnte. Er sah richtig mager aus, und das lag vermutlich nicht nur am Fasten.

»Wie geht es dir?«, fragte Paul.

»Ich lebe.« Ein leises Lachen kam aus seinem Mund.

»Und darüber bin ich sehr froh. Du hast verdammtes Glück gehabt.«

»Ich weiß.« Hoss schloss kurz die Augen. »Yolanda hatte dieses Glück nicht.«

Paul holte einmal tief Luft. »Nein, hatte sie nicht.«

»Und jetzt willst du natürlich wissen, was wir in Johannistal verloren hatten«, sagte Hoss.

»Unbedingt.«

»Und ich nehme an, du hast schon das eine oder andere selbst herausgefunden.«

»Du meinst, die Sache mit Yolandas Mann? Dawid?«

»Genau. Du bist gut.«

»Na ja, ich habe Zugang zu Ermittlungsakten, das müsstest du doch wissen.«

»Meine Firma arbeitet schon lange mit Yolanda zusammen und –«

»Für wen arbeitest du?«, unterbrach Paul ihn. Er musste so viel wie möglich erfahren, denn jeden Augenblick konnte die Tür aufgehen, und der Arzt würde ihn bitten zu gehen.

»Eine Detektei. Ich bin Privatdetektiv.«

Paul nickte. »Und weiter?«

»Die Polizei hat die Suche nach Dawid Zubek eingestellt, weil sie nicht weitergekommen sind.«

Hoss sprach leise, und Paul musste näher an ihn heranrücken.

»Und so hat sie mich beauftragt. Wir waren befreundet, also Yolanda und Dawid mit meiner Frau und mir.«

»Verstehe.«

»Ich habe herausgefunden, dass Dawid Kontakt zu diesem Musiker hatte, dem Freund deines Vaters. Er hatte sich für dessen Strandvilla interessiert.«

»Er kannte Jimmy?«

»Genau. Und den habe ich dann aufgesucht.«

»Während eures Aufenthaltes hier?«

»Nein, vorher.«

»Und?« Paul spürte, wie seine Anspannung zunahm.

»Dawid hatte ihm gegenüber erwähnt, dass er Leute kenne, die jede Summe für seine Strandvilla zahlen würden. Und der Alte hat gemeint, Dawid könne gerne den Kontakt herstellen.« Hoss machte eine Pause, und Paul spürte, wie sehr ihn das alles anstrengte.

»Geht's noch?« Paul legte die Hand auf Hoss' Arm, und der nickte vorsichtig.

»Muss. Ich will, dass das aufgeklärt wird. Für Yolanda. Und für Dawid.«

»Kam der Kontakt zustande?«

»Nein. Laut Hendricks hat Dawid sich nicht mehr gemeldet. Er war bereits kurz nach dem Gespräch, bei dem er das Interesse bekundet hatte, verschwunden.«

»Was hat Jim denn noch zu Dawid gesagt? Wisst ihr das?«

»Dass er das mit seinem Sohn Oliver besprechen will. Das war somit das Letzte, was Yolanda von ihrem Mann gehört hat.«

»Und deshalb habt ihr euch im Haus der Stille zu dem Wanderfasten angemeldet.«

»Ich musste ohnehin ein paar Pfunde loswerden.« Hoss versuchte ein Grinsen. »Wir hatten nur diese eine Spur. Und die endete am Graswarder. Bei Jim und Oliver Hendricks.«

Paul dachte nach. So lichtete sich das Durcheinander in seinem Kopf. Immer mehr Puzzleteile passten auf einmal zusammen. »Und dann verschwand Mathias«, sagte er.

»Ja.« Hoss' Stimme wurde immer leiser. »Der hatte sich auch für die Villa interessiert. Wir haben gehört, wie er das zu Oliver sagte, als der mal da war. ›Wollen Sie verkaufen?‹, hat Mathias gefragt. ›Sie können mich gerne Ihrem Vater empfehlen.‹« Hoss atmete laut ein. »Und dann war er weg.«

Die Strandvilla, dachte Paul, alles dreht sich um diese verfluchte Villa. Dass Mathias eigentlich gekommen war, um seinen leiblichen Vater zu finden, war sein Todesurteil gewesen.

»Es ist also wirklich Oliver.« Hoss sprach ganz leise, als sagte er das mehr zu sich selbst.

Paul nickte. »Ihr wart auf der richtigen Spur, Hoss. Dass er Yolanda getötet hat, steht außer Frage. Aber wir sind überzeugt, dass er auch Dawid und Mathias auf dem Gewissen hat.« Er holte einmal tief Luft. »Und wohl auch seine Frau.«

Hoss schloss die Augen, und Tränen liefen über das bisschen Gesicht, das nicht von dem Verband verdeckt war.

»Darf ich dich noch eine Sache fragen, Hoss?«

»Klar.«

»Woher hatte Yolanda das Foto von Mathias und seiner Schwester?«

»Aus Mathias' Mantel. Ich weiß, wir hätten es euch geben sollen, tut mir leid.« Hoss verdrehte die Augen. »Yolanda hat gesehen, wie Oliver sich mit Mathias unterhalten hat, unten am Strand. Das Fernglas im Haus der Stille hat uns gute Dienste erwiesen.« Hoss nickte vorsichtig. »Mathias hat Oliver etwas gezeigt und dann wieder in die Manteltasche gesteckt. Als ihr dann gekommen seid und von dem Toten geredet habt, da hat Yolanda es aus der Manteltasche gezogen. Allerdings haben wir nicht rausfinden können, warum Mathias es Oliver gezeigt hat.«

»Mathias ist gekommen, weil er seinen Vater suchte«, sagte Paul.

Hoss sah ihn mit gerunzelter Stirn an.

»Das ist eine ganz andere Geschichte, eine sehr traurige. Ich erzähle sie dir, wenn du wieder besser drauf bist. Mit Yolanda und Dawid Zubek hat sie nichts zu tun.« Paul drückte Hoss' Hand, dann stand er auf und ging Richtung Tür.

»Paul?«

Er drehte sich noch einmal um. »Ja?«

»Du und Siri.«

Paul wurde warm im Magen, und er ging noch einmal zum Bett zurück. »Was ist mit Siri?«

»Ihr mögt euch, das war nicht zu übersehen.«

Paul nickte und lächelte. »Zumindest ein guter Privatdetektiv übersieht so was nicht.«

»Pass auf Siris Mann auf.«

Paul wurde hellhörig. »Was ist mit ihm?«

»Van Coenen ist ein Kunde von uns. Er hat Siri beschatten lassen. Mehrmals.«

»Was?«

»Siri hatte ihn einmal kurz erwähnt, und mir kam sein Name bekannt vor. Ein Kollege hatte die Aufträge übernommen, ich habe ihn vor ein paar Tagen angerufen. Der Typ ist ein richtiger Scheißkerl, Paul. Er überwacht jeden Schritt seiner Frau.«

In Pauls Kopf surrte es vor lauter Anspannung und Wut. Dann sah er Hoss an. »Siri hatte blaue Flecken an den Armen.«

»Ich weiß, ich habe sie gesehen. Pass auf, dass ihr euch nicht in die Quere kommt.«

***

In Oldenburg-Mitte bog er auf die Autobahn und fuhr nach Heiligenhafen. Lilli hatte sich gemeldet, als er gerade das Krankenhaus verließ, und ihm gesagt, dass Opa sie im Hirschfänger abholen würde. Der sei ganz traurig, weil es seinem Freund so schlecht ging und weil Baptiste weg war. Aber Lilli hatte vorgeschlagen, noch einmal die Leute im Dorf zu fragen, ob sie den Kater gesehen hätten. Und dann wollten sie endlich nach Hause. Lilli freute sich, wieder bei Opa sein zu können.

Als Paul in den Graswarder einbog, dämmerte es. Der Himmel war leuchtend orange und lila und versöhnte ihn ein wenig nach allem, was hier geschehen war. In diesem vermeintlichen Paradies, das manchmal auch nur die Rückseite der Hölle war.

War die Ehe mit Peter für Siri auch die Hölle? Er stieg aus und sah zum Haus der Stille hinüber. Ein silberner Maybach stand vor dem Haus geparkt. Das konnte nur Siris Mann sein. Pauls

Magen krampfte sich zusammen. Vielleicht waren die Hunzikers ja noch da. Aber was nützte das schon? Spätestens zu Hause würde sie mit ihrem Mann wieder allein sein.

Er hörte einen anderen Wagen und sah, dass Heimdahl kam. Paul schloss den Porsche ab und blickte noch einmal zur Nachbarvilla hinüber. Sollte er einfach mal vorbeischauen? Sein Rucksack war ja noch da. Er wandte sich Heimdahl zu, der gerade ein paar Einkaufstüten aus dem Auto hievte.

»Ich hol nur kurz meine Sachen, dann komme ich.«

Paul spürte, wie sein Herz hämmerte, als er an die Tür klopfte. Er hatte zwar immer noch den Schlüssel, aber weil jetzt ihr Mann anwesend war, fühlte er sich nicht mehr der Gruppe zugehörig, die vorher hier gewohnt hatte. Er war wieder außen vor.

Peter van Coenen öffnete die Tür und sah Paul fragend an.

»Hallo, Paul Lupin.«

»Ah.« Van Coenen lächelte. Es war ein gewinnendes Lächeln, äußerst charmant, und es wirkte ehrlich. »Treten Sie ein. Sie wollen bestimmt zu meiner Frau.«

»Ja ... ich möchte eigentlich nur den Schlüssel abgeben.« Paul deutete auf den Rucksack, der im Flur auf dem Boden stand. »Und meine Sachen abholen.«

»Na klar. Sie ist oben.« Er stellte sich an die Treppe. »Siri! Besuch für dich.« Dann wandte er sich wieder Paul zu.

Peter van Coenen war lässig gekleidet, aber alles an ihm wirkte teuer und mit Bedacht gewählt. Nichts war dem Zufall überlassen. Er hatte eine gesunde Bräune, unglaublich weiße Zähne, und erste graue Strähnen durchzogen das schwarze Haar. Die Stimme war angenehm, und Paul spürte die Selbstsicherheit, die sicher auch seinen Auftritten vor Gericht geschuldet war.

Siri kam die Treppe herunter, und bei ihrem Anblick durchfuhr Paul eine so starke Welle an Zuneigung und Verzweiflung zugleich, dass es ihn viel Mühe kostete, sich nichts anmerken zu lassen. Wie es Siri ging, konnte er nur schwer abschätzen. Sie wirkte locker, aber sie verhielt sich anders als in den Tagen zuvor.

»Paul, schön, dich noch einmal zu sehen.«

Er dachte an die zärtlichen Blicke, die Umarmung am Strand. Vor ihm stand eine völlig andere Frau.

»Ich wollte noch meine Sachen holen«, sagte er wieder und rang sich ein Lächeln ab. »Und mich vor allem bedanken für deine fabelhafte Unterstützung beim Fasten. Ich habe fast fünf Kilo abgenommen.« Siri lachte ihn an. Aber dieses Lachen erreichte ihre Augen nicht. »Das freut mich. Und fang vorsichtig wieder mit dem Essen an. Nichts überstürzen.«

»Ich habe ja deine Gebrauchsanleitung.«

Paul war verlegen, es war ihm unmöglich, ein unbefangenes Gespräch mit Siri zu führen, wenn ihr Mann dabei war. Der saß zwar am Tisch und las in einer Zeitung, aber Paul wusste genau, dass er sie beide beobachtete. Und Siri ging es vermutlich genauso.

Er holte tief Luft. »Es tut mir unendlich leid, dass du in all das hier hineingezogen wurdest.«

»Ich habe drei Leute verloren«, sagte sie leise. »Zwei sind tot, einer liegt im Krankenhaus. Ich denke, das hier war die letzte Fastengruppe in meinem Leben.«

Paul fragte sich, ob sie überhaupt wusste, wie es dazu kommen konnte. Doch Siri schien seine Gedanken gelesen zu haben.

»Ich habe mit Martin telefoniert, er hat mich grob eingeweiht.« Sie machte eine Pause. »Oliver. Da sieht man wieder, was Menschen alles verbergen können.«

Paul nickte. Dann sahen sie sich einen Moment in die Augen, und Paul meinte, abgrundtiefe Trauer darin zu erkennen. Und dass die Trauer nicht nur den anderen galt, sondern auch ihm. Vielleicht besonders ihm.

Er schluckte und reichte ihr die Hand. »Es war mir eine Freude, deine professionelle Betreuung zu genießen.« Er vermied es, sie beim Namen zu nennen. Er wollte jedes Anzeichen der persönlichen Annäherung vermeiden.

»Ich habe zu danken. Du hast dich prima gehalten.«

»Also dann.« Paul sah zu ihrem Mann hinüber, der ihm freundlich zunickte.

Paul legte den Schlüssel auf den Tisch. »Tschüs.« Dann ging er, ohne Siri noch einmal anzusehen. Und als er die Haustür zuzog, brannten seine Augen wie Feuer.

***

Paul pfefferte den Rucksack in die Ecke und ließ sich in den Sessel fallen.

Heimdahl stand in der Küche und verstaute die Lebensmittel in den Schränken. Dann sah er zu seinem Freund hinüber.

»Oje, da hat es aber jemanden erwischt.« Er öffnete zwei Flaschen Bier, stellte sich den anderen Sessel zurecht und reichte Paul die Flasche. »Fastenbrechen?«

Paul nahm sie entgegen. »Und wie.« Dann trank er einen ausgiebigen Schluck. »Obwohl ich das gestern schon mit Johanns Bier gemacht habe.« Er nickte Heimdahl zu. »Schieß los.«

»Willst du die Videoaufzeichnung sehen?«

»Um Gottes willen, nein. Ich will einfach nur verstehen, was in Oliver vorgeht. Er ist ja offensichtlich nicht ganz gesund.«

»Grob kann man sagen, dass er unter einer Persönlichkeitsstörung leidet, das ist schon klar. Er wurde natürlich noch nicht genauer untersucht, aber einiges deutet auf eine schizoide Störung hin.« Heimdahls Gesicht wurde nachdenklich. »Aber da ist auch noch was anderes.«

»Und was?«

»Angst.« Heimdahl ließ sich gegen die Lehne sinken. »Oliver wusste, dass er niemals ohne die Hilfe seines Vaters zurechtkommen würde. Er war hoch verschuldet, nichts ging mehr. Die Gerichtsvollzieher sind im Anmarsch.«

»Und seine Frau wollte Geld ausgeben.«

»Nicht zu knapp. Sie hat gekauft und gefeiert, fest im Glauben, ihr Mann könnte sich das alles leisten. Er wollte sich nicht eingestehen, dass er ihr das nicht bieten kann.«

»Was hat er mit Vanessa gemacht?«

»Wir haben sie hinter dem Teich gefunden. Oliver hat sie in seinem Garten vergraben.«

298

Pauls Nackenhaare richteten sich auf.

»Den Kollegen ist heute noch schlecht, das kannst du mir glauben.«

»Wie lange lag sie da schon?«

»Eine Woche vielleicht.«

»Dann hat er die ganze Zeit mit einem Phantom zusammengelebt?« Er erinnerte sich an die verschiedenen Stimmen, die bei seinem heimlichen Besuch aus dem Haus gedrungen waren. Es war immer nur Oliver gewesen.

Paul betrachtete Heimdahl, und er dachte wieder, was für einen beschissenen Job sie sich doch ausgesucht hatten. Wie lange würde sein Freund das noch aushalten?

»Was ist an dem Morgen passiert, als ich Mathias Lieven gefunden habe?« Das war eigentlich das Einzige, was Paul wirklich interessierte.

»Mathias hat sich in dem Moment sein eigenes Grab geschaufelt, als er Oliver dieses Foto zeigte, das von dem Festival damals, und ihm gesagt hat, dass sie womöglich denselben Vater hätten.«

Paul nickte langsam.

»Oliver kriegt Panik, als schon wieder jemand auftaucht, der verhindern könnte, dass er die Strandvilla erbt.«

»Aber es ist doch gar nicht gesagt, dass ein illegitimer Halbbruder überhaupt erbt«, warf Paul ein.

»Weiß das einer, dem das Wasser bis zum Hals steht? Aber da war auch die Angst, dass Jim die Villa verkauft und sich in den USA einen angenehmen Lebensabend macht. Oliver hat ausgesagt, dass er sich langsam mit dem Gedanken angefreundet hat, seinen Vater umzubringen. Nur um an die Villa zu kommen.«

Paul seufzte einmal auf, dann sah er wieder Heimdahl an.

»Oliver war der zweite Mann am Strand.«

Heimdahl hob die Bierflasche an, um zu schauen, ob noch was drin war. »Oliver wusste, dass Mathias Frühaufsteher war und bei Morgengrauen am Strand entlangwanderte. Sie haben sich in aller Frühe verabredet. Eigentlich ein guter Zeitpunkt, um ungestört zu sein.« Heimdahl lachte einmal kurz auf. »Dass die Situation ausgerechnet vor meinem Haus eskalierte, war nicht geplant. Auch nicht, dass du noch wach warst und alles gehört hast, weil das Fenster offen war.«

»Ich wäre ihm fast in die Arme gelaufen«, sagte Paul. »Er hat Mathias erwürgt, oder?«

Heimdahl nickte. »Mit dessen Schal. Oliver sagt aus, dass ihm die Sicherung durchgebrannt sei.« Er lachte einmal kurz auf. »Er hat von Notwehr geredet, er habe nur seine Existenz sichern wollen.«

Paul riss die Augen auf und stieß einen leisen Seufzer aus.

»Auf jeden Fall hat Oliver dich kommen sehen und sich hinter meinem Schuppen versteckt. Dabei hat er auch deinen Zustand gesehen und war, wie er sich ausdrückte, ›ziemlich entspannt‹.«

»Und als ich wieder rein bin, um dich zu wecken …«

»Hat er die Leiche geholt und in sein Auto gelegt, es stand ein Stück den Weg runter. Es war superknapp, hat aber geklappt.«

Paul schüttelte ungläubig den Kopf. »Wir haben keine Schleifspuren gefunden, wie also will er das angestellt haben? Getragen etwa?«

»Gamstragegriff, ganz einfach. Für einen wie Oliver zumindest. Er war bei der freiwilligen Feuerwehr, ist ausgebildeter Rettungssanitäter. Und Mathias Lieven war kein Schwergewicht.«

»Hm.« Paul dachte weiter nach. »Wo ist die Leiche?«

Heimdahl hob die Schultern. »Sagt er nicht.«

»Und die Einbrüche? Das war dann auch Oliver. Er war es auch, der mich niedergeschlagen hat.«

»Ja. Er hat das Foto von dem Festival gesucht, aus Angst, dass jemand herausfinden könnte, dass Mathias der Sohn von Jimmy war. Was ja wirklich nicht zu übersehen ist. Die sehen aus wie Zwillinge.« Heimdahl machte eine kurze Pause. »Und der Einbruch in seinem Büro auf dem Campingplatz war natürlich vorgetäuscht.«

»Genauso wie die Zettelnachrichten, die er unter meiner Tür durchgeschoben hat. Die WhatsApp-Nachrichten an Swenja Lieven, alles von Oliver.«

»Genau. Er hatte ja Mathias' Handy. Auch die ständigen Bemerkungen, dass er die Villa am liebsten loswerden würde, alles gelogen«, seufzte Heimdahl. »Es war nackte Angst, alles zu verlieren. Und die gepaart mit einer ausgeprägten Persönlichkeitsstörung. Der Mann ist eine tickende Zeitbombe.«

Und ich habe erlaubt, dass dieser Typ Lilli mit nach Heiligenhafen nimmt, dachte Paul, und ihm wurde kalt bei diesem Gedanken. Aber es war gut gegangen, zum Glück. »Dann war Oliver gar nicht an Siri interessiert?«

»Och, das würde ich nicht sagen. Ich glaube, er fand sie schon anziehend. Und wenn er sich an sie heranmachte, was ihm bestimmt nicht schwergefallen ist, konnte er gleichzeitig alles kontrollieren. Und ich vermute, er wollte auch sehen, ob du dich noch an irgendwas erinnern konntest, am Strand, meine ich.«

»So ein gerissener Hund.« Paul blickte auf. »Und Lievens Sachen? Oliver hatte doch keine Zeit mehr, sie zu holen, nachdem er Mathias umgebracht hat.«

»Er war vorher da. Als Lieven das Haus verlassen hat, ist Oliver in sein Zimmer gelaufen, um die Sachen zu holen, war ja nicht viel. Er hat sie ins Auto geworfen und ist dann zum Strand runter, um sich mit Mathias zu treffen.«

»Hätte auch alles schiefgehen können«, sagte Paul. »Wir hätten ihn mit der Leiche auf der Schulter erwischen können, jemand im Haus der Stille hätte ihn sehen können.«

»Ja, war verdammt knapp auf Kante genäht.« Heimdahl schlug sich mit beiden Händen auf die Oberschenkel. »Es ist einfach nur zum Kotzen.«

Beide saßen eine ganze Weile schweigend da.

»Es war die Kraft der Verzweiflung, die hat ihn durch all das getragen«, sagte Paul dann. »War er als Kind auch schon so?«

»Du meinst, diese Kaltblütigkeit? Oder dass er alles für sich haben wollte?«

»Letzteres.«

Heimdahl überlegte einen Moment. »Er hat mir mal eine volle Tüte Ufos weggenommen. Du weißt schon, diese runden Esspapierdinger mit Brausepulver drin. Reißt sie mir aus der Hand und spaziert den Strand runter, als wäre es die normalste Sache der Welt.«

Paul lachte. »Und du?«

»Ich hab geheult.« Heimdahl stand auf, ging in die Küche. »Oliver ist im Grunde immer schon ein verschlossener Einzelgänger gewesen. So richtig warm bin ich mit ihm nie geworden.« Mit einer neuen Flasche Bier kam er wieder zurück. »Fastenbrechen«, sagte er, »macht man das nicht mit einem Apfel?«

Paul trank noch einmal einen Schluck Bier, er war deutlich langsamer als Heimdahl. »Du legst dir den Apfel am Abend des letzten Fastentages auf den Tisch. Am nächsten Morgen setzt du dich, du nimmst den Apfel in die Hand. Befühlst ihn, schnupperst daran. Schließt die Augen. Alle deine Sinne sind auf den Apfel gerichtet. Dann beißt du hinein, und dann …«, Paul hob den Zeigefinger, »ganz wichtig, du kaust so lange, bis du nur noch Suppe im Mund hast. Dann erst darfst du schlucken.«

»Und wie lang dauert dann das Ganze?«

»Lange. Aber du erlebst eine Explosion der Sinne.«

»Woher willst du das wissen?«

»Das steht in dem Prospekt.«

Heimdahl grinste ihn an. »Ich glaube, deine Sinnesexplosionen haben ganz andere Ursachen, mein Freund.«

Schlagartig verdüsterte sich Pauls Gesicht wieder. »Ihr Ehemann, also Peter van Coenen …« Paul beugte sich nach vorn. »Martin, der Typ misshandelt sie.«

Heimdahl wurde ernst. »Sicher?«

Paul wiegte den Kopf ein paarmal hin und her. »Es gibt Anzeichen. Und Hoss meinte vorhin, dass van Coenen seine Frau überwachen lässt.«

»Ach, verdammt.«

»Ja, wir müssen sie im Auge behalten.«

»Ich kann ja mal forschen, ob ich irgendwas über ihn finde, schaden kann's nicht.«

»Ja, bitte, tu das.«

»Willst du denn jetzt was essen, Paule?«

Er schüttelte den Kopf. »Ich habe keinen großen Hunger. Hast du zufällig Äpfel gekauft?«

»Liegen drüben in der Schale.«

»Danke.« Paul stand auf, suchte lange nach einem Apfel, roch daran und legte ihn auf den Esstisch. »Ich gehe schlafen. Ich bin völlig erledigt.«

Er wollte gerade die Treppe hinaufsteigen, als er den Rucksack sah. Er nahm ihn mit in sein Zimmer, setzte sich aufs Bett, öffnete ihn und kippte ihn aus. Der Inhalt verteilte sich auf dem Bett, zum Schluss rieselte noch etwas Sand mit heraus. Da fiel sein Blick auf ein Stück Papier, er faltete es auseinander.

Paul. Vergiss mich nicht.

VIERZEHN

Samstag, 15. Oktober

Die Sonne stand so schräg, dass sie blendete und Paul die Sonnenbrille aufsetzen musste. Es war vormittags, und er hatte eine lange Tour mit dem Rad gemacht, war die Küste entlanggefahren und hatte sich Strecken ausgesucht, auf denen er so richtig in die Pedale treten konnte. Gut durchgelüftet und ausgepowert, fuhr er langsam den Graswarderweg entlang, und kurz vor Heimdahls Haus kam ihm der Maybach entgegen. Paul hielt an. Er blieb auf dem Rad, ein Fuß auf dem Pedal, der andere auf dem Boden, und wartete, damit sie vorbeifahren konnten.

Als er sie sah, brannte es in seiner Brust, und er hob die Hand. Flüchtig und fast beiläufig. Siri sah ihm kurz in die Augen und lächelte. Von ihrem Mann konnte er nur die Hände am Lenkrad sehen. Er blieb noch einen Moment so stehen und blickte dem Wagen nach.

Kurz darauf saß Paul in seinem Porsche und fuhr nach Havgart. Er hatte das Gefühl, als hätte er in den letzten Tagen kaum etwas anderes gemacht, als zwischen Havgart und Heiligenhafen hin- und herzufahren. Wie ein Idiot.

Dieses Mal aber freute er sich auf seine Leute im Dorf. Seinen Apfel hatte er gegessen. Ohne die empfohlene Langsamkeit. Er war kein Typ, der Zeit und Geduld hatte, stundenlang auf einem Stück Obst herumzukauen. Er war froh, dass das Fasten beendet war. Und er war auch ein kleines bisschen stolz, denn trotz der Turbulenzen der letzten Tage hatte er es gut geschafft. Oder vielleicht gerade *wegen* der Turbulenzen? Denn dadurch hatte er kaum Zeit gefunden, in sich hineinzuhorchen und zu merken, dass er eventuell hungrig sein könnte. Egal, es war vorbei, jetzt konnte er sich wieder der Arbeit im Hirschfänger widmen. Frau Marten hatte nämlich angekündigt, dass die Vertretungszeit enden müsse, da sie andere Dinge zu tun hätte.

Als er vor Johanns Schuppen parkte, kam sein Vater gerade heraus. Er trug, wie meistens, seinen blauen Arbeitsoverall, der ihm aufgrund seiner langen Beine zu kurz war, und die Schiebermütze, von denen Paul zwei gekauft hatte. Er hatte eine Flasche in der Hand und ging damit auf Paul zu.

»Mal probieren?«

»Guten Morgen, Johann.« Paul nahm sie entgegen. »Bier zum Frühstück ist doch was Wunderbares.« Er kostete das neue Gebräu wie ein Biersommelier. Er schnüffelte, trank etwas, behielt es im Mund, schmatzte, schluckte herunter.

Johann beobachtete ihn aufmerksam. »Du machst dich ganz schön wichtig.«

Paul trank noch einen Schluck und beförderte ihn direkt hinunter. Dann reichte er Johann die Flasche zurück. »Köstlich. Wie schon gesagt: Du wirst immer besser.«

Johann strahlte, dann nahm er selbst noch einen Schluck. »Eine Kirschnote, hast du das rausgeschmeckt?«

»Natürlich.« Paul sah sich um. »Und?«

Johann wusste sofort, was sein Sohn meinte. »Nichts. Er ist verloren.« Er wandte sich ab und ging ins Haus. »Kaffee.«

Paul hatte gestern Abend noch kurz Johann angerufen und ihm erzählt, was er von Heimdahl erfahren hatte. Obwohl Johann und Jim sich schon das meiste zusammengereimt hatten, war Johann doch erschüttert gewesen.

Lilli kam gerade herunter, als sie in die Küche traten. »Hallo, Paps.«

»Und? Bist du Havgart noch nicht leid?«, fragte er.

»Nö. Ist doch spannend hier. Also Dorfleben habe ich mir anders vorgestellt.«

»Das hier ist kein normales Dorf«, erwiderte Paul.

Johann hob den Zeigefinger. »Aber die schlimmen Sachen sind dieses Mal in Heiligenhafen passiert und nicht hier.«

»Sag mal, Johann. Das Angebot, das ihr Lieven machen wolltet. Ida und du –«

»Olaf aber auch.«

»Und Olaf. Was wolltet ihr ihm denn bieten?«

»Ist doch nicht mehr von Belang. Warum dann noch darüber reden?«

»Johann?«

»Nun ja, wir wollten alle zusammenschmeißen. Und ... wie gesagt, dein Wagen, das wären rund zweihunderttausend –«

»Ich glaub's einfach nicht.« Aber Paul hatte keine Lust und keine Kraft mehr, sich noch aufzuregen.

»Musst du ja auch nicht mehr. Der Hirschfänger ist ja schon so gut wie verkauft.«

»Stimmt«, sagte Paul und sah aus dem Fenster.

Draußen trabte Fokke vorbei, wie immer mit Finn im Schlepptau. »Die beiden haben wohl wieder Pause«, sagte Paul.

Johann sah auch aus dem Fenster, dann lief er auf die Veranda.

»Und?«, rief er Fokke zu. »Hast du mal nachgefragt, da bei diesen alten Schachteln?«

Lilli und Paul traten auch heraus. »Was meinst du denn, Opa?«

Finn und Fokke kamen über den Rasen auf das Haus zu. Fokke machte ein säuerliches Gesicht. Johann war so nervös, dass er die Treppe runterlief und ihnen entgegenging.

»Da gehe ich nicht noch mal hin, das sage ich dir.«

»Also keinen Erfolg?«

Fokke hob betrübt die Schultern. »Tut mir leid, Fehlanzeige. Allerdings ...« Er zeigte mit dem Daumen nach hinten, und Johann bemerkte, dass Fokke einen Rucksack auf dem Rücken trug.

Und erst als Fokke sich langsam rumdrehte, sah Johann zwei rot-weiße Ohren aus dem Rucksack ragen. Die gehörten zu einem etwas säuerlich dreinblickenden Kater, der sein Herrchen ansah, als wollte er fragen: Wo warst du so lange?

FÜNFZEHN

Etwas später

Die drei Tage, die Lilli noch in Havgart verbracht hatte, waren wie das Paradies auf Erden gewesen. Es war gut möglich, dass Baptiste in dieser Zeit etwas an Gewicht zugelegt hatte, aber Johann wollte seinen Kater davon überzeugen, dass er nicht wegen des Futters noch einmal auswandern musste. Vermutlich wurde Baptiste auch so viel gekrault und gekuschelt wie noch nie zuvor in seinem Leben. Entsprechend fordernd und arrogant verhielt er sich dann auch.

»Verzieht ihn nicht so«, sagte Paul, »er war vorher schon ein Pascha.«

Das Leben hatte sie wieder. Dass es einen neuen Käufer geben sollte, daran hatten sie sich jetzt gewöhnt. Nichts im Leben blieb ewig.

Flames to dust, lovers to friends – Why do all good things come to an end? Das Lied ging ihm wieder durch den Kopf. *Lovers to friends.* Unweigerlich dachte er an Siri. Paul hatte ihr vorgestern eine kurze Nachricht geschickt, in der er gefragt hatte, wie es ihr gehe und ob sie gut wieder im Alltag angekommen sei. Sie hatte ihm nicht geantwortet.

Im Hirschfänger war noch nichts los. Johann hatte den Gastraum gefegt, die Pflanzen an den Fenstern gegossen und wischte gerade die Spüle sauber, als die Tür aufging und ein elegant gekleideter Mann eintrat, der bestimmt schon auf die siebzig zuging.

Was will der denn hier?, fragte sich Johann, hat sich bestimmt verirrt und fragt jetzt nach dem Weg, wie er hier schnellstmöglich wieder wegkommt.

»Grüß Gott.« Der Mann ging auf den Tresen zu und legte seinen Hut darauf ab.

Johann war beeindruckt, war er doch selbst ein Anhänger

von Kopfbedeckungen und hatte sich kürzlich erst einen ähnlichen Hut zugelegt. Ein Hut tragender Privatermittler, wie im Chandler-Krimi.

»Ich hätte gern die Pächter dieses Hauses gesprochen.« Der Mann legte eine Visitenkarte auf den Tresen, neben den Hut.

Johann nahm sie auf und las:

»Harald Gutmuth, Rechtsanwalt und Notar«.

Johanns Miene verdunkelte sich. Jetzt ist es also so weit, dachte er. »Ach so, Sie kommen wegen des Verkaufs«, sagte er betont lustlos.

»So ist es. Deshalb würde ich ja gern die Pächter sprechen. Laut meinen Unterlagen sind es vier an der Zahl?«

»Meinetwegen.« Soll er ruhig merken, dass ich auf den gar keine Lust habe, dachte Johann und schlurfte extra langsam in die Küche. »Besuch, alle Mann herkommen.«

Ida und Olaf traten aus der Küche. Ida trug Gummihandschuhe und eine Schürze und sah aus, als hätte sie gerade ein Schwein geschlachtet.

Harald Gutmuth starrte sie an.

Ida hob entschuldigend die Hände. »Rote Bete. Es gibt heute Borschtsch.« Sie zog die Gummihandschuhe aus und warf sie in die Spüle, die Johann gerade sauber gemacht hatte.

In diesem Moment ging die Tür auf, und Paul kam herein. Johann warf ihm einen Blick zu und winkte ihn ungeduldig heran.

»Guten Morgen«, sagte Paul, »was gibt es denn?«

»Sind jetzt alle zusammen?«, fragte Herr Gutmuth unnötigerweise, schließlich standen jetzt vier Leute am Tresen.

Er zog weitere Visitenkarten aus der Jackentasche und reichte den anderen je eine. »Ich bin beauftragt worden, mich um den Verkauf dieser Immobilie zu kümmern.«

Alle sahen ihn an, niemand sagte etwas. Und Johann wunderte sich, was sie damit zu tun haben sollten, denn sie waren doch nur die Pächter, nicht die Besitzer.

Und genau das sagte nun Paul. »Aber was wollen Sie dann von uns? Wir sind nur die Pächter. Hier muss ein Missverständnis vorliegen.«

»Keineswegs, junger Mann.« Gutmuth hob schwungvoll seine Aktenmappe und legte sie auf den Tresen. Er fummelte eine Weile darin herum und zog ein Schriftstück heraus. Dann legte er die Tasche wieder weg und hielt das Papier hoch. Es sah hochamtlich aus. Johann erkannte Unterschriften und Stempel. »Dies ist allerdings nur ein Entwurf, das Original wird dann fertiggestellt, sobald alles notariell abgesegnet wurde.« Er legte das Papier auf den Tisch.

Ida wollte nach dem Schriftstück greifen, ebenso Olaf, sodass sie es hin- und herschoben.

Johann war das zu bunt, er drängte sich dazwischen und gab es Paul. »Jetzt guck du doch mal, was das ist.«

Paul nahm den Briefbogen in die Hand und überflog ihn.

Johann konnte nur die Augen seines Sohnes sehen, der Rest des Gesichtes wurde von dem ominösen Schreiben verdeckt. Aber was Johann sah, beunruhigte ihn.

Erst wurden Pauls Augen langsam größer, dann runzelte er die Stirn, dann blickten die Augen kurz umher, als stünde Paul auf der Leitung, dann wurden die Augen so groß, dass Johann es mit der Angst bekam.

»Was ist, Junge?«

»Hier steht, wer der neue Besitzer des Hirschfängers ist.« Langsam, beinahe wie in Trance, gab er das Schreiben dem Notar zurück.

»Wir. Das sind wir vier.«

✳✳✳

Schon wieder war Paul in seinem Porsche unterwegs, dieses Mal zurück nach Heiligenhafen. Er hatte das Gefühl, immer noch unter Schock zu stehen. Oder wie sollte man einen Zustand beschreiben, bei dem etwas so Unerwartetes passierte, so etwas verdammt gutes Unerwartetes, dass man sich im ersten Moment total veräppelt vorkam?

Paul wusste, dass es den anderen genauso ergangen war. Alle wollten das Schreiben in Ruhe lesen. Und der Notar, mit professioneller Nonchalance ausgestattet, hatte sich von Johann einen Kaffee und ein Schnäpschen bringen lassen. Denn Johann war der Einzige von den vier neuen *Besitzern* gewesen, der mehr oder weniger unbeeindruckt geblieben war. Zumindest nach außen hin. Als Harald Gutmuth allerdings gegangen war, hatte er aus dem Stand einen Satz in die Luft gemacht, dass alle gestaunt hatten, hatte sein Käppi an die Decke geschmettert und »Yippie« gerufen.

Jimmy Hendricks war der neue Käufer. Er hatte den Notar, den er von früher gut kannte, kontaktiert und ihm aufgetragen, umgehend zu handeln. Und so hatten sie den Vertragsentwurf aufgesetzt, in dem festgelegt wurde, dass der Hirschfänger samt dahinterliegender Wohnung und einiger Nebengebäude zuerst in seinen Besitz übergehen sollte, um dann schnellstmöglich auf die vier bisherigen Pächter übertragen zu werden. Natürlich mit deren Zustimmung.

Das war so ungeheuerlich, dass Ida zu weinen begonnen und Olaf einen Schluckauf bekommen hatte. Nur Paul wusste nicht so recht, was er davon halten sollte. So oft hatte er in den letzten Tagen an das Gespräch mit seinem alten Chef gedacht, das Sabbatical endlich zu beenden und nach Hamburg zurückzukehren. Und jetzt sollte er zusammen mit seinem Vater und den beiden anderen doch recht anstrengenden Mitstreitern eine Kneipe besitzen?

Er musste mit Heimdahl darüber reden, unbedingt. Und er musste mindestens eine Woche, wenn nicht länger, darüber schlafen.

Heimdahl kriegte sich nicht mehr ein. Auch er dachte, Paul würde Witze machen oder hätte sonst irgendwie Schaden genommen von den Ereignissen der letzten Tage. Oder vom Fasten. Aber Paul hatte ihm ein Handyfoto des Vertragsentwurfes gezeigt und Heimdahl damit zum Schweigen gebracht.

»Was willst du eigentlich noch alles?« Heimdahl stand in der Küche, ein Geschirrtuch über der Schulter, und putzte Champignons. »Wie viel Zeichen sind noch nötig, um dir den Weg zu zeigen?«

Paul saß im Sessel, die Füße auf dem Couchtisch, und schwieg.

»Sag mal, bist du blöd? Jetzt kriegst du alles auf einem Silbertablett serviert und zögerst noch? Kauf den anderen die Wohnung hinter dem Hirschfänger ab oder miete sie meinetwegen, aber komm in die Pötte.«

Paul sah ihn an, sagte aber immer noch nichts.

»Oder vermiete vielleicht auch die Hamburger Wohnung«, fügte Heimdahl noch hinzu.

Paul stand auf und ging auf die Terrasse hinaus. Er kannte das schon, Heimdahls Ergüsse, wenn er sich darüber ärgerte, dass Paul so entscheidungsschwach war.

Für die anderen war die Sache sofort klar gewesen. Ida, Olaf und Johann würden weitermachen, den ganzen Tag über hatten sie diskutiert, gestritten, neue Speisepläne entworfen. Sie waren hoch motiviert und vollkommen aus dem Häuschen. Und Johann hatte den ganzen Tag versucht, Jim telefonisch zu erreichen, um ihn zu fragen, was zum Teufel er sich dabei gedacht habe, aber ohne Erfolg.

Jims kleine Wohnung in Johannistal war wieder freigegeben, aber Jim hatte sie ganz offensichtlich nicht mehr betreten, seit dem Abend, an dem er auf seinen Sohn geschossen hatte.

Dann fuhr Johann zum Campingplatz und sah, dass der Wohnwagen nicht mehr da war. Vollkommen aufgelöst war er wieder nach Havgart gefahren und berichtete Paul davon.

»Er braucht Abstand, Johann. Lass ihm ein bisschen Zeit«, sagte Paul.

Kurz darauf ging Johanns Telefon, es war Jim. »Verzeih, mein alter Freund, dass ich mich erst jetzt melde.«

»Was hast du nur getan, Jim? Was denkst du dir dabei, einfach den ganzen Laden zu kaufen und uns …« Johanns Stimme brach, er musste sich auf den Küchenstuhl setzen.

Paul saß auf der Ofenbank, den laut schnurrenden Baptiste neben sich, und hörte zu, denn Johann hatte den Anruf auf laut gestellt.

»Mein Sohn hat so viel Leid und Unglück über seine Mit-

menschen gebracht. Es war das Mindeste, was ich tun konnte.«
Jim schwieg eine Weile, und auch Johann sagte nichts.

»Ich kann das doch nicht alles rückgängig machen, Johnny.
Ich habe nur das getan, was man mit Geld machen kann. Ein
sehr schwacher Trost, ich weiß. Aber ich habe doch gesehen,
was euch der Hirschfänger bedeutet.«

»Wo bist du, Jim? Du machst doch keine Dummheiten?«

»I wo. Ich brauche nur Abstand. Ich fahre ein bisschen durch
die Gegend. Mach's gut, mein alter Freund. Es hat mir sehr viel
bedeutet, noch einmal mit dir auf der Bühne stehen zu dürfen,
glaube mir. Unsere Auftritte, Johnny, das waren die schönsten
Momente in meinem Leben.« Es klackte in der Leitung, Jim
hatte aufgelegt.

Tränen waren über Johanns Gesicht gelaufen.

All das ging Paul durch den Kopf, während er draußen auf
der Terrasse am Graswarder stand. Johann war unendlich traurig
gewesen, aber er war auch unendlich beschenkt worden. Gemeinsam mit seinem besten Freund war er noch einmal in die
Vergangenheit abgetaucht, und das hatte ihn glücklich gemacht.

Von drinnen zog köstlicher Essensduft durch die Tür, Meis-
terkoch Martin Heimdahl war wieder am Werke. Und Paul
freute sich auf jede Mahlzeit. Essen war doch was Wunderbares.

Heimdahl kam mit zwei Tellern auf die Terrasse, und sie setzten sich auf die oberste Treppenstufe. Es gab Martins schnelle
Küche: Omelette mit Pilzen und Salat. Es war köstlich.

Sie aßen schweigend, nur das helle Klappern des Bestecks
war zu hören, ein paar Möwen und die leichte Brandung. Das
Paradies ist zurück, dachte Paul.

»Übrigens«, sagte Heimdahl, als er fertig gegessen hatte. »Ich
habe in den alten Akten gestöbert, zum Fall Kristin.«

»Ach, erzähl.«

»Körner hieß die große Liebe von Jimmy Hendricks. Kristin
Körner. Ihr Mann hat sie erschossen, am selben Tag, als er aus
der Haft entlassen wurde.«

»Weshalb?«

»Kristin hatte da schon den kleinen Mathias, da war er gerade drei geworden. Und ihr Mann, ›Tazz‹, eine Kiezgröße in Hamburg, hatte fünf Jahre abgesessen.«

»Verstehe. Der Junge konnte nicht von ihm sein.«

»So ist es.«

»Das ist alles so traurig.«

Sie saßen lange da. Erst als die Dämmerung kam, zogen sie sich ins wärmere Wohnzimmer zurück. Heimdahl kam mit einer Flasche Wein und zwei Gläsern zurück und goss beiden ein.

»Es ist so …«, setzte Paul irgendwann an.

Heimdahl lächelte. Er wusste genau, dass Paul die ganze Zeit über seine Stammpredigt nachgedacht hatte.

»Es ist nun mal Tatsache, dass mir Havgart Angst macht.«

Heimdahl schwieg eine Weile, dann lachte er los.

»Im Ernst. So idyllisch es sein mag, aber ich bin ein Stadtmensch. Ich brauche Leute, die durch meine Straße gehen. Ich brauche die Geräusche der Stadt. Ich will abends aus dem Haus gehen und in eine oder zwei oder drei Bars gehen. Ins Kino. In den nächsten Späti. Ich finde Anonymität gut. In Havgart kennt jeder jeden, und das macht mir Angst.«

»Das Kino gibt's in Oldenburg, die Kneipe habt ihr selber, den Späti gibt es bei mir.« Heimdahl lachte wieder. »Ach, verdammt, ich weiß ja, was du meinst. Schlimm ist nur, dass du dich nicht entscheidest.«

»Jetzt, wo ich Mitinhaber eines Hauses in Havgart bin, kann ich die Wohnung in Hamburg behalten.«

»Genau«, rief Heimdahl.

»Und …« Paul schnippte mit dem Finger an das Weinglas und betrachtete es eine Weile. »Vielleicht treffe ich ja irgendwann auch Siri wieder.«

»Natürlich triffst du sie wieder. Junge, dafür sorgen wir schon.«

»Aber dann müssen wir irgendwie ihren Ehemann loswerden.«

»Kommt Zeit, kommt Rat.« Heimdahl goss sich Wein nach, dann schnupperte er in der Luft herum. »Riechst du das?«

Paul roch es auch. »Hast du den Herd angelassen?«

Heimdahl sprang auf und lief in die Küche. »Nein.«
Der Geruch wurde stärker. »Das kommt von draußen.« Paul
öffnete die Terrassentür und trat hinaus. Sofort richtete er seinen
Blick nach rechts. Das Haus der Stille brannte.

Als die Feuerwehr eintraf, schlugen die Flammen bereits aus
den Fenstern der oberen Etage. Bald würden sie auch das reet-
gedeckte Dach erreicht haben. Alles war in rotes Licht getaucht,
und die Hitze strahlte bis zu ihnen. Der Ostwind wehte den
Rauch herüber, der ihnen in den Augen brannte. Heimdahl hielt
den Gartenschlauch in die Höhe und versuchte, das Wasser
gleichmäßig auf dem ganzen Dach seines Hauses zu verteilen.
Immer wieder sah er zu der brennenden Villa hinüber, vor lauter
Angst, die Funken könnten auch sein Dach in Brand setzen.

Dann liefen sie auf die Strandseite, und Paul übernahm nun,
sodass Heimdahl sich kurz ausruhen konnte. Es dauerte eine
Weile, doch dann schaffte es die Feuerwehr, den Brand unter
Kontrolle zu bringen. Heimdahl stand am Strand unterhalb der
Mole vor seinem Haus, fiel auf die Knie und starrte auf die Über-
reste der Villa, die einmal das Haus der Stille gewesen war.

Paul stellte das Wasser ab, lief zu Heimdahl, hockte sich neben
ihn und legte den Arm über seine Schulter. Heimdahl heulte
hemmungslos, und auch Paul kämpfte mit den Tränen. Verflucht
noch eins, dachte er. So viele Tränen in den letzten Tagen, das
musste doch endlich mal aufhören.

Viele Leute liefen auf dem Graswarderweg herum. Die Nachbarn, Feuerwehrleute, Beamte der Schutzpolizei, ein paar Schau-
lustige.

Als sie später, geduscht und in frischen Klamotten, wieder im
Wohnzimmer saßen, war es, als wären sie in eine vollkommen
andere Welt zurückgekehrt. Eben noch hatten sie hier gesessen,
Wein getrunken, gegessen, hatten darüber geredet, wie schlimm
all die Ereignisse gewesen waren. Nur um dann sofort in die
nächste Katastrophe zu geraten.

Einer der Feuerwehrleute war bei ihnen gewesen, ein Schul-
freund von Heimdahl. »Der Brandbeschleuniger wurde im gan-

314

zen Haus verteilt, Martin. In jedem Zimmer, auch direkt unter dem Dach. Dass der ganze Kasten nicht gleich explodiert ist, grenzt an ein Wunder.«

Sie waren sprachlos. Heimdahl starrte ins Leere, er stand unter Schock. Und Paul war so aufgewühlt, dass er am liebsten laut schreiend rausgelaufen und irgendwas kaputt geschlagen hätte. Aber es war ja schon alles kaputt.

Immer wieder ging Heimdahl raus, als wollte er sich vergewissern, dass das gerade eben wirklich passiert war. Dass das Haus, auf das er sein Leben lang geschaut hatte, nicht mehr existierte. Alles war hell erleuchtet, eine Batterie von Scheinwerfern war aufgebaut worden. Es stank bestialisch.

»Komm rein«, sagte Paul.

»Ich weiß, wer das gewesen ist.« Verzweifelt sah Heimdahl Paul an. »Und du weißt es auch.«

SECHZEHN

Ein paar Tage später

Die tief stehende Herbstsonne schickte ein paar Strahlen herab, als wolle sie Paul und Heimdahl um Verzeihung bitten für all den Ärger und den Kummer, den das Unwetter ihnen beschert hatte. Es war ungewöhnlich warm, und die beiden saßen mit Bierflaschen in ihren Campingstühlen wie ein altes Ehepaar. Von Weitem hörten sie krakeelende Urlauber näher kommen. Die von der lauten Sorte, die ihre Umgebung gerne in ihre Unterhaltungen mit einbezogen und alles und jeden mit dem ewig gezückten Smartphone festhielten.

Nachdem sie die Brandruine aus allen möglichen Perspektiven fotografiert hatten, waren sie nun auf der Höhe ihrer Villa angekommen. Mit einem Seufzer wandte Heimdahl sich um, hob den Deckel der Terrassentruhe an und fischte zwei von den Pappmasken heraus, von denen er einen unerschöpflichen Vorrat zu besitzen schien.

Kurz darauf stießen Asterix und Obelix mit den Böden ihrer Bierflaschen an.

»Wenn du jemals dieses Haus hier verkaufst, anzündest oder in die Luft jagst, dann bringe ich dich um«, sagte Obelix mit hohler Stimme. »Und *ich* werde keine Spuren hinterlassen, das sollte dir klar sein.«

Die Touris waren abgezogen, und zwei Männer spazierten am Wasser entlang. Sie sahen verdammt gut aus, lachten und unterhielten sich. Sie waren ganz mit sich beschäftigt und nahmen die Umgebung gar nicht wahr. Sie hielten sich an den Händen und sahen glücklich aus.

»Ach, Obelix«, sagte Asterix, und sie stießen noch einmal an. »Es ist eigentlich schade, dass wir beide nicht schwul sind. Dann wäre vieles einfacher. Und wir wären auch so ein Traumpaar wie die beiden da.«

Eine Möwe über ihnen lachte hämisch, dann zog sie in einem weiten Kreis auf die glitzernde See hinaus.

Paul lag noch lange wach und hörte den Wellen zu. Der Wind kam Gott sei Dank aus West, sodass er den Brandgeruch weiter gen Osten wehte, weg von ihnen. Irgendwann würden die Wellen auch den letzten Rest vom Haus der Stille wegwaschen. Und der Wind würde vielleicht den letzten Rest Erinnerungen aus Pauls Kopf wegpusten.

Alle bis auf die an Siri, die würde er behalten, da war er sich ganz sicher.

Paul schlief ein, sodass er das Summen seines Smartphones nicht mehr hörte.

Hallo, Paul. Ich möchte Sie bitten, meine Frau nicht weiter zu kontaktieren. Die Ereignisse haben sie sehr mitgenommen, und ich sorge mich um ihre Gesundheit. Um ihr den nötigen Abstand zu den schrecklichen Ereignissen zu gewährleisten, habe ich für sie eine neue Telefonnummer beantragt. Dringen Sie nicht weiter in unser Privatleben ein. Unterlassen Sie jeglichen Versuch, sich ihr zu nähern. Es wird in allen Fällen keine guten Konsequenzen für Sie haben.
Peter van Coenen

Nachwort

Im Zentrum dieser Küstenkrimireihe steht das Dorf Havgart, das nahe der Steilküste des Eitz westlich des Weißenhäuser Strandes liegt. Auf der Landkarte werden Sie es nicht finden, demzufolge auch nicht die Dorfkneipe »Hirschfänger«, was ich immer mehr bedauere. Zu gerne würde ich mir dort von Olaf oder Ida ein Bierchen zapfen oder eine rustikale Mahlzeit servieren lassen. Idas bissige Kommentare würde ich dafür in Kauf nehmen. Dieses Mal spielen große Teile der Handlung in Heiligenhafen und Umgebung. Auch hier habe ich mir einige künstlerische Freiheiten erlaubt. So hat Ortmühle nun einen Campingplatz mit Hundedusche und das Restaurant »Möwe«. Und das kleine Örtchen Johannistal, am Alten Postweg nahe der Küste gelegen, ist um eine Siedlung stattlicher Eigenheime reicher geworden.

Hauptschauplatz ist aber die Halbinsel des Graswarders, dessen Strandvillen zu den bekanntesten und meistfotografierten Häusern an der Küste gehören. Hier habe ich mich bemüht, diesen einzigartigen Ort so realistisch wie möglich darzustellen, vor allem, wenn ein Sturm über die Halbinsel fegt.

Lediglich die Nutzung der Villen ist fiktiv, es gibt dort weder das »Haus der Stille«, noch wohnt in der Villa nebenan ein Kommissar der Oldenburger Polizei. Aber in meinen Büchern um Paul und Johann Lupin wird es auch weiterhin Martin Heimdahl geben, der versucht, in seiner alten Villa den Herbststürmen und den Blicken neugieriger Touristen zu trotzen.

Petra Tessendorf
KÜSTENDÄMMERUNG
Der 1. Fall für Paul Lupin
Broschur, 352 Seiten
ISBN 978-3-7408-0824-2

Eigentlich wollte Kommissar Paul Lupin nur ein paar Tage an die Hohwachter Bucht reisen, um nach seinem Vater zu schauen. Doch dann wird ein Toter am Strand gefunden, und ein weiterer Mann verschwindet während einer Jagd. Die Vorfälle wecken Erinnerungen an ein lange zurückliegendes Verbrechen, das nie aufgeklärt werden konnte und den Ort bis heute spaltet ... Als Lupin herausfindet, dass der damalige Verdächtige inzwischen zurückgekehrt ist, begibt er sich gemeinsam mit seinem Vater auf die Suche nach der Wahrheit.

www.emons-verlag.de

Petra Tessendorf
BÖSE SEE
Der 2. Fall für Paul Lupin
Broschur, 304 Seiten
ISBN 978-3-7408-1339-0

Kommissar Paul Lupin, der bei seinem Vater Urlaub an der Ost-
seeküste machen will, findet dort alles andere als Ruhe. In einer
stürmischen Nacht verschwindet die Besitzerin des Hohwachter
Hotels, in dem Lupin senior ein Schreibseminar besucht. Haben
die anderen Kursteilnehmer etwas zu verbergen? Wenig später
kommt es zu einem unvorstellbaren Verbrechen. Lupin stellt Nachforschungen an und stößt auf einen fünfzig Jahre alten Schwur,
der vielen Menschen zum Verhängnis wurde.

www.emons-verlag.de